କିଛି ସତ କିଛି ଗପ

କିଛି ସତ କିଛି ଗପ

ପ୍ରଦ୍ୟୁମ୍ନ ପଟ୍ଟନାୟକ

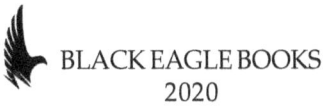

BLACK EAGLE BOOKS
2020

BLACK EAGLE BOOKS

USA address:
7464 Wisdom Lane
Dublin, OH 43016

India address:
E/312, Trident Galaxy, Kalinga Nagar,
Bhubaneswar-751003, Odisha, India

E-mail: info@blackeaglebooks.org
Website: www.blackeaglebooks.org

First International Edition Published by
BLACK EAGLE BOOKS, 2020

KICHHI SATA KICHHI GAPA
by **Pradyumna Pattanayak**

Cover & Interior Design: Ezy's Publication

ISBN- 978-1-64560-139-5 (Paperback)

Printed in United States of America

ପ୍ରାକ୍‌କଥନ

ମନକୁ ଆସୁଥିବା କଥାଟି କହି ନ ପାରିବା ସବୁଠୁ ବେଶି ଉଦ୍‌ବେଗ ଜନକ। ଅସ୍ୱସ୍ତି କର। ଉଦ୍‌ବେଳିତ ଭାବକୁ ଶବ୍ଦ ମାଧ୍ୟମରେ ବ୍ୟକ୍ତ କରିଦେଲେ ମନ ହାଲ୍‌କା ହୋଇଯାଏ। କେତେ ଅଙ୍ଗେ ଲିଭାଇଥିବା ଅନୁଭୂତି, ଦେଖିଥିବା, ଶୁଣିଥିବା ଘଟଣାଗୁଡ଼ିକୁ ସୁଷୁପ୍ତ ଅବସ୍ଥାରୁ ଜାଗ୍ରତ କରିବାର ପ୍ରଚେଷ୍ଟାରେ ଜନ୍ମନିଏ ଗଳ୍ପ।

କେବଳ ନିରୁତା ସତ କଥାକୁ ଲେଖିଦେଲେ ମନୋଜ୍ଞ ଗଳ୍ପ ହୋଇପାରେନା। ପୁଣି ସବୁ ଗପରେ କେଉଁଠି ନା କେଉଁଠି କିଛି ସତ ପ୍ରଚ୍ଛନ ଭାବରେ ସନ୍ନିହିତ ହୋଇଥାଏ। ସେପରି କେତେଗୁଡ଼ିଏ ସତ୍ୟ ଘଟଣାକୁ ଉପଜୀବ୍ୟ କରି ରଚିତ ଗଳ୍ପ ସମୂହ କୁନେଇ ପରିକଳ୍ପିତ ଗଳ୍ପସଂକଳନ **"କିଛି ସତ, କିଛି ଗପ"**।

ସମୟର ବିବର୍ତ୍ତନକ୍ରମେ ଦିନ ପରେ ଦିନ ଅତିକ୍ରାନ୍ତ ହେବା ସହ ସମାଜ ଏବଂ ସଭ୍ୟତାର ରୂପକଳ୍ପରେ ପରିବର୍ତ୍ତନ ଅନିବାର୍ଯ୍ୟ। ଧୀରେ ଧୀରେ ପରିବର୍ତ୍ତିତ ହୋଇ ଯାଉଛି ସାମାଜିକ ଜୀବନ। ଜିଇଁବାର ଶୈଳୀ। ଅତୀତ ସହ ବର୍ତ୍ତମାନର ମେଳ ରହୁନାହିଁ। ଭବିଷ୍ୟତରେ ଯେ କ'ଣ ହେବ ସେ ଅନିଶ୍ଚିତ। ଚାଲି ଚଳନ, ବେଶଭୂଷା, ଖାଦ୍ୟପେୟ, ଆଚାର ବିଚାର ଏବଂ ସାମାଜିକ ମୂଲ୍ୟବୋଧ ବଦଳି ଯାଉଛି। ରୂପାନ୍ତରିତ ହୋଇଯାଉଛି ପ୍ରେମ ପ୍ରୀତିର ତରିକା। ଆଶା ଭରସାର ବିଶ୍ୱସ୍ତତା। ଏ ପରିବର୍ତ୍ତନର ଧାରା ଏମିତି ଜାରି ରହିବ।

ବର୍ତ୍ତମାନରେ ଜିଉଁଥିବା ମଣିଷ କେବେ କେବେ ଅତୀତର ବିସ୍ମୃତ ଇଲାକାରେ ନିଜକୁ ଆବିଷ୍କାର କରେ। ଅତିକ୍ରାନ୍ତ ବୟସରେ ଶୈଶବର କଥା ମନେପଡ଼େ। ଯୌବନର ଗାଥା ତ ଅବିସ୍ମରଣୀୟ। ସେ ସବୁର ରୋମନ୍ଥନରେ ଯେଉଁ ଭାବ ଉଦ୍ରେକ ହୁଏ ସେଥିରୁ ସୃଷ୍ଟି ହୁଏ ଅନେକ ଆଖ୍ୟାୟିକା।

ପୌରାଣିକ କିମ୍ବଦନ୍ତୀ ହେଉ କି ପାରମ୍ପରିକ ଲୋକକଥା ସବୁ କିଛି ନା କିଛି

ସତ୍ୟ ଘଟଣା ଉପରେ ପର୍ଯ୍ୟବେଶିତ। ଗାଁ' ଗହଳିରେ ଅବା ସହରତଳି ବସ୍ତିରେ ବସବାସ କରୁଥିବା ସାଧାରଣ ମଣିଷଟିଏ କେବେ କେଉଁ ଗପର ଚରିତ୍ର ରୂପେ ରୂପାୟିତ ହୁଏ ତ କେବେ ସମ୍ବାଦ ପତ୍ରରେ ସ୍ଥାନ ପାଇଥିବା ସଂବାଦ କାହାଣୀର ବିଷୟବସ୍ତୁ ହୋଇଥାଏ। ସବୁ ଗପ ଆଧାର ଶୂନ୍ୟ କପୋଳକଳ୍ପିତ ନୁହଁ। ଆମ ଚାରିକଡ଼େ ଦୈନନ୍ଦିନ ଘଟୁଥିବା ଅନେକ ଘଟଣା ମଧ୍ୟରୁ କିଛି ମନକୁ ଛୁଇଁ କାହାଣୀର ରୂପ ନିଏ। ସେମିତି କିଛି ଗପର ସମାହାର **"କିଛି ସତ କିଛି ଗପ"**।

ବଣମଲ୍ଲୀ ବଣରେ ଫୁଟି ଝଡ଼ିଗଲେ ତା'ର ଫୁଟିବା ନିରର୍ଥକ। ଫୁଲଟିଏ ଫୁଟି ସୁନ୍ଦରତା ସହ ସୁରଭି ବିକଶିତ କରିବାର ଉଦ୍ଦେଶ୍ୟ ଯେପରି ଗୁଣଗ୍ରାହୀଙ୍କୁ ଆକର୍ଷିତ କରିବା, ସେପରି ଗାଳ୍ପିକ ଚାହେଁ ତା' ସୃଜନ ପାଠକମାନଙ୍କ ନିକଟରେ ପହଞ୍ଚୁ, ଆଦୃତ ହେଉ କି ନ ହେଉ, ପ୍ରଶଂସିତ ହେଉ କି ନହେଉ, ତା'ର କୃତିକୁ ପାଠକଙ୍କ ପାଖରେ ପହଞ୍ଚାଇବା ପାଇଁ ସେ ଉଦ୍‌ବିଗ୍ନ ହୁଏ।

ଗାଳ୍ପିକ ପରୀକ୍ଷାର୍ଥୀ ହେଲେ ପାଠକ ତା'ର ପରୀକ୍ଷକ। ଗଳ୍ପ ଗୁଡ଼ିକ ସୁଦ୍ଧ ସୁବର୍ଣ୍ଣ ହେଲେ ପାଠକ ସ୍ୱର୍ଣ୍ଣକାର। ସୃଜନ କରିବା ଗାଳ୍ପିକର ଧର୍ମ। ସାରସ୍ୱତ କଷଟିରେ ପରଖିବା ନିର୍ଭର କରେ ପାଠକଙ୍କ ଉପରେ।

ଭାବ ଓ ଭାଷାର କୂଟିକମରେ ରଚିତ ଗଳ୍ପ ସମୂହକୁ ଗୁଣଗ୍ରାହୀ ପାଠକଙ୍କ ସମ୍ମୁଖରେ ରଖିବାର ଅଭିପ୍ରାୟ ନେଇ ଆଉ ଏକ ପ୍ରୟାସ ଏ ଗଳ୍ପ ସଂକଳନ **"କିଛି ସତ, କିଛି ଗପ"**।

ପ୍ରଦ୍ୟୁମ୍ନ ପଟ୍ଟନାୟକ

ସୂଚୀପତ୍ର

କିଛି ସତ କିଛି ଗପ

ମିନତିର ବିବାହ ଲଗ୍ନ ଧାର୍ଯ୍ୟ ହୋଇସାରିଥାଏ। ୨୦୧୯ ମସିହା ମଇ ମାସ ପନ୍ଦର ତାରିଖ। ତତ୍‌ପୂର୍ବ ସମସ୍ତ ପ୍ରାରମ୍ଭିକ କାର୍ଯ୍ୟ ଯଥା ଗୁଆ, ଜାଇ ରଗଡ଼ା, ନିର୍ବନ୍ଧ, ନିମନ୍ତ୍ରଣ, ଆଦିର ଆୟୋଜନ ଚାଲିଥାଏ। ଦୂରଦୂରାନ୍ତରେ ଥିବା ବଂଧୁ-ବାନ୍ଧବ ଆତ୍ମୀୟ-ସ୍ୱଜନମାନଙ୍କ ପାଖକୁ ମଙ୍ଗୁଳା ନିମନ୍ତ୍ରଣ ପତ୍ର ଡାକ ଯୋଗେ ପଠା ସରିଥାଏ। ଯାହା ଆଜି ଦିନରେ ଆଗକାଳର ଗୁଆ ନିମନ୍ତ୍ରଣର ବିକଳ୍ପ। ବାକିଥାଏ କେତେ ଖଣ୍ଡ ହାତରେ ବଣ୍ଟା ହେବା ଇନଭାଇଟେସନ୍ କାର୍ଡ଼।

ଜ୍ୱାଇଁ ପାଇଁ ପ୍ୟାଣ୍ଟ-ସାର୍ଟ, ଝିଅର ବାହାଲୁଗା, ବଉଳପାଟ, ଗହଣା, ଶାଢ଼ି, ଚୂଡ଼ି ସହ ଆଟାଚି, ବାକ୍ସ କିଣା ସରିଥାଏ। ବିଛଣାସଜ, ବାସନକୁସନ ଆଦି ଅନ୍ୟ ଘରକରଣା ଉପକରଣ କିଣା ଚାଲିଥାଏ, ଯାହା ଯେତେବେଳେ ମନେ ପଡୁଥାଏ। ସାମିଆନା ଟେଣ୍ଟବାଲା, ଲାଇଟ୍ ବାଲା ଆସି ବଇନା ନେଇ ସାରିଥା'ନ୍ତି। ପାଖାପାଖି ଶହେ ଜଣ ବରଯାତ୍ରୀ ଆସିବେ। ସାଇଭାଇ ବନ୍ଧୁ-ବାନ୍ଧବ ମିଶି ଆପାତତଃ ପାଞ୍ଚଶହ ଲୋକଙ୍କ ପାଇଁ ଭୋଜି-ଭାତର ବ୍ୟବସ୍ଥା ହେଉଥାଏ। ନରହରି ମିଶ୍ର ଅବସରପ୍ରାପ୍ତ ସରକାରୀ ବିଦ୍ୟାଳୟର ଶିକ୍ଷକ। ଜୀବନଯାକ ଚାକିରିରୁ ସଞ୍ଚିତ ସମ୍ବଳରେ ଏକମାତ୍ର ଝିଅ ମିନତିର ବାହାଘର ଯଥାସାଧ୍ୟ ଜାକଜମକରେ କରିବାକୁ ମନସ୍ଥ କରିଛନ୍ତି। ମନ ତ ଚାହୁଁଛି ନିଜ ଅଲିଅଳୀ ଝିଅ ପାଇଁ କାହିଁରେ କ'ଣ କରିପକାନ୍ତେ। ସୁନା, ରୂପା ଗହଣା ଗଣ୍ଠିରେ ମୁଣ୍ଡରୁ ପାଦଯାଏ ଛାଇ ଦିଅନ୍ତେ। ଟିଭି, ଫ୍ରିଜ୍, ୱାସିଂମେସିନ୍ ଆଦି ଉପହାର ଦେଇଦିଅନ୍ତେ। ହେଲେ ତାଙ୍କର ଇଚ୍ଛାକୁ ରୋକି ଦେଉଛି ତାଙ୍କର ଆର୍ଥିକ ସ୍ଥିତି। ହାତକୁ ବାନ୍ଧି ପକାଉଛି ତାଙ୍କର ଉତ୍ତରଦାୟିତ୍ୱ। ପୁଅ ମୟଙ୍କ +୨ ପଢୁଛି। ଡାକ୍ତର କି ଇଂଜିନିୟର ହେବାକୁ ଆଶା ରଖିଛି। ଯଦିବା ପ୍ରବେଶିକା ପରୀକ୍ଷାରେ କୃତକାର୍ଯ୍ୟ ହୁଏ ତା' ପଢ଼ିବା ପାଇଁ ସମ୍ବଳ ଜୁଟାଇବା କାଠିକର ପାଠ ହୋଇଯିବ।

ସେଥିପାଇଁ ଜଗି ରଖି ଝିଅ ବାହାଘର ପାଇଁ ଖର୍ଚ୍ଚ କରିବାକୁ ପଡ଼ିବ।

ମିନତିର ମା' ବିମଳା କିନ୍ତୁ ସେ ସବୁ ଖର୍ଚ୍ଚବାର୍ଚ୍ଚ କଥା ମୁଣ୍ଡରେ ପୁରାନ୍ତି ନାହିଁ। ଝିଅ ଯେମିତି ଶାଶୂ ଘରେ ପଦେ ଖୁଣ୍ଟା ନ ଶୁଣେ ସେଥିପ୍ରତି ତାଙ୍କର ନିଘା। ବେଲା-ବାସନ, ଛତା, ଜୋତାଠୁ ଆରମ୍ଭ କରି ଜ୍ୱାଇଁ ଚର୍ଚ୍ଚା ଯାଏ ସବୁ ଯଥାବିଧି ମଧ୍ୟବିତ୍ତ ପରିବାରର ଚଳଣିକୁ ନେଇ ଆଡ଼ମ୍ବର ସହ କରିବାକୁ ସ୍ୱାମୀ ନରହରିଙ୍କୁ କହୁଥା'ନ୍ତି। କିଣାକିଣିବେଳେ ଝିଅକୁ ସାଙ୍ଗରେ ନେଇ ତା' ପସନ୍ଦ ମୁତାବକ ଦାମିକା ଶାଢ଼ି ବ୍ଲାଉଜ କିଣି ଆଣିଛନ୍ତି।

ମିନତିର ବୁଢ଼ୀ ମା'ର କିନ୍ତୁ ଏସବୁକୁ ନେଇ କିଛି ଧ୍ୟାନ ଧାରଣା ନାହିଁ। ବୁଢ଼ୀ ସବୁବେଳେ ଗୋଟିଏ ରଟ ଲଗାଉଛି ଯେ ଯେତେ ଚଞ୍ଚଳ ନାତୁଣୀ ବାହାଘର ହେବ ସେ ଦେଖି ଶାନ୍ତିରେ ସେପାରିକୁ ଚାଲିଯିବ। ମଝିରେ ମଝିରେ ପୁଅକୁ ଶ୍ରଦ୍ଧାରେ ଡାକି ପଚାରେ - "ଆରେ ନରିଆ (ନରହରି) ଝୁଅ ବାହାଘର ଆଉ କେତେ ଦିନ ରହିଲା ସେ ଯାଏ ମୁଁ ବଞ୍ଚିଥିବି ତ", ମିନତି ଚିଡ଼ିଯାଇ କହେ -"କ'ଣ ହୋଇଛି କି ତୋ'ର, ଭଲ ତ ଅଛୁ। ମୋତେ ଘରୁ ତଡ଼ିବାକୁ କାହିଁକି ତରବର ହେଉଛୁ"। ନରହରି ମୁରୁକି ହସିଦେଇ ନିଜ କାମରେ ଚାଲିଯାଆନ୍ତି। ଗୋସିଁ ମା' ନାତୁଣୀଙ୍କ କଥା ଶୁଣି ଚିନ୍ତାଗ୍ରସ୍ତ ମନକୁ ହାଲୁକା କରିନିଅନ୍ତି।

ମିନତି ଏବେ ଏବେ ଭୁବନେଶ୍ୱରରୁ ଏମ.ଏ ପାସ୍ କରି ବିଭିନ୍ନ ଚାକିରି ପାଇଁ ଇଣ୍ଟର୍ଭ୍ୟୁ ଦେଇଛି। ପିଲାଦିନୁ ମେଧାବୀ ଛାତ୍ରୀହୋଇଥିବାରୁ ତା ପାଇଁ ବିଶେଷ ଖର୍ଚ୍ଚ ହୋଇ ନାହିଁ। ଘର ସାକ୍ଷୀଗୋପାଳ। ଗାଁ ସ୍କୁଲରୁ ମାଟ୍ରିକ୍ ପାସ୍ କରି ବି.ଜେ.ବି କଲେଜରୁ ବି.ଏ ପଢ଼ିଛି। ତା'ପରେ ବାଣୀବିହାରରୁ ଅର୍ଥନୀତିରେ ଏମ୍.ଏ ପାସ୍ କରି କମ୍ପିଟେଟିଭ୍ ପରୀକ୍ଷା ଦେଉଛି। ତା'ର ଚାକିରି ପାଇଁ ବାହାଘରକୁ ଆଉ କିଛି ଦିନ ଘୁଞ୍ଚାଇ ଦେବାକୁ ଇଚ୍ଛା ଥିଲେ ବି ସେ ନାଚାର, ବାପା ନରହରି ମିଶ୍ର ଓ ମା' ବିମଳା ବ୍ୟସ୍ତ ହୋଇ ପଡୁଥା'ନ୍ତି। ରକ୍ଷଣଶୀଳ ବ୍ରାହ୍ମଣ ଶାସନର ଝିଅ ମିନତି। ଯେତେ ପାଠ ପଢ଼ିଲେ ବି ବାହା ବୟସ ହୋଇଯାଇଥିବାରୁ ସାଇ ପଡ଼ିଶା, ବନ୍ଧୁ ବାନ୍ଧବ ପଚାରି ନୟାନ୍ତ କରି ଦେଲେଣି; କେବେ କରୁଛ ଝିଅ ବାହାଘର? ତା' ସାଙ୍ଗକୁ ବୁଢ଼ୀ ମା' ବି ଦିନରାତି ଅହରହ ଅନାଇ ବସିଛି ନାତୁଣୀର ଫୁଲନୋଳ ଦେଖିବାକୁ। ଯୋଗକୁ ଭଲ ପ୍ରସ୍ତାବଟିଏ ଆସିଥିବାରୁ ସେମାନେ ହାତଛଡ଼ା କରିବାକୁ ଚାହୁଁନଥିଲେ।

ବରପାତ୍ର ମଳୟ ମହାପାତ୍ର। ସରକାରୀ କଲେଜରେ ଅଧ୍ୟାପକ। ବ୍ୟବହାରରେ ଅମାୟିକ। ନିଷ୍କପଟ ସରଳ ମଣିଷଟିଏ। ଯାଜପୁର ଜିଲ୍ଲା ମାନପୁର ନିବାସୀ। ବାପା ମା'ଙ୍କର ବ୍ୟସ୍ତତାକୁ ଅନୁଭବ କରି ମିନତି ଏ ବାହାଘର ପ୍ରସ୍ତାବରେ ରାଜି ହୋଇଗଲା।

ଝିଅ ପୁଅଙ୍କର ସାକ୍ଷାତ କରାଇବାକୁ ଦୁଇ ପରିବାର ପୁରୀ ଆସିଥିଲେ। ଜଗନ୍ନାଥ ଦର୍ଶନ ସହ ମନ୍ଦିର ବେଢ଼ାରେ ପ୍ରଥମ ସାକ୍ଷାତ ହେଲା ମଳୟ ଓ ମିନତିଙ୍କର। କହିବା ବାହୁଲ୍ୟ ଯେ ପ୍ରଥମ ଦେଖାରେ ଦୁହେଁ ଦୁହିଁଙ୍କ ପ୍ରତି ଆକର୍ଷିତ ହୋଇଥିଲେ। ନ ହେବେ ବା କାହିଁକି ? ମିନତି ଯେମିତି ସୁଶ୍ରୀ ସୁନ୍ଦରୀ ମଳୟ ବି ସେମିତି ସୌମ୍ୟ, ସୁଦର୍ଶନ। ଶିକ୍ଷାଗତ ଯୋଗ୍ୟତାରେ ଦୁହେଁ ସମାସ୍କନ୍ଦ। ଦୁହିଁଙ୍କ ନିରବ ସ୍ୱୀକୃତି ପରେ ଉଭୟଙ୍କ ପରିବାର ନିର୍ମାଲ୍ୟ ମହାପ୍ରସାଦ ଧରି ନିର୍ବନ୍ଧ କାମଟା ସାରି ଦେଲେ।

ମଳୟର ପରିବାର ତରଫରୁ ବିଶେଷ କିଛି ଯାନି ଯୌତୁକର ଦାବିନଥିଲା। ଥିଲେ ବି ମିନତିର ବାପାଙ୍କର ହାତୀ ଘୋଡା ଯୌତୁକ ଦେବାକୁ ସାମର୍ଥ୍ୟ କି ସମ୍ବଳ ନଥିଲା। ତେଣୁ ଯାହା ସମ୍ଭବ ସାମାଜିକ ରୀତିନୀତିକୁ ଧ୍ୟାନ ଦେଇ ଦାଣ୍ଡକୁ ସୁନ୍ଦର ଦିଶିବାଭଳି ସ୍ୱଚ୍ଛ ଆଡ଼ମ୍ବରରେ ବିବାହ କାର୍ଯ୍ୟ ସମ୍ପନ୍ନ କରିବାକୁ ଦୁଇ ପରିବାର ମଧ୍ୟରେ ସ୍ଥିରିକୃତ ହେଲା। ବର ପକ୍ଷର ମୁଖ୍ୟ ନିବେଦନ ଥିଲା ବରଯାତ୍ରୀମାନଙ୍କର ସସମ୍ମାନ ସ୍ୱାଗତ କରିବା। ଭୋଜି ଭାତର ଉତ୍ତମ ବ୍ୟବସ୍ଥା କରି ସେମାନଙ୍କୁ ଆପ୍ୟାୟିତ କରିବା। ମନ ଲାଖି ଜ୍ୱାଇଁ ପାଇବାକୁ ଯାଉଥିବାରୁ ନରହରି ମିଶ୍ର ସବୁକଥାକୁ ହଁ ଭରି ତଦନୁଯାୟୀ ଆୟୋଜନରେ ଲାଗି ପଡିଥାଆନ୍ତି।

ବାହାଘର ଲଗ୍ନ ପାଖେଇ ଆସୁଥାଏ। ଅପ୍ରେଲ ମାସ ଶେଷ ସପ୍ତାହ। ପ୍ରଚଣ୍ଡ ନିଦାଘରେ ଦେହ ଶିଝି ଯାଉଥାଏ। ତଥାପି ସମସ୍ତ ଆୟୋଜନ ସୁରୁଖୁରୁରେ ଚାଲିଥିବାବେଳେ ଅଚାନକ ଘୋଷଣା ହେଲା ପାଣିପାଗର ପୂର୍ବାନୁମାନ। ଅଦିନରେ ଏକ ଲଘୁଚାପ ଘନିଭୂତ ହୋଇ ଘୁର୍ଣ୍ଣିବାତ୍ୟାର ରୂପ ନେଉଛି। ଯାହା ପ୍ରାଥମିକ ଆକଳନ ଅନୁଯାୟୀ ଆନ୍ଧ୍ର ଅବା ତାମିଲନାଡୁ ଉପକୂଳ ଦେଇ ସ୍ଥଳ ଭାଗ ଛୁଇଁ ପାରେ। ଓଡ଼ିଶାବାସୀ ସେଥିପାଇଁ ଆଶ୍ୱସ୍ତ ଥିଲେ। ବରଂ ଆଶା କରୁଥିଲେ ସେ ବାତ୍ୟାର ଆଂଶିକ ପ୍ରଭାବରୁ କିଛି ବର୍ଷା କି ମେଘୁଆ ପାଗ ହେଲେ ଦାରୁଣ ନିଦାଘରୁ କିଛି ମାତ୍ରାରେ ରକ୍ଷା ମିଳିବ। ବାତ୍ୟାର ଗତିପଥ ପରିବର୍ତ୍ତନ ହେଲା। କରାଳ ବାତ୍ୟାକୁ 'ଫନି' ନାମରେ ନାମିତ କରାଗଲା ଯାହା ଓଡ଼ିଶା ଉପକୂଳ ଆଡ଼କୁ ଭୀଷଣତାର ସହ ମାଡ଼ି ଆସୁଥାଏ। ସମଗ୍ର ଉପକୂଳ ଓଡ଼ିଶାବାସୀ ଆସନ୍ନ ବାତ୍ୟାର ପ୍ରକୋପକୁ ମନେ ପକାଇ ଆତଙ୍କିତ ହୋଇପଡୁଥାଆନ୍ତି। ପ୍ରଶାସନ ତରଫରୁ ବାରବାର ସତର୍କ କରାଯାଉଥାଏ। ସମ୍ଭାବ୍ୟ ବିପନ୍ନମାନଙ୍କୁ ନିରାପଦ ଆଶ୍ରୟସ୍ଥଳକୁ ସ୍ଥାନାନ୍ତର କରାଯାଉଥାଏ।

ସମୟ ଅତିକ୍ରାନ୍ତ ହେବା ସହ ବାତ୍ୟା 'ଫନି' ଯେତିକି ସ୍ଥଳଭାଗର ନିକଟସ୍ଥ ହେଉଥାଏ ତା'ର କରାଳରୂପ ସେତିକି ଭୀଷଣ ଓ ଉଗ୍ର ହେଉଥାଏ। ପ୍ରଖର ପବନ ସହ ବର୍ଷାର ପ୍ରକୋପ ବଢ଼ିବାକୁ ଲାଗିଥାଏ। ଓଡ଼ିଶାର ଉପକୂଳବାସୀ ଏପରି ପ୍ରଳୟଙ୍କରୀ

ବାତ୍ୟା ସହ ବେଶ୍ ପରିଚିତ। 'ମହାବାତ୍ୟା' ଠୁ 'ପାଇଲିନ୍', 'ହୁଡ୍‌ହୁଡ୍' ଆଦିକୁ ସାମ୍ନା କରିଥିଲେ ବି ସମସ୍ତେ ଭୟଭୀତ ହୋଇପଡୁଥା'ନ୍ତି। ଠିକ୍ କେଉଁ ଜାଗାରେ ଭୂପାତ ହେବ ଏବଂ କାହାର ସର୍ବନାଶ କରିବ ସେ ନେଇ ସାଧାରଣ ଜନତା ଭୟସଂକୁଳ ଅବସ୍ଥାରେଥା'ନ୍ତି।

ଦିଗ ପରିବର୍ତ୍ତନ କରିଥିବା ବାତ୍ୟା 'ଫନି' ବଳରୁ ଅତି ପ୍ରବଳ ହୋଇ ପୁରୀ ନିକଟରେ ଭୂପାତ ହେଲା ମଇ ମାସ ତିନି ତାରିଖ ମଧ୍ୟାହ୍ନ ପୂର୍ବରୁ। କିଛି ଘଣ୍ଟା ଧରି ଶତାଧିକ କିଲୋମିଟର ବେଗରେ ପବନ ବହିବା ସହ ବର୍ଷାର ତାଣ୍ଡବଲୀଳା ଲାଗି ରହିଲା। ଭୟାତୁର ବିପଦ ସଙ୍କୁଳ ଜନସାଧାରଣଙ୍କୁ ନିରାପଦ ସ୍ଥାନକୁ ସ୍ଥାନାନ୍ତରିତ କରାଯାଇଥାଏ ପ୍ରଶାସନ ଦ୍ୱାରା। ଆତଙ୍କିତ ପୁରୀ ତଥା ଉପକୂଳ ଓଡ଼ିଶାବାସୀ ସେମାନଙ୍କର ଆରାଧ୍ୟ ଦେବତା ଜଗନ୍ନାଥଙ୍କୁ ଆତୁର ହୋଇ ଡାକୁଥାଆନ୍ତି। କିନ୍ତୁ ବାତ୍ୟାର ଅବ୍ୟବହିତ ପୂର୍ବରୁ ଅଭୟ ପ୍ରଦାୟୀ ନୀଳଚକ୍ରରୁ ବାନା ଉଡ଼ିଯାଇଥାଏ। ସତେ ଯେମିତି ମହାପ୍ରଭୁ ତାଙ୍କର ଅସହାୟତା ପ୍ରକାଶକରି ତା'ର ସୂଚନା ଦେଇ ଦେଇଥା'ନ୍ତି। ସଂଧ୍ୟା ଆଗତ ହେବାକୁ ଯାଉଥାଏ। ବାତ୍ୟାର ପ୍ରକୋପ କ୍ରମଶଃ ଦୁର୍ବଳ ହେବାକୁ ଲାଗିଲା।

ଧୀରେ ଧୀରେ ବାତ୍ୟା 'ଫନି' ତ ଅପସରିଗଲା। କିନ୍ତୁ ପଛରେ ଛାଡି ଯାଇଥିଲା ମର୍ମନ୍ତୁଦ ବିଭୀଷିକା। କେଇ ଘଣ୍ଟାର ପ୍ରଳୟରେ ଗଛ-ବୃଛ, ଘର-ଦ୍ୱାର ଭାଙ୍ଗି ଭୂପତିତ ହୋଇଯାଇଥିଲା। ଚତୁର୍ଦ୍ଦିଗ ଧ୍ୱସ୍ତବିଧ୍ୱଂସ୍ତ ରଣକ୍ଷେତ୍ର ଭଳି ପଡ଼ିରହିଥିଲା। ହଜାର ହଜାର ଭାଙ୍ଗି ପଡ଼ିଥିବା ଘର ମଧ୍ୟରୁ ଗୋଟିଏ ଥିଲା ନରହରି ମିଶ୍ରଙ୍କର ତିନି ବଖରିଆ ଝଲଘର। ଘରଟି ସମ୍ପୂର୍ଣ୍ଣ ଭାଙ୍ଗି ମାଟିରେ ଲୋଟିଯାଇଥାଏ। ଛପର ଉଡ଼ିଯାଇଥାଏ। ତା' ସହ ମାଟିରେ ମିଶି ଯାଇଥାଏ ତାଙ୍କ ସଜଡ଼ା ସଂସାର ଓ ଝିଅ ବାହା କରାଇବାର ସ୍ୱପ୍ନ। ନିମନ୍ତ୍ରଣ ପତ୍ରଠାରୁ ଝିଅଜ୍ୱାଇଁଙ୍କ ପାଇଁ କିଣାଯାଇଥିବା ଫୁଲନୋଳ ସବୁ ଛିନଛତ୍ର ହୋଇପଡ଼ିଥାଏ। ବାହାଘର ପାଇଁ ଆୟୋଜିତ ହୋଇଥିବା ସାଜ-ସରଞ୍ଜାମ କିଛି ପବନରେ ଉଡ଼ିଯାଇଥାଏ ତ କିଛି ପାଣିରେ ଧୋଇ ଯାଇଥାଏ।

ବାତ୍ୟାର ପରବର୍ତ୍ତୀ ପରିସ୍ଥିତି ଜୀବନ ଧାରଣ ପାଇଁ ଜଟିଳ ହୋଇପଡ଼ିଥାଏ। ଜୀବନ ରକ୍ଷା କରିବାର ପ୍ରାଥମିକତାରେ ମିନତିର ବାହାଘରର ଆବଶ୍ୟକତା ଗୌଣ ହୋଇପଡ଼ିଥାଏ। ନରହରି ମିଶ୍ର ସବିନୟେ ଖବର ପଠାଇଲେ ଯେ ସେ ଏ ବର୍ଷ ଝିଅ ବାହାଘର କରିବା ପରିସ୍ଥିତିରେ ନାହାନ୍ତି। ବାତ୍ୟା ତାଙ୍କର ସର୍ବନାଶ କରିଦେଇଛି। ତଥାପି ମନରେ ଆଶା ସଂଚାର କରି ଜଣାଇଥିଲେ। ଯଦି ବର ପକ୍ଷ ସମ୍ମତି ଦିଅନ୍ତି ଜଗନ୍ନାଥଙ୍କୁ ସାକ୍ଷୀ ରଖି ମନ୍ଦିରରେ ସମ୍ପୂର୍ଣ୍ଣ ନିରାଡ଼ମ୍ବର କନ୍ୟାଦାନ କରିପାରନ୍ତି।

ମଳୟଙ୍କ ବାପା ବିମଳବାବୁ ଜଣେ ସଂସ୍କୃତ ପଣ୍ଡିତ। ସେ ଉଦାରତାର ସହ

ନରହରି ମିଶ୍ରଙ୍କର ପ୍ରସ୍ତାବକୁ ବିଚାର କରି ସାଇଭାଇ ଓ ଗାଁ'ର ମୁଖିଆ ମାନଙ୍କ ସହ ପରାମର୍ଶ କଲେ। ହେଲେ ସ୍ୱାର୍ଥୀ ଗ୍ରାମବାସୀ ସେପରି ସାଦାସିଧା ବିବାହରେ ସମ୍ମତି ପ୍ରକାଶ କଲେ ନାହିଁ। ଅଗତ୍ୟା ବିମଳ ପଣ୍ଡିତେ କିଂକର୍ତ୍ତବ୍ୟବିମୂଢ଼ ହୋଇ ନରହରି ମିଶ୍ରଙ୍କୁ ତାଙ୍କର ଗାଁ' ଲୋକଙ୍କର ନାସ୍ତିସୂଚକ ନିଷ୍ପତ୍ତି ଜଣାଇଦେଲେ।

ଝିଅର ବାହାଘର ଭାଙ୍ଗି ଯିବା ଦୁଃଖରେ ନରହରି ମିଶ୍ର ମ୍ରିୟମାଣ ହୋଇପଡ଼ିଲେ। ମାନସିକ ଦୁଶ୍ଚିନ୍ତାରେ ଏମିତି ଭାଙ୍ଗି ପଡ଼ିଲେ ଯେ ନିଜର ଭଙ୍ଗା ଘରଟିକୁ ଠିଆ କରାଇବାକୁ ତାଙ୍କର ଜୁ ରହିଲା ନାହିଁ। ସେ ଥ'ହୋଇ ବସି ପଡ଼ିଲେ।

ଏପରି ଅସମୟରେ ମିନତି ଭାଙ୍ଗି ନପଡ଼ି ନିଜ ସହ ପରିବାରବର୍ଗଙ୍କୁ ସମ୍ଭାଳିବାକୁ ଆଗଭର ହେଲା। ନିଜ ବାହାଘର ଭାଙ୍ଗିଯିବାର ଗ୍ଲାନିକୁ ଅଣଦେଖା କରି ବାହାଘର ପାଇଁ ସଞ୍ଚିତ ଅର୍ଥକୁ ବିନିଯୋଗ କରି ପୈତୃକ ଘରଟିକୁ ସଜାଡ଼ି ଠିଆ କରାଇଲା। ବାତ୍ୟାର ପ୍ରକୋପରୁ ବଞ୍ଚିଯାଇଥିବା ଆସବାବପତ୍ରକୁ ଭୂଇଁରୁ ଉଠାଇ ସମ୍ଭାଳିଲା। ଅବସ୍ଥା ଧୀରେ ଧୀରେ ସ୍ୱାଭାବିକ ହେବାକୁ ଲାଗିଲା। ମିନତି ପାଇଁ ବାତ୍ୟାର ବିଭୀଷିକା ଅପେକ୍ଷା ବେଶି ମର୍ମନ୍ତୁଦ ଥିଲା ତା' ବାହାଘରକୁ ନେଇ ତା' ବାପା ମା'ଙ୍କର ଦୁଶ୍ଚିନ୍ତା। ବୁଢ଼ୀ ମା'ବି ନିରବିଯାଇଥାଏ। ତା' ଲୋଳିତ ଚର୍ମ ମୁହଁରୁ ଶବ୍ଦଟିଏ ବି ସ୍ଫୁରୁ ନଥାଏ।

ମିନତି ସହ ବାହାଘର ଭାଙ୍ଗିଯିବାର ସଠିକ୍ କାରଣ ମଳୟଙ୍କୁ ଜଣାନଥାଏ। କେବଳ ଏତିକି ଜଣାଥାଏ ଯେ ବାତ୍ୟା ବିପର୍ଯ୍ୟସ୍ତ ସାକ୍ଷୀଗୋପାଳର ନରହରି ମିଶ୍ର ଏବେ ଝିଅ ବାହାଘର କରିବା ଅବସ୍ଥାରେ ନାହାନ୍ତି। ତେଣୁ ସେ ପ୍ରସ୍ତାବ ଭାଙ୍ଗିଯିବା ତୟଥିଲା। କିଛି ଦିନର ବ୍ୟବଧାନରେ ମଳୟଙ୍କ କଲେଜ ଠିକଣାରେ ଚିଠିଟିଏ ଆସିଥିଲା। ଚିଠିଟି ଥିଲା ମିନତି ହାତଲେଖା...

ମଳୟବାବୁ,

ଏ ଅପରିଚିତ ହସ୍ତାକ୍ଷରକୁ ଦେଖି ଆଶ୍ଚର୍ଯ୍ୟ ହେବେ ବୋଧେ। ହସ୍ତାକ୍ଷର ଅପରିଚିତ ହେଲେ ବି ଲେଖିଥିବା ହାତ ଅପରିଚିତ ନୁହଁ। ଏ ହାତର ଅନାମିକା ଆଙ୍ଗୁଳିରେ ଏଯାଏ ଆପଣଙ୍କ ପ୍ରଦତ୍ତ ଅଙ୍ଗୁରୀୟ ଶୋଭା ପାଉଛି। ବାପା କହୁଥିଲେ ତାକୁ ଉତାରି ଆପଣଙ୍କୁ ଫେରାଇ ଦେବାକୁ। ତା' ପୂର୍ବରୁ ମୁଁ ଅପେକ୍ଷା କରିଛି ଆପଣଙ୍କ ମତାମତକୁ। ଆପଣ କ'ଣ ସେଇଆ ଚାହୁଁଛନ୍ତି ?

ଖବର କାଗଜରୁ ପଢ଼ିଥିବେ, ଟିଭିରେ ଦେଖିଥିବେ ବାତ୍ୟାର ପ୍ରଳୟଙ୍କରୀ ଦୃଶ୍ୟ। ତା'ର ଭୁକ୍ତଭୋଗୀ ଆମେ ଉତ୍ପୀଡ଼ିତ ପୁରୀବାସୀ। ଆମ ଗାଁ' ଆମ ଘର ବି ସେହି କରାଳ ବାତ୍ୟାରେ ଭୂଲୁଠିତ। କୁଟା କାଠି ସାଉଁଟି ମୁଣ୍ଡ ଗୁଞ୍ଜିବାକୁ ଚେଷ୍ଟା କରୁଛୁ। ମୋ ପରିବାର ଉପରେ ସେ ବାତ୍ୟା ପରେ ଆଉ ଗୋଟିଏ ବାତ୍ୟା ହୋଇ ମୁଁ

ଘୂରିବୁଲୁଛି । ମୋର ଆପଣଙ୍କ ସହ ପାଟମୁଦି ସରିଛି । ଯଥାର୍ଥରେ ମୁଁ ଆପଣଙ୍କ ବାଗ୍‌ଦତ୍ତା । କିନ୍ତୁ ସେ ନିର୍ବନ୍ଧ ବାହାଘରର ରୂପ ନେବା ଆଗରୁ ପଥହରା ହୋଇଯାଇଛି । ମୋ ବୁଢ଼ୀ ମା' ଶେଯକୁ ଅଣ୍ଡାଳି ବାହୁନୁଛି । ତା' ଜୀବଦଶାରେ ସେ ବୋଧେ ତା' ନାତୁଣୀ ପାଦରେ ବାହା ଅଳତା ଦେଖି ପାରିବନି । ବାପା ମା'ଙ୍କର ଅବସ୍ଥା ତତୋଽଧିକ । ସେମାନଙ୍କର ସଞ୍ଚିତ ପୁଞ୍ଜି ଆମ ବାହାଘର ଆୟୋଜନରେ ଲଗାଇ ଦେଇଥିଲେ । ଯାହା ଆଜି ପ୍ରଭଞ୍ଜନର ପ୍ରକୋପରେ ଉଡ଼ିଯାଇଛି । ବୃଷ୍ଟିର ମାଡ଼ରେ ଧୋଇଯାଇଛି । ଯତ୍‌କିଞ୍ଚିତ ବଞ୍ଚିଥିଲା ବରଯାତ୍ରୀମାନଙ୍କର ଆତିଥ୍ୟ ସତ୍କାର ନିମିତ୍ତ, ତାକୁ ମୁଁ ବାପାଙ୍କର ଅନିଚ୍ଛା ସତ୍ତ୍ୱେ ଆମ ଭଙ୍ଗା ଘରଟିକୁ ସଜାଡ଼ିବାରେ ଲଗାଇ ଦେଇଛି ।

ଶୁଣିଲି, ଆପଣଙ୍କ ପରିବାର ମୋ ବାପାଙ୍କର ନିରାଡ଼ମ୍ବର ବିବାହ ପ୍ରସ୍ତାବରେ ଅନିଚ୍ଛା ପ୍ରକାଶ କଲେ । ଆପଣ ଜଣେ ଅଧ୍ୟାପକ । ଛାତ୍ରଛାତ୍ରୀମାନଙ୍କୁ ଜ୍ଞାନାଲୋକ ପ୍ରଦାନ କରୁଛନ୍ତି । ଆମ ଭଳି ବାତ୍ୟା ପ୍ରପୀଡିତ ଅସହାୟ ଲୋକମାନଙ୍କୁ ଦୁର୍ଦ୍ଦଶା ଉପଲବ୍ଧି କରିବାକୁ ବିଶେଷ କଷ୍ଟ ହେଉନଥିବ ।

ଆପଣଙ୍କ ସହ ମନ୍ଦିରରେ ପ୍ରଥମ ସାକ୍ଷାତ ପରେ ମୁଁ ଆଶ୍ୱସ୍ତ ଥିଲି । ଉତ୍ତମ ଜୀବନ ସାଥୀଟିଏ ପାଇବାର ଆଶା ମୋ ମନକୁ ଆବୋରି ବସିଥିଲା । ମୋର ଏପରି ଆକର୍ଷଣକୁ ଆପଣ ଆପଣଙ୍କ ପ୍ରତି ମୋର ପ୍ରେମ କି ଦୁର୍ବଳତା ଭାବିବେ ନାହିଁ । ସଂସାରରେ ପୁଅ ଝିଅ ହୋଇ ଜନ୍ମନେଇ ବୟସକ୍ରମେ ବୈବାହିକ ବନ୍ଧନରେ ବାନ୍ଧି ହେବା ଏକ ସାଧାରଣ ସାମାଜିକ ପ୍ରକ୍ରିୟା । ଆକର୍ଷଣ, ସମ୍ମୋହନ, ପ୍ରେମପ୍ରୀତି ସେ ସବୁ ମନସ୍ତାତ୍ତ୍ୱିକ ପର୍ଯ୍ୟବେକ୍ଷଣ, ସାହିତ୍ୟିକ ଅଳଙ୍କାରିକରଣ । ଆବେଗିକ ଭାବପ୍ରବଣତା । ବାସ୍ତବତାର କଷଟିରେ ଦିନରାତି ଘଷିମାଜି ହୋଇ ପରୀକ୍ଷା ନିରୀକ୍ଷାର ଅଗ୍ନିରେ ବାରବାର ପ୍ରଜ୍ୱଳିତ ମଧ୍ୟବିତ୍ତ ଜୀବନ ଶୈଳୀରେ ସ୍ୱପ୍ନ ଉତୁରି ପଡୁଥିବାବେଳେ ଉନ୍ମୁକ୍ତ ବେଳାଭୂମିରେ ଚନ୍ଦ୍ରାବଲୋକନ କରିବାକୁ କାହା ପାଖରେ ସମୟ ନା ସାମର୍ଥ୍ୟ ଅଛି ।

ଏସବୁ ଲେଖିବାର ଅଭିପ୍ରାୟ ନ ଜଣାଇ ଏତେସବୁ ଗୌରଚନ୍ଦ୍ରିକାର ଆବଶ୍ୟକତା ନଥିଲା । ତଥାପି ମଣିଷ ମନତ ! ଆପଣଙ୍କ ସହ ନହେଲେ ଆଉ କାହାସହ ମୋର ବିବାହ ହୋଇପାରେ । ଏ ବର୍ଷ ନହେଲେ ଆଉ କେତେ ବର୍ଷ ପରେ ହୋଇପାରେ । ହୁଏତ ସେ ଯାଏ ମୋ ବୁଢ଼ୀ ମା'ନଥାଇପାରେ । ତା'ର ନାତୁଣୀ ବାହାଘର ଦେଖିବାର ଆଶା ଆଶାରେ ରହିଯାଇପାରେ । ହୁଏ ତ ମୋ ବୟସ୍କ ବାପା ମା'ଙ୍କର ଦୁଶ୍ଚିନ୍ତା ବଢ଼ି ବଢ଼ି ତାଙ୍କୁ ରୁଗ୍‌ଣ କରିଦେଇପାରେ । କିନ୍ତୁ ଏସବୁକୁ ଦାୟ କରି ମୁଁ ଆପଣଙ୍କୁ ଅନୁରୋଧ କରିବି ନାହିଁ ମୋତେ ବାହାହେବା ପାଇଁ । ଏକଥା ବି କହିବି ନାହିଁ ଯେ ମହାପ୍ରସାଦ ନିର୍ମାଲ୍ୟକୁ ସାକ୍ଷୀରଖି ଆମର ନିର୍ବନ୍ଧ ଯଦି ବିବାହରେ ପରିଣତ

ନହୁଏ ଆମେ ଜଗନ୍ନାଥ ଦ୍ରୋହି ହୋଇଯିବା। କିନ୍ତୁ ଏକ ସହାନୁଭୂତିଶୀଳ ବ୍ୟକ୍ତିଠାରୁ ଏତିକି ମାନବିକତା ଆଶା କରେ ଯେ ଯଦି ଆମେ ଆମର ଯତ୍‌କିଞ୍ଚିତ ସଂକଳ୍ପକୁ କୌଣସି ସାମାଜିକ, ଅର୍ଥନୈତିକ ପରିସ୍ଥିତିର ଦାସ ହେବାକୁ ନଦେଇ ଆମର କର୍ତ୍ତବ୍ୟ ଏକ ନିରାଡ଼ମ୍ବର ସାତ୍ତ୍ୱିକ ପରିବେଶରେ ସମାହିତ କରିପାରିବା ହୁଏତ ଆମେ ଆମ ଭଳି ଆଉ କେତେକ ଉତ୍ପୀଡିତଙ୍କ ପାଇଁ ଆଦର୍ଶ ସ୍ଥାପିତ କରିପାରିବା।

ଏହାପରେ ମୋର ନିର୍ବନ୍ଧ ମୁଦି ଫେରାଇବା ନିର୍ଭର କରେ ଆପଣଙ୍କ ନିଷ୍ପତ୍ତି ଉପରେ।

'ଇତି, ମିନତି'

ଚିଠିଟି ପଢ଼ିସାରି ମଳୟଙ୍କ ହୃଦୟ ଦ୍ରବିଭୂତ ହୋଇଗଲା। ସେ ନିଜକୁ ଯେତିକି ଲଜ୍ଜିତ ମନେ କରୁଥିଲେ ସେତିକି ରୋମାଞ୍ଚିତ ହୋଇ ଘର୍ମାକ୍ତ ହୋଇଯାଇଥିଲେ। ସ୍ଥିର କଲେ ଯେତେ ବାଧାବିଘ୍ନ ଆସୁ ପଛେ ମିନତିକୁ ହିଁ ଜୀବନ ସାଥୀ କରିବେ। ଏମିତି ବୁଦ୍ଧିମତୀ, ରୂପବତୀ ଏବଂ ନିର୍ଭୀକା ଝିଅଟିଏ ପାଇବା ସହଜ ସାଧ୍ୟ ନୁହେଁ। ମଳୟ ନିଜ ଘରେ ଜଣାଇ ଦେଲେ ସେ ବାହାହେବେ ତ ସେଇ ମିନତିକୁ। ଅନ୍ୟ କାହାକୁ ନୁହଁ। ପୁଣି ନିରାଡ଼ମ୍ବର ସହକାରେ, ବାଜାବାଣ ରୋଶଣି ବିହୀନ। କିନ୍ତୁ ତାଙ୍କ ପ୍ରସ୍ତାବରେ ସାଇ ଭାଇଙ୍କର ସମ୍ମତି ନଥିଲା।

ଏକ ନିର୍ଦ୍ଦିଷ୍ଟ ଲଗ୍ନରେ ମଳୟ ନିଜ ବାପା ମା' ଏବଂ ଅନ୍ୟ କେତେଜଣ ଆତ୍ମୀୟ ସ୍ୱଜନଙ୍କ ସହ ସାକ୍ଷୀଗୋପାଳ ମନ୍ଦିରରେ ପହଞ୍ଚିଲେ। ମିନତିର ପରିବାର ଆଗରୁ ମନ୍ଦିର ବେଢ଼ାରେ ଅପେକ୍ଷା କରି ରହିଥିଲେ। ବିବାହ କାର୍ଯ୍ୟ ସମ୍ପାଦନ ହେଲା ବୈଦିକ ରୀତିରେ। ସମ୍ପୂର୍ଣ୍ଣ ନିରାଡ଼ମ୍ବର ବାଜାବାଣ ରହିତ। ତତ୍‌ପରେ ପ୍ରସାଦ ସେବନ କରି ପୁଅବୋହୂଙ୍କୁ ସାଥୀରେ ନେଇ ବିମଳ ପଣ୍ଡିତେ ଗାଁ' ମାନପୁରକୁ ଫେରିଲେ। ଗାଁ'ରେ ପହଞ୍ଚିବା ବେଳକୁ ସୂର୍ଯ୍ୟାସ୍ତ ହୋଇସାରିଥାଏ।

ସେଦିନ ସଂଧ୍ୟାରେ ମାନପୁର ଗାଁରେ ଗ୍ରାମସଭା ବସିଲା। ପୁଅ ବାହାଘରରେ ସାଇ ଭାଇ ତଥା ଗାଁ' ଲୋକଙ୍କୁ ଉପେକ୍ଷା କରିଥିବାରୁ ବିମଳ ପଣ୍ଡିତଙ୍କୁ ବାସନ୍ଦ କରିବାକୁ କେତେ ଜଣ ପ୍ରସ୍ତାବ ରଖିଲେ। ଜଣେ ବୟୋଜ୍ୟେଷ୍ଠ ମତ ଦେଲେ ଏକ ପକ୍ଷଭାବେ କିଛି ନିଷ୍ପତ୍ତି ନେବା ଆଗରୁ ତଥାକଥିତ ଅଭିଯୁକ୍ତଙ୍କୁ ନିଜପକ୍ଷ ରଖିବାକୁ ସୁଯୋଗ ଦେବା ବିଧେୟ। ସଭାକୁ ବିମଳ ପଣ୍ଡିତଙ୍କୁ ଡକରା ଆସିଲା। କଥା, ବୋହୂ ମିନତି କାନରେ ପଡ଼ିଲା। ମିନତି ସଂଭ୍ରମତାର ସହ କହିଲା 'ବାପା ମଳୟ ଓ ମୁଁ ବି ଆପଣଙ୍କ ସହ ଗ୍ରାମସଭାକୁ ଯିବୁ। ଅପରାଧ ଆମେ କରିଛୁ ଆପଣ କାହିଁକି ଜବାବ ଦେବେ ? ଆମେ ତ ଆଉ ଛୋଟ ପିଲା ହୋଇନାହୁଁ ଯେ ଆମର ସବୁ ଦୋଷ ପାଇଁ

ଆପଣ ଦଣ୍ଡିତ ହେବେ। ଆମକୁ ଛତ୍ରଛାୟା ଘୋଡ଼ାଇ ରଖିବେ'। ବିମଳ ପଣ୍ଡିତେ ନିରୁତ୍ତର ଥିଲେ। ବୋହୂର ଏପରି ସ୍ୱଷ୍ଟୋକ୍ତିକୁ ସ୍ୱୀକାର କଲେ।

ଗ୍ରାମ ସଭା ଚାଲିଥାଏ। ବିମଳ ପଣ୍ଡିତେ ପୁଅ ବୋହୂଙ୍କ ସହ ସଭାସ୍ଥଳରେ ଉପସ୍ଥିତ ହେଲେ। ତାଙ୍କ ବିରୁଦ୍ଧରେ ସମସ୍ତ ଅଭିଯୋଗ ଅପରାଧି ଭଳି ଦଣ୍ଡାୟମାନ ହୋଇ ଶୁଣୁଥିଲେ। ମୁଖ୍ୟ ଅଭିଯୋଗ ହେଲା ବିନା ସାଇ ଭାଇଙ୍କ ଉପସ୍ଥିତିରେ ବାଜାବାଣ ବରଯାତ୍ରୀ ସାଥୀରେ ନନେଇ କି ଭୋଜି ଭାତରେ ଅପ୍ୟାୟିତ ନକରି ବିମଳ ପଣ୍ଡିତେ ପୁଅ ବାହା କରାଇ ଘରକୁ ବୋହୂ ଆଣିଛନ୍ତି। ଗାଁ'ର ପରମ୍ପରାକୁ ଭଙ୍ଗ କରିଛନ୍ତି। ତେଣୁ ତାଙ୍କୁ ଅନିର୍ଦ୍ଦିଷ୍ଟ କାଳ ପାଇଁ ବାସନ୍ଦ କରାଯିବ। ସବୁ ଅଭିଯୋଗ ଶୁଣିସାରି ବିମଳ ପଣ୍ଡିତେ କି ମଳୟ କିଛି କହିବା ଆଗରୁ ମିନତି ଅତି ସନ୍ତର୍ପଣରେ ଶ୍ୱଶୁର ଘର ଗାଁ'ର ବୟୋଜ୍ୟେଷ୍ଠ ମାନଙ୍କୁ ଅଭିବାଦନ ଜଣାଇ ତା'ର ଜବାବ ରଖିଲା। ଅତି ନମ୍ରଭାବରେ କହିଥିଲା -'କେଉଁ ପରିସ୍ଥିତିରେ ସେମାନେ ଏପରି ଜାକଜମକ ଶୂନ୍ୟ ବାହାଘର ପାଇଁ ନିଷ୍ପତ୍ତି ନେଲେ'। ଗାଁ' ଲୋକମାନଙ୍କୁ ନିବେଦନ କରିଥିଲା ଯେ ତାଙ୍କ ପକ୍ଷ ଶୁଣିବା ପରେ ଯାହା ନିଷ୍ପତ୍ତି ନେବେ ସେମାନେ ମାନିବାକୁ ପ୍ରସ୍ତୁତ। ସ୍ୱାମୀ ଶ୍ୱଶୁରଙ୍କ ପକ୍ଷ ରଖି ସେ କହିଥିଲା....

"ସମ୍ମାନୀୟ ଗୁରୁଜନ ସ୍ଥାନୀୟ ବ୍ୟକ୍ତିମାନେ। ଆପଣମାନେ ନିକଟ ଅତୀତରେ ଅସିଥିବା ବାତ୍ୟାର ବିଭୀଷିକା କଥା ଶୁଣିଥିବେ, ଜାଣିଥିବେ। ମୋ ବାପ ଘର ଗାଁ ଲୋକେ ତାକୁ ଅଙ୍ଗେ ନିଭାଇଛୁ। ଯେଉଁ ଗାଁ'ର ଲୋକେ ଧନଧାନ୍ୟରେ ଭରପୂର ହୋଇ ସ୍ୱଚ୍ଛନ୍ଦରେ ଚଳୁଥିଲେ ଆଜି ସେମାନେ ସର୍ବସ୍ୱାନ୍ତ। ଘର, ଗଛବୃଛ ମାଟିରେ ମିଶି ଯାଇଛି। ଯାହାଥିଲା ସମ୍ବଳ କିଛି ପବନରେ ଉଡ଼ିଯାଇଛି ତ କିଛି ବର୍ଷାରେ ଭିଜି ଯାଇଛି। ମୋ ବାପା ବି ମନସ୍ଥ କରିଥିଲେ ଆପଣମାନଙ୍କର ସ୍ୱାଗତ ସମ୍ବର୍ଦ୍ଧନା କରିଥା'ନ୍ତେ। ଭୋଜି ଭାତରେ ଆପ୍ୟାୟିତ କରିଥା'ନ୍ତେ। ମାତ୍ର ଆଜି ତାଙ୍କର ଆଉ ସେ ସାମାର୍ଥ୍ୟ ନାହିଁ। ନା ମୋ ବୁଢ଼ୀ ମା'ର ଆୟୁଷ ଅଛି ତା' ନାତୁଣୀର ବାହାଘର ଦେଖିବାକୁ ପରିସ୍ଥିତି ସୁଧୁରିବା ଯାଏ ଅପେକ୍ଷା କରିବାକୁ। ବାତ୍ୟା ବନ୍ୟା ଭଳି ପ୍ରାକୃତିକ ବିପ୍ୱାତ କାହାକୁ ପଚାରି ଆସେ ନାହିଁ। ଆଜି ଆମ ଗାଁ'କୁ ଆସିଛି। କାଲି ଆପଣଙ୍କ ଗାଁକୁ ଯେ ନ ଆସିବ କିଏ କହିପାରିବ। ସେମିତି କିଛି ହେଲେ ଆପଣମାନେ କ'ଣ ଚାହିଁବେ ଆପଣଙ୍କ ଝିଅ ଅଭିଆଡ଼ୀ ରହିଯାଉ। ଭୋଜି ଭାତ ଆଡ଼ମ୍ବର ପାଇଁ ବାହାଘର ଭାଙ୍ଗିଯାଉ। ଏ କେଉଁ ମାନବିକତା। ମୋ ଶ୍ୱଶୁର ମାନବିକତାର ପରିଚୟ ଦେଇ ଆମର ବିବାହ ଏକ ନିରାଡ଼ମ୍ବର ପରିବେଶରେ ସମାପନ କରିଛନ୍ତି। ଲୋକଙ୍କ ଘରେ ଆଲୁଅ ଜାଳିବାକୁ ତେଲ ଟୋପାଏ ନଥିବାବେଳେ ବାଜାବାଣ ଆତସବାଜି କରିବା

କେତେଦୂର ଯଥାର୍ଥ। ସେହିପରି ଶହ ଶହଲୋକ ଭୋକ ଉପାସରେ ରହୁଥିବାବେଳେ ଭୋଜି-ଭାତରେ ଅନ୍ନଧ୍ୱଂସ କରିବା ଅବିବେକିତା ନୁହଁ କି ! ଆମେ ଯାହା କରିଛୁ ବୁଝି ବିଚାରି କରିଛୁ ଯାହା କେବଳ ଆମ ପାଇଁ ନୁହଁ ସମାଜ ପାଇଁ ହିତକର। ଏହାପରେ ଆପଣମାନେ ଯାହା ବିଚାର କରିବେ ଆମର ଆପତ୍ତି ନାହିଁ"।

ମିନତି ଏତକ କହି ତା'ର ବକ୍ତବ୍ୟ ଶେଷ କଲାବେଳକୁ ସଭା ମଧ୍ୟରେ ଉପସ୍ଥିତ ସମସ୍ତ ବ୍ୟକ୍ତିଙ୍କ ମୁଣ୍ଡତଳକୁ ହୋଇଯାଇଥିଲା। କେହି ଆଉ ପ୍ରତିବାଦର ସ୍ୱର ଉତ୍ତୋଳନ କରି ପାରୁନଥିଲେ। କିଛିକ୍ଷଣ ନିରବତା ପରେ ଜଣେ ବୟୋଜ୍ୟେଷ୍ଠ କହିଲେ ବୋହୂମା ତୁମେ ଯାହା କହିଛ ଯଥାର୍ଥ। ଆମେ ଲୋଭ ଅହଂକାରର ବଶବର୍ତ୍ତୀ ହୋଇ ବାସ୍ତବତାକୁ ଉପଲବ୍ଧି କରିପାରୁନଥିଲୁ। ବିମଳ ପଣ୍ଡିତେ ଯାହା କରିଛନ୍ତି ଠିକ୍ କରିଛନ୍ତି। ତୁମେ ଦୁହେଁ ଆମ ଗାଁ' ପାଇଁ ଆଦର୍ଶ। ଆଉ ଏଣିକି ଏ ଗାଁ'ର କେହି ଯାନି ଯୌତୁକ ଦେବାନେବା କରିବେ ନାହିଁ କି ବାଜାବାଣ ଭୋଜିଭାତରେ ଅର୍ଥ ଅପଚୟ କରିବେ ନାହିଁ। ଅର୍ଥାଭାବରୁ କାହା ଘରେ ଝିଅଟିଏ ଆଉ ଅଭିଆଡ଼ୀ ରହିବ ନାହିଁ। ମଳୟ ଓ ମିନତିକୁ ଆଦର୍ଶ ମାନି ଆମ ଗାଁ'ପିଲାଏ ତାଙ୍କ ପଦାଙ୍କ ଅନୁସରଣ କରିବେ। ଏ ପ୍ରସ୍ତାବରେ ଗାଁ'ର ଆଉ ସବୁ ଜନତା ସମ୍ମତି ଜଣାଇଲେ। ସଭାଭଙ୍ଗ ହେଲା। ନବବିବାହିତ ବରବଧୂଙ୍କୁ ଆଶୀର୍ବାଦ କରି ସବୁ ସ୍ୱଗୃହ ପ୍ରତ୍ୟାବର୍ତ୍ତନ କଲେ।

ତା'ପରଦିନ ସକାଳେ ପିଲାଟିଏ ଖବର କାଗଜ ଦେଖାଇ ଗାଁ ଲୋକଙ୍କୁ କହୁଥାଏ -"ଦେଖ, ବିମଳ ପଣ୍ଡିତେଙ୍କ ବୋହୂ ମିନତି ମିଶ୍ର ଆଇ.ଏ.ଏସ୍ ପରୀକ୍ଷାରେ ଉତ୍ତୀର୍ଣ୍ଣ ହୋଇଛି"। ଗାଁ'ର ଲୋକମାନେ ଶୁଭେଚ୍ଛା ଦେବାକୁ ବିମଳ ପଣ୍ଡିତଙ୍କ ଘର ବାହାରେ ରୁଣ୍ଡ ହୋଇଗଲେ। ମିନତିକୁ ଏସବୁ ଆଶ୍ଚର୍ଯ୍ୟ ଲାଗୁଥିଲା। ଗପ କି କାହାଣୀ ଭଳି। ବାହାଘର ଭାଙ୍ଗିଯାଉଥିବାବେଳେ ତା'ଙ୍କ ଘରେ ହତାଶା ଛାଇଯାଇଥିଲା। ସେ ଧୈର୍ଯ୍ୟର ସହ ସମସ୍ୟାର ସମାଧାନ କରିବାକୁ ଚେଷ୍ଟାମାତ୍ର କରିଥିଲା। ସେଥିରେ ସଫଳ ହେଲା। ଶାଶୂଘର ଗାଁ'ରେ ଶ୍ୱଶୁରଙ୍କୁ ଗ୍ରାମସଭା ଆଗରେ ଲାଞ୍ଛିତ ହେବାରୁ ବଞ୍ଚାଇ ନେଲା। ଶେଷରେ ଈଶ୍ୱର ବି ତା' ପରିଶ୍ରମର ଫଳ ତ୍ୱରିତ ଧରାଇ ଦେଲେ। ତା'ର ସିଭିଲ୍ ସର୍ଭିସ୍ ପାଇଁ ଯୋଗ୍ୟ ବିବେଚିତ ହୋଇ ଆଇ.ଏ.ଏସ୍ ପାଇବା ମହାର୍ଘ ଆଶୀର୍ବାଦ ନୁହଁ ତ ଆଉ କ'ଣ। ହର୍ଷୋଲ୍ଲାସ ସହ ଅନ୍ତ ହୋଇଥିବା ଗପଗୁଡିକ ତ ଠିକ୍ ଏମିତି, ଯେମିତି ଏଇ ଅଳ୍ପଦିନ ହେବ ଘଟଣା ଗୁଡ଼ିକ ତା' ଜୀବନରେ ଘଟିଯାଉଛି।

■

ଘର କାହାର

ସବୁ ଶୁଣି ନ ଶୁଣିବା ଭଳି ଚୁପ୍ ରହନ୍ତି ନିର୍ମଳା ଦେବୀ। ତାଙ୍କର ଅଭିଯୋଗ ଅଶୀତିପର ସ୍ୱାମୀ ନନ୍ଦକିଶୋରଙ୍କ କାନକୁ ଶୁଭୁନଥିବାରୁ ସେ କିଛି ଜାଣି ପାରୁନାହାଁନ୍ତି। ତାଙ୍କର ଅସହାୟତା ବୁଝିବା ପରିବର୍ତ୍ତେ ଦିନୁ ଦିନ ତାଙ୍କର ଅବୁଝାପଣ ରାଗ ରୁଷା ବୟସ ସହ ବଢ଼ି ବଢ଼ି ଯାଉଛି।

ସ୍ୱାମୀ ନନ୍ଦକିଶୋରଙ୍କର ଦୋଷାରୋପ ଯେ ସ୍ତ୍ରୀ ନିର୍ମଳା ଦେବୀ ଆଉ ଆଗଭଳି ତାଙ୍କର ଯତ୍ନ ନେଉନାହାଁନ୍ତି। ତାଙ୍କର ସମୟରେ ଖାଇବା ପିଇବାରେ ଧ୍ୟାନ ଦେଉନାହାଁନ୍ତି। ସବୁବେଳେ ଚୁପ୍‌ଚାପ୍ ଚୌକିଟିରେ ବସି ଆଖି ବନ୍ଦ କରି ଈଶ୍ୱରଙ୍କୁ ସୁମରଣା କରୁଛନ୍ତି। ସେ ବୁଝିବାକୁ ପ୍ରସ୍ତୁତ ନୁହଁ ଯେ ସାମ୍ପ୍ରତିକ ପରିସ୍ଥିତିରେ ନିର୍ମଳା ଦେବୀ କିଂକର୍ତ୍ତବ୍ୟବିମୂଢ଼।

ବୟସ ଥିବାବେଳୁ ନିର୍ମଳା ଦେବୀ ଦେଖିଆସୁଛନ୍ତି ସ୍ୱାମୀଙ୍କର ଜିଦ୍‌ଖୋର୍ ଅବୁଝାପଣ। ଯାହା ବୁଝିଥିବେ ତାକୁ ବଦଳାଇବାର ସାଧ କାହାର ନାହିଁ। ତାଙ୍କର ତିନି ଝିଅରେ ଗୋଟିଏ ପୁଅ। ସେଥିପାଇଁ ମାତ୍ରାଧିକ୍ୟ ପୁତ୍ର ମୋହ ବି ବର୍ତ୍ତମାନ ପରିସ୍ଥିତି ପାଇଁ କିଛି ପରିମାଣରେ ଦାୟୀ। ସ୍ୱାମୀ ଉଚ୍ଚପଦସ୍ଥ ଅଧିକାରୀ ହେଲେ ମଧ୍ୟ, ତାଙ୍କର ପ୍ରାୟ ପ୍ରତ୍ୟେକ ନିଷ୍ପତ୍ତିକୁ ମା'ପୁଅ ମିଶି ସମାଲୋଚନା କରନ୍ତି। ସବୁ କଥାରେ କିଛି ନା କିଛି ଆଳ ଦେଖାଇ ବିରୋଧ କରନ୍ତି।

ପିଲାଦିନୁ ନିଜର ଭାଇ ଭଉଣୀମାନଙ୍କ ଦାୟିତ୍ୱ ତୁଲାଇ ଆସିଥିବା ନନ୍ଦକିଶୋର ବାବୁ କିନ୍ତୁ ସେସବୁକୁ ଜାଣି ନଜାଣିବାପରି, ଶୁଣି ନଶୁଣିବାପରି ତାଙ୍କ ପସନ୍ଦ ମୁତାବକ କାର୍ଯ୍ୟ କରନ୍ତି। ସେ ସାମର୍ଥ୍ୟ ମଧ୍ୟ ତାଙ୍କର ଥିଲା। ଆଉ କାହାର ସାହାଯ୍ୟ ନ ନେଇ ସେ ନିଜର ପିଲାମାନଙ୍କର ପାଠ ପଢ଼ିବାଠାରୁ ବାହାଘର ପର୍ଯ୍ୟନ୍ତ ଏକା ଏକା ସବୁ

ସୁରୁରୂପେ ନିର୍ବାହ କରିଛନ୍ତି। ସବୁ କଥାରେ କିନ୍ତୁ ସେ ନିର୍ମଳା ଦେବୀଙ୍କ ମତକୁ ସମ୍ମାନ ଦେଇ ଆସିଛନ୍ତି।

ନନ୍ଦକିଶୋର ବାବୁ ପାଠ ପଢ଼ିସାରି ଚାକିରି ଆରମ୍ଭ କରିବା ଦିନଠୁ ଆଗ ନିଜ ଭାଇ ଭଉଣୀଙ୍କ ବୋଝ ବୋହିବା ପରେ ପରେ ନିଜର ଚାରିଟି ପିଲାଙ୍କର ସୁଖ ସ୍ୱାଚ୍ଛନ୍ଦ୍ୟ ଦେଖିବାକୁ ଯାଇ ନିଜ ପାଇଁ ଘର ଖଣ୍ଡେ ବି କରି ପାରିନାହାଁନ୍ତି। ବର୍ତ୍ତମାନ ରହୁଥିବା ଘରଟି ନିର୍ମଳା ଦେବୀଙ୍କ ବାପା ଅର୍ଥାତ୍ ତାଙ୍କ ଶ୍ୱଶୁର ତାଙ୍କୁ ଦେଇଛନ୍ତି। ଚାକିରିରୁ ଅବସର ନେବାପରେ ସେ କେବଳ ଉପର ମହଲାଟି ତିଆରି କରାଇ ସେଥିରେ ରହୁଛନ୍ତି। ତଳ ମହଲାଟି ଭଡ଼ାରେ ଦିଆହୋଇଛି। ଏଯାବତ ଘରଟି ଅଛି ନିର୍ମଳା ଦେବୀଙ୍କ ନାଁରେ।

ନନ୍ଦକିଶୋର ବାବୁ ତାଙ୍କ ପେନ୍‌ସନ୍ ଓ ତଳ ଘରୁ ମିଳୁଥିବା ଭଡ଼ା ଅର୍ଥରେ ଘର ଚଳାନ୍ତି। ପୁଅର ଚାକିରିରୁ କେତେ ଦରମା ଆସେ, ସେ ସେଥିରେ କ'ଣ କରେ କେବେ ଜାଣିବାକୁ ଚାହାନ୍ତି ନାହିଁ। ବରଂ ଦୈନନ୍ଦିନ ଗୁଜୁରାଣ ମେଣ୍ଟାଇବାସହ ଘର ମରାମତି କରିବା, ରଙ୍ଗ ଦେବା ତଥା ପୁଅର ପିଲାମାନଙ୍କର ସ୍କୁଲ୍ କଲେଜ ଖର୍ଚ୍ଚ ବି ସେଇଥିରୁ ବହନ କରିଥା'ନ୍ତି। ନାତିଟିଏ ଆଶା କରି ପୁଅର ଆଗପଛ ହୋଇ ତିନୋଟି ଝିଅ। ସେମାନେ ସବୁ ସ୍କୁଲ୍ କଲେଜରେ ପଢ଼ିଲେଣି। ବଡ ଦୁଇଟି ନାତୁଣୀ କଲେଜରେ ପଢୁଥିବାବେଳେ ସବୁଠୁ ସାନ ନାତୁଣୀ ସ୍କୁଲ୍ ଯାଉଛି।

ନିର୍ମଳା ଦେବୀଙ୍କର ତିନୋଟି ଯାକ ଝିଅ କେବେଠୁ ବାହାହୋଇ ତାଙ୍କର ଘର ସଂସାର କରିଛନ୍ତି। ନନ୍ଦକିଶୋର ବାବୁ ବାଛି ବାଛି ଡାକ୍ତର, ଇଂଜିନିୟର ଓ ଅଫିସର୍ ଜ୍ୱାଇଁ କରିଛନ୍ତି। ତେଣୁ ଝିଅମାନେ ସୁଖ ସ୍ୱଚ୍ଛନ୍ଦରେ ସେମାନଙ୍କ ସଂସାରକୁ ନେଇ ବ୍ୟସ୍ତ। ସେମାନଙ୍କର ପିଲାମାନେ ଛୋଟଥିବାବେଳେ ସବୁ ଗ୍ରୀଷ୍ମ ଛୁଟିରେ ଅଜାଘରକୁ ଆସନ୍ତି। ଅଜା, ଆଈ, ମାମୁ ସେମାନଙ୍କୁ ଦେଖି ବହୁତ ଖୁସି ହୁଅନ୍ତି। ଷ୍ଟେସନରୁ ଯାଇ ପାଛୋଟି ଆଣିବାଠୁ ପୁଣି ଷ୍ଟେସନରେ ଟ୍ରେନ୍ ଚଢ଼ାଇ ମେଲାଣି ଦେବାଯାଏ ଘରେ ଗହଳି ଚହଳି ଲାଗି ରହେ। ସେଇ କେତେ ଦିନ ଅଜା ନନ୍ଦକିଶୋର ବାବୁଙ୍କର ଦିନ ଚର୍ଯ୍ୟା ଆରମ୍ଭ ହୁଏ ନାତି ନାତୁଣୀମାନଙ୍କୁ ବିଛଣାରୁ ଉଠାଇ ବ୍ରସ୍ କରାଇ ଜଳଖିଆ ଖୁଆଇବାଠୁ ପୁଣି ଶେଷ ହୁଏ ସେମାନଙ୍କୁ ରାତ୍ରି ଭୋଜନ କରାଇ ପାଖରେ ଶୁଆଇ ଗପ ଶୁଣାଇବାରେ। ଦିନଟା ଯାକରେ ସେ ସବୁବେଳେଥା'ନ୍ତି ନାତିନାତୁଣୀଙ୍କ ସ୍ନେହର ବଳୟ ମଧ୍ୟରେ। କିଏ କୋଳରେ ବସିଥାଏ ତ କିଏ କାନ୍ଧ ଉପରେ, ପୁଣି କିଏ ବେକକୁ କୁଣ୍ଢେଇ ଓହଳି ଥାଏ। ସବୁଦିନ ସଂଧ୍ୟାରେ ପିଲାମାନେ ଅଜାଙ୍କର ହାତଧରି ରାସ୍ତାରେ ଚାଲି ଚାଲି ଚାଟ୍ ଖାଇବାକୁ ଯାଆନ୍ତି। କେବେକେବେ

ପୁରୀ, ନନ୍ଦନକାନନ ବୁଲିଗଲେ ଛୁଆମାନଙ୍କର ସବୁ ଦାୟିତ୍ୱ ଥାଏ ଅଜାଙ୍କ ଉପରେ। ବର୍ଷର ସେଇ ଖରାଦିନ ଛୁଟିକୁ ଯେମିତି ପିଲାମାନେ ଚାହିଁ ବସିଥା'ନ୍ତି, ସେମିତି ଅଜା ଆଈ ବି ଅପେକ୍ଷା କରିଥା'ନ୍ତି ସେମାନଙ୍କର ଉପସ୍ଥିତିକୁ।

ପୁଅର ବାହାଘର ପରେ କିନ୍ତୁ ସେ ଆବେଗ ଓ ଅପେକ୍ଷାରେ ଭଟ୍ଟା ପଡ଼ିଆସୁଥାଏ। ମାଈଁ ନିତାଙ୍କର ଭଣଜା ଭାଣିଜୀ ପ୍ରତି ସେମିତି ଶ୍ରଦ୍ଧା ତଥା ନଣନ୍ଦମାନଙ୍କ ପ୍ରତି ସ୍ନେହ ଓ ସମ୍ମାନର ଅବହେଳା ଉପଲବ୍ଧି କରି ନିଜେ ନନ୍ଦକିଶୋର ବାବୁ ବ୍ୟସ୍ତ ହୋଇପଡ଼ନ୍ତି। ତାଙ୍କ କହିବା ଅନୁଯାୟୀ, "ଝିଅମାନେ ତ ତାଙ୍କ ହାତରେ ଚଉଦପା କେହି ତ ବାପା-ଭାଇଙ୍କଠୁ କିଛି ଆଶା କରନ୍ତିନି। କେବଳ ଯେଉଁ କେତେ ଦିନ ସେମାନେ ବାପା-ମା'ଙ୍କ ପାଖକୁ ଆସନ୍ତି ତାଙ୍କ ଆଦର ସତ୍କାର କରିବା ଭଣଜା ଭାଣିଜୀଙ୍କୁ ସ୍ନେହ ଶ୍ରଦ୍ଧା କରିବା ସେ ବୋହୂ ନିତାଠୁ ଆଶା କରନ୍ତି"। ମାତ୍ର ତା'ର ବିପରୀତ ଅସୂୟା ଓ ଅସହିଷ୍ଣୁପଣ ଦେଖି ନିଜେ ଦୁଃଖିତ ହୁଅନ୍ତି। ମନସ୍ତାପ କରନ୍ତି।

ସମୟକ୍ରମେ ନାତି ନାତୁଣୀମାନେ ବଡ଼ ହୋଇ ନିଜ ନିଜ କର୍ମକ୍ଷେତ୍ରରେ। ଅଜା ଆଈଙ୍କୁ ଦେଖିବାର ସୁଯୋଗ ମିଳୁନାହିଁ। ମିଳିଲେ ବି ସେ କେବେଳ ଦିନେ ଦୁଇ ଦିନ ପାଇଁ ତ କେବେ କେବେ କେଇଘଣ୍ଟା ପାଇଁ। ସେତିକି ସମୟରେ ଅଜା ଆଈଙ୍କର ସ୍ନେହ ଶ୍ରଦ୍ଧା ସବୁ ତାଙ୍କ ଉପରେ ଅଜାଡ଼ି ହୋଇପଡ଼େ। ଭଲ ମନ୍ଦ ପଚାରନ୍ତି। ମନଭରା ଆଶୀର୍ବାଦ କରନ୍ତି। ଯଦି କେହି ଶ୍ରଦ୍ଧାରେ ସାଲ କି ଶାଢ଼ିଟିଏ ଆଣିଥାଏ, କାହିଁକି ଅଯଥାରେ ପଇସା ଖର୍ଚ୍ଚ କରି ଆଣୁଥିଲୁ କହି ତାଗିଦ୍ କରନ୍ତି।

ନନ୍ଦକିଶୋର ବାବୁଙ୍କ ବୟସ ଅଶୀ ପାର ହେଲାଣି। ସେମିତି ନିର୍ମଳା ଦେବୀ ବି ଅଶୀ ପାଖାପାଖି ହେଲେଣି। ଆଗ ଭଳି ଆଉ କାମ ପାଇଟି କରିବାକୁ ଦେହରେ ବଳ ନାହିଁ। ତଥାପି ଦୁଇଜଣ ଯାକର ମନୋବଳ କିଛି ଊଣା ହୋଇଯାଇନି। କାହାଉପରେ ନିର୍ଭର ନକରି ନିଜ କାର୍ଯ୍ୟ ନିଜେ କରିବାର ସାମର୍ଥ୍ୟ ଏଯାଏ ଅଛି। ସବୁଦିନ ରାତି ଚାରିଟାରୁ ଉଠି ନନ୍ଦକିଶୋର ବାବୁ ଫୁଲ ତୋଳିବାକୁ ବାହାରିଯା'ନ୍ତି। ଦିନରେ ଦୁଇ ଚାରିଥର, ଦୁଧ ଆଣିବା, ମନ୍ଦିର ଯିବା ତଥା ସଉଦା କିଣିବା ବାହାନାରେ ଘର ବାହାର ଦେଉଥାଆନ୍ତି। ତା' ମଝିରେ କାନକୁ ନ ଶୁଭୁଥିଲେ ବି ଶ୍ରବଣ ଯନ୍ତ୍ର ଲଗାଇ ଟିଭିରେ ମନପସନ୍ଦ ଧାରାବାହିକ, ସିନେମା ଗୋଟିକ ପରେ ଗୋଟିଏ ଦେଖନ୍ତି। ସକାଳୁ ଚା' କପେ ପିଇ ରେଡ଼ିଓରୁ ସମ୍ବାଦ ଶୁଣିବା ଅଭ୍ୟାସଟା ପିଲାଦିନରୁ ଏଯାଏ ଅବ୍ୟାହତ ରହିଛି।

ନିର୍ମଳା ଦେବୀ ଯଥାସମ୍ଭବ ଘରକାମ କରି ସ୍ୱାମୀଙ୍କ ପାଇଁ ଜଳଖିଆ ଠାରୁ

ମଧ୍ୟାହ୍ନ ଭୋଜନ ଓ ରାତ୍ରିଭୋଜନର ଆୟୋଜନ କରନ୍ତି। କିନ୍ତୁ ନନ୍ଦକିଶୋର ବାବୁ ଆଉ କାହା ହାତ ତିଆରି ଚା' ପିଇବାକୁ ପସନ୍ଦ କରନ୍ତି ନାହିଁ। ଦିନରେ ତିନି ଚାରିଥର ନିଜେ ରୋଷଇ ଘରକୁ ଯାଇ ଚା' କରିଆଣି ପିଅନ୍ତି। କେବେ କେବେ ଘରକୁ ଝିଅ ଜ୍ୱାଇଁ ଆସିଥିଲେ ତାଙ୍କ ପାଇଁ ବି ଚା' କରି ଆଣି କପ୍ ଧରାଇ ଦିଅନ୍ତି।

ଧୀରେ ଧୀରେ ପୂରାଘରଟାରୁ ଏ ବୟସ୍କ ଦମ୍ପତ୍ତିଙ୍କର କାରବାର ତାଙ୍କ ଶୋଇବା କୋଠରିଟିରେ ସୀମିତ ହୋଇଯାଇଛି। ସେଇଠି ବସି ନନ୍ଦକିଶୋର ବାବୁ ଜଳଖିଆ ଖାଇବା, ଚା'ପିଇବା, ସମ୍ବାଦ ଶୁଣିବା ତଥା କାନ୍ଥରେ ଲାଗିଥିବା ଟିଭିଟିରେ କାର୍ଯ୍ୟକ୍ରମ ଦେଖି ସମୟ ଅତିବାହିତ କରିବା ଏବେକାର ଦିନଚର୍ଯ୍ୟା। ଯଥା ସମ୍ଭବ ଘର କାମ ଶେଷ କରି ନିର୍ମଳାଦେବୀ ସେଇ କୋଠାରିଟିରେ ବସି ଭଗବାନଙ୍କର ନାମ ଜପିବାରେ ନିମଗ୍ନ ଥାଆନ୍ତି। ଏ ସବୁ ସତ୍ତ୍ୱେ ବୋହୂ ନିତାର ଅଭିଯୋଗ ଯେ ଶ୍ୱଶୁରଙ୍କର ଅବୁଝା ପଣ ତାଙ୍କୁ ଅତିଷ୍ଠ କରି ପକାଇଲାଣି। ତାଙ୍କ ସହ ଚଳିବା ଦିନୁ ଦିନ କଷ୍ଟକର ହୋଇଯାଉଛି। ପିଲାଙ୍କର ପାଠପଢ଼ା ପରୀକ୍ଷା ସମୟକୁ ଧ୍ୟାନ ନଦେଇ ଟିଭିକୁ ଯୋରରେ ଭଲ୍ୟୁମ୍ ଦେଇ ଦେଖୁଛନ୍ତି। ଫୁଲ ତୋଳିବା ନାଁରେ ବେଳଅବେଳରେ ଘର କବାଟ ମୁକୁଳା କରି ଚାଲି ଯାଉଛନ୍ତି। ଘରେ କାମବାଲୀଟିଏ ରଖିବାକୁ ହେଲେ ପଇସାରେ କଞ୍ଜୁସି କରୁଛନ୍ତି। ରୋଷେଇ ନସରୁଣୁ ଖାଇବାକୁ ମାଗୁଛନ୍ତି, ନହେଲେ ରାଗ ରୁଷା। ତରକାରି ଭଜା ଟିକେ ଲୁଣିଆ କି ଅଲଣା ହେଲେ ଥାଳି ତାଟିଆ ଫିଙ୍ଗା କଚଡ଼ା ଇତ୍ୟାଦି ଅନେକ କଥାକୁ ନେଇ ତାଙ୍କର ଅସନ୍ତୋଷ।

ପରିସ୍ଥିତିକୁ ସମ୍ଭାଳିବାକୁ ଯାଇ ସ୍ୱାମୀଙ୍କର ବୟସାଧିକ୍ୟ ଜନିତ ଅବୁଝାପଣକୁ ସ୍ୱୀକାର କରି ନିର୍ମଳା ଦେବୀ ବୋହୂର ଅସନ୍ତୋଷ ଯଥାର୍ଥ ବୋଲି ମତ ଦିଅନ୍ତି। ସେତିକିରେ ବୋହୂ ନିତା ଆଶ୍ୱସ୍ତ ହୋଇ କହନ୍ତି ଯେ ଯଦି କେବେ ଶାଶୁ ଆଗ ସେ ପାରିକୁ ଚାଲିଯାଆନ୍ତି, ତେବେ ସେ ଶ୍ୱଶୁରଙ୍କୁ ନେଇ ଚଳି ପାରିବେ ନାହିଁ। ସତ କହିବାକୁ ଗଲେ ଏଠି ଶାଶୁ ବୋହୂଙ୍କର ନୁହଁ ଶ୍ୱଶୁର ବୋହୂଙ୍କର ନାଗନାଡ଼ି। କେହି କାହାରିକୁ ଦେଖିପାରନ୍ତି ନାହିଁ କି ପସନ୍ଦ କରନ୍ତି ନାହିଁ।

ଆଜି ନୁହଁ, ନିତା ନୂଆ କରି ବୋହୂ ହୋଇ ଆସିବା ଦିନରୁ ଶ୍ୱଶୁରଙ୍କ ସହ ତାଙ୍କର ପଡ଼େ ନାହିଁ। ଶ୍ୱଶୁରଙ୍କର ରକ୍ଷଣଶୀଳ ମନୋଭାବ ଯଥା ଘର ବାହାରକୁ ବାହାରିବାର କଟକଣା, ତତ୍ପର ହୋଇ ଘର କାମ କରିବାର ସଞ୍ଚଣା, ଘର ଛାତରେ ଘଣ୍ଟା ଘଣ୍ଟା ବୁଲିବା, ଝରକା ପାଖରେ ମୁହଁ କାଢ଼ି ରାସ୍ତାରେ ଯାଉଥିବା ଲୋକଙ୍କୁ ଚାହିଁବା ଆଦି ପ୍ରତିବନ୍ଧ ସବୁ ତାଙ୍କୁ ଅସହ୍ୟ କରି ପକାଏ। ସେହିପରି ଶ୍ୱଶୁର ନନ୍ଦକିଶୋର ବାବୁଙ୍କୁ ବୋହୂର ରଙ୍ଗ ଢ଼ଙ୍ଗ ପସନ୍ଦ ଆସେ ନାହିଁ। କହିଲେ ଘରେ ଅଯଥାରେ ଅନର୍ଥ

ହେବ ଭାବି କେତେବେଳେ ଚୁପ୍ ରହନ୍ତି ତ କେତେବେଳେ ଅତ୍ୟଧିକ ଅସହ୍ୟ ହେଲେ ମୁହଁ ଖୋଲି ଅପ୍ରିୟପାତ୍ର ହୁଅନ୍ତି।

ନିର୍ମଳା ଦେବୀ ସବୁ ଜାଣିଶୁଣି, ଦେଖି ଚୁପ୍ ରହନ୍ତି। ଭାଗ୍ୟକୁ ଦୋଷ ଦିଅନ୍ତି, ନହେଲେ ସୁବିଧା ସୁଯୋଗ ପାଇଲେ ଝିଅମାନଙ୍କ ଆଗରେ ନିଜ ମନର ଦୁଃଖକୁ ବ୍ୟକ୍ତ କରି ମନକୁ ହାଲ୍କା କରନ୍ତି। ସବୁବେଳେ କିନ୍ତୁ ପ୍ରାର୍ଥନା କରୁଥାନ୍ତି ଯେ ଏ ଦୁନିଆରୁ ତାଙ୍କ ଦିନ କେମିତି ଶୀଘ୍ର ସରିଯାଉ। ସ୍ୱାମୀଙ୍କ ମନ ମୁତାବକ ଦୁଇଓଳି ଦୁଇଟା ଫୁଟାଇ ଦେବାର ସାମର୍ଥ ଏବେ ବି ତାଙ୍କର ଅଛି। ହେଲେ ସେ ସୁଯୋଗ ପାଇଲେ ତ ? ପୁଅ ବୋହୂ ତାଙ୍କ ସୁବିଧା ଅନୁଯାୟୀ ଗଣ୍ଡେ ଖାଇବାକୁ ଦେବାବେଳକୁ ସମୟ ଗଡ଼ିଯାଉଛି। କେତେବେଳେ କଞ୍ଚା ଦରସିଝା ତ କେତେବେଳେ ଲୁଣିଆ ଅଲୁଣିଆ। ଖାଇବାରେ ସଉକ ରଖୁଥିବା ନନ୍ଦକିଶୋର ବାବୁଙ୍କୁ ଏସବୁ ଅସହ୍ୟ ହେଉଛି। ଅନନ୍ୟୋପାୟ ହୋଇ ସେ ସ୍ତ୍ରୀ ନିର୍ମଳା ଦେବୀଙ୍କ ଉପରେ ବିରକ୍ତ ହେଉଛନ୍ତି।

ବେଳେବେଳେ ପୁଅ ବୋହୂଙ୍କର ଔଦାସୀନତା ଏତେ ବଢ଼ିଯାଉଛି ଯେ ବୟସ୍କ ସ୍ୱାମୀ ସ୍ତ୍ରୀ ଦୁଇ ଜଣ ଅସହାୟ ହୋଇ କୋଠରି ଟିରେ ଆବଦ୍ଧ ରହୁଛନ୍ତି। ତାଙ୍କ ସହ ପଦେ କଥା ହେବାକୁ କି ତାଙ୍କ କଥା ପଚାରି ବୁଝିବାକୁ ନା ପୁଅ ବୋହୂଙ୍କ ପାଖରେ ନା ନାତୁଣୀମାନଙ୍କ ପାଖରେ ସମୟ ଅଛି। ଝିଅମାନେ ଘରକୁ ଆସିଲେ ତାଙ୍କ ପ୍ରତି ହେୟଭାବ ସେମାନଙ୍କର ବାପା ମା'ଙ୍କ ଖବର ରଖିବାକୁ ଆସିବାରେ ବାଧକ ହେଉଛି।

ନିର୍ମଳାଦେବୀ କାହାକୁ କିଛି କହି ନ ପାରିଲେବି ବେଳେବେଳେ ଚିନ୍ତା କରନ୍ତି ଘର ତାଙ୍କର। ଘରୁ ଆସୁଥିବା ଭଡ଼ା ତାଙ୍କର ପେନ୍‌ସନ୍ ସ୍ୱାମୀଙ୍କର। ତଥାପି ସେ ନିଜ ଘରେ ଶରଣାର୍ଥୀ ଭଳି ଜୀବନଯାପନ କରୁଛନ୍ତି। ସବୁ କଥାରେ ଆକଟ, କଟକଣା, ଭୟ। ଗଣ୍ଡେ ଖାଇବାକୁ ବୋହୂର ଦୟା ଉପରେ ନିର୍ଭର କରିବାକୁ ପଡୁଛି। ଏମିତିକି ଘରୁ ବାହାରକୁ ଗଲେ ସେମାନେ ତାଙ୍କ କୋଠରିଟିକୁ ଛାଡ଼ି ଆଉ ସବୁ ଘରେ ତାଲା ପକାଇ ଦେଇ ଚାଲିଯାଉଛନ୍ତି। ବେଶି ସମୟ ପାଇଖାନାରେ ବସିଲେ କିଏ ଡାକିଲାଣି ତ ଗାଧୁଆ ଘରେ ପାଣି ଶବ୍ଦ ହେଲେ କିଏ ପାଟି କଲାଣି। ଏହାର କ'ଣ କିଛି ବିକଳ୍ପ ନାହିଁ? ସେ ଦୈନନ୍ଦିନ ସମ୍ବାଦ ପତ୍ରରେ ପଢୁଛନ୍ତି, ଟିଭିରେ ଦେଖୁଛନ୍ତି, ଅନ୍ୟଠୁ ଶୁଣୁଛନ୍ତି ପିତାମାତାଙ୍କର ବାର୍ଦ୍ଧକ୍ୟରେ ବିମୂଖ ହୋଇ ସନ୍ତାନମାନେ ସେମାନଙ୍କୁ ବୃଦ୍ଧାଶ୍ରମରେ ଛାଡି ଆସୁଛନ୍ତି। ବର୍ଷ ବର୍ଷ ଧରି ସେମାନଙ୍କର ଭଲମନ୍ଦ ପଚାରୁ ନାହାଁନ୍ତି। ଏକଥା ମନେ ପକାଇ ନିର୍ମଳାଦେବୀଙ୍କ ମନ ଅଜଣା ଭୟରେ ଶିହରି ଉଠେ। ଯେଉଁ ପୁଅକୁ ଏତେ ଅଲିଅଳରେ ବଢାଇଥିଲେ ତା'ର ନାଲି ଆଖି ଦେଖି କିଛି କହିବାକୁ ଭୟ ଲାଗେ।

ନିଜ ଘରେ ସେବା ଶୁଶ୍ରୂଷା କରିବା ନିମିତ୍ତ ଚାକର ପୂଜାରୀ ରଖିବାର ସମ୍ବଳ ଓ ସାମର୍ଥ୍ୟ ଥାଇ ତାଙ୍କର ଏ ଦୟନୀୟ ଅବସ୍ଥା କାହିଁକି ? ନିର୍ମଳାଦେବୀଙ୍କର ମନରେ ପ୍ରଶ୍ନ ଉଠେ। ଯଦି ଆଜିର ପିଲାମାନେ ଆତ୍ମକେନ୍ଦ୍ରିକ ସ୍ୱାର୍ଥରେ ବଶବର୍ତ୍ତୀ ହୋଇ ବୃଦ୍ଧ ପିତାମାତାଙ୍କର ସମାନ୍ୟତମ ଆବଶ୍ୟକତା ପୂରଣ କରିବାକୁ ଅସମର୍ଥ, ସେମାନେ ବରଂ ସେମାନଙ୍କର ବ୍ୟବସ୍ଥା କରିବା ଉଚିତ୍। ବାହାରକୁ ଏକ ଯୌଥ ପରିବାରର ରୂପ ଦେଇ ଏକ ଅମେଳ ବଂଧନରେ ପରିବାରର ସମସ୍ତ ସଦସ୍ୟ ଅଶାନ୍ତିରେ ସନ୍ତାପିତ ହେବା ଅପେକ୍ଷା ଯଦି ଆର୍ଥିକ ସ୍ୱଚ୍ଛଳତା ଅଛି ତେବେ ସନ୍ତାନମାନେ ବୃଦ୍ଧ ପିତାମାତାଙ୍କଠୁ ଦୂରରେ ରହିବା ଶ୍ରେୟସ୍କର।

ପିତା ମାତାଙ୍କର ସମ୍ପତ୍ତିର ଉତ୍ତରାଧିକାରୀ ହେବା ଯୋର ଜବଦରଦସ୍ତି ଜନ୍ମସିଦ୍ଧ ଅଧୀକାର ନୁହଁ। ସମସ୍ତ ବ୍ୟକ୍ତି ତାଙ୍କ ଜୀବନ କାଳରେ ସ୍ୱଅର୍ଜିତ ଧନର ନିଜ ଇଚ୍ଛାନୁଯାୟୀ ଉପଭୋଗ କରିବାର ସ୍ୱାଧୀନତାକୁ କେବେ ସନ୍ତାନ ମୋହରେ ଉତ୍ସର୍ଗୀକୃତ କରିବା ଉଚିତ୍ ନୁହଁ। ବରଂ କାହାରି ଦୟାର ପାତ୍ର ନ ହୋଇ ସେହି ଅର୍ଥକୁ ନିଜ ପାଇଁ ଆବଶ୍ୟକ ସେବାର ଆୟୋଜନରେ ବ୍ୟୟ କରିବା ଏକାନ୍ତ ପ୍ରୟୋଜନ। ଅର୍ଥ ବିନିମୟରେ ଚାକର, ପୂଜାରୀ, ନର୍ସ ସବୁ ମିଳି ଯାଉଛନ୍ତି ଯେଉଁମାନେ ସେବା ପ୍ରଦାନ କରିବାକୁ ପ୍ରସ୍ତୁତ।

ସ୍ୱପ୍ନ ଦେଖିବା ଭଳି ବସି ବସି ନିର୍ମଳାଦେବୀ ଭାବନ୍ତି ଯଦି ସ୍ୱାମୀଙ୍କର ଚାକିରି ଥିବା ସମୟ ଫେରିଆସନ୍ତା, ଘରେ ଚାକର ପୂଜାରୀ ବେଶି ନହେଲେ ବି ଜଣେ କେହି ଥାଆନ୍ତା, ତାଙ୍କ ବୋଲ ହାକ କରନ୍ତା, ତାଙ୍କୁ ଦୁଇବେଳା ମନଲାଖି ଗଣ୍ଡେ ରୋଷେଇ କରି ଖାଇବାକୁ ଦିଅନ୍ତା, ସେ ସ୍ୱଚ୍ଛନ୍ଦରେ ବସି ଝିଅମାନଙ୍କ ସହ ଭଲମନ୍ଦ ଗପନ୍ତେ। ନାତିନାତୁଣୀଙ୍କ କଥା ଶୁଣୁ ଶୁଣୁ ତାଙ୍କ ସମୟ ବିତୁଥା'ନ୍ତା। ଆଉ ବାକି ସମୟ ସେ ଭଗବାନଙ୍କ ପ୍ରାର୍ଥନାରେ ତଲ୍ଲୀନ ହୋଇଯାଆନ୍ତେ। ହାତଯୋଡ଼ି ସେ ଈଶ୍ୱରଙ୍କ ପାଖରେ ନିଜକୁ ସମର୍ପଣ କରି ତାଙ୍କ ବଂଶଜମାନଙ୍କ ମଙ୍ଗଳ ଭିକ୍ଷା କରନ୍ତେ। ଏ ଦୁନିଆରୁ ଶୀଘ୍ର ପାରି ହୋଇଯିବାକୁ ଗୁହାରୀ କରନ୍ତେ।

ତାଙ୍କର ଏ ସ୍ୱପ୍ନ ଭାଙ୍ଗିଯାଏ କେବେ ସ୍ୱାମୀଙ୍କର କଟାକ୍ଷରେ, "ବସି ବସି ଢୁଳାଉଥାଅ, ତେଣେ ଦିନ ଦ୍ୱିପହର ହେଲାଣି, ଯାଉନ ପାଣି ଢ଼ୋକେ କି ଚା' ମୁନ୍ଦେ ପିଇଦେବ"। ନହେଲେ ବୋହୂର କର୍କଶ ବିଦ୍ରୂପ, "ଏ ବୁଢା-ବୁଢୀଙ୍କର ଦାଉ ଆହୁରି କେତେ ଦିନ କେଜାଣି"। ସେ ବୁଝି ପାରନ୍ତିନାହିଁ, ଏ ଘରଟା ଯାହାକୁ ସେ ଲୁହ ଲହୁ ସିଞ୍ଚି ଷାଠିଏ ବର୍ଷ ହେଲା ଦ୍ରୁମରୁ ମହୀରୁହରେ ପରିଣତ କରିଛନ୍ତି ସେ'ଟା କାହାର ?

ଏ ଘର ଛାଡ଼ି ପୁଅ ବୋହୂ ଅନ୍ୟତ୍ର ଯିବାର ପ୍ରଶ୍ନ ଉଠୁ ନାହିଁ। ଏବେଠୁ ସେମାନେ

ତାଙ୍କ ନିଜ ଘର ବୋଲି ଭାବିନେଲେଣି। ଘରର ରଙ୍ଗ ଦେବାଠୁ ସମସ୍ତ ଦୈନନ୍ଦିନ ଚଳଣି ତାଙ୍କ ଇଙ୍ଗିତରେ ପରିଚାଳିତ। ଅବୁଝା ସ୍ୱାମୀ ବି ନିଜ ଉପାର୍ଜିତ ଅର୍ଥକୁ ନିଜ ପାଇଁ ଖର୍ଚ୍ଚ କରି ସ୍ୱଚ୍ଛନ୍ଦ ଜୀବନଯାପନ କରିବାକୁ ନାରାଜ। ପେଷାର ଦୁଇ ଫାଳ ମଧ୍ୟରେ ଚାପିହୋଇ ଅଣନିଶ୍ୱାସୀ ହୋଇ ପଡୁଛନ୍ତି ନିର୍ମଳାଦେବୀ। ଖଣ୍ଡ ଖଣ୍ଡ ହୋଇ ମିଳେଇ ଯାଉଛନ୍ତି ଅସନ୍ତୋଷର ଆବିଳତାରେ। ଅସହାୟ ଭାବେ ଅପେକ୍ଷା କରିଛନ୍ତି ସେପାରିର ଡାକରାକୁ।

■

ନିର୍ଜନତାର ବିଳାପ

ଟ୍ରେନ୍ ମୁନିଗୁଡ଼ା ଷ୍ଟେସନରେ ପହଞ୍ଚିବାବେଳକୁ ଭୋର୍ ହୋଇ ଆସୁଥାଏ। ବାଳ ସୂର୍ଯ୍ୟର ପ୍ରଥମ କିରଣ ଧରା ସ୍ପର୍ଶ କରୁଥାଏ। ରକ୍ତିମ ବର୍ଣ୍ଣର ଉଜ୍ଜ୍ୱଳ ଅଭାରେ ଚତୁର୍ଦ୍ଦିଗ ଉଦ୍ଭାସିତ ହେଉଥାଏ। ଆସାଢ଼ ମାସର ଶେଷ ସପ୍ତାହ। ଆକାଶର ଅନ୍ୟପଟୁ କଳା ମେଘର ସଂଭାର ସୂର୍ଯ୍ୟ ଆଡ଼କୁ ଧୀରେ ଧୀରେ ଅଗ୍ରସର ହେଉଥାଏ। କ୍ଷଣିକରେ ବର୍ଷା ନହେଲେ ବି ଆକାଶରେ ସୂର୍ଯ୍ୟ ପୁଣି ଲୁଚିଯିବା ନିଶ୍ଚିତ, କିଛି ଅନିର୍ଦ୍ଦିଷ୍ଟ ସମୟ ପାଇଁ।

ବିପାଶା ତରତର ହୋଇ ଟ୍ରେନରୁ ଓହ୍ଲାଇ ପଡ଼ି ଚାରିଆଡ଼କୁ ଥରେ ଆଖି ପହଁରେଇ ନେଲା। ଆଖି ପାଇବାଯାଏ କେବଳ ସବୁଜ ବନାନୀ ଘେରା ନୀଳ ପାହାଡ଼। ତା' କଡ଼ ଦେଇ ସନ୍ତର୍ପଣରେ ଟ୍ରେନଟି ଚାଲିଗଲା ତା' ଗନ୍ତବ୍ୟ ପଥରେ। ଆଗରୁ ବ୍ୟବସ୍ଥିତ କମ୍ପାନୀ ବସ୍‌କୁ ଖୋଜିବାକୁ ଆଟାଚି ଓ ବ୍ୟାଗନେଇ ଷ୍ଟେସନ ବାହାରକୁ ଆସିବାମାତ୍ରେ ଆଗରେ ଦେଖାଦେଲା ବେଦାନ୍ତ କମ୍ପାନୀର ବସ୍। ଆଟାଚିକୁ ଟାଣି ଟାଣି ନେଇ ବସ୍‌ରେ ବସିଲା ବିପାଶା। ସେଇ ଟ୍ରେନରେ ଆସିଥିବା ଆଉ ଦୁଇଟି ଝିଅ ଓ ତିନି ଚାରି ଜଣ ପୁଅପିଲା ଆସି ସେ ବସ୍‌ରେ ବସିଲେ। କମ୍ପାନୀ ପୋଷାକ ପିନ୍ଧିଥିବା ଦୁଇଜଣ କର୍ମଚାରୀ କିଛି ସାମଗ୍ରୀ ନେଇ ବସ୍‌ରେ ଚଢ଼ିବା ପରେ ବସ୍‌ଟି ଧୀରେ ଧୀରେ ଗଡି ଚାଲିଲା ଲାଞ୍ଜିଗଡ଼ ଅଭିମୁଖେ।

ରାସ୍ତାର ଦୁଇ ପାର୍ଶ୍ୱକୁ ଚାହିଁ ଦେଖୁଥାଏ ବିପାଶା କେବଳ ଗଛ-ଲତା ଭରା ସବୁଜ ଜଙ୍ଗଲ। ଧାଡ଼ି ଧାଡ଼ି ଛିଡ଼ା ହୋଇଥା'ନ୍ତି ବିଶାଳ ବପୁଃଧାରୀ ଶାଳ, ପିଆଶାଳ, ଆମ୍ବ, ତେନ୍ତୁଳି ସହ ଆହୁରି କେତେ ଚିହ୍ନା ଅଚିହ୍ନା ଜଙ୍ଗଲି ମହୀରୁହ। ରାଜରାସ୍ତାକୁ ଜଗି ରଖିଥିବା ସଶସ୍ତ୍ର ପ୍ରହରୀ ଭଳି ନିର୍ଲିପ୍ତ ଏଇ ବୃକ୍ଷଗୁଡ଼ିକ ହାଲୁକା ପବନରେ

ଝୁଲିପଡ଼ି ଯେମିତି ଆଗନ୍ତୁକ ମାନଙ୍କୁ ସ୍ୱାଗତ କରୁଥା'ନ୍ତି । ନବାଗତମାନଙ୍କୁ ଅଭିବାଦନ ପୂର୍ବକ ପାଛୋଟି ନେଉଥା'ନ୍ତି ।

କିଛି ସମୟ ପରେ ବସ୍‌ଟି ବେଦାନ୍ତ ଆଲୁମିନା ପ୍ଲାଣ୍ଟଦେଇ ବେଦାନ୍ତ ଟାଉନସିପ୍‌ର ଗେଟ୍ ପାଖରେ ପହଞ୍ଚିଲା । ଦୂରରୁ ଦେଖି ଦରୱାନ ଗେଟ୍ ଖୋଲି ଦେଲା । ବସ୍‌ଟି ସିଧାଯାଇ ଅଟକିଲା ଗେଷ୍ଟହାଉସ୍ ସାମ୍ନାରେ । ନୂଆକରି ଚାକିରିରେ ଯୋଗ ଦେବାକୁ ଆସିଥିବା ଇଂଜିନିୟରମାନେ ଜଣ ଜଣ କରି ବସ୍‌ରୁ ଓହ୍ଲାଇ ଅତିଥି ଗୃହର ସ୍ୱାଗତ କକ୍ଷକୁ ଗଲେ । ବିପାଶା ବି ତାକୁ ଅନୁସରଣ କରି ରିସେପସନ୍‌ରେ ପହଞ୍ଚିଲା ।

ନବାଗତ ମାନଙ୍କୁ ସ୍ୱାଗତ କରିବାକୁ ରିସେପସନ୍‌ରେ ଅପେକ୍ଷା କରିଥାନ୍ତି ଏଚ.ଆର.ଏକ୍‌ଜେକ୍ୟୁଟିଭ୍ ଉର୍ମିଳା ଚଟାର୍ଜୀ । ସମସ୍ତଙ୍କର ନିଯୁକ୍ତି ପତ୍ର ଯାଞ୍ଚ କରି ସେମାନଙ୍କ ପାଇଁ ଆରକ୍ଷିତ ପ୍ରକୋଷ୍ଠକୁ ପଠାଇବାବେଳେ ନିର୍ଦ୍ଦେଶ ଦେଲେ "ଯଥା ଶୀଘ୍ର ନିତ୍ୟକର୍ମ ଶେଷ କରି କ୍ୟାଣ୍ଟିନ୍‌ରେ ପ୍ରାତଃ ଭୋଜନ ଶେଷ କରିବେ । ନଅଟା ବେଳକୁ କମ୍ପାନୀ ବସ୍ ଆସି ସେମାନଙ୍କୁ ପ୍ଲାଣ୍ଟ୍ ନେଇଯିବ" । ବିପାଶା ମନ୍ତ୍ରବତ୍ ସମସ୍ତ ଆଦେଶକୁ ପାଳନ କରି ନିଜକୁ ପ୍ରସ୍ତୁତ କରୁଥାଏ ଚାକିରି ଜୀବନର ଆୟମାରମ୍ଭ କରିବାକୁ ।

ପ୍ରଥମ ଦିନ କେବଳ ଚାକିରିରେ ଯୋଗ ଦେବାର ଔପଚାରିତା ଶେଷ କରି, ନିଜର ୟୁନିଫର୍ମ, ଜୋତା ଓ ହେଲମେଟ୍‌ର ମାପ ଦେଇ ସବୁ ନବାଗତ ଇଂଜିନିୟର ଫେରିଆସିଥିଲେ ଗେଷ୍ଟହାଉସ୍‌କୁ । ମଧ୍ୟାହ୍ନ ଭୋଜନ ସମୟରେ ବିପାଶାର ସାକ୍ଷାତ ହେଲା ତା'ସହ ଯୋଗଦେଇଥିବା ଅନ୍ୟ ଇଂଜିନିରମାନଙ୍କ ସହ । ପରେପରେ ଆଉ କେତେଜଣ ସିନିଅର୍ ବି ଆସି ସେମାନଙ୍କ ସହ ଯୋଗଦେଲେ । ପରିଚୟର ଆଦାନ ପ୍ରଦାନ ପରେ ସବୁ ମିଶି ଭୋଜନର ସ୍ୱାଦ ଉପଲବ୍ଧି କରୁଥା'ନ୍ତି । ଗେଷ୍ଟହାଉସ୍‌ର ଖାଇବା ବେଶ୍ ଉଚ୍ଚମାନର ଥିଲା ।

ଦୁଇ ଚାରିଦିନ ଗେଷ୍ଟହାଉସ୍‌ରେ ରହିବାପରେ ବିପାଶା ସହ ଅନ୍ୟମାନଙ୍କୁ ପଠାଇ ଦିଆଗଲା ଏକ୍‌ଜେକ୍ୟୁଟିଭ୍ ହଷ୍ଟେଲକୁ । ହଷ୍ଟେଲଟି ବେଶ୍ ବଡ଼ ଥିଲା । ଗୋଟିଏ ପଟେ ତିନୋଟି ଫ୍ଲୋରରେ ଝିଅମାନେ ରହୁଥିଲେ । ଅନ୍ୟ ପଟରେ ପୁଅମାନେ ରହୁଥା'ନ୍ତି । ଦୁଇ ୱିଙ୍ଗ୍ ମଝିରେ ବଡ ହଲ୍‌ଟିଏ, ଯେଉଠି ଜିମ୍, ଟେବୁଲ୍ ଟେନିସ୍ ଇତ୍ୟାଦିର ବ୍ୟବସ୍ଥା ଥିଲା । ଦୁଇ ୱିଙ୍ଗର ଶେଷ ଆଡ଼କୁ ଥାଏ କମ୍ବାଇନ୍‌ଡ୍ ମେସ୍ । ସେଠି ପୁଅଝିଅ ସବୁ ଏକାଠି ଖାଇବାକୁ ଆସିଥା'ନ୍ତି । ଟାଉନସିପ୍‌ରୁ କମ୍ପାନୀ ଯିବାଆସିବା ପାଇଁ ବସ୍‌ର ବ୍ୟବସ୍ଥା ଥାଏ ।

ସପ୍ତାହ ଶେଷରେ ରବିବାର । ଅଫିସ୍ ଛୁଟି । ବିପାଶାର ସକାଳୁ ଉଠିବାକୁ

ଇଚ୍ଛା ହେଉନଥାଏ । କଲେଜ ସରିବା ପରେ ଘରେ ଦୁଇ ଦିନି ମାସ ରହିଯାଇଥିବା ସମୟରେ ତା'ର ଡ଼େରିଯାଏ ଶୋଇବାର ଅଭ୍ୟାସ ହୋଇଯାଇଥାଏ । ଘରଛାଡ଼ି ଗ୍ଳକିରି ଜାଗାକୁ ଗ୍ଳଲିଯିବ ଭାବି ତା ନିଦରେ କେହି ବାଧା ଦେଉନଥା'ନ୍ତି । କେବେ ଦିନ ଦଶଟାରୁ ଅଧିକ ହୋଇଗଲେ ମା' ବ୍ୟସ୍ତ ହୋଇ ଆସି ଡାକନ୍ତି, "ଝିଅ ଉଠେ ଆଉ କେତେବେଳେ ବ୍ରେକ୍ ଫାଷ୍ଟ୍ କରିବୁ" । ଆଖି ମଳି ମଳି ବିପାଶା ଉଠେ ନ ହେଲେ ଶୁଣି ନଶୁଣିବା ପରି ଚାଦରଟିକୁ ମୁହଁ ଉପରକୁ ଟାଣି ନେଇ ଆଉ ଘଡ଼ିଏ ଶୋଇଯାଏ । ଆଜି ଛୁଟିଥିବାରୁ ତା'ର ଉଠିବାକୁ ଇଚ୍ଛା ହେଉନାହିଁ କି ତାକୁ ଉଠାଇବାକୁ ପାଖରେ ମା'ବି ନାହାଁନ୍ତି । ବିଛଣାରେ ପେଟେଇ ଏଣ୍ଡୁଅପରି ମୁଣ୍ଡଟେକି ପାଖ ବେଡ୍‌କୁ ଗ୍ଳହିଁ ଦେଖିଲା ବିପାଶା । ରୁମ୍ ମେଟ୍ ଅଭିପ୍ସା ବି ମୁହଁ ଘୋଡ଼େଇ ଶୋଇଛି । ତା'ର ଆଉଟିକେ ଶୋଇବାକୁ ଇଚ୍ଛା ହେଉଥିଲା ।

ମା'ଙ୍କ କଥା ମନେ ପଡିଲା । ଲାଗିଲା ଯେମିତି ମା' ଡାକୁଛନ୍ତି ଶୀଘ୍ର ଉଠି ପଡ଼ିବାକୁ । ଏତକ ଭାବି ସାରିନି ମୋବାଇଲରେ ଭାଇବ୍ରେସନ୍ ହେଲା । ଶୋଇବାବେଳେ ସେ ସାଇଲେଣ୍ଟ୍ ମୋଡ୍‌ରେ କରି ଦେଇଥିଲା । ମୋବାଇଲ୍ ଉଠାଇ ଦେଖିଲା ମା'ଙ୍କର ଫୋନ୍ – 'ଝିଅ ଉଠି ବ୍ରେକ୍‌ଫାଷ୍ଟ୍ କଲୁଣି ନା ଏଯାଏ ଶୋଇଛୁ ? ଆଜି ତ ଛୁଟି ଥିବ' ! – 'ହଉ ଉଠୁଛି ମମି ତୁମେ ଫୋନ୍ ରଖ' କହି ବିଛଣାରୁ ଉଠି ପଡ଼ିଲା । ତା' କଥା ଶୁଣି ଅଭିପ୍ସାର ବି ନିଦ ଭାଙ୍ଗିଗଲା । ଦୁହେଁ ଆଗ ପଛ ହୋଇ ନିତ୍ୟକ୍ରମ ଶେଷ କରି ଡାଇନିଂ ହଲ୍‌କୁ ଯିବାବେଳକୁ ମଧ୍ୟାହ୍ନ ଭୋଜନ ସମୟ ହୋଇଯାଇଥାଏ ।

ଛୁଟି ଥିବାରୁ ବିପାଶା ହଷ୍ଟେଲରୁ ବାହାରି ଟାଉନ୍‌ସିପ୍‌କୁ ବୁଲି ଦେଖିବାକୁ ଗ୍ଳହୁଁଥିଲା । ଶୁଣି ଥିଲା ସେଠି ଛୋଟିଆ ମାର୍କେଟଟିଏ ଅଛି । ଦୁଇ ଦିନିଟି ଦୋକାନ । ପ୍ରାୟ ସବୁ ଅତ୍ୟାବଶ୍ୟକୀୟ ସାମଗ୍ରୀ ଯଥା ବ୍ରସ୍, ପେଷ୍ଟ, ତେଲ, ସାମ୍ପୋ, ସାବୁନ୍ ଇତ୍ୟାଦି ମିଳିଯାଇଥାଏ । ସେ ରାସ୍ତା ଉପରକୁ ବାହାରି ଆସିବାବେଳେ ଆକାଶରେ ମେଘର ଆସର ଜମି ଆସୁଥାଏ । ଗ୍ଳରିକଡ଼େ ନିୟମଗିରିର ସବୁଜ ପାହାଡ । ଟାଉନ୍‌ସିପ୍‌ର ପାଚେରିକୁ ଲାଗି ଜଙ୍ଗଲର ଗଛ ସବୁ ଶାଖା ପ୍ରଶାଖା ମେଲାଇ ପାଚେରି ଉପରକୁ ମାଡ଼ି ଆସିଥା'ନ୍ତି । ଲାଗୁଥାଏ ସବୁଜ ବନାନୀ ଘେରା ଏକ ନିର୍ଜନ ଦ୍ୱୀପ ଭଳି । କାଁ ଭାଁ କେହି ଜଣେ ଅଧେ ଲୋକ ବ୍ୟତୀତ ବିଶେଷ କେହି ଦେଖାଯାଉନଥାନ୍ତି । ପରିବେଶ ବେଶ୍ ଶୂନ୍‌ଶାନ୍ ।

ଲାଞ୍ଜିଗଡ଼ ଜନବସତିର ଅନତି ଦୂରରେ ବେଦାନ୍ତର ଟାଉନସିପ୍ । ଘଞ୍ଚ ଜଙ୍ଗଲ ମଝିରେ ଛୋଟ ଛୋଟ ଆଦିବାସୀ ବସ୍ତି । ଆଦିବାସୀମାନଙ୍କର ଭାଷା ଚାଲି ଚଳଣି

ସ୍ୱତନ୍ତ୍ର ଭାବେ ଭିନ୍ନ। ସେମାନେ ବାହାରକୁ ଆସନ୍ତି ନାହିଁ। ତାଙ୍କ ନିଜର କୁଡ଼ିଆ ଓ ତାକୁ ଲାଗି ଚାଷ ଜମିରେ, ମକ୍କା, କାନ୍ଦୁଲ, ଆଉ କିଛି ପନିପରିବା କରି ଜୀବିକା ନିର୍ବାହ କରନ୍ତି। ଉଚ୍ଚ ପ୍ରାଚୀରରେ ଆବଦ୍ଧ ଟାଉନସିପ୍‌ରେ କେବଳ ଆଲୁମିନା କାରଖାନାର କର୍ମଚାରୀଙ୍କ ବ୍ୟତୀତ ଆଉ କେହି ଦେଖାଯାଆନ୍ତି ନାହିଁ। ଏମିତି ଏକ ପରିବେଶରେ ନୂଆ ନୂଆ ଚାକିରି କରିବାର ମୋହକୁ ନେଇ ବିପାଶା ଯେତିକି ଆନନ୍ଦିତ ହେଉଥାଏ ତା'ଠୁ ଅଧିକ ବିବ୍ରତ ହେଉଥାଏ। ବଣ ପହାଡ ଘେରା ନିର୍ଜନ ପରିବେଶର ଉଦାସୀନତାକୁ ନେଇ କେତେ ଜଣ ସହକର୍ମୀ ଅନ୍ୟ କେଉଁଠି ଚାକିରି ପାଇଁ ଆବେଦନ କରୁଥାଆନ୍ତି ତ ପୁଣି କେତେକ ପଢ଼ାପଢ଼ି କରି ଏମ୍.ବି.ଏ. କି ଏମ୍.ଟେକ୍‌ରେ ଆଡ଼ମିଶନ୍ ନେବାକୁ ଚାହୁଁଥା'ନ୍ତି। ପ୍ରଚ୍ଛନ୍ନରେ ପ୍ରାୟ ସମସ୍ତେ ଚାହୁଁଥା'ନ୍ତି କେମିତି ଏ ନିର୍ବାସନରୁ ମୁକ୍ତି ମିଳିବ।

ସୁଦୂର ଆସାମରୁ ଆସିଥିବା ବିପାଶା ଏ ସବୁ ଶୁଣି ଚୁପ୍ ରହୁଥିଲେ ବି ମନେ ମନେ ଡରି ଯାଉଥାଏ। ତା' ଡରକୁ ଆହୁରି ବଢ଼ାଇ ଦେଇଥାଏ ଜଣେ ସିନିୟରଙ୍କର ସେଦିନର ଭୂତ କାହାଣୀ। ତାଙ୍କ କହିବା ଅନୁଯାୟୀ ଟାଉନସିପ୍‌ର ପାଚେରିକୁ ଲାଗି ଯେଉଁ ବିରାଟକାୟ ବର ଗଛଟା ଅଛି ଯାହା ବୟସ ପ୍ରାୟ ଶହେ ବର୍ଷରୁ ଉର୍ଦ୍ଧ୍ୱ ହେବ ସେଠି ଗୋଟେ ଭୂତୁଣୀ ଅଛି। ସଂଧ୍ୟା ହେବା ପରେ ସେପଟେ ଯିବାକୁ ସେ ବାରଣ କରିଥାଏ। ଆଗରୁ କମ୍ପାନୀରେ କାମ କରୁଥିବା ଗୋଟିଏ ସୁନ୍ଦରୀ ଝିଅ ଦିନେ ସେପଟେ ଯିବା ପରେ ନିଜର ଚୁଟି ଖୋଲି ରାସ୍ତାରେ ପାଗଳି ପରି ପ୍ରଳାପ କରି ଦୌଡ଼ିଲା। ପାଖ ଗାଁ'ରୁ ଗୁଣିଆ ଡାକି ଝଡ଼ାଇବାବେଳେ କୁଆଡ଼େ ସେ ଝିଅଟି ଦେହରେ ଥିବା ଭୂତୁଣୀ କହୁଥିଲା ମୁଁ ଝୁମ୍ପା ମାଝୀ। ଏ ସୁନ୍ଦରୀ ଟୁକେଲ୍ କୁ ଦେଖି ମୁଁ ତା' ସହ ଆସିଯାଇଛି। ମୋ'ର ଛୁଆକେ ଖୋଜିବାକେ। ଗୁଣିଆ କହିଲା, କେବେଠୁ ପାଖ ଗାଁ'ର ଝୁମ୍ପା ମାଝି ପ୍ରସବ ସମୟରେ ମଲା ପୁଅଟେ ଜନ୍ମ ଦେଇ ନିଜେ ମରିଯାଇଥିଲା। ତା'ର ଅତୃପ୍ତ ଆତ୍ମା ଭୂତୁଣୀ ହୋଇ ସେଇ ବରଗଛରେ ଝୁଲୁଛି। ଏ ସବୁ ଶୁଣି ବିପାଶା ଦେହ ଭୟରେ ଥରି ଯାଉଥାଏ। ସେ କେବେ ସେ ବରଗଛ ଆଡେ ଯିବାକୁ ଇଚ୍ଛା କରେନି। ଦୂରରୁ ଦେଖି ତାକୁ ଦିନରେ ବି ଡର ଲାଗେ।

ସବୁ କର୍ମଚାରୀମାନଙ୍କୁ ବିଶେଷ କରି ଝିଅମାନଙ୍କୁ ଗେଟ୍ ବାହାରେ ଜଙ୍ଗଲ ଆଡ଼କୁ ନ ଯିବାକୁ ସତର୍କ କରାଯାଇଥାଏ। ମାଓ ଅଧ୍ୟୁଷିତ ଅଞ୍ଚଳ ହୋଇଥିବାରୁ ସୁରକ୍ଷା ଦୃଷ୍ଟିରୁ ଅଧିକ ଧ୍ୟାନ ଦେବାକୁ କର୍ତ୍ତୃପକ୍ଷଙ୍କ ନିର୍ଦ୍ଦେଶ ଥାଏ। ଏସବୁ ନେଇ ବିପାଶାର ବି ଇଚ୍ଛା ହେଉଥିଲା କିଛି ଗୋଟେ ପାଇଁ ଚେଷ୍ଟା କରି ଏଠୁ ଚାଲିଯାଇ ପାରିଲେ ଏ ଦୁଷ୍ଚିନ୍ତାରୁ ରକ୍ଷା ମିଳନ୍ତା। କିନ୍ତୁ ଏଠି ଚାକିରି କରିବାର ବି ଯଥେଷ୍ଟ ସୁ-

ପରିଣାମ ଥାଏ। କମ୍ପାନୀ ପ୍ରଦତ୍ତ ଘର, ଯିବାଆସିବା ପାଇଁ କମ୍ପାନୀ ବସ୍ ଓ ସର୍ବୋପରି ଅଳ୍ପ ଖର୍ଚ୍ଚରେ ସ୍ୱାଦିଷ୍ଟ ଭୋଜନ। ତେଣୁ ବେତନର ଅଳ୍ପ ଅଂଶ ମାତ୍ର ଖର୍ଚ୍ଚ କରିବାକୁ ପଡ଼େ। ଆଉ ସବୁ ସଂଚୟ ହୋଇଯାଏ। କେତେ ଜଣ ଅର୍ଥ ଲୋଭୀ ସହକର୍ମୀ ସେଥିପାଇଁ ସେ ଜାଗାଟିକୁ ଏକ ଉତ୍ତମ କର୍ମସ୍ଥଳୀ ଭାବେ ବାଛି ନେଇଥା'ନ୍ତି।

ଏକା ସଙ୍ଗେ କମ୍ପାନୀରେ ଯୋଗ ଦେଇଥିବା ନିଜ ବ୍ୟାଚର ପିଲାମାନଙ୍କଠୁ ଆରମ୍ଭ କରି ସିନିୟରମାନଙ୍କ ସହ ଧୀରେ ଧୀରେ ଚିହ୍ନା ପରିଚୟ ହେଉଥାଏ। ରାତ୍ରି ଭୋଜନ ସମୟରେ ସମସ୍ତଙ୍କୁ ମିଳିଯାଏ କିଛି ସମୟ ପରସ୍ପର ସହ ମିଳାମିଶା ଏବଂ ନିଜର ଭାବ ବ୍ୟକ୍ତ କରିବାକୁ। ଜୁନିୟର ପିଲାମାନେ ମିଶିଲେ ବି ସିନିୟର ମାନଙ୍କଠୁ ଟିକେ ଦୂର ଦୂର ହୋଇ ରହୁଥା'ନ୍ତି। କେହି କେହି ସିନିୟର ଉପରେପଡ଼ି କମ୍ପାନୀର ଗୋହି ଖୋଳିବାରେ ବ୍ୟସ୍ତ ଥାଆନ୍ତି। ଏଚ୍.ଆର ମ୍ୟାମ୍ ବହୁତ ଘମଣ୍ଡି। ସବୁବେଳେ ଶାସନ କଲାଭଳି କଥା କହନ୍ତି। କେମିକାଲ ଡିପାର୍ଟମେଣ୍ଟରେ ମ୍ୟାନେଜର ଚାଳିଶ ପାର କରିଗଲେଣି ହେଲେ ଏଯାଏ ବାହା ହୋଇନାହାନ୍ତି। ଦୁଇ ବର୍ଷ ପୂର୍ବେ ଜଏନ୍ କରିଥିବା ରିନା ଦାସ୍, ତା' ବ୍ୟାଚର ମିହିର ରୁମରେ ଡେରି ରାତିଯାଏ ମଦ ପିଏ। କ୍ୟାମ୍ପସ୍‌ର ଏମିତି ସବୁ ଗୂଢ଼ରହସ୍ୟ ସହ ସିନିୟର କେଇଜଣ ଜୁନିୟର୍‌ମାନଙ୍କୁ ପରିଚିତ କରାଇ ମଜା କରନ୍ତି। ସେହି ସୀମିତ ପରିବେଶ ମଧ୍ୟରେ ସବୁ ପାତ୍ର ଚଳଚିତ୍ରର ଗୋଟିଏ ଗୋଟିଏ ଚରିତ୍ର ଭଳି ପ୍ରତ୍ୟୟ ହୁଅନ୍ତି। ସେପରି ନିର୍ଜନ ସ୍ଥଳରେ ସେଥିଲା ଏକ ପ୍ରକାର ଚିତ୍ତ ବିନୋଦନର ମାଧ୍ୟମ।

ଗେଷ୍ଟହାଉସ୍‌ର ରକ୍ଷଣାବେକ୍ଷଣ ଦାୟିତ୍ୱରେ ଥିବା ଦାଶରଥିଙ୍କୁ ଆଶ୍ଚର୍ଯ୍ୟ ଲାଗିଲେ ବି ତା'ର ଚାକିରିର ଦୁଇବର୍ଷ ଭିତରେ ଏସବୁ ଦେଖି ତା'ର ଦେହସୁହା ହୋଇଯାଇଥାଏ। ଦାଶରଥିର ଘର ପ୍ଲାଣ୍ଟକୁ ଲାଗିଥିବା ଛୋଟ ଗାଁ'ଟିରେ। ମାଟ୍ରିକ୍ ପାସ୍ କରି କମ୍ପାନୀରେ ଚାକିରି ପାଇଥାଏ। ସେ ଆଗରୁ ଟୁକେଲ୍‌ମାନଙ୍କର ଟୁକାମାନଙ୍କ ସହ ଏମିତି ଖୋଲାମେଲା ମିଳାମିଶା କେବେ ଦେଖିନଥିଲା। ସେମାନଙ୍କ ଅଧାଲଙ୍ଗଳା ବେଶଭୂଷା ଦେଖିକି ଆହୁରି ଆଶ୍ଚର୍ଯ୍ୟ ହେଉଥିଲା। ଟୁକା ଗୁଡ଼ାକ ଭଳି ଟୁକେଲ ଗୁଡ଼ା ବି ହାପ୍ ପ୍ୟାଣ୍ଟ୍ ଆଉ ଟି ସାର୍ଟ ପିନ୍ଧି ବୁଲୁଛନ୍ତି। ସେହି ଅଧାଲଙ୍ଗଳା ହୋଇ ଖାଇବାକୁ ଡାଇନିଂ ହଲ୍‌କୁ ଆସୁଛନ୍ତି। ପୁଅ ଝିଅ ସବୁ ମିଶି ଗୋଟିଏ ରୁମ୍‌ରେ ଡେରି ରାତିଯାଏ ଗପସପ୍ ହେଉଛନ୍ତି।

ବେଦାନ୍ତ କମ୍ପାନୀ ପ୍ଲାଣ୍ଟ୍ ଓ ଗେଷ୍ଟହାଉସ୍‌ର ଅଳ୍ପ ଦୂରରେ ଲାଞ୍ଜିଗଡ଼ ଜନବସତି। ଛୋଟ ଗଡ଼ଜାତ ଅଞ୍ଚଳଟିଏ। ପୁରୁଣା ରାଜା ଉଆସ ଏବେ ଜରାଜୀର୍ଣ୍ଣ। ସେଠି କିଛି ଦୋକାନ ବଜାରରୁ ଆବଶ୍ୟକୀୟ ସାମଗ୍ରୀ ମିଳିଯାଏ। ନ ହେଲେ ଯିବାକୁ ପଡ଼େ

ଭବାନୀପାଟଣା। ସବୁ ରବିବାର କମ୍ପାନୀ ବସ୍ ସକାଳୁ କର୍ମଚାରୀମାନଙ୍କୁ ନେଇ ଭବାନିପାଟଣା ଯାଏ। ସେଠୁ କିଣାକିଣି କରି ହୋଟେଲରେ ଖାଇ ପୁଣି ତିନିଟାବେଳେ ସେହି ବସ୍‌ରେ ସେମାନେ ଫେରିଆସନ୍ତି। ଯେତେ ସହକର୍ମୀ ଥିଲେ ସେମାନଙ୍କ ମଧ୍ୟରୁ ବିପାଶାକୁ କାହିଁକି କେଜାଣି ବିଶ୍ୱାସ ସହ ମିଶିବାକୁ ଭଲ ଲାଗେ। ବିଶ୍ୱାସ ମହାପାତ୍ର କେମିକାଲ ଇଂଜିନିୟର, ତା'ସହ କମ୍ପାନୀରେ ଯୋଗ ଦେଇଥାଏ। ବିପାଶା ବି ବିଶ୍ୱାସ ସହ ପ୍ରଥମେ ପ୍ରଥମେ ଥରେ ଦୁଇଥର ଭବାନୀପାଟଣା ଯାଇଥିଲା। ତା'ର କିଛି ନିତ୍ୟ ବ୍ୟବହାର୍ଯ୍ୟ ସାମଗ୍ରୀ ଆଣିବାକୁ। ବିଶେଷ ଜରୁରୀ ନଥିଲେ ସବୁ ରବିବାର ଆଉ ତାକୁ ସେଠିକୁ ଯିବାକୁ ଇଛା ହୁଏ ନାହିଁ। କମ୍ପାନୀ ବସ୍‌ରେ ସକାଳଠୁ ଯାଇ ନିଜର କାମ ସରିଗଲେ ବି ଦିନ ତିନିଟା ଯାଏ ଅପେକ୍ଷା କରିବାକୁ ପଡେ। କମ୍ପାନୀ ବସ୍ ବ୍ୟତୀତ ଅନ୍ୟ କୌଣସି ସାଧନ ନଥାଏ ଶୀଘ୍ର ଫେରି ଆସିବାକୁ। ସେଥିପାଇଁ ଯିଏ ସବୁ ମଟର ସାଇକେଲ୍, କାର୍ ଇତ୍ୟାଦି ନିଜର ବାହନ ରଖିଥାନ୍ତି ନିଜ ସମୟ ଅନୁଯାୟୀ ମାର୍କେଟିଂକରି ଫେରିଆସନ୍ତି।

ବିଶ୍ୱାସ ତା'ର ପ୍ରଥମ ମାସର ଦରମା ପାଇବାମାତ୍ରେ ମଟର ସାଇକେଲଟିଏ କିଣିଥିଲା। ତା'ପରଠୁ ବିପାଶା ଓ ବିଶ୍ୱାସ ଛୁଟି ଦିନରେ ସେଇ ମଟର ସାଇକେଲରେ ଟାଉନସିପ୍ ବାହାରକୁ ବୁଲିବାକୁ ଚାଲି ଯାଆନ୍ତି। ନୂଆ ମଟର ସାଇକେଲ ନେଇ ଯେବେ ଦୁହେଁ ପ୍ରଥମ ଥର ପାଇଁ ବାହାରିଲେ, ନିକଟତମ ସ୍ଥାନ ଥିଲା ମୁନିଗୁଡ଼ା ଯେଉଁ ବାଟ ଦେଇ ସେମାନେ ଲାଞ୍ଜିଗଡ଼ ଆସିଥିଲେ। ମୁନିଗୁଡ଼ା ବଜାରରେ କିଛି ସମୟ ବୁଲାବୁଲି କରିବା ପରେ ସ୍ଥାନୀୟ ଲୋକଙ୍କଠୁ ପଚାରି ସେମାନେ ଗଲେ ଛୋଟ ପର୍ଯ୍ୟଟନ ସ୍ଥଳୀ କୁମ୍ଭୁଡ଼ାପଲ୍ଲି। ମୁନିଗୁଡ଼ାଠୁ ଆଠ କିଲୋମିଟର ଦୂର, ସେଥିଲା ବଂଶଧାରା ନଦୀରେ ଶୁକୁଟିଧାରର ସଂଗମ ସ୍ଥଳୀ। ନଦୀକୂଳରେ ବାଲୁକେଶ୍ୱର ଶିବ ମନ୍ଦିର। ମନ୍ଦିର ପ୍ରାଙ୍ଗଣରେ ଚତୁପାର୍ଶ୍ୱକୁ ବାହୁମେଲାଇଥାଏ ବିଶାଳ ବଟବୃକ୍ଷ। ତା'ପାଖକୁ ଲାଗି ସେମିତି ଝଙ୍କାଳିଆ ତେନ୍ତୁଳି ଗଛ। ଶୁକୁଟି ନାଳର ଜଳଧାର ପଥର କାଟି ସଶବ୍ଦରେ ବଂଶଧାରାରେ ମିଶୁଥାଏ। ବଡ଼ ବଡ଼ ପ୍ରସ୍ତର ଖଣ୍ଡ ପ୍ରହରୀ ଭଳି ଠିଆ ହୋଇଥାନ୍ତି ଦୁଇ ପାର୍ଶ୍ୱରେ। ଶିବମନ୍ଦିରର ପୂଜାରୀ ପୂଜା ସାରି ଗାଁକୁ ଫେରି ଯାଉଥିଲେ। ଏ ଦୁଇଜଣଙ୍କୁ ଦେଖି ରହିଗଲେ। ଆଉଥରେ ମନ୍ଦିର ଖୋଲି ଦର୍ଶନ କରାଇଲେ। ପଥର ଚଟାଣ ଓ ଗଭୀର ଜଳ ପ୍ରତି ସାବଧାନ କରାଇ ସେ ତାଙ୍କ ବାଟରେ ଚାଲିଗଲେ। ଯିବା ପୂର୍ବରୁ ଏକଥା ବି କହି ଯାଇଥିଲେ ଯେ "ଅସାବଧାନତାରୁ ଦୁଇ ବର୍ଷ ତଳେ ପିକ୍‌ନିକ୍‌ରେ ଆସିଥିବା ବେଦାନ୍ତ କମ୍ପାନୀର କେହି ଜଣେ କର୍ମଚାରୀ ବଂଶଧାରା ନଦୀରେ ଭାସି ଯାଇଥିଲା"।

ପୂଜାରୀ ଚାଲିଯିବା ପରେ ନଦୀ କୂଳର ନିର୍ଜନ ପରିବେଶ, ବରଗଛ ଓ ତେନ୍ତୁଳି ଗଛର ଛାଇରେ ଧୀର ସମୀରଣ ଦୁହିଁଙ୍କ ମନରେ ରୋମାଞ୍ଚ ସୃଷ୍ଟି କରୁଥାଏ। ବିଶ୍ୱାସ ଓ ବିପାଶା ପାଖାପାଖି ବସି ପ୍ରକୃତିର ଏ ଅନୁପମ ସୌନ୍ଦର୍ଯ୍ୟକୁ ମନଭରି ଉପଭୋଗ କରୁଥିଲେ। ପରସ୍ପରକୁ କିଛି କହିବାକୁ ଚାହୁଁଥିଲେବି କାହା ମୁହଁରୁ କିଛି ସ୍ଫୁରୁ ନଥାଏ। କିଛି ସମୟର ନିରବତା ପରେ ଦୁହେଁ ପୁଣି ପଥର ଉପରୁ ଓହ୍ଲାଇ ପାଣି ପାଖକୁ ଗଲେ। ପଥର ଓ ପାଣିକୁ ପ୍ରଚ୍ଛଦପଟରେ ରଖି ସେଲଫି ନେଲେ। ପାଣିରେ ହାତ-ଗୋଡ଼ ଚବଚବ କରି ଛୋଟ ପିଲା ଭଳି କିଛିକ୍ଷଣ ଖେଳିଲେ। ଇଚ୍ଛା ହେଉଥାଏ ଦୁହେଁ ନଈକୁ ଡେଇଁ ପଡ଼ିବେ। ସ୍ନାନ ସନ୍ତରଣ କରିବେ ହେଲେ ଦେହ ପତାଉ ନଥାଏ। ଅଜଣା ଭୟରେ ଦେହ ଶିତେଇ ଉଠୁଥାଏ। ଯେତେ ସାହସୀ ବ୍ୟକ୍ତି ହେଲେ ବି ନିଜ ଗାଁ ଶ୍ମଶାନ ଓ ପର ଗାଁ ନଈକୁ ଦେଖିଲେ ଆପେ ଆପେ ମନରେ ଶଂକା ଆସିଯାଏ।

ପାଣିକୁ ଲାଗି ପଥର ଉପରେ ବସିଥିବାବେଳେ ହଠାତ୍ ବିଶ୍ୱାସ ତଳକୁ ନଇଁପଡ଼ି ଚଳାଏ ପାଣି ଆଣି ବିପାଶା ମୁହଁକୁ ଛାଟି ଦେଲା। ବିପାଶା ଏମିତି ଏକ ଅପ୍ରତ୍ୟାପିତ ଥଟ୍ଟାମଜା ପାଇଁ ପ୍ରସ୍ତୁତ ନଥିଲା। ଚମକିପଡ଼ି ପାଣିରେ ପଡ଼ିଯାଉଥିଲା। ବିଶ୍ୱାସ ତାକୁ ନିଜ ଆଡକୁ ଭିଡ଼ି ନେଲା, ଆକସ୍ମିକ ଦୁର୍ଘଟଣାଠାରୁ ରକ୍ଷାପାଇବାକୁ ଯାଇ ବିପାଶା ବିଶ୍ୱାସର ଛାତି ଉପରେ ଆଉଜେଇ ହୋଇ ତାକୁ ଜୋରରେ ଭିଡ଼ି ଧରିଥିଲା। ଅହେତୁକ ଭୟରେ ତା ଛାତି ଧକ୍‌ଧକ୍ କରୁଥିଲା। ହୃତସ୍ପନ୍ଦନ ବଢ଼ିଯାଉଥିଲା। ଯାହା ବିଶ୍ୱାସ ସ୍ପଷ୍ଟ ଜାଣି ପାରୁଥିଲା। ବିଶ୍ୱାସ ଏତାଦୃଶ ବ୍ୟବହାର ପାଇଁ ବାରମ୍ବାର କ୍ଷମା ମାଗୁଥାଏ। ନିଜକୁ ସମ୍ଭାଳି ପରିସ୍ଥିତିକୁ ସହଜ କରିବାକୁ ଯାଇ ବିପାଶା ତା' ଗାଲରେ ସପ୍ରେମ ସରୁ ଚାପୁଡାଟିଏ ମାରି କହୁଥିଲା – 'ଏମିତି ଦୁଷ୍ଟାମୀ ବେଳେବେଳେ ଭଲ ଲାଗେ'। ଦୁହେଁ ହସି ହସି ଫେରି ଆସିଲେ ତେନ୍ତୁଳି ଗଛ ମୂଳକୁ, ଯେଉଁଠି ମଟର ସାଇକେଲଟି ରଖାହୋଇଥିଲା।

ଫେରିବା ପୂର୍ବରୁ ବିପାଶା ତେନ୍ତୁଳି ଗଛରେ ଫଳିଥିବା ସରୁ ସରୁ କଞ୍ଚା ତେନ୍ତୁଳିକୁ ଦେଖାଇ ତୋଳି ଦେବାକୁ କହିଥିଲା। ବିଶ୍ୱାସ କେଇ ଫଡ଼ା ତେନ୍ତୁଳି ତୋଳି ତା'ହାତରେ ଦେଇଥିଲା। ମଟର ସାଇକେଲରେ ବସି ଫେରିବାବେଳେ ବିଶେଷ ସଂଭ୍ରମତା ନରଖି ବିପାଶା ବିଶ୍ୱାସର ପିଠି ଉପରେ ଝୁଙ୍କି ପଡ଼ିଥାଏ। ବିଶ୍ୱାସ ମଟର ସାଇକେଲର ବେଗ ବଢ଼ାଇ ଦେବାବେଳେ ସେ ଶକ୍ତକରି ତାକୁ ଜାବୁଡି ଧରୁଥାଏ। ଦୁଇଜଣ ଯାକ ବୋଧେ ଉପଲବ୍ଧି କରିସାରିଥିଲେ ଯେ ସେମାନଙ୍କର ବନ୍ଧୁତା ଏକ ଭିନ୍ନ ରୂପ ନେବାକୁ କଡ ଲେଉଟାଉଛି।

ବିଶ୍ୱାସର ସାନ୍ନିଧ୍ୟରେ ବିପାଶାର ଏକାନ୍ତ ଭାବ ଦୂର ହୋଇ ଯାଇଥାଏ।

ଲାଞ୍ଜିଗଡ଼ର ନିର୍ଜନତା ଆଉ ଆଗ ଭଳି ବିତସ୍ପୃହ ନକରି ଆକର୍ଷିତ କରୁଥିଲା । ପରବର୍ତ୍ତି ରବିବାର ଦିନ ପୁଣି ଦୁହେଁ ଭବାନିପାଟଣା ନିକଟସ୍ଥ ରାବଣଧାର ଜଳପ୍ରପାତ ଦେଖିବାକୁ ଯାଇଥିଲେ । ବଣ ପାହାଡ ଘେରା ନିକାଞ୍ଚନ ପରିବେଶ ତା'ସହ ଜଳଧାରର ଗୁରୁଗମ୍ଭୀର ପତନ ତାଙ୍କୁ ଆନନ୍ଦାବିଭୂତ କରୁଥିଲା । ପ୍ରକୃତିର ଶୋଭା ରାଜି ସେମାନଙ୍କୁ ଏକ ଭିନ୍ନ ରୂପରେ ଆକୃଷ୍ଟ କରୁଥିଲା । ସେମାନେ ଆଦିପୁରୁଷ ଆଦିନାରୀ ଭାବେ ବନ ଗହନରେ ଘୂରିବୁଲିବାକୁ ଚାହୁଁଥିଲେ ।

ଧୀରେ ଧୀରେ ବିଶ୍ୱାସ ଓ ବିପାଶାଙ୍କର ସମ୍ପର୍କ ନିବିଡ ହୋଇ ପ୍ରେମରେ ରୂପାନ୍ତରିତ ହୋଇଯାଇଥିଲା । ପ୍ରେମୀ ମନର ଆବେଗକୁ ନେଇ ଅଫିସ୍‌ରୁ ଫେରିବା ପରେ ଦୁଇଜଣ ଯାକ ଗୋଟିଏ ରୁମ୍‌ରେ ବସି ଘଣ୍ଟା ଘଣ୍ଟା ଗପୁଥିଲେ । କମ୍ପାନୀର ଅନ୍ୟ ସହକର୍ମୀମାନେ ତାଙ୍କ ପ୍ରେମର ସୁରାକ ପାଇ ଯାଇଥିଲେ । ଶୁଭାକାଂକ୍ଷୀ, ବନ୍ଧୁମାନେ ସେମାନଙ୍କର ପ୍ରେମ ସମ୍ପର୍କ ଭବିଷ୍ୟତରେ ବୈବାହିକ ସମ୍ବନ୍ଧର ରୂପ ନେବାରେ ଆଶାୟୀ ଥିଲେ । ଏକ ସୁଖଦ ଅନୁଭୂତିରେ ଦିନ ଗୁଡ଼ିକ ବିତିଯାଉଥାଏ ।

ସେଦିନ ଅଫିସ୍‌ରୁ ଫେରି ବିଶ୍ୱାସ ବିପାଶାକୁ ଖୁସିରେ ଜଣାଇଲା ସେ ଗେଟ୍ କ୍ୱାଲିଫାଏ କରିଯାଇଛି । ଏମ୍.ଟେକ୍ କରିବାକୁ ମୁମ୍ବେଇ ଚାଲିଯିବ । ଏ କମ୍ପାନୀରୁ ରେଜିଗନେସନ୍ ପାଇଁ ସେ ଆପ୍ଲାୟ କରି ଦେଇଛି । ଏକଥା ଶୁଣି ବିପାଶାକୁ ବିଜୁଳି କରେଣ୍ଟ ଲାଗିଲା ଭଳି ଲାଗିଲା । ସେ ପୁଣି ଏକୁଟିଆ ହୋଇଯିବ ଭାବି ଉଦାସ ହୋଇଗଲା । ବିଶ୍ୱାସ ତାକୁ ଯେତେ ବୁଝାଇଲେ ବି ତା ମନ ମାନୁନଥାଏ । ଦୁହେଁ ସେଦିନ ଅନେକ ରାତିଯାଏ ବିଶ୍ୱାସର ରୁମରେ ବସିଥିଲେ । ବିଶ୍ୱାସ ମନରେ ଉଲ୍ଲାସର ପ୍ରଜାପତି ଡେଣା ମେଲେଇ ଉଡ଼ିବାକୁ ଆରମ୍ଭ କରି ଦେଇଥିବାବେଳେ ବିପାଶା ଏକ ଅନିଶ୍ଚିତତାକୁ ନେଇ ଦୀର୍ଘଶ୍ୱାସ ନେଉଥାଏ । ତା'ର ବିମର୍ଷତାକୁ ଦେଖି ବିଶ୍ୱାସ ସାନ୍ତ୍ୱନା ଦେଉଥାଏ ଓ ଭରସା ବି ଦେଉଥାଏ ଯେ ସେଠୁ ଗଲାପରେ ସବୁବେଳେ ତା'ର ସଂପର୍କରେ ରହିବ । ବିଶ୍ୱାସ କମ୍ପାନୀ ଛାଡ଼ି ଯିବାଦିନ ତାକୁ ବିଦାୟ ଦେବାକୁ ବିପାଶା ମୁନିଗୁଡ଼ା ଯାଇଥିଲା । ଷ୍ଟେସନରୁ ଟ୍ରେନରେ ବିଶ୍ୱାସ ଚାଲିଯିବା ପରେ ବିପାଶାର ଆୟତ ଆଖିରୁ ଲୁହ ଅଣଆୟତ୍ତ ହୋଇ ବହିଯାଉଥାଏ ।

ବିପାଶା ମା'ଙ୍କ ପାଖରୁ ବାରମ୍ବାର ଫୋନ ଆସୁଥାଏ । ତାଙ୍କ ଘରଲୋକ ତା'ର ଯଥାଶୀଘ୍ର ବାହାଘର କରାଇଦେବାକୁ ଚାହୁଁଥିଲେ । କିନ୍ତୁ ବିପାଶା ଏ ଚାକିରି ଛାଡ଼ି ଆସାମରେ କେଉଁ ଏକ ପିଲାକୁ ବାହା ହୋଇ ସେଠି ସେଟେଲ୍ ହେବାକୁ ଇଚ୍ଛା କରୁନଥିଲା କି ବିଶ୍ୱାସ ମଣ୍ଡଳକୁ ଭୁଲି ପାରୁନଥିଲା । ଏକ ଦୋଦୁଲ୍ୟମାନ ପରିସ୍ଥିତିରେ ବିଶ୍ୱାସର କଥାରେ ଭରସା ରଖି ଅପେକ୍ଷା କରିଥାଏ ତା'ର ଏମ୍.ଟେକ୍ ସରିବାଯାଏ ।

ଚିଲଡ୍ରେନ ପାର୍କରେ ମନମାରି ବସିଥାଏ ବିପାଶା। ତା' ପାଖରେ ସିମେଣ୍ଟ ବେଞ୍ଚରେ ବସିଥିବା ମଧ୍ୟବୟସ୍କା ସ୍ତ୍ରୀ ଲୋକଟି ବୋଧେ ତା' ମୁହଁ ଦେଖି ତା' ବିମର୍ଷତାର ଆଭାସ ପାଇଥିଲେ। ତାଙ୍କ ସାନ ଭଉଣୀ ବୟସର ଯୁବତୀଟିକୁ ସସ୍ନେହ ତା'ର ପରିଚୟ ପଚାରିଲେ ଓ ନିଜେ ମଞ୍ଜୁଶ୍ରୀ, ଟାଉନସିପ୍‌ରେ ଥିବା ଡିଏଭି ପବ୍ଲିକ୍ ସ୍କୁଲ୍‌ରେ ଶିକ୍ଷୟିତ୍ରୀ ବୋଲି ପରିଚୟ ଦେଇଥିଲେ। ମଞ୍ଜୁଶ୍ରୀଙ୍କ ଘର ବାଲେଶ୍ୱର। ସେ ତା'ର ଚାରି ବର୍ଷର ଝିଅ ଡଲିକୁ ନେଇ ସେଠି ରହୁଥାଏ। ଏବେ ବର୍ଷେ ହେବ ସେ ସ୍କୁଲ୍‌ରେ ଯୋଗ ଦେଇଥାଏ। ସମ୍ପୂର୍ଣ୍ଣ ପରିଚୟ ଶେଷହେବା ଆଗରୁ ସ୍ପ୍ରିଙ୍ଗ କଣ୍ଢେଇ ଭଳି ଛୋଟ ଝିଅଟିଏ ନାଚି ନାଚି ଆସି କହିଲା -ମମି ଘରକୁ ଯିବା ଭୋକ ଲାଗିଲାଣି। ମଞ୍ଜୁଶ୍ରୀ ଝିଅକୁ କହିଲେ - ଡଲି ଆଣ୍ଟିଙ୍କୁ ନମସ୍କାର କର। ଡଲି ନମସ୍କାର କଲା। ବିପାଶା ତାକୁ ନିଜ ହାତରେ ଉଠାଇ ନେଇ ଚୁମାଦେଲା। ବିପାଶା ଡଲିକୁ କୋଳରେ ବସାଇ ତା'ର ବାପାଙ୍କ ବିଷୟରେ ମଞ୍ଜୁଶ୍ରୀଙ୍କୁ ପଚାରିଲା। ସେ କିନ୍ତୁ ବିଶେଷ ଆଗ୍ରହ ନ ଦେଖାଇ ସେ 'ଏଠି ରହନ୍ତି ନାହିଁ' କହି ଡଲିର ହାତ ଧରି ଚାଲିଗଲେ।

ମୁମ୍ବାଇ, ପହଞ୍ଚିବା ପରେ ବିଶ୍ୱାସ ଫୋନ୍ କରିଥିଲା। ଆଇ.ଆଇ.ଟିର ବ୍ୟସ୍ତ ପାଠପଢ଼ା, ସମୟାନୁବର୍ତ୍ତିତା, ସେମିନାର, ୱେବିନାର, ରିସର୍ଚ୍ଚ ପେପର ଇତ୍ୟାଦି କେତେକ'ଣ ଗପିଯାଉଥାଏ। ବିପାଶାର କିନ୍ତୁ କେବଳ ବିଶ୍ୱାସର କଣ୍ଠସ୍ୱର ଶୁଣିବା ବ୍ୟତୀତ ଆଉ କେଉଁଥିରେ ଆଗ୍ରହ ନଥାଏ। ନଚାହୁଁଥିଲେ ବି ମୁମ୍ବାଇ ଆଇ.ଆଇ.ଟି କ୍ୟାମ୍ପସର ସମସ୍ତ ବିବରଣୀ ଶୁଣି 'ପୁଣି କେବେ ଦେଖାହେବ' ଭଳି ଅବାନ୍ତର ପ୍ରଶ୍ନଟିଏ କେତେବେଳେ ତା ମୁହଁରୁ ବାହାରି ପଡ଼ିଛି ସେ ଜାଣିପାରିନି। ସଙ୍ଗେ ସଙ୍ଗେ ପ୍ରତ୍ୟୁତ୍ତରରେ ବିଶ୍ୱାସ କହୁଥିଲା - 'ଏବେଏବେ ତ କ୍ଲାସ୍ ଆରମ୍ଭ ହୋଇଛି ପୁଣି ସିମେଷ୍ଟର ପାଇଁ ପ୍ରସ୍ତୁତ ହେବାକୁ ପଡ଼ିବ। କେବେ ସୁବିଧା ମିଳୁଛି ଦେଖାଯାଉ'। ତା'ପରେ ଫୋନ୍ ସାଇଲେଣ୍ଟ ହୋଇ ଯାଇଥିଲା। ବିପାଶାକୁ ଲାଗୁଥିଲା ବିଶ୍ୱାସ ଯେମିତି ହଠାତ୍ ବଦଳି ଯାଇଛି।

ପରବର୍ତ୍ତୀ ରବିବାର ଦିନ ସଂଧ୍ୟାବେଳେ ପୁଣି ବିପାଶାର ମଞ୍ଜୁଶ୍ରୀ ମାଡ଼ାମ୍‌ଙ୍କ କଥା ମନେ ପଡ଼ିଲା। ତାଙ୍କ ସହ ଦେଖାହେବ ଭାବି ସେ ଚିଲଡ୍ରେନ ପାର୍କ ପାଖକୁ ଚାଲିଗଲା। ସତକୁ ସତ ମଞ୍ଜୁଶ୍ରୀ ମାଡ଼ାମ୍ ପୂର୍ବଭଳି ବେଞ୍ଚଟିରେ ବସିଥିଲେ। ଡଲି ସ୍ଲାଇଡ଼ରେ ଉପର ତଳ ହୋଇ ଖେଳୁଥାଏ। ଦେଖୁ ଦେଖୁ ସେ ବିପାଶାକୁ ପାଖକୁ ଡାକିଲେ। ଦୁହେଁ ବସି ଲାଞ୍ଜିଗଡ଼ର ଅବହାୱାଠୁ ଆରମ୍ଭ କରି ବେଦାନ୍ତ କମ୍ପାନୀର କାର୍ଯ୍ୟକାରିତା, ଡି.ଏ.ଭି ସ୍କୁଲର ପାଠ୍ୟକ୍ରମ ତଥା ଡଙ୍ଗରିଆ ଆଦିବାସୀଙ୍କ ଜୀବନ ଶୈଳୀ ଉପରେ ନିଜ ନିଜର ଅଭିମତ ରଖୁଥିଲେ। ବିପାଶା କିନ୍ତୁ ତା ମନରେ

ଉଙ୍କିମାରୁଥିବା ପ୍ରଶ୍ନର ଉତ୍ତର ଖୋଜୁଥାଏ। ମଞ୍ଜୁଶ୍ରୀ ମାଡ଼ାମ୍ ଏତେ ଛୋଟ ଝିଅଟିକୁ ନେଇ ଏକୁଟିଆ ସୁଦୂର ବାଲେଶ୍ୱରକୁ ଆସି ଏଠି କାହିଁକି ଚାକିରି କରୁଛନ୍ତି, ତାଙ୍କ ସ୍ୱାମୀଙ୍କ କଥା ପଚାରିବାରୁ ନିରୁତ୍ତର ରହୁଛନ୍ତି। କିଛି ନା କିଛି ବାହାନା କରି ଏଡ଼ାଇ ଦେଉଛନ୍ତି। ଏସବୁର ରହସ୍ୟ ଭେଦ କରିବାକୁ ସେ ଚାହୁଁଥିଲା।

ବିପାଶା ଆଉ ଟିକେ ପାଖକୁ ଲାଗିଯାଇ କହିଲା - 'ଅପା ଭାଇନାଙ୍କ କଥା କିଛି କହୁନାହାଁନ୍ତି। କ'ଣ ସିଏ ଆପଣଙ୍କର ମନେ ପଡୁନାହାଁନ୍ତି'। ମଞ୍ଜୁଶ୍ରୀ ହଠାତ୍ ଝିଅଟାର ଅପା ଡାକରେ ଯେତିକି ଆତ୍ମହରା ହେଉଥିଲା ତା' ସ୍ୱାମୀ ବିଷୟରେ ପଚାରିବାରୁ ସେତିକି ଅପ୍ରତିଭ ମନେ କରୁଥିଲା। ବିପାଶାର ଆତ୍ମୀୟତା ଦେଖି କହିବାକୁ ବାଧ୍ୟ ହେଲା -'ଆମେ ଅଲଗା ହୋଇଯାଇଛୁ, ଆମର ଡିଭର୍ସ ହୋଇସାରିଛି'। ଏମିତି ଏକ ସମ୍ପୂର୍ଣ୍ଣ ବ୍ୟକ୍ତିଗତ ଦୁଃଖଦ ପ୍ରସଙ୍ଗ ଅଜାଣତରେ ଉଠାଇଥିବାରୁ ବିପାଶା ଦୁଃଖ ପ୍ରକାଶ କରୁଥିଲା। ମଞ୍ଜୁଶ୍ରୀ କିନ୍ତୁ ନିଜକୁ ସମ୍ଭାଳି ନେଇ ସେହି ଦୁଃଖଦ ଅତୀତର ପୃଷ୍ଠା ଖୋଲି ଦେଇଥିଲା ବିପାଶା ଆଗରେ।

- 'କଲେଜ ପଢ଼ା ସରୁ ସରୁ ତାକୁ ତା'ର ବାପା-ମା' ବାହା ଦେଇ ଦେଇଥିଲେ ଜଣେ ବଡ଼ ବ୍ୟବସାୟୀ ସହ। ଛ'ମାସ ବର୍ଷେ ଭଲରେ କଟିଥିଲା ତାଙ୍କ ଦାମ୍ପତ୍ୟ ଜୀବନ। ଦେଖୁ ଦେଖୁ ବାହାଘରର ବର୍ଷେ ପୂରିବାବେଳକୁ ଡଲି ଆସିଯାଇଥିଲା ତା କୋଳକୁ। ଡଲି ହେବାର ଥାଏ ତା' ସ୍ୱାମୀଙ୍କର ପୁରୁଣା ପିଆପିଇ ଅଭ୍ୟାସଟା ବଢ଼ିଯାଇଥାଏ। କଥା କଥାରେ ରାଗି ଯାଇ ହତଜ୍ଞାନ ହେବା ଆଉ ଗୋଟେ ବଦ୍ ଗୁଣ ଥିଲା ତାଙ୍କର। ଡଲି ହେବା ପରେ ଥରେ ଦୁଇଥର ଅତ୍ୟଧିକ ମଦପିଇ ତା' ଉପରକୁ ହାତ ଉଠାଇବାକୁ ସେ ପଛାଇ ନଥିଲେ। ନିଜର ସ୍ୱାଭିମାନକୁ ଜଳାଞ୍ଜଳି ଦେଇ ଆଉ ସେ ନିର୍ଯାତନାକୁ ସହିବାକୁ ସେ ପ୍ରସ୍ତୁତ ନଥିଲା। ଅକଥନୀୟ ଅତ୍ୟାଚାର ପରେ ଦିନେ ରାତିରେ ସେ ପୋଲିସ୍ କଣ୍ଟ୍ରୋଲ୍ ରୁମ୍‌କୁ ଫୋନ୍ କରିଥିଲା। ପୋଲିସ୍ ଆସିବା ପରେ ସେ ତା'ଉପରେ ହେଉଥିବା ଶାରୀରିକ ଏବଂ ମାନସିକ ଅତ୍ୟାଚାରର ଅଭିଯୋଗ କଲା। ପୋଲିସ୍ ତା ସ୍ୱାମୀକୁ ଆରେଷ୍ଟ କରି ଥାନାକୁ ନେଇ ଯାଇଥିଲେ। ଥାନାରୁ ବେଲରେ ଆସିବା ଆଗରୁ ସେ ଶାଶୂ ଘର ଛାଡ଼ି ବାପାଙ୍କ ପାଖକୁ ପଳାଇ ଆସିଥାଏ'। ଏକା ନିଃଶ୍ୱାସରେ ଏତକ କହି ପାଖରେ ଥିବା ପାଣି ବୋତଲ ଖୋଲି ଢ଼ୋକେ ଥଣ୍ଡାପାଣି ପିଇଲା ମଞ୍ଜୁଶ୍ରୀ। ମନଟା ଶୀତଳ ହୋଇ ଆସୁଥାଏ ହେଲେ ତା'ର କରୁଣ କାହାଣୀର ଉଷ୍ମଶ୍ୱାସ ସ୍ପଷ୍ଟ ବାରି ହୋଇପଡୁଥାଏ। ଡଲି ଦଉଡ଼ି ଆସି ଘରକୁ ଫେରିଯିବାକୁ ଜିଦ୍ କଲା। ବାକିତକ ପରେ କେବେ ଶୁଣାଇବି କହି ଫେରିଗଲା ମଞ୍ଜୁଶ୍ରୀ।

ଆଉ ଏକ ରବିବାର ଅପରାହ୍ନ। ସପ୍ତାହ ଯାକର ବାକି କାମ, ଲୁଗା ସଫା,

ଚାଦର ବଦଳା, ଆଇରନ୍ କରିବା ଇତ୍ୟାଦି ସାରି ବିପାଶା ଅପେକ୍ଷା କରିଥାଏ ବିଶ୍ୱାସର ଫୋନ୍‌କୁ। ଅପେକ୍ଷା କରି ଫୋନ୍ ନ ଆସିବାରୁ ନିଜ ଆଡୁ ଦୁଇ ଥର ମିସ୍‌କଲ୍ ଦେଲା। ତଥାପି ସେପଟୁ ଜବାବ୍ ଆସୁନଥାଏ। ବାଧ୍ୟ ହୋଇ ମେସେଜ୍ କଲା। ଥରେ ହେଲେ ଫୋନ୍ କରିବାକୁ ଅନୁରୋଧ କଲା। କିଛି ସମୟ ପରେ ମେସେଜ୍ ଆସିବାର ଶବ୍ଦ ଶୁଣି ମୋବାଇଲ୍ ଉଠାଇଲା। ବିଶ୍ୱାସର ମେସେଜ୍ ଥିଲା "ପ୍ଲିଜ୍ ଡୋଣ୍ଟ ଡିଷ୍ଟର୍ବ ମି"। ହଷ୍ଟେଲ୍ ବାରଣ୍ଡାରେ ସେଇ ମେସେଜଟିକୁ ବାରମ୍ବାର ପଢ଼ି ଚାଲିଥିବାବେଳେ ବିପାଶାର ମନେ ପଡ଼ିଲା ମଞ୍ଜୁଶ୍ରୀ କଥା ଓ ତା'ର ଅଧୁରା କାହାଣୀକୁ ପୂରା ଶୁଣିବାର ଉତ୍କଣ୍ଠା ନେଇ ସେ ଚାଲିଲା ଚିଲଡ୍ରେନ ପାର୍କ।

ମଞ୍ଜୁଶ୍ରୀ ବିପାଶାକୁ ଦେଖି ତା'ର ଅଧୁରା କାହାଣୀକୁ ପୂରା କରିବାକୁ ଲାଗିଲା। 'ସେ ଶାଶୂ ଘରୁ ଫେରି ବାପା ମା'ଙ୍କୁ ସ୍ୱାମୀଙ୍କର ନିର୍ଯାତନା କଥା କହିଲା। ବାପା ମା' ତା'ର ଏ ପରିଣତି ପାଇଁ ନିଜକୁ ଦାୟୀ କରି ଦୁଃଖ ପ୍ରକାଶ କରୁଥିଲେ। ସେ କିନ୍ତୁ ବାପାଙ୍କ ସହାୟତାରେ ଏକାବେଳେକେ ଦୁଇଟି କାମ କରିବାକୁ ମନସ୍ଥ କରିଥିଲା। ପ୍ରଥମେ ଆଗକୁ ପଢ଼ିବାପାଇଁ ବି.ଏଡ଼.ରେ ନାମ ଲେଖାଇଲା। ଦ୍ୱିତୀୟରେ ସ୍ୱାମୀଠୁ ଡିଭର୍ସ ପାଇଁ କୋର୍ଟରେ କେସ୍ ଦାୟାର କରିଥିଲା। ପାଠପଢ଼ା ଓ ଡିଭର୍ସ କେସ୍ ଏକା ସଙ୍ଗେ ଚାଲିଥାଏ। ମା' ଡଲିର ଯତ୍ନ ନେଉଥାଆନ୍ତି। ବାପା ତାକୁ ତା'ର ଏ ସଂଘର୍ଷରେ ସହାୟତା କରୁଥାଆନ୍ତି। ଦୁଇବର୍ଷ ଶେଷ ହେବାବେଳକୁ ମଞ୍ଜୁଶ୍ରୀର ଡିଭର୍ସ ହୋଇ ଯାଇଥାଏ ଓ ବି.ଏଡ଼. ବି ସରି ଯାଇଥାଏ। କିନ୍ତୁ ସରିନଥାଏ ତା'ର ସ୍ୱାମୀର ଦୌରାତ୍ମ୍ୟ। ଡିଭର୍ସ ହେବା ସତ୍ତ୍ୱେ ବି ସେ ତାଙ୍କ ଘର ପଟେ ଚକର କାଟେ। କେବେ ଝିଅକୁ ଦେଖିବା ବାହାନାରେ ତ ପୁଣି ଅନ୍ୟ କିଛି ବାହାନାରେ। ତା' ଆଖିରେ ପ୍ରତିଶୋଧର ନିଆଁ ଜଳୁଥାଏ। ଉତ୍ତେଜନାପୂର୍ଣ୍ଣ ବାତାବରଣରୁ ଦୂରରେ ରହିବାକୁ ସେ ଏତେ ଦୂରରେ ଏମିତି ଏକ ନିର୍ଜନ ପରିବେଶରେ ଚାକିରି କରିବାକୁ ଚାଲି ଆସିଛି'।

ଏତେ ଦିନ ପରେ ନିଜ ଅତୀତ ଗାଥା ବୟାନ କରି ନାକ ଉପରେ ଜମିଆସୁଥିବା ଝାଳକୁ ଶାଢ଼ି କାନିରେ ପୋଛୁଥିଲା ମଞ୍ଜୁଶ୍ରୀ। ତା'ର ଗୋରା ମୁହଁଟା ଏକ ଅହେତୁକ ଗ୍ଲାନିରେ ଅସ୍ତଗାମୀ ଅରୁଣିମା ଭଳି ଲାଲ ପଡ଼ିଯାଇଥାଏ। ସାନ୍ତ୍ୱନା ପୂର୍ବକ ବିପାଶା ତା'ର ହାତକୁ ନିଜ ହାତମୁଠାରେ ଚାପି ଧରିଥାଏ। ଡଲିର ଖେଳ ସରିଯାଇଥାଏ। ତିନିଜଣ ଯାକ ଆଗପଛ ହୋଇ ପାର୍କ ଛାଡ଼ିଲେ।

ତା'ପରଠୁ ଆଉ ବିଶ୍ୱାସ ତା'ଆଡୁ କୌଣସି ଦିନ ଫୋନ୍ କରିନଥିଲା କି ମେସେଜ୍ ବି ପଠାଇନଥିଲା। ବିପାଶା ବି ଜାଣି ଜାଣି ଆଉ ତାକୁ ଡିଷ୍ଟର୍ବ କରିବାକୁ ଚାହୁଁନଥିଲା। ଏତେ ନିବିଡ଼ତା ପରେ, ଏତେ ଦିନର ନିରବ ବ୍ୟବଧାନ ସହ୍ୟନହେବାରୁ

ବୋଧେ କେବେ ତା' ଅଲକ୍ଷରେ ସେ ବିଶ୍ୱାସକୁ ଫୋନ୍ ଲଗାଇ ଦେଇଥିଲା। ତା ଜବାବରେ ଆସିଥିଲା, 'ଦିସ୍ ନମ୍ବର ଡଜ ନଟ୍ ଏକଜିଷ୍ଟ୍'। ବିପାଶା ଜାଣିପାରିଥିଲା ଯେ ବିଶ୍ୱାସ ତା'ସହ କୌଣସି ସମ୍ପର୍କ ରଖିବାକୁ ଚାହୁଁନାହିଁ।

ଆଗଭଳି ରବିବାର ଦିନ ପୁଣି ମଞ୍ଜୁଶ୍ରୀ ସହ ଦେଖାହେଲା। ଦୁହେଁ ପୁଣି ପାଖାପାଖି ବସି ଦୁଇ ଭଉଣୀ ଭଳି କଥାଭାଷା ହେଲେ। ମଞ୍ଜୁଶ୍ରୀ ବିପାଶାଠୁ ଜାଣିନେଇଥିଲା ବିଶ୍ୱାସ ସହ ତା'ର ସମ୍ପର୍କ। ହେଲେ ସେ ଜାଣି ନଥିଲା ଯେ ଧୀରେ ଧୀରେ ସେ ତା'ଠାରୁ ଦୂରେଇ ଯାଇଛି। ଦୁଇଟି ସନ୍ତପ୍ତ ହୃଦୟ ପାଖାପାଖି ବସି ବଣପାହାଡ଼ର ନିର୍ଜନତାକୁ ଉପଭୋଗ କଲାବେଳେ କେବେକେବେ ଅନିଶ୍ଚିତତାର ଗଭୀର ଜଳରେ ନିଃସହାୟ ହୋଇ ଉବୁଟୁବୁ ହେଉଥିଲେ ତ ପୁଣି କେବେ ଜ୍ୟୋତ୍ସ୍ନା ବିଧୌତ ଚାନ୍ଦିନୀ ରାତ୍ରିରେ ନିଃସଙ୍ଗତାର ଆବେଗରେ ବିଳପି ଉଠୁଥିଲେ। ଦୁହେଁ ପରସ୍ପରର ଲୁହ ପୋଛୁଥିଲେ। ସମବେଦନାର ସହଭାଗିନୀ ହେଉଥିଲେ।

■

ଶୀତ ଶୀତ୍କାର

ଛାତ୍ର ସଂସଦ ନିର୍ବାଚନ ଆଉ ମାତ୍ର କେଇଟା ଦିନ ବାକିଥାଏ । ନାମାଙ୍କନ ପତ୍ର ଦାଖଲ ହୋଇସାରିଥାଏ । ସେକ୍ରେଟାରୀ ପଦ ପାଇଁ ଆଶାୟୀ ପାର୍ଥୀମାନଙ୍କ ମଧ୍ୟରେ ଶ୍ରୀମନ୍ତ ଅନ୍ୟତମ । ଶ୍ରୀମନ୍ତ ରେଭେନ୍ସା ବିଶ୍ୱବିଦ୍ୟାଳୟର ସ୍ନାତୋକତ୍ତର ଅର୍ଥନୀତିର ଛାତ୍ର । ଅମାୟିକ, ଲାଜକୁଳା । ମେଧାବୀ କହିବା ବାହୁଲ୍ୟ ମାତ୍ର । କାରଣ ରେଭେନ୍ସା ଭଳି ବିଶ୍ୱବିଦ୍ୟାଳୟରେ ପଢ଼ିବାର ସୁଯୋଗ କେବଳ ମେଧାବୀ ଛାତ୍ରଛାତ୍ରୀମାନଙ୍କୁ ହିଁ ମିଳିଥାଏ ।

ନାମାଙ୍କନ ପତ୍ର ଦାଖଲ କରିବାପରେ ଶ୍ରୀମନ୍ତ ସମଭାବାପନ୍ନ ସାଥୀ, ସମର୍ଥକମାନଙ୍କ ସହ ମିଶି ପ୍ରଚାରର ରଣନୀତି ପ୍ରସ୍ତୁତ କରି ସାରିଥାଏ । ୟୁନିର୍ଭସିଟିରେ ପ୍ରତ୍ୟେକ ଛାତ୍ର ଛାତ୍ରୀଙ୍କୁ ଭୋଟ ପାଇଁ ନିବେଦନ କରିବା ସହ ନୂଆକରି ନାମଲେଖାଇଥିବା ପିଲାମାନଙ୍କୁ ନିଜ ସପକ୍ଷରେ ନେବାପାଇଁ ପ୍ରତ୍ୟେକ ପ୍ରତ୍ୟାଶୀ ପ୍ରଲୋଭିତ କରୁଥା'ନ୍ତି । ପ୍ରତ୍ୟକ୍ଷ ଭାବରେ ଛାତ୍ର ସଂସଦ ନିର୍ବାଚନରେ ସଂଶ୍ଳିଷ୍ଟ ହେବା ନିଷେଦ୍ଧ ହେଲେ ବି ପରୋକ୍ଷ ଭାବରେ ସବୁ ରାଜନୈତିକ ଦଳ ଗୁଡ଼ିକ ସେମାନଙ୍କର ପ୍ରତିନିଧି ଛିଡ଼ା କରାଇଥା'ନ୍ତି । ଶ୍ରୀମନ୍ତ କିନ୍ତୁ ଏକ ନିର୍ଦ୍ଦଳୀୟ ସ୍ୱାଧୀନ ପ୍ରାର୍ଥୀ ଭାବେ ନିର୍ବାଚନ ଲଢୁଥାଏ । ତା'ର ଭରସା ଥାଏ ନିଜର ସନ୍ମାର୍ଗ ଏବଂ ଆଦର୍ଶ ବ୍ୟକ୍ତିତ୍ୱ ଉପରେ । ପ୍ରତିପକ୍ଷଙ୍କୁ କଟୁ ସମାଲୋଚନା କରିବା, ମିଥ୍ୟା କୁତ୍ସାରଟନା କରିବା ଇତ୍ୟାଦି ତା ନିର୍ବାଚନ ରଣନୀତିରେ ସ୍ଥାନ ପାଇନଥିଲା ।

ଶ୍ରୀମନ୍ତର ସରଳ ନିଷ୍କପଟ ବ୍ୟକ୍ତିତ୍ୱ ତଥା ନିରପେକ୍ଷ, ସ୍ୱାଧୀନ ବିଚାର ପାଇଁ ସେ ୟୁନିର୍ଭସିଟିରେ ପିଲାମାନଙ୍କ ମଧ୍ୟରେ ବେଶି ଆଦୃତ ଥିଲା । ସୌମ୍ୟ, ଶାନ୍ତ ଭାବ ମୂର୍ତ୍ତି ପାଇଁ ଉପଯୁକ୍ତ ପ୍ରାର୍ଥୀ ଭାବରେ ଝିଅମାନଙ୍କ ପାଇଁ ବି ଗ୍ରହଣୀୟ ଥିଲା । କ୍ଲାସ୍ ଆରମ୍ଭ ପୂର୍ବରୁ ଓ କ୍ଲାସ ସରିବା ପରେ ସେ ବାରଣ୍ଡାରେ ପୁଅଝିଅମାନଙ୍କୁ ଭେଟି ତା

ସପକ୍ଷରେ ଭୋଟ୍ ଦେବାକୁ ଅନୁରୋଧ କରୁଥାଏ । କେବେକେବେ ପୋଷ୍ଟ ଅଫିସ୍ ଆଗରେ, କମନ୍ ରୁମରେ କି କରିଡ଼ରରେ କିଛି ସମର୍ଥକଙ୍କ ଗହଣରେ ତା'ର ନିର୍ବାଚନ ଲଢ଼ିବାର ଅଭିପ୍ରାୟ, ୟୁନିଭର୍ସିଟିର ସାମ୍ପ୍ରତିକ ସମସ୍ୟା ତଥା ତା'ର ସମାଧାନ ପାଇଁ ତା'ର ପରିକଳ୍ପନା ବର୍ଣ୍ଣନା କରୁଥାଏ । ଛାତ୍ର ଛାତ୍ରୀମାନଙ୍କ ପାଇଁ ଅଧିକ ଛାତ୍ରାବାସର ପ୍ରୟୋଜନୀୟତା, ହଷ୍ଟେଲ୍‌ରେ ଥିବା ଶୌଚାଳୟ ଗୁଡ଼ିକରେ ନିୟମିତ ସ୍ୱଚ୍ଛତା ରକ୍ଷା କରିବା, ମେସ୍ ଗୁଡିକରେ ଖାଦ୍ୟର ଗୁଣବତାର ମାନ ବୃଦ୍ଧି କରିବା, ସର୍ବୋପରି କ୍ୟାମ୍ପସ୍‌ରୁ ସମ୍ପୂର୍ଣ୍ଣ ର୍‌ୟାଗିଙ୍ଗ୍ ଭଳି କୁ ପ୍ରଥାର ମୂଳୋତ୍ପାଟନ କରିବା ଇତ୍ୟାଦି ଗଠନମୂଳକ ଆବଶ୍ୟକୀୟ ପଦକ୍ଷେପ ପାଇଁ ତା'ର ପ୍ରାର୍ଥୀତ୍ୱ ବୋଲି ସେ ସମସ୍ତଙ୍କୁ ବୁଝାଉଥାଏ । ଏସବୁ ଥିଲା ତା'ର ନିର୍ବାଚନ ଇସ୍ତାହାର କହିଲେ ଅତ୍ୟୁକ୍ତି ହେବ ନାହିଁ ।

ନିଜକୁ ନିର୍ବାଚନରେ ବିଜୟୀ କରିବାକୁ ଶ୍ରୀମନ୍ତ ଅର୍ଥନୀତି ବିଭାଗର ତା ସାଥୀମାନଙ୍କୁ ଅନୁରୋଧ କରିବା ସହ ସେମାନଙ୍କ ସାହାଚର୍ଯ୍ୟ ଲୋଡୁଥାଏ । ତା'ସହ ଅର୍ଥନୀତି ସ୍ନାତକୋତ୍ତର ପଢୁଥିବା ଝିଅମାନଙ୍କୁ ମଧ୍ୟ ଶ୍ରୀମନ୍ତ ବିଶେଷ ଭାବରେ ନିଜ ସପକ୍ଷରେ ପ୍ରଚାର ପ୍ରସାର ପାଇଁ ଅନୁରୋଧ କରିଥିଲା । ତା' ଅନୁରୋଧରେ ଅଧିକ ଆଗ୍ରହ ଦେଖାଇ ଥିଲା ସରିତା ବିଶ୍ୱାସ । ସରିତାର ବାପା ଜଣେ ଓ.ଏ.ସ୍ ଅଫିସର । ଗୋଟିଏ ବ୍ଲକ୍‌ରେ ବିଡ଼ିଓ ଥିଲେ । ତେଣୁ ସେ ଅପେକ୍ଷାକୃତ ସମ୍ଭ୍ରାନ୍ତ ପରିବାରରୁ ଆସିଥିବାରୁ ଖୋଲାଖୋଲି ଶ୍ରୀମନ୍ତ ସପକ୍ଷରେ ଅନ୍ୟମାନଙ୍କୁ ପ୍ରଭାବିତ କରିବାକୁ ଇଚ୍ଛା ପ୍ରକାଶ କରିଥିଲା ।

ସରିତା ଦେଖିବାକୁ ସୁନ୍ଦର । ଗୋରା ଦେହ, ଧାର ମୁହଁ ସାଙ୍ଗକୁ ଆଖିରେ ଚଷମା ତାକୁ ବେଶ୍ ମାନୁଥାଏ । ସେତେବେଳେ ପ୍ରାୟ ଖୁବ୍ କମ୍ ପୁଅ କି ଝିଅ ଚଷମା ବ୍ୟବହାର କରୁଥିଲେ । ସେମାନଙ୍କ ମଧ୍ୟରେ ଶ୍ରୀମନ୍ତ ଓ ସରିତା ଥିଲେ ଅନ୍ୟତମ । ଦୁଇଜଣ ଯାକ ଚଷମା ବ୍ୟବହାର କରୁଥା'ନ୍ତି । ସରିତାର ଚେହେରାକୁ ତା' ଚଷମା ଆଉଟିକେ ଗମ୍ଭୀର ଓ ଆକର୍ଷଣୀୟ କରୁଥାଏ ।

ଯେତିକି ଛାତ୍ର ସଂସଦ ନିର୍ବାଚନ ପାଖେଇ ଆସୁଥାଏ, ୟୁନିର୍ଭସିଟି କ୍ୟାମ୍ପସ୍ ସେତିକି ସରଗରମ ହେଉଥାଏ । ରଙ୍ଗ ବେରଙ୍ଗର କାର୍ଡ, ପୋଷ୍ଟର, ଫୁଲ, ପରଫ୍ୟୁମ୍ ଇତ୍ୟାଦି ଲୋଭନୀୟ ଉପହାର ସହ ପ୍ରତ୍ୟାଶୀ ମାନଙ୍କର ସବିନୟ ଅନୁରୋଧ ପରିବେଶକୁ ବେଶ୍ ଉଷ୍ମ ଓ ଚଳଚଞ୍ଚଳ କରିଦେଇଥାଏ । ବିଶେଷ ଉପଭୋଗ୍ୟ ହେଉଥାଏ ଡ୍ରାମାଟ୍ରିକ୍ ସୋସାଇଟି ପାଇଁ ନିର୍ବାଚନ ଲଢୁଥିବା ପ୍ରତ୍ୟାଶୀମାନଙ୍କର ନାଟକୀୟ କଳା ପ୍ରତିଭା ପ୍ରଦର୍ଶନ । କିଏ ମହମ୍ମଦ୍ ରଫି, କିଶୋର କୁମାରଙ୍କ ଗୀତ ଗାଉଥିବାବେଳେ କେହି କେହି ମୁକେଶ, ଅକ୍ଷୟ ମହାନ୍ତିଙ୍କ ଗୀତ ଗାଉଥା'ନ୍ତି । ଆଉ କେହି ଲତା ମଙ୍ଗେସକର୍ ଗୀତ ତ କିଏ ରବିନ୍ଦ୍ର ସଂଗୀତ ଗାଉଥାଏ । ପରିବେଶ ମଧୁର

ମୂର୍ଚ୍ଛନାରେ ଗୁଞ୍ଜରିତ ହେବାବେଳେ ପର ମୁହୂର୍ତ୍ତରେ ପୁଣି କିଏ ଦେଖୁ ଦେଖୁ ଆଖିରୁ ଲୁହ ଗଡ଼ାଇ ଦୁଃଖଦ ସଂଳାପ ପରିବେଶଣ କରି ବିଷର୍ଣ୍ଣ ବିଷାଦରେ ପରିବେଶକୁ ଗମ୍ଭୀର କରିଦେଉଥାଏ। ଆଉ କେହି ବିଦଗ୍ଧ ପ୍ରେମିକ ଦେବଦାସର ଅଭିନୟ କରି ନିଜ ସପକ୍ଷରେ ଭୋଟ ଭିକ୍ଷା କରୁଥାଏ।

'ମୋର ନିର୍ବାଚନ ପ୍ରତିଦ୍ୱନ୍ଦ୍ୱିତାର ଉଦ୍ଦେଶ୍ୟ କ'ଣ (ୱାଇ ଆଇ ଷ୍ଟାଣ୍ଡ ଫର୍)', ବକ୍ତବ୍ୟ ତଥା ନିର୍ବାଚନର ଅବ୍ୟବହିତ ପୂର୍ବରୁ ଶେଷ ସଂଭାଷଣ ପାଇଁ ମଞ୍ଚ ପ୍ରସ୍ତୁତ ହୋଇଥାଏ। ୟୁନିର୍ଭର୍ସିଟିର ସମ୍ମିଳନୀ କକ୍ଷ ଭରି ଯାଇଥାଏ ପିଲାମାନଙ୍କ ଗହଳିରେ। ଜଣ ପରେ ଜଣେ ନିଜର ଓଜସ୍ୱିନୀ ବକ୍ତବ୍ୟ ରଖିଯାଉଥା'ନ୍ତି। ଶ୍ରୀମନ୍ତର ପାଳି ଆସିବାବେଳକୁ ସବୁ ଚୁପ୍ ହୋଇ ତା'ର ଶାନ୍ତ ଗମ୍ଭୀର ଭାଷଣ ଶୁଣୁଥିଲେ। ଯେଉଁଥିରେ ଥିଲା ସମ୍ଭ୍ରମ, କାର୍ଯ୍ୟକ୍ଷମ କେତେକ ପ୍ରତିଶ୍ରୁତି ଯାହା ୟୁନିର୍ଭର୍ସିଟିର ଉତ୍ତୋରତ୍ତର ଉନ୍ନତି ପଥରେ ସହାୟକ ହେବ। ସଂଭାଷଣ ଶେଷ ହେବାବେଳକୁ କରତାଳିରେ ପୂରା କନ୍‌ଫରେନସ୍ ହଲ୍ ପ୍ରକମ୍ପିତ ହେଉଥିଲା।

ଇଲେକସନ୍ ଦିନ ସଂଧ୍ୟାରେ ଭୋଟ ଗଣତି ଶେଷ ହୋଇ ଫଳାଫଳ ଘୋଷିତ ହେଲା। ଅଶାନୁରୂପ ଶ୍ରୀମନ୍ତ ସେକ୍ରେଟାରୀ ପଦରେ ନିକଟତମ ପ୍ରତିଦ୍ୱନ୍ଦ୍ୱି ଠାରୁ ଢ଼େର୍ ଅଧିକ ଭୋଟ ପାଇ ନିର୍ବାଚିତ ହୋଇଥିଲା। ତା'ର ସହପାଠୀ, ସମର୍ଥକଗଣ ଜିନ୍ଦାବାଦ୍ ଧ୍ୱନିରେ କ୍ୟାମ୍ପସ୍ ପ୍ରକମ୍ପିତ କରି ତାକୁ କାନ୍ଧରେ ଉଠାଇ ଶୋଭାଯାତ୍ରାରେ ବାହାରି ପଡିଥିଲେ। ସମର୍ଥକ ମାନଙ୍କ ଗହଳି ଭିତରେ ସରିତା ଆଉ ସୁଯୋଗ ପାଇନଥିଲା ଶ୍ରୀମନ୍ତଙ୍କୁ ଅଭିନନ୍ଦନ ଜଣାଇବାକୁ। ସମ୍ମୁଖରେ ନହେଲେ ଅନ୍ତତଃ ଫୋନ୍‌ରେ କଙ୍ଗ୍ରାଚୁଲେସନ୍ କହିବାକୁ କେତେ ଥର ଫୋନ୍ ମିଳାଇଲାଣି କିନ୍ତୁ ସବୁବେଳେ ବିଜି ଫୋନ୍ ଆସିବାରୁ ଆଉ ଯୋଗାଯୋଗ ହୋଇପାରିନଥାଏ।

ସଂଧ୍ୟା ହେବାବେଳକୁ ପ୍ରାୟ କ୍ୟାମ୍ପସ୍ ଶୂନ୍‌ଶାନ୍ ହୋଇ ଆସୁଥାଏ। ଜିତିଥିବା ପିଲାମାନଙ୍କର ମହୋତ୍ସବ ଓ ହାରିଯାଇଥିବା ପିଲାମାନଙ୍କର ହତୋତ୍ସାହ ଧୀରେ ଧୀରେ ପ୍ରଶମିତ ହେବାକୁ ଲାଗିଥାଏ। ଶ୍ରୀମନ୍ତ ଦିନଯାକର ଉତ୍କଣ୍ଠା ଓ ଉତ୍ସାହ ପରେ ଥକି ପଡିଥାଏ। ତା' ହଷ୍ଟେଲ୍ ରୁମ୍‌କୁ ଯାଇ ଶୋଇବାକୁ ଚେଷ୍ଟା କରୁଥାଏ। କିନ୍ତୁ ନିର୍ବାଚନ ଜିତିଥିବାର ଖୁସିଟା ମଧୁର ଉତ୍ତେଜନାରେ ପରିବର୍ତ୍ତିତ ହୋଇ ତାକୁ ଶୁଆଇ ଦେଉନଥାଏ। ମୋବାଇଲ୍ ଉଠାଇ ଦେଖିଲା ସରିତାର ପାଞ୍ଚଟାଠୁ ବେଶି ମିସ୍ କଲ୍। ସରିତାର ନମ୍ବର ଲଗାଇଲା। ସେପଟରୁ ସରିତା କଙ୍ଗ୍ରାଚୁଲେସନ୍ କହି ଅଭିନନ୍ଦନ ଅଜାଡ଼ି ପକାଉଥାଏ। ପ୍ରତିବଦଳରେ ଶ୍ରୀମନ୍ତ ବି ସରିତାର ଆନ୍ତରିକ ସହଯୋଗ ପାଇଁ ତାକୁ ଅଶେଷ ଧନ୍ୟବାଦ୍ ଜଣାଇ ଫୋନ୍ ରଖିଲା।

ନିର୍ବାଚିତ ପଦାଧିକାରୀ ମାନଙ୍କର ଶପଥ ଗ୍ରହଣ ପରେ ୟୁନିର୍ଭସିଟିର ଅଧ୍ୟାପନା ବାତାବରଣ ସାମାନ୍ୟ ହେଉଥାଏ। ମାତ୍ର ସରିତାର ଏକ ସମସ୍ୟାର ଏଯାଏ ସମାଧାନ ହୋଇପାରିନଥାଏ। ତା' ଇଚ୍ଛା ମୁତାବକ ଏଯାଏ ଛାତ୍ରୀନିବାସରେ ସିଟ୍‌ଟିଏ ମିଳିପାରିନଥାଏ। ସରିତା ଏକଥା ଶ୍ରୀମନ୍ତକୁ କହିଥାଏ। ଶ୍ରୀମନ୍ତ ସରିତାର ଏ ସମସ୍ୟାଟିକୁ ସମାଧାନ କରିବାକୁ ଯାଇ ଛାତ୍ରୀନିବାସ ଦାୟିତ୍ୱରେ ଥିବା ଅଧ୍ୟାପକଙ୍କ ସହ ସାକ୍ଷାତ କରି ସିଟ୍‌ଟିଏ ଯୋଗାଡ଼ କରିବାରେ ସମର୍ଥ ହୋଇଥିଲା। ସମ୍ପର୍କୀୟଙ୍କ ଘରୁ ଛାତ୍ରୀନିବାସକୁ ଆସିବାପରେ ସରିତା କୃତଜ୍ଞତା ଜଣାଇବାକୁ ଶ୍ରୀମନ୍ତକୁ କ୍ଲାସ୍ ସରିବା ପରେ ବାରଣ୍ଡାରେ ଅପେକ୍ଷା କରିଥାଏ। ଶ୍ରୀମନ୍ତ କ୍ଲାସ୍‌ରୁ ବାହାରିବାକ୍ଷଣି ତାକୁ ଧନ୍ୟବାଦ୍ ଜଣାଇଲା। ପରିହାସରେ ଶ୍ରୀମନ୍ତ ନିର୍ବାଚନ ସମୟର ସହାୟତାର ଋଣ ପରିଶୋଧ କରୁଥିବା କହି ପରିବେଶକୁ ହାଲୁକା କରିଦେଲା। ସେତେବେଳକୁ ଅନ୍ୟ ପିଲାମାନେ ଦୂରକୁ ଚାଲିଯାଇଥିଲେ। ସ୍ମିତହାସ୍ୟ ବିନିମୟ ପରେ ଦୁଇଜଣଯାକ ଏକ ସଙ୍ଗେ ପାହାଚଦେଇ ତଳ ମହଲା ହୋଇ ରାସ୍ତା ଉପରକୁ ଆସି ଭିନ୍ନ ଦିଗରେ ଚାଲିଗଲେ।

ଶ୍ରୀମନ୍ତର ସରଳ ଅମାୟିକ ବ୍ୟକ୍ତିତ୍ୱ, ସହାନୁଭୂତିଶୀଳ ମନୋଭାବ ଏବଂ ବିନା ସର୍ତ୍ତ ପରୋପକାର କରିବାର ଉତ୍ସାହ ସରିତାକୁ ପ୍ରଭାବିତ କରିଥିଲା। କ୍ରମଶଃ ସରିତା ଶ୍ରୀମନ୍ତ ପ୍ରତି ଆକୃଷ୍ଟ ହେବାପରି ଅନୁଭବ କରୁଥିଲା। ସବୁ ଦିନ କ୍ଲାସରେ ଦେଖା ହେବା ବ୍ୟତୀତ ଥରେ ଅଧେ ସରିତା ଫୋନ୍‌ରେ ଶ୍ରୀମନ୍ତ ସହ କଥା ହୁଏ। ରେଭେନ୍ସାର କ୍ୟାମ୍ପସ୍, ଅର୍ଥନୀତିର କୋର୍ସଠାରୁ ଆରମ୍ଭ କରି ରାଜନୀତି, ପରିବାର ଏବଂ ବ୍ୟକ୍ତିଗତ ବ୍ୟାପାର ଯାଏ କଥାର ଖିଅ ଲମ୍ବିଯାଏ। କେବେକେବେ ଷ୍ଟଡ଼ି ସେଣ୍ଟରରେ ଦେଖା ହେଲେ କଥାବାର୍ତ୍ତା କରିବା ନିୟମ ବିରୁଦ୍ଧ ହୋଇଥିବାରୁ ଦୁହେଁ କେବଳ ବିମୋହିତ ଦୃଷ୍ଟିରେ ପରସ୍ପରକୁ ଚାହିଁ ସ୍ମିତହାସ୍ୟରେ ଭାବବିନିମୟ କରୁଥା'ନ୍ତି। ମନର ଆବେଗକୁ ଉପଶମ କରିବାକୁ ଦୁହେଁ କ୍ଲାସ ସରିବାପରେ ଡିପାର୍ଟମେଣ୍ଟ୍ ଆଗ ଶୂନ୍‌ଶାନ ରାସ୍ତାକଡ଼ର କୃଷ୍ଣଚୂଡ଼ା ଗଛମୂଳେ ଛିଡ଼ାହୋଇ କେତେ ସମୟ ଯାଏ ପ୍ରେମାଳାପ କରନ୍ତି। ଏସବୁ ଦେଖି ସହପାଠୀମାନେ ନିଃସନ୍ଦେହ ଯାଇଥା'ନ୍ତି ଯେ ଶ୍ରୀମନ୍ତ ଓ ସରିତା ପରସ୍ପରକୁ ଭଲ ପାଉଛନ୍ତି।

ଦେଖୁ ଦେଖୁ ଗୋଟେ ବର୍ଷ ବିତିଯାଇଥାଏ। ଦୁଇଟି ସିମେଷ୍ଟରର ପଢ଼ା ସରିଆସୁଥାଏ। କୋର୍ସ ସରିନଥିବା ଗୋଟେ ଦୁଇଟି ସବ୍‌ଜେକ୍ଟରେ କ୍ଲାସ୍ ବ୍ୟତୀତ ଆଉ କ୍ଲାସ୍ ହେଉନଥାଏ। କୃଷ୍ଣଚୂଡ଼ା ଗଛ ସବୁ ରଙ୍ଗିନ୍ ଫୁଲରେ ଲଦି ହୋଇପଡିଥା'ନ୍ତି। ଶ୍ରୀମନ୍ତ ଓ ସରିତାଙ୍କର ପ୍ରେମ ପଲ୍ଲବିତ ପୁଷ୍ପିତ ହେବାସହ ସ୍ତରପରେ ସ୍ତର ଉତ୍ତୀର୍ଣ୍ଣ

ହୋଇ ବଢ଼ିବାରେ ଲାଗିଥାଏ । ସରିତାକୁ ଶ୍ରୀମନ୍ତ ଯେତିକି ଆକର୍ଷିତ କରୁଥାଏ, ଶ୍ରୀମନ୍ତଙ୍କୁ ସରିତା ଦିନକୁଦିନ ସେତିକି ଅଧିକ ସୁନ୍ଦର ଦିଶୁଥାଏ ।

କ୍ଲାସ୍ ରୁମ୍ ରୁ ବାହାରି ତା'କଡ ଦେଇ ଚାଲିଯିବାବେଳେ କୃଷ୍ଣଚୂଡ଼ା ଗଛମୂଳେ ଘଣ୍ଟା ଘଣ୍ଟା ସାମ୍ନାସାମ୍ନି ଗପ କଲାବେଳେ ସରିତାର ମସୃଣ କ୍ଲିଭେଜ ଉପରେ ଆକସ୍ମାତ ଦୃଷ୍ଟି ପଡ଼ିଗଲେ ଶ୍ରୀମନ୍ତ ଅପୂର୍ବ ଶିହରଣରେ ଆତ୍ମବିଭୋର ହୋଇଯାଏ । ତା' ଶରୀରର ସଂଶୋଷିତ ପ୍ରଦେଶର କୋମଳ ସ୍ପର୍ଶ ପାଇଁ ସେ ବ୍ୟାକୁଳିତ ହୋଇ ଉଠେ । ପରମୁହୂର୍ତ୍ତରେ ନିଜର ଉଦ୍ଦୀପନାକୁ ସଂଯତ କରିବାକୁ ସେ ନିଜ ମନକୁ ବୁଝାଇ ନିଏ । ସେ ମହାର୍ଘ ମୁହୂର୍ତ୍ତ କେବଳ ଆସେ ଅଗ୍ନିକୁ ସାକ୍ଷୀ ରଖି ବିବାହ ବେଦିରେ ସ୍ୱୟଂକୁ ଉତ୍ସର୍ଗୀକୃତ କରିବା ପରେ । ମଧୁ ଶଯ୍ୟାର ଚାନ୍ଦିନୀ ରାତ୍ରିରେ ସ୍ୱତଃସ୍ଫୂର୍ତ୍ତ ଭାବେ ପରସ୍ପରକୁ ସମର୍ପି ଦେବାପରେ ।

ସ୍ୱଳ୍ପକାଳୀନ ଗ୍ରୀଷ୍ମାବକାଶ ପରେ ଶେଷ ବର୍ଷରେ ପଦାର୍ପଣ କରିଥା'ନ୍ତି ଶ୍ରୀମନ୍ତ ଓ ସରିତା । ଛୁଟିର ବ୍ୟାବଧାନ ପରେ ପରସ୍ପରକୁ ଦେଖି ଦୁଇଜଣ ଯାକ ପ୍ରିୟ ହଜିଲା ବସ୍ତୁ ଖୋଜି ପାଇବାପରି ଉଲ୍ଲସିତ ହୋଉଥା'ନ୍ତି । ପରସ୍ପରକୁ ନିବିଡ଼ ବାହୁବନ୍ଧନର ଆଶ୍ଳେଷରେ ନେଇ ବିରହ ବେଦନାକୁ ଉପଶମ କରିବାର ଦୁର୍ବାର ଅଭିଳାଷ କ୍ୟାମ୍ପସ୍‌ର ପରିସରରେ ସମ୍ଭବ ନଥିଲା । ମନଭରି ଦେଖିନେବାରେ କେବଳ ଦର୍ଶନ ପିପାସା ପ୍ରଶମିତ ହେଉଥିଲା । ଦୁଇପଦ ଆଳାପରେ ମନର ଅର୍ମାନ ବି ମେଣ୍ଟିଯାଇଥିଲା । ପୂର୍ବତଃ ନିତ୍ୟପ୍ରତ୍ୟହ ପ୍ରେମିଯୁଗଳ ଭିନ୍ନ ଜୀବନ ଏକ ଧ୍ୟାନ ନେଇ ସମୟ ଚକ୍ରରେ ଘୂରି ବୁଲୁଥା'ନ୍ତି ।

ଶ୍ରୀମନ୍ତ ଶେଷ ବର୍ଷ ପରୀକ୍ଷା ସହ ସିଭିଲ୍ ସର୍ଭିସ୍ ପାଇଁ ପ୍ରସ୍ତୁତ ଆରମ୍ଭ କରି ଦେଇଥାଏ । ଛାତ୍ର ସଂସଦ ନିର୍ବାଚନ, ରାଜନୀତିରେ ଆଉ ବିଶେଷ ସଂଶ୍ଳିଷ୍ଟ ନ ରହି ନିଜର କ୍ୟାରିୟର୍, ଭବିଷ୍ୟତ ତଥା ସରିତାକୁ ନେଇ ସ୍ୱପ୍ନ ଦେଖିବା ଆରମ୍ଭ କରିଦେଇଥାଏ । ସରିତା ବି ଆପାଦମସ୍ତକ ଶ୍ରୀମନ୍ତର ପ୍ରେମ ପ୍ଲାବନରେ ପ୍ଲାବିତ ହୋଇସାରିଥାଏ । ପାଠପଢ଼ାରୁ ଫୁରୁସତ୍ ମିଳିଦାକ୍ଷଣି ଦୁଇଜଣ ଯାକ ଫୋନ୍‌ରେ ନହେଲେ ସେମାନଙ୍କର ପରିଚିତ କୃଷ୍ଣଚୂଡ଼ା ଗଛମୂଳେ ଠିଆହୋଇ ଘଣ୍ଟାଘଣ୍ଟା ଗପୁଥିଲେ । ଦୁଇ ପ୍ରେମୀଙ୍କୁ ପ୍ରସ୍ଫୁଟିତ କୃଷ୍ଣଚୂଡ଼ା ବୃକ୍ଷମୂଳରେ ଠିଆ ହୋଇ ଏମିତି ଗପୁଥିବାର ଦେଖି କେତେ ଈର୍ଷାରେ ଜଳୁଥିଲେ ଆଉ କେତେ ମହାର୍ଘ ପ୍ରେମର ଅନ୍ୱେଷଣରେ ଅକୃତକାର୍ଯ୍ୟ ହୋଇଥିବାରୁ ଭାଗ୍ୟକୁ ନିନ୍ଦୁଥିଲେ ।

ଦଶହରା ଚାଲିଯାଇଥାଏ କୁଆଁରପୁନେଇଁ ପାଖେଇ ଆସୁଥାଏ । ତୃତୀୟ ସିମେଷ୍ଟର ପରୀକ୍ଷା ଆଉ ଦୁଇମାସ ବାକି ଥାଏ । ତକିଆ ତଳେ ସାଇଲେଣ୍ଟ୍‌ରେ ଥିବା

ଫୋନ୍‌ର ମୃଦୁକମ୍ପନରେ ସରିତାର ନିଦ ଭାଙ୍ଗିଯାଇଥିଲା । ଆଖି ମଳି ତକିଆ ତଳୁ ଫୋନ୍ ଉଠାଇ ଦେଖିଲା ବାଜିଛି ତିନିଟା ପନ୍ଦର । ଏ'ତ ପାହାନ୍ତି ପହର । ସେପଟୁ ଶ୍ରୀମନ୍ତର କଲ୍ । କଡ଼ ବେଡ୍‌ରେ ଶୋଇଥିବା ସହପାଠିନୀର ନିଦ୍ରାଭଙ୍ଗ ନକରିବାକୁ ଧୀର ପାଦରେ ସଂତର୍କତା ସହ ରୁମ୍‌ରୁ ବାହାରି ଗଲା ସରିତା ।

– ହଁ କୁହ... କ'ଣ ହେଲା... ଏତେ ରାତିରେ ଏମିତି ଫୋନ୍ କଲଯେ... !

– ତୁମେ ବାହାରକୁ ଆସ ।

– ହଁ ମୁଁ ରୁମ୍ ବାହାରେ ତ ଅଛି... ।

– ତୁମ ହଷ୍ଟେଲର ପାଚେରୀ ପାଖ ଗାର୍ଡ଼ନକୁ ଦେଖ ।

– କ'ଣ ତୁମେ ପାଚେରି ଡେଇଁ ଭିତରକୁ ଆସିଛ ନା କ'ଣ ? ନା ଆଉ କିଏ ? ମୋତେ ଏତେ ରାତିରେ ଏମିତି ଡରାଅ ନାହିଁ ।

– ଆରେ ନା... ନା... ତୁମ ହଷ୍ଟେଲ୍ ଭିତରେ ମୁଁ ନୁହଁ କି ଆଉ କେହି ନୁହଁ, ଡରିବା ବନ୍ଦକର ।

– ତେବେ ଏତେ ରାତିରେ ତୁମକୁ କ'ଣ ନିଦ ଆସିନି ନା, ସ୍ୱପ୍ନ ଦେଖିଲ ଯେ ।

– ହଁ ସ୍ୱପ୍ନ ନୁହେଁ ତ ଆଉ କ'ଣ । ଖାଲି ରାତିରେ ନୁହଁ ଆଜିକାଲି ଦିନରେ ବି ମୁଁ ତୁମକୁ ନେଇ ସ୍ୱପ୍ନ ଦେଖିବା ଆରମ୍ଭ କରିଦେଇଛି ।

– କ'ଣ ଏଇୟା କହିବାକୁ ମୋତେ ନିଦରୁ ଉଠାଇଲ !

– ନାଇଁ, ଦେଖ ସବୁଜ ଘାସର ଗାଲିଚା ଉପରେ ଟୋପା ଟୋପା ଶିଶିର ବିନ୍ଦୁ । ନିର୍ମଳ ଶରଦ ଆକାଶରେ ଶୁଭ୍ର ଜ୍ୟୋତ୍ସ୍ନାର ଆସର, ଏମିତି ହୁଅନ୍ତା ନାହିଁ, ତୁମେ ଆସନ୍ତ ଆମେ ହାତ ଧରାଧରି ହୋଇ ଏଇ ନିଶୂନ୍ ରାତ୍ରିର ନିର୍ଜନ ବେଳାରେ ଜ୍ୟୋତ୍ସ୍ନାସ୍ନାତ ହୋଇ ଘୁରିବୁଲନ୍ତେ । ଶୀତଳ ଚାନ୍ଦିନୀର ମଧୁର ସ୍ପର୍ଶରେ କିଛିକ୍ଷଣ ହଜି ଯାଆନ୍ତେ ଅତୀନ୍ଦ୍ରିୟ ଭାବାବେଶରେ ।

– ଶ୍ରୀମନ୍ତ ମୋତେ ଶୀତ ଲାଗୁଛି....

– ତା ହେଲେ ମୋ ପାଖକୁ ଘୁଞ୍ଚି ଆସ ।

– ଖାଲି ନାଇଟିଟା ପିନ୍ଧିଛି ମୋତେ ଲାଜ ଲାଗୁଛି ।

– ଆଖି ବନ୍ଦ କରିଦିଅ, ପାଚେରିକୁ ଲାଗି ମୁଁ ଠିଆ ହୋଇଛି, ମୋ ପାଖକୁ ଲାଗିଆସ । ଆମ ଦେହଜ ଉତ୍ତାପରେ ବାହାରର ଶୀତଳତା ପରାହତ ହେଉ ।

– କୃଷ୍ଣଚୂଡ଼ାର ସରୁ ସରୁ ପତ୍ର ସବୁ ଟୋପା ଟୋପା କାକର ବିନ୍ଦୁକୁ ଧରି ରଖି ପାରୁନାହାଁନ୍ତି ଝର ଝର ଝରି ଦେଖ ଆମକୁ କେମିତି ଭିଜାଇ ଦେଲେଣି !

- ଥାଉ ଆଉ କିଛି କୁହ ନା, କେବଳ ତୁମ ମୁହଁ ମୋ ବେକ ପାଖକୁ ଆଉଜାଇ ଆଣ। ତୁମ ଉଷ୍ଣ ନିଃଶ୍ୱାସରେ ମୋ ଦେହର ଉତ୍ତାପ ବଢ଼ୁ, ତୁମ ଅଳରା ବାଳ ମୋ ମୁହଁରେ ଛାଇ ହୋଇ ଆମକୁ ଲୁଚାଇଦେଉ। ପାହାନ୍ତି ପହରର କୋହଲା ପବନରେ ଅନୁଭୂତ ହେଉଥାଉ ଶୀତ ଶିତ୍କାର।

- ଶ୍ରୀମନ୍ତ ମୁଁ ତୁମ ସହ ଗପୁଗପୁ ଶିଢ଼ି ତଳ ଯାଏ ଆସିଗଲିଣି, ମୋ ଆଗରେ ହଷ୍ଟେଲ୍ ଗେଟ୍‌ଟା ଜେଲର ଉଚ୍ଚ ପ୍ରାଚୀର ଭଳି ନିବୁଜ। ତା ଉପରେ ଜଗୁଆଳୀ ଭଳି ତାଲାଟା ଝୁଲୁଛି।

- ଆରେ ସତେ ତ, ଆମ ହଷ୍ଟେଲ୍‌ର ଲୁହା ଗେଟ୍‌ରେ ବି ତାଲା ପଡ଼ିଥିବ।

- ଯାଅ ଶୋଇଯାଅ, ଏବେ ସକାଳ ହେବାକୁ ବହୁତ ଡେରିଅଛି।

- ତୁମ ବିନା ଏକା ଏକା ନିଦ ହେଉନି, ବିଛଣାଟା ଦେହରେ ଫୋଡିହେଲା ପରି ଲାଗୁଛି।

- ଅବୁଝା ହୁଅନି ସୁନାଟା ପରା, ଶୋଇପଡ଼, କିଏ ଦେଖିଲେ ସକାଳୁ ହଷ୍ଟେଲ୍ ସାରା ହାଲ୍ଲା ହୋଇଯିବ, ବାଏ.....।

■

ସଜଡ଼ା ଜୀବନ

ଅପ୍ରଶସ୍ତ ବାଲକୋନୀଟିରେ ପ୍ଲାଷ୍ଟିକ୍ ଚୌକିଟି ଉପରେ ବସି ସନ୍ତୁଷ୍ଟ ନୟନରେ ଚାହିଁ ରହିଥାନ୍ତି ମିତ୍ରଭାନୁ ପୂର୍ବଦିଗରୁ ଉଇଁଆସୁଥିବା ପୁନେଇଁ ଜହ୍ନକୁ। ଦୂରରୁ ଦିଶୁଥିବା କୋଠାଘର ଉପରେ ନଡିଆଗଛ ଫାଙ୍କରୁ ରୂପାଥାଳି ଭଳି ଦିଶୁଥିବା ଜହ୍ନଟା ଧୀରେ ଧୀରେ ଉପରକୁ ଉଠୁଥାଏ ଯେମିତି ତାଙ୍କ ମନରେ ହାବୁକା ମାରୁଥିବା ଖୁସିର ଲହରୀ। ଚାକିରିରୁ ଅବସର ନେବାପରେ ନିଜ ଇଛାନୁଯାୟୀ ଦିଲ୍ଲୀ ଛାଡ଼ି ଓଡ଼ିଶାରେ ଆସି ରହିଛନ୍ତି। ପିଲାମାନଙ୍କ ଅନୁରୋଧକୁ ଉପେକ୍ଷା କରି ସେ ଫେରି ଆସିଛନ୍ତି ତାଙ୍କ ପ୍ରିୟ ଜନ୍ମମାଟିକୁ। ଦିଲ୍ଲୀରେ ଦୀର୍ଘ ବତିଶ ବର୍ଷର ରହଣି ତାଙ୍କୁ ସେଠି ବାନ୍ଧି ରଖି ପାରିନାହିଁ। ନିଜ ଜନ୍ମସ୍ଥାନରେ ରହିବାର ସଞ୍ଚିତ ସ୍ୱପ୍ନ ସାକାର ହୋଇଥିବାରୁ ଏକ ଅଫୁରନ୍ତ ଆନନ୍ଦରେ ସେ ଉତ୍‌ଫୁଲିତ। ଅନିର୍ବଚନୀୟ ସନ୍ତୋଷରେ ଉଲ୍ଲସିତ।

ଏତେ ଆତ୍ମସନ୍ତୋଷ ଭିତରେ ବି ତାଙ୍କ ଅବୁଝା ମନ ବେଳେବେଳେ ପ୍ରଶ୍ନ କରେ ଜୀବନଟା ଆଉଟିକେ ସଜଡ଼ା ହୋଇଥିଲେ କେମିତି ହୋଇଥା'ନ୍ତା ! ଅଭିମାନଟା ସିଧାସଳଖ ସେହି ବିଶ୍ୱନିୟନ୍ତାଙ୍କ ଉଦ୍ଦେଶ୍ୟରେ। ଯେତିକି ମିଳିଛି ସେତକ ପାଇଁ କୃତଜ୍ଞତା ଜଣାଇବା ପରିବର୍ତ୍ତେ ତାଙ୍କ ସ୍ୱାର୍ଥୀମନ ପୁଣି କେଉଁ ସଜଡ଼ା ଜୀବନ ପାଇଁ ଅଭିମାନ କରୁଛି ଯେ !

ଈଶ୍ୱରଙ୍କ ଅସୀମ କୃପାରୁ ତାଙ୍କର ପୁଅଝିଅ, ଦୁଇଟିଯାକ ସନ୍ତାନ ପାଠଶାଠ ପଢ଼ି ଭଲ ଚାକିରି କରିଛନ୍ତି। ନିଜ ପସନ୍ଦ ମୁତାବକ ସୁପାତ୍ରରେ ବିବାହ କରିଛନ୍ତି। ତତ୍‌ସହିତ ତାଙ୍କର ପରିଣତ ବୟସରେ ଖେଳିବାକୁ ଭଗବାନ ନାତି ନାତୁଣୀ ରୂପେ ଖେଳନା ଦୁଇଟି ଦେଇଛନ୍ତି। ମିତ୍ରଭାନୁ ମହାପାତ୍ର ଚାକିରି କାଳରୁ କିଣିଥିବା ଭୁବନେଶ୍ୱର ଘରଟିରେ ରହୁଛନ୍ତି। ଆର୍ଥିକ ସ୍ୱଚ୍ଛଳତା ପାଇଁ ସରକାରୀ ପେନ୍‌ସନ୍। ଏସବୁ ପରେ ପୁଣି କେଉଁଠି ଜୀବନଟା ଅସଜଡା ରହିଗଲା ଯେ ସେଥିପାଇଁ ଆଜି ଏ ଅଭିମାନ !

ସତେ ତ ଏତେ ଗୁଡ଼ିଏ କୃପା ଦାନରେ ଜୀବନ ପାତ୍ର ଭରି ଦେଇଥିବାବେଳେ କେଉଁଠି ଅସଜଡ଼ା ରହିଗଲା ଭାବି ବସିଲେ ଅତୀତ ପେଡ଼ିରୁ ପରସ୍ତ ପରସ୍ତ ହୋଇ ଖୋଲିଯାଏ ସ୍ମୃତିର ପାଟଶାଢ଼ି। ସଯତ୍ନରେ ସାଇତା ହୋଇ ରହିଥିବା ଶୁଭ୍ର ଶୁକ୍ଳ ଶାଢ଼ିଟି କେଉଁଠି ଆଖି ଲୁହରେ ଭିଜି ଯାଇଛି ତ କେଉଁଠି ଘୁଷୁରି ଘୁଷୁରି ଛିଡ଼ି ଯାଇଛି। ଆଉ କେଉଁଠି ଲୁହଲହୁ ଏକାଠି ହୋଇ ଏକ ଅମ୍ଳାନ ଦାଗ ଆଜିବି ଓଦା ଜୁଡୁବୁଡୁ ଲାଗୁଛି।

ପଛକୁ ଫେରି ଚାହିଁଲେ ମନେ ପଡ଼େ ଶୈଶବରେ ବୋଉର ସ୍ନେହବୋଳା ପଣତ କଥା। ଗାଁ ଦାଣ୍ଡରେ ଧୂଳି ଧୂସରିତ ହୋଇ ଖେଳସାରି ବୋଉ ଶାଢ଼ି କାନିରେ ଗୁଡ଼େଇ ହୋଇ ପଡ଼ିଲେ ସବୁକ୍ଳାନ୍ତ ମେଣ୍ଟିଯାଉଥିଲା। ଖୁବ୍ ଭୋକ ଲାଗୁଥିଲା। ବୋଉ ହାଣ୍ଡିଶାଳୁ ଭାତ ବାଢ଼ି ଦେଉଦେଉ ଆଖିରୁ ଲୁହଝରି ଆସୁଥିଲା। ସେହି ଲୁହକୁ ଓଠରେ ପିଇ ପିଇ ଅଧା ଭୋକିଲା ପେଟରେ ସ୍କୁଲ୍ ସମୟର ହଷ୍ଟେଲ ଜୀବନ କଟିଗଲା। ବୋଉ ହାତରନ୍ଧା ଶାଗ ପଖାଳ ଖାଇ ଯଦି ସ୍କୁଲ୍ ପଢ଼ା ହୋଇପାରିଥାନ୍ତା ଅନ୍ତତଃ ସେ ଚାରି ପାଞ୍ଚ ବର୍ଷରେ ଆଖିରୁ ଝରିଥିବା ଲୁହତକ ଆଖିରେ ରହିଯାଇଥା'ନ୍ତା। ଜାମା ଭିଜାଇ ନଥା'ନ୍ତା।

ଦୁନିଆରେ ଲୋକମାନଙ୍କର ସତୁରୀ, ଅଶୀ ବର୍ଷର ବୃଦ୍ଧପିତା ମାତାଙ୍କୁ ଦେଖିଲେ ଈର୍ଷା ହୁଏ ମିତ୍ରଭାନୁଙ୍କର। ତାଙ୍କ ବାପା ବୋଉ ଯଦି ଏତେ ଦିନ ଯାଏ ବଞ୍ଚିଥାନ୍ତେ ତେବେ ପୁଅ-ବୋହୂ, ନାତି-ନାତୁଣୀଙ୍କୁ ଦେଖି କେତେ ଖୁସି ହେଉଥା'ନ୍ତେ। ସେ ବି ନିଜକୁ ଭାଗ୍ୟବାନ ମନେ କରୁଥା'ନ୍ତେ। ଶ୍ରବଣ କୁମାର ଭଳି ସେ ବୃଦ୍ଧ ପିତା ମାତାଙ୍କର ଯେ କେତେ ସେବା ଶୁଶ୍ରୁଷା କରିପାରିଥା'ନ୍ତେ ଆଜି ଛାତିପିଟି କହିପାରିବେ ନାହିଁ। କିନ୍ତୁ ସେ ସୁଯୋଗ ଆସିଲା କେଉଁଠି ? ତା' ପରୀକ୍ଷାର ସମୟ ଆସିବା ପୂର୍ବରୁ ସେମାନେ ତ ତାକୁ ଛେଉଣ୍ଡ କରି ଏ ଦୁନିଆରୁ ଚାଲି ଯାଇଛନ୍ତି। ସେମାନେ ଯଦି ଆଜି ଥା'ନ୍ତେ ଅନ୍ତତଃ ପକ୍ଷେ ସେ ସେମାନଙ୍କର ଅନ୍ତିମ ସଂସ୍କାରତ କରି ପାରିଥାଆନ୍ତା ତା' ସମ୍ବଳ ମୁତାବକ।

ସବୁ ଯୁବକଙ୍କ ଭଳି ଯୌବନରେ ଇଛା ଥିଲା ସୁନ୍ଦରୀ ସୁଶ୍ରୀ ପ୍ରେମିକାଟିଏ ମିଳିଥାନ୍ତା ଯଦି ପ୍ରେମ ଭାବାବେଗରେ ବିହ୍ୱଳିତ ହୋଇ ସମୟରେ କୁହୁକ କିମିଆ ଲାଗିଯାଇଥା'ନ୍ତା। ଦିବାନିଶି ସ୍ୱପ୍ନରେ ଜୁଡୁବୁଡୁ ହୋଇ ସେହି ପ୍ରେମ ପ୍ରଣୟର ରୂପ ନେଇଥା'ନ୍ତା, ଯେବେ ପ୍ରେମିକା ପତ୍ନୀ ହୋଇ ଘରକୁ ଆସିଥା'ନ୍ତା। ହେଲେ ସେ ମହାର୍ଘ୍ୟ ଆଶୀର୍ବାଦ ପାଇଁ ଏତେ ବଡ଼ ଭାଗ୍ୟ କାହିଁ। ଖାଲି ଏତକ କହି ମନମାରି ଦେଇ କଥା ସାରିଦେଲେ କୃତଘ୍ନ ହୋଇଯିବେ, ଭାବିଲେ ମିତ୍ରଭାନୁ। ମନଲାଖି ପ୍ରେମିକା ସିନା ମିଳିନଥିଲା, ପାତ୍ର ଅପାତ୍ରରେ କିଛି ଅନୁରାଗ ତ ମିଳିଥିଲା, ସେତକ ସେ କେଉଁ ଧରି ରଖିପାରିଲେ ଯେ !

ପ୍ରେମ ନହେଲେ ନାଇଁ, ଶିକ୍ଷିତା, ସୁନ୍ଦରୀ, ସମ୍ଭ୍ରାନ୍ତ, ଅଭିଜାତ ପରିବାରର ଝିଅଟିଏ ତ ସ୍ତ୍ରୀ ରୂପରେ ପାଇଥିଲେ। ଅବଶ୍ୟ ସେଇଠି ଅଭିମାନ ଭରା ଅଭିଯୋଗର ଆଉ ଗୋଟେ ଫର୍ଦ୍ଦ ଯୋଡ଼ା। ଅପରୂପା ଅନିନ୍ଦ୍ୟ ସୁନ୍ଦରୀ ସ୍ତ୍ରୀ। ସୌମ୍ୟ ସୁନ୍ଦର ପୁତ୍ର, ସୁଶ୍ରୀ କନ୍ୟା ସବୁତଥିଲା କିଛି ଦିନ ପାଇଁ। ପୁଣି ଦିନେ ହଠାତ୍ ତାଙ୍କ ସୁଖୀ ସଂସାରକୁ ଶୂନ୍ୟ କରି ଅକାଳରେ ସ୍ତ୍ରୀ ତିଳୋତମାଙ୍କର ଏକ ସଡ଼କ ଦୂର୍ଘଟଣାରେ ଦେହାନ୍ତ ତାଙ୍କ ଅସ୍ତିତ୍ୱକୁ କିଛିକ୍ଷଣ ଦୋହଲାଇ ଦେଇଥିଲା। ଯେମିତି ତାଙ୍କ ଖୁସୀକୁ ଈଶ୍ୱର ସହି ପାରିନଥିଲେ କି କାହାର ନଜର ଲାଗିଯାଇଥିଲା।

ଶୋକ ସନ୍ତପ୍ତ ପୁଅ ଝିଅଙ୍କୁ ନେଇ ସାରା ଜୀବନ ବିମର୍ଷ ବିଷାଦରେ କାଟିବାର ଭୂତ ଡ଼ରାଉଥିବାବେଳେ ନାଟକୀୟ ଭାବେ ଉଜୁଡ଼ା ସଂସାର ସଜାଡ଼ି ହୋଇଯାଇଥିଲା। ଆଉଥରେ ଭଙ୍ଗା ଘରକୁ ଯୋଡ଼ିବାକୁ ଚେଷ୍ଟା କରିଥିଲେ ରେବତୀ, ମିତ୍ରଭାନୁଙ୍କର ଦ୍ୱିତୀୟ ପତ୍ନୀ। ସବୁ ବାଧାବିଘ୍ନକୁ ଅତିକ୍ରମ କରି ବାଦ ପ୍ରତିବାଦକୁ ଭୃକ୍ଷେପ ନକରି ପଚାଶ ପାଖାପାଖି ଗଡିଯାଉଥିବା ବୟସକୁ ସମୟ ଚକ୍ରରେ ଧରିରଖି ଦ୍ୱିତୀୟ ବିବାହ କରିଥିଲେ ମିତ୍ରଭାନୁ। ତାଙ୍କ ବିଚାରରେ ଭାଙ୍ଗିଯାଇଥିବା ଘରକୁ ଆଉଁଶି ଆଉଁଶି, ଅତୀତର ସ୍ମୃତିକୁ ପାଥେୟ କରି ଏକ ବିଷର୍ଣ୍ଣ ବିଷାଦ ଜୀବନ ଅତିବାହିତ କରିବା ଅପେକ୍ଷା, ସମାଜର ତାସ୍ଲ୍ୟ ଅସୂୟା ପଣକୁ ଧ୍ୟାନ ନଦେଇ ନିଜ ଜୀବନ, ନିଜ ଘରକୁ ସଜାଡ଼ିବା ଶ୍ରେୟସ୍କର। ଭଙ୍ଗା ଗଢ଼ାର ସଂଘର୍ଷ ମଧ୍ୟରେ ପୁଣି ସେଇ ପଶ୍ନଟି ମନକୁ ଆନ୍ଦୋଳିତ କରେ। ପ୍ରଭୋ ଯୋଡ଼ିବାର ଥିଲା ତ ଭାଙ୍ଗୁଥିଲ କାହିଁକି ? ସେହିପରି ପ୍ରଶ୍ନ କରାଯାଇପାରେ ଭାଙ୍ଗିବାର ଥିଲା ତ କିଛି ଦିନ ପାଇଁ ଯୋଡୁଥିଲ କାହିଁକି ? ହେଲେ ସେ ପ୍ରଶ୍ନ କରିବାର ଜୁ ଆଜି ନାହିଁ।

ସେମିତି ଖୁବ୍ କମ୍ ଲୋକଙ୍କ ଭାଗ୍ୟରେ ଥିବା ଭଳି ଉପାର୍ଜନକ୍ଷମ ସମ୍ମାନୀୟ ଚାକିରିଟିଏ ବି ମିଳିଥିଲା ଚନ୍ଦ୍ରଭାନୁଙ୍କୁ। ସିଭିଲ୍ ସର୍ଭିସ୍ ପରୀକ୍ଷାରେ କୃତକାର୍ଯ୍ୟ ହୋଇ ଯେବେ ନାଁଟା ଖବର କାଗଜରେ ବାହାରିଲା ତାଙ୍କ ନିଜର ଖୁସି ଠାରୁ ଶତାଧିକ୍ୟଗୁଣରେ ଖୁସି ହୋଇଥିଲେ ବାପା, ଦାଦା, ବୋଉ, ଖୁଡୀ, ଭାଇ-ଭଉଣୀ ଓ ପରିବାର ବର୍ଗ। ବନ୍ଧୁବାନ୍ଧବ, ସାଇ, ଗାଁ ଏମିତିକି ଆଖପାଖ ଗାଁର ଲୋକେ ଗୌରବାନିତ୍ୱ ମନେ କଲେ। ସତ କହିବାକୁ ଗଲେ ତାଙ୍କ ପୂର୍ବରୁ କି ତାଙ୍କ ପରେ ଆଜିଯାଏ ତାଙ୍କ ଗାଁରୁ ଆଉ କେହି ସିଭିଲ୍ ସର୍ଭିସ୍ ପାଇଁ କୃତକାର୍ଯ୍ୟ ହୋଇପାରି ନାହାନ୍ତି। ହେଲେ ସେଥିରେ ପୁଣି ଗୋଟେ କେଁ ରହିଗଲା। ହେଲା ତ ହେଲା, ଯୋଗ୍ୟତା କ୍ରମରେ ଆଉ ଟିକିଏ ଉଚ୍ଚ କ୍ରମରେ ନାଁଟା ରହି ଆଇ.ଏ.ଏସ୍ କି ସେମିତି କିଛି ହୋଇଥିଲେ କଥାଟା ଅଲଗା ହୋଇଥା'ନ୍ତା ! କ୍ରମାନ୍ୱୟରେ ତଳ ଆଡକୁ ସିଲେକସନ୍ ହୋଇଥିବାରୁ ଚାକିରି

ମିଳିଲା ଆଲାଏଡ୍। ଅନ୍ୟମାନଙ୍କ ଦୃଷ୍ଟିରେ ନ ହେଲେ ବି ନିଜ ଦୃଷ୍ଟିରେ କେମିତି ଖୁସିଟା ପାଣିଚିଆ ହେଲାପରି ଲାଗିଲା, ଯେବେ ନିଯୁକ୍ତି ମିଳିଲା ରକ୍ଷା ମନ୍ତ୍ରାଳୟରେ।

ସର୍ବ ଭାରତୀୟ ସ୍ତରର ପରୀକ୍ଷାରେ ଉତ୍ତୀର୍ଣ୍ଣ ହେବାର ଗର୍ବ ଅଭିମାନକୁ ପରାହତ କରି ଅଧାପନ୍ତରିଆ ରକ୍ଷାମନ୍ତ୍ରାଳୟର ଚାକିରିଟା ସେ ପୁଣି ସୁଦୂର ଦିଲ୍ଲୀରେ ମିତ୍ରଭାନୁଙ୍କୁ ଅଟପଟିଆ ଲାଗିଲା। ଫେରିବାର ବାଟ ନଥିଲା। ସେହି ସମ୍ମାନ ଏବଂ ଉଚ୍ଚ ପଦବୀର ଆଧାରରେ ଅଭିଜାତ ପରିବାରରେ ବାହାଘରଟା ଯେ ହୋଇସାରିଥିଲା। ମନମାରି ପୁଣି ନିଜ ପରିବେଶ, ଅବହ୍ଲାୱା, ନିଜ ଭିଟାମାଟି, ସହର, ପ୍ରଦେଶ ଛାଡ଼ି ଦୂରେଇ ରହିବାକୁ ପଡ଼ିଲା ଅବସରଗ୍ରହଣ ଯାଏ। ମନଟା ସବୁବେଳେ ଓଡ଼ିଶାରେ ରହିଥିବାବେଳେ ନିରବଚ୍ଛିନ୍ନ ଭାବରେ ଦେହଟା କାମ କରି ଚାଲିଥାଏ ଦିଲ୍ଲୀର ରକ୍ଷାମନ୍ତ୍ରାଳୟର ସରକାରୀ କାର୍ଯ୍ୟାଳୟରେ। ସେଥିପାଇଁ ମିତ୍ରଭାନୁଙ୍କର ସାନ ଶଳା ଆଜିକାଲି ଥଟ୍ଟାରେ କହନ୍ତି 'ଭାଇଙ୍କୁ ଓଡ଼ିଶା ବାହାରକୁ ନେବା ସମ୍ଭବ, କିନ୍ତୁ ଓଡ଼ିଶାକୁ ଭାଇଙ୍କଠୁ ବାହାର କରିବା ଅସମ୍ଭବ'।

ମିତ୍ରଭାନୁଙ୍କ ଭଳି ଶାନ୍ତ, ସରଳ, କଳାପ୍ରେମୀ ମଣିଷଟିକୁ ରକ୍ଷା ମନ୍ତ୍ରାଳୟର ରୁକ୍ଷ ଫାଇଲ ସବୁ ଅଟପଟା ଲାଗୁଥିଲା। ମନେ ମନେ ଭାବୁଥିଲେ, ସିଧା ଲୋକ ସମ୍ପର୍କରେ ଆସିବାଭଳି କିଛି କାର୍ଯ୍ୟ କିମ୍ବା ତାଙ୍କ ପଢିଥିବା ଅର୍ଥନୀତି ସଂଲଗ୍ନ, ଅର୍ଥନୈତିକ ବ୍ୟାପାର ସଂଶ୍ଳିଷ୍ଟ କିଛି କାର୍ଯ୍ୟ କରିଥିଲେ ହୁଏତ ତାଙ୍କ ଅର୍ଜିତ ଜ୍ଞାନର ବିନିଯୋଗ ସହ ନିଜର ଉତ୍ସାହ ବଢିଥା'ନ୍ତା। କିନ୍ତୁ ଶୁଷ୍କ ରକ୍ଷା ମନ୍ତ୍ରାଳୟ ଅଧିନରେ ଥିବା ସ୍ଥଳସେନା, ନୌସେନା ଏବଂ ବାୟୁସେନା ମୂଖ୍ୟାଳୟ ଗୁଡିକରେ କାର୍ଯ୍ୟ ତାଙ୍କ ସ୍ୱଭାବ ଅନୁଯାୟୀ ହୋଇନଥିଲା। ସେଥିପାଇଁ ଦୀର୍ଘ ବତିଶ ବର୍ଷରୁ ଉର୍ଦ୍ଧ୍ୱ ସମୟ ଏକ ଅରୁଚିକର ପରିବେଶରେ କଟାଇ ତାଙ୍କ ବୃତ୍ତିଗତ ଜୀବନ ଅତିବାହିତ କରିଥିଲେ।

ନିଜର ଇଚ୍ଛା ଓ ଉତ୍ସାହ ମୁତାବକ କାର୍ଯ୍ୟ କରିନପାରିବାର ଅବସୋସ ରହିଯାଇ ଥିବାବେଳେ ମନକୁ ବୁଝାନ୍ତି ମିତ୍ରଭାନୁ ଆମ ଏ ଦେଶରେ କେତେ ଜଣକୁ ବା ସ୍ୱେଚ୍ଛା ମୁତାବକ କାର୍ଯ୍ୟ ମିଳିପାରୁଛି। ଯାହା ହେଲେବି ବାହାରକୁ ଦେଖାଇବାଭଳି ପଦବୀ, ସ୍ୱଚ୍ଛନ୍ଦରେ ଚଳିବାଭଳି ଆୟ ତ' ଥିଲା। ଅବସର ପରେ ସ୍ୱାବଲମ୍ବୀ ଆର୍ଥିକ ସ୍ଥିତି ପାଇଁ ଯଥେଷ୍ଟ ପେନ୍‌ସନ୍ ପାଉଛନ୍ତି। ଯେଉଁଥିପାଇଁ ସେ କୃତଜ୍ଞ ରହିବା ଦରକାର। ଚାକିରିରେ ଆତ୍ମସନ୍ତୋଷ ନଥିଲେ ବି ନିଜର ପ୍ରବୃତ୍ତି ଅନୁଯାୟୀ ଉପସ୍ଥାନରେ ସମୟାନୁବର୍ତ୍ତିତା ତଥା କାର୍ଯ୍ୟ ପ୍ରତି ପ୍ରତିବଦ୍ଧତାରେ ତାଙ୍କର ତିଳେ ମାତ୍ର ହେଳାନଥାଏ। ସେଥିପାଇଁ ବରିଷ୍ଠମାନଙ୍କ ଦ୍ୱାରା ପ୍ରଶଂସିତ ହେବା ସହ କନିଷ୍ଠମାନଙ୍କ ପାଖରେ ସମ୍ମାନୀତ ଓ ଆଦୃତ ହୋଇ ପାରିଥିଲେ। ମନ ଭିତରେ ମନ ଲାଖି କାମଟିଏ କରିନପାରିବାର ଗ୍ଲାନି

ଥାଇ ମଧ୍ୟ ନିଜର କର୍ତ୍ତବ୍ୟରେ କେବେ ଅବହେଳା କରିନଥିଲେ। ନିଜର କାର୍ଯ୍ୟଦକ୍ଷତା ପାଇଁ ଦୁଇ ଦୁଇଥର ସେ ସେନାଧ୍ୟକ୍ଷଙ୍କ ଦ୍ୱାରା ସମ୍ମାନୀତ ବି ହୋଇଥିଲେ।

ତାଙ୍କ ବିଚାରରେ ସେମିତି ବି ଅଧାଟିଆ ହୋଇ ରହିଯାଇଛି ତାଙ୍କ ବ୍ୟକ୍ତିତ୍ୱର ଆଉ ଏକ ଦିଗ। ପିଲାଟିଦିନରୁ କଳା ସାହିତ୍ୟ ପ୍ରତି ତାଙ୍କର ଆଦର ପରିଲକ୍ଷିତ ହୋଇଥିଲା। ପଞ୍ଚମ ଷଷ୍ଠ ପଢିବାବେଳଠୁ ତାଙ୍କ ଭିତରେ ଥିବା ସୃଜନଶୀଳତାର ପରିପ୍ରକାଶ ହୋଇଥିଲା। କିନ୍ତୁ ସେ ସବୁ ପୁଷ୍ପିତ ପଲ୍ଲବିତ ହେବାର ଅନୁକୂଳ ପରିବେଶ ତଥା ତାକୁ ଆଗକୁ ବଢ଼ାଇବାର ସୁଯୋଗ ସେ ପାଇପାରିନଥିଲେ। ପ୍ରଥମେ ତ ନିଜର ଲଜ୍ଜାଶୀଳ ବ୍ୟକ୍ତିତ୍ୱ ଯୋଗୁ ନୂଆକରି ଲେଖୁଥିବା ଗପ କବିତା ଗୁଡ଼ିକୁ ପ୍ରକାଶ କରାଇବାକୁ କୁଣ୍ଠାବୋଧ କରୁଥିଲେ। ସତ କହିବାକୁ ଗଲେ ଅଗ୍ରାହ୍ୟ ହେବାର କାତରତା ତାଙ୍କୁ ସେଥିରୁ କ୍ଷାନ୍ତ କରୁଥିଲା। ତଥାପି କଲେଜ ମାଗାଜିନ୍ ଓ ସେ ସମୟର କେଉଁ ଅନାମଧେୟ ସାହିତ୍ୟ ପତ୍ରିକାରେ ତାଙ୍କର ଗପ କବିତା କେତୋଟି ପ୍ରକାଶ ପାଇଥିଲା।

ଦିଲ୍ଲୀ ଚାଲିଯିବା ପରେ ସେଠିକାର ପ୍ରତିକୂଳ ପରିବେଶ ଓ ସାସାଂରିକ ଜଞ୍ଜାଳ ଭିତରେ ରହି ସାହିତ୍ୟ ସୃଜନ ପ୍ରତି ମନ ନବଳାଇଲେ ମଧ୍ୟ ଅର୍ନ୍ତନିହିତ ସୃଜନଶୀଳତା ମନ ମଧ୍ୟରେ ଉଦ୍‌ବେଳିତ ହେଉଥାଏ। ବେଳେବେଳେ ଛାଏଁ ଛାଏଁ ସେ ଭାବପ୍ରବଣତା କାହାଣୀ କବିତାର ରୂପ ନିଏ। ବିଶେଷ କରି ଦୁଃଖ ଶୋକରେ ମନ ଦ୍ରବିଭୂତ ହେଲେ ଆଖିର ଲୁହ ସହ ମନର କୋହ ଶବ୍ଦରେ ରୂପାୟିତ ହୋଇ କାହାଣୀ, କବିତାରେ ପରିପ୍ରକାଶିତ ହୁଏ। ସେ ସବୁକୁ ଗୋଟିଏ ପୁରୁଣା ଡାଏରିରେ ସାଇତି ରଖିଥିଲେ ମିତ୍ରଭାନୁ। ଏବେ ଅବସର ଗ୍ରହଣ ପରେ ସେ ଗୁଡ଼ିକର ପୁନଃରୁଦ୍ଧାର କରି ସାରସ୍ୱତ ସେବାରେ ମନୋନିବେଶ କରିବା ହୋଇଛି ସବୁଠୁ ଆନନ୍ଦଦାୟକ ଟାଇମ୍‌ପାସ୍।

ଏକ ସୃଜନଶୀଳ ବ୍ୟକ୍ତିତ୍ୱ ହେବାର ଅର୍ନ୍ତନିହିତ ପ୍ରବୃତ୍ତିକୁ ଉଜାଗର କରାଇ ସାରସ୍ୱତ ସାଧନାରେ ନିଜକୁ ନିୟୋଜିତ କରିବାର ସକାରାତ୍ମକ ବିଚାର ତାଙ୍କୁ ନକାରାତ୍ମକ ଅନୁଶୋଚନାରୁ କ୍ଷାନ୍ତ କରାଇପାରୁଛି। ଦୁନିଆର ସବୁ ମଣିଷ ଏକାପରି ନୁହଁ। କିଏ ଅଖଣ୍ଡ ସୌଭାଗ୍ୟର ଅଧିକାରୀ ତ କିଏ ଦାଣ୍ଡର ଦରିଦ୍ର ଭିକାରି। ସବୁ ନିଜ ନିଜର ଭାଗ୍ୟ ନେଇ ଜନ୍ମ ନେବାପରେ ଏକ ଅଦୃଶ୍ୟ ଶକ୍ତିର ନିର୍ଦ୍ଦେଶରେ ନିଜ ନିଜର ସ୍ୱକର୍ମ, ଫଳ ଭୋଗ କରିଥା'ନ୍ତି। ସେଥିରେ ଈର୍ଷାନ୍ୱିତ ହେବା ଅବା ହତୋତ୍ସାହିତ ହେବା ସ୍ପୃହଣୀୟ ନୁହେଁ। ପର ସ୍ତ୍ରୀ ବେଶି ସୁନ୍ଦର ମାନସିକତାରୁ ନିବୃତ୍ତ ରହି ନିଜର ଉପଲବ୍ଧିକୁ ସକାରାତ୍ମକ ଭାବେ ଗ୍ରହଣ କରି ସେଥିରେ ସନ୍ତୁଷ୍ଟ ରହିପାରିଲେ ଜୀବନର ବାକି ସମୟ ଅନୁଶୋଚନା ରହିତ ହୋଇପାରିବ। ସ୍ଥିତପ୍ରଜ୍ଞ ଭାବେ ନିଜର ପ୍ରାରବ୍ଧକୁ

ଆୟୁଧ କରି ଯତ୍‌କିଞ୍ଚିତ ଉପଲବ୍ଧ ସମୟର ସଦୁପଯୋଗ କରିପାରିଲେ ନିଜର ଅଭିଷ୍ଟ ପୂରଣ ହେବାର ଶାନ୍ତି ମିଳିପାରେ।

ନିଜର କିଛି ଅସଜଡା ଜୀବନର ଅଧ୍ୟାୟକୁ ଭୁଲିଯାଇ ସଜଡ଼ା ଜୀବନର ସ୍ମୃତିକୁ ପାଥେୟ କରି ମନକୁ ହାଲୁକା କରିବାର ଅଭିପ୍ରାୟକୁ କୁହାଯାଏ ସମୟ ସହ ସାଲିସ୍ କରିବା। ତଥାପି ମଣିଷ ମନତ! ବେଳେବେଳେ ବିଚଳିତ ହୋଇ ଅରଣା ଷଣ୍ଢଭଳି ବାଡ଼ବତା ନମାନି କୁଆଡ଼େ ମାଡ଼ିଯିବ କିଏ କହିପାରିବ! କିନ୍ତୁ ଅବାଞ୍ଛିତ ଚିନ୍ତାଧାରାକୁ ସଂଯତ କରି ବିଚାର ବୁଦ୍ଧିକୁ ଋଦ୍ଧିମନ୍ତ କରିବା ବିଜ୍ଞ ମନୁଷ୍ୟର ପରିଚାୟକ।

ଜୀବନ ଜୀବିକାର ନିଷ୍କର୍ଷରୂପେ ଏମିତି ଦାର୍ଶନିକ ଚିନ୍ତାଧାରା ମନକୁ ପ୍ଲାବିତ କରି ସାରା ପରିବେଶକୁ ଗମ୍ଭୀର କରିଦେବା ବେଳକୁ ପୂର୍ଣ୍ଣମୀ ଜହ୍ନଟା ନଡ଼ିଆ ଗଛ ପାରହୋଇ କେତେ ଉପରକୁ ଉଠି ସାରିଥାଏ। ପଛରେ ସ୍ତ୍ରୀ ରେବତୀଙ୍କର ଡାକରେ ପ୍ରକୃତିସ୍ଥ ହେଲେ ମିତ୍ରଭାନୁ ମହାପାତ୍ର।

- ରାତି ଏତେ ହେଲାଣି ଖାଇବ ଆସ....!

■

ନିଛାଟିଆ ନଈପଠା

ବାହାଘରର ମାତ୍ର ପନ୍ଦରଦିନ ହୋଇଥାଏ, ନବ ବିବାହିତା ସୁନ୍ଦରୀ ସ୍ତ୍ରୀକୁ ଏକା ଘରେ ଛାଡ଼ି ଯିବାକୁ କାହାର ମନ ବଳାଇବ ଯେ। ସେ ପୁଣି ସୁଦୂର ପାଲଲହଡ଼ା। ବଣ, ପାହାଡ, ଘାଟି ପାର ହୋଇ କେଉଁଝରରୁ ସମ୍ବଲପୁର ଯିବା ରାସ୍ତାରେ ଗଲେ ପଡେ ପାଲଲହଡ଼ା। ଆନନ୍ଦପୁରରୁ ପ୍ରାୟ ଦେଢ଼ଶହ ମାଇଲ ପାଖାପାଖି ହେବ। ଛୁଟି ତ ସରିଯାଇଥାଏ। ଯେମିତି ହେଲେ ଯାଇ ବ୍ୟାଙ୍କରେ ଜଏନ୍ କରିବାକୁ ପଡ଼ିବ।

ଏଇ କେତେଟା ଦିନରେ ପୁରୀ, କୋଣାର୍କ ଯାଇ ଗୋଟେ ଛୋଟ ଅବଧିର ହନିମୁନ୍ ବ୍ୟତୀତ ବିଶେଷ ପରିଚୟ ହୋଇନଥାଏ ସ୍ୱାମୀ ସ୍ତ୍ରୀଙ୍କ ମଧ୍ୟରେ। ସେ ତ ପ୍ରେମ ବିବାହ ନଥିଲା ଯେ ପରସ୍ପରକୁ ଆଗରୁ ଯାଣନ୍ତେ। ବାପାମା'ଙ୍କ ପାଖକୁ ଆସିଥିବା ପ୍ରସ୍ତାବକୁ ନେଇ ଏ ଥିଲା ସଂଯୋଗ ବିବାହ। ପରସ୍ପରକୁ ଭଲକରି ଚିହ୍ନିବାରେ ଜାଣିବାରେ ସର୍ବୋପରି ନାରୀ ମନର ରହସ୍ୟ ଭେଦ କରିବାକୁ ଆହୁରି ବହୁତ କିଛି ବାକି ଥାଏ।

ପଛକୁ ଟାଣି ହେଉଥିବା ମନକୁ ଆଗକୁ ବଢୁଥିବା ପାଦ ଭିଡିନେଉଥାଏ ପାଲଲହଡ଼ାର ସେ ବ୍ୟାଙ୍କ୍ ଆଡକୁ, ଯେଉଁଠି ପରେଶର ଚାକିରି। ବାପା ବୋଉ ଆଉ କିଛି ଦିନ ରହିଯିବାକୁ କହିବାବେଳେ, ଆଉ ଛୁଟି ନଥିବାରୁ ଅସହାୟତା ପ୍ରକାଶ କଲା ପରେଶ। ପ୍ରୀତି ନୂଆବୋହୂ, ଶାଶୁ ଶ୍ୱଶୂରଙ୍କ ସହ ସ୍ୱାମୀଙ୍କର କଥୋପକଥନରୁ ସବୁ ବୁଝିଯାଇଥିଲେ ବି ଲାଜ ଲାଜ ମୁହଁରେ ପରେଶକୁ ପଚାରିଥିଲା 'ପୁଣି କେବେ ଆସିବ' ? ସେଇ ମିଠା କଥା ପଦକ ତା' କାନରେ ବାରମ୍ବାର ଗୁଞ୍ଜରିତ ହେଉଥାଏ। ବାହାରର ଆଉ କୌଣସି ଶବ୍ଦ ତାକୁ ଶୁଣା ଯାଉନଥାଏ। ଏକ ଅଭୂତପୂର୍ବ ଭାବାବେଗରେ ମନ ନିମଜ୍ଜିତ ହୋଇଯାଉଥାଏ। ପରେଶ ଅନୁଭବ କରୁଥାଏ ପ୍ରଥମ କରି କେହି ତା ପାଇଁ ଯେମିତି ଉଦ୍ବିଗ୍ନ। କେବଳ ତା'ରି ଅପେକ୍ଷାରେ ସେ ରହିଁ ବସିଛି ତା'ର ଫେରିବା

ବାଟକୁ। ପ୍ରଲମ୍ବିତ ପ୍ରତୀକ୍ଷାର ପ୍ରତୀକ ସେଇ ମିଠା କଥା ପଦକୁ ପାଥେୟ କରି କିଛି ଦିନ କଟିଯିବ ପ୍ରବାସରେ।

ବ୍ୟାଙ୍କରେ ଠିକ୍ ଦଶଟା ଆଗରୁ ପହଞ୍ଚିବାର ବ୍ୟଗ୍ରତା କ୍ରମେ ପରେଶ ମନରୁ ଗୃହ ମନସ୍କ ପ୍ରବଣତାକୁ ଶିଥିଳ କରିପକାଉଥାଏ। ପ୍ରୀତିର ଚେହେରା କିନ୍ତୁ ଆଖି ଆଗରୁ ହଟୁନଥାଏ। ନୂଆ ବୋହୂଟି ଅଜଣା ଅଚିହ୍ନା ଶାଶୂ-ଶ୍ୱଶୁର, ଛୋଟ ଛୋଟ ନଣନ୍ଦ-ଦିଅରଙ୍କ ସଙ୍ଗେ କେମିତି ଯେ ଚଳୁଥିବ ଚିନ୍ତା କରି ବ୍ୟସ୍ତ ହେଉଥାଏ। ସବୁ ଝିଅ ବୋହୂ ହୋଇ ଶାଶୂ ଘରକୁ ଆସନ୍ତି। ନୂଆ ନୂଆ କିଛି ଦିନ ଅଜଣା ମଣିଷଙ୍କ ସହ ନିଜକୁ ମିଶାଇ ଦେଇ ତା' ବୋଉ ପରି ପୁରୁଣା ହୋଇଯା'ନ୍ତି ଭାବି ନିଜକୁ ସାନ୍ତ୍ୱନା ଦେଲା।

ବ୍ୟାଙ୍କରେ ଠିକ୍ ସମୟରେ ପହଞ୍ଚି କାମ ଆରମ୍ଭ କରିଦେଲା ପରେଶ। ମଧ୍ୟାହ୍ନ ଭୋଜନ ବିରତି ବେଳକୁ ଟୁନା ଆସି ନମସ୍କାର କଲା। ତା ମୁହଁର ହସକୁ ସେ ସବୁବେଳେ ଚାପି ରଖିଥାଏ। 'ଆରେ! ଟୁନା ଆଜି କ'ଣ ଖାଇବାକୁ ଆଣିଛୁ' ପଚାରିବାରୁ 'ପରଟା ଭଜା' କହି ଫିକ୍ କରି ହସି ଦେଲା। ବୋଧେ ଟୁନାକୁ ଲାଜ ଲାଗୁଥିଲା ପରେଶକୁ ସମ୍ନା କରିବାକୁ। ତାକୁ ଲାଗୁଥାଏ ପରେଶବାବୁ ବଦଳିଯାଇଛନ୍ତି ଏଇ ପନ୍ଦର ଦିନର ବ୍ୟବଧାନରେ। ଆଗଭଳି ଆଉ ଅବିବାହିତ ଯୁବକ ନୁହଁ। ଏକ ବିବାହିତ ବ୍ୟକ୍ତି। ତା'ର ବୋଧେ ଇଛା ହେଉଥିଲା ପଚାରିବାକୁ ନୂଆ କରି ଆସିଥିବା ପ୍ରୀତି ଭାଉଜଙ୍କ ବିଷୟରେ। କିନ୍ତୁ ଚୁପ୍ ରହିଲା। ଏ ପ୍ରସଙ୍ଗରେ ଟୁନାର ପରିଚୟ ନଦେଲେ କଥାଟା ଅଧୁରା ରହିଯିବ।

ନିଜ ସ୍ତ୍ରୀ ଓ ଝିଅକୁ ପୈତୃକ ଘର ବିହାରର ବଲିଆ ଜିଲ୍ଲାରେ ଛାଡି ସେଇ ଗୋଟିଏ ମେସ୍‌ରେ ତିନି ଜଣ ଯୁବ କିରାଣିଙ୍କ ସହ ରହୁଥା'ନ୍ତି ବ୍ୟାଙ୍କର ଉପ-ପ୍ରବନ୍ଧକ ସିଂ ବାବୁ। ପରୋପକାରୀ ମିଶ୍ରବାବୁ ମେସ୍ ଚଳାଇବାର ଦାୟିତ୍ୱ ସ୍ୱତଃପ୍ରବୃତ୍ତଭାବେ ନେଇଥା'ନ୍ତି। ରୋଷେଇ କରିବାକୁ ମେସ୍‌ରେ ଥାଏ ଚଉଦ, ପନ୍ଦର ବର୍ଷର ପିଲା ଟୁନା। କେବେ କେଉଁଠୁ ରୋଷେଇର ଅଭିଜ୍ଞତା ହାସଲ କରିଥାଏ କେଜାଣି, କାଠଚୁଲ୍ଲୀରେ ସ୍ୱାଦିଷ୍ଟ ଖାଦ୍ୟ ପ୍ରସ୍ତୁତ କରି ଠିକ୍ ସମୟରେ ପରୋଶି ଦିଏ। ପୁଣି ଜଳଖିଆ ପ୍ରସ୍ତୁତ କରି ମଧ୍ୟାହ୍ନ ଭୋଜନ ସମୟରେ ବ୍ୟାଙ୍କକୁ ନେଇଆସେ। ଖରାଦିନ ହେଲେ ପଖାଳ ଭଜା କରି ଆଣିଥାଏ। ସଂଧ୍ୟା ହେଲେ ପୁଣି ରାତ୍ର ଭୋଜନ ପ୍ରସ୍ତୁତ କରିଦିଏ। ମୋଟାମୋଟିଭାବେ ନିର୍ଭର ଯୋଗ୍ୟ ପିଲାଟିଏ ଥିଲା ଟୁନା।

ପ୍ରଥମେ ଆସିବାବେଳେ ଟୁନା ଭରସାଯୋଗ୍ୟ ନଥିଲା। ହାତଉଠା ପଣ କରୁଥିଲା। ତା' ବାପାର ପ୍ରରୋଚନାରେ ଚାଉଳ, ଚିନି, ସୋରିଷତେଲ କିଛି କିଛି ଲୁଚାଇ ବଜାରକୁ ଯାଇ ତା ବାପାକୁ ଦେଇଦିଏ। ବଜାରରେ ପରିବାବାଲା ରଘୁ

ଆଖିରେ ଦିନେ ଟୁନା ଏସବୁ ଚୋରି ସାମଗ୍ରୀ ତା' ବାପାକୁ ଦେଉଥିବାର ପଡ଼ିଲା। ସେଦିନ ସଂଧ୍ୟାରେ ପରିବା କିଣିବାବେଳେ ରଘୁ ଏ କଥା ମିଶ୍ରବାବୁଙ୍କୁ କହିଲା।

ମିଶ୍ରବାବୁ ମେସ୍‌କୁ ଫେରି ଟୁନାକୁ ପଚାରିବାରୁ ଆଗେ ତ ମାନୁନଥିଲା ଗୋଟାଏ ଚଟକଣି ଖାଇବାପରେ ମାନିଲା। ତା'ପରେ ମିଶ୍ରବାବୁ ତାକୁ ଚୋରି ନ କରିବାକୁ ତାଗିଦ୍ କରୁଥା'ନ୍ତି। ସିଂ ବାବୁ ଉପରେ ପଡି ତାଙ୍କ ପରିହାସ ଛଳରେ କହିଲେ - 'ବାହାରେ ଟୁନା ଐସେ ଚୋରି କାମ କିୟା, ତେରା ବାପ ଭି ତେରା ସାଥ୍ ଦିୟା, ନିକମା ତ ତୁଝେ ପାଠ ଶାଠ ପଢ଼ାୟା ନେହିଁ, ପଢ଼ନେକା ଉମର୍ ମେ ତୁ ନୌକରି କର ରହାହେ, ଫିର୍ ଉପର୍‌ସେ ଚୋରି ଶିଖାତା ହେ, ୟେ କୈସା ବାପ୍ ହେ-ରେ ତେରା' ?

ମିଶ୍ରବାବୁ ଟିକେ ଶାନ୍ତ ପଡିଯାଇ ଟୁନାକୁ ବୁଝାଇ କହିଲେ 'ତୁ ତୋ ଦରମା ଆଉ ବାପାକୁ ନଦେଇ ବ୍ୟାଙ୍କରେ ଏକାଉଣ୍ଟଟିଏ ଖୋଲି ରଖ। ତୋ ପଇସାରେ ବାପା ମଦ ପିଉଥିବ କ'ଣ ଲାଭ। ବରଂ ତୋ'ର ଇଛା ହେଲେ ମା' ଏବଂ ସାନଭାଇ ପାଇଁ କିଛି ଲୁଗାପଟା କିଣିଦେବୁ। ହେଲେ ଚୋରି ପାଇଁ ପ୍ରବର୍ତ୍ତାଉଥିବା ବାପାକୁ କିଛି ଦେବା ଦରକାର ନାହିଁ'। କଥାଟା ଟୁନାର କୈଶୋର ମନକୁ ଛୁଇଁ ଗଲା ବୋଧେ, ସେଦିନଠୁ ସେ ଆଉ କେବେ ଚୋରି କରେ ନାହିଁ କି ତା' ବାପାକୁ ପାଖ ପୂରେଇ ଦିଏ ନାହିଁ। ମେସ୍ କାମରେ ଲାଗିଥାଏ। କାମ ସାରି ଅବସର ସମୟରେ ମେସ୍‌କୁ ଲାଗିଥିବା ବ୍ଲକ୍ କଲୋନୀ ଆଡେ ଘେରାଏ ବୁଲି ଆସେ। ପାଖ ପଡିଶାରେ ରହୁଥିବା ପ୍ରତିବେଶୀ ଝିଲି ବୋଉ, ମିଲି ବୋଉ, ବେବି ଅପାଙ୍କ ସହ କଥା ହୋଇ ସମୟ ବିତାଇ ଦିଏ।

ମେସ୍‌ରେ ରହିବାର ପନ୍ଦର ଦିନ ହୋଇଯାଇଥାଏ। ମାସ ଶେଷ ସପ୍ତାହ କ୍ଲୋଜିଂ ପାଇଁ ଆଉ ଘରକୁ ଯିବାର ସୁଯୋଗ ପାଇନଥାଏ ପରେଶ। ତା'ପର ଶନିବାରକୁ ଅପେକ୍ଷା କରି ମନ ଛକ ପକ ହେଉଥାଏ। ଏ ଭିତରେ ସ୍ତ୍ରୀ ପ୍ରୀତିଠାରୁ ଚିଠି ଖଣ୍ଡେ ବି ଆସି ସାରିଥାଏ। ନବ ବଧୂ ରୂପେ ପ୍ରୀତିର ଶାଶୂ ଘରର ଅନୁଭୂତି ସହ ତା'ର ଫେରିବା ବାଟକୁ ଚାହିଁ ବସିଥିବା କଥାଟା ପଢି ତା ମନ ଉଚ୍ଚାଟ ହେଉଥାଏ। ସେତେବେଳେ ଶନିବାର ଦିନ ବ୍ୟାଙ୍କ ଅଧାଦିନ ହୋଇ ବନ୍ଦ ହୋଇଯାଏ। ପରେଶ ଆଗରୁ ବ୍ୟାଗ ସଜାଡି ବ୍ୟାଙ୍କକୁ ନେଇଯାଇଥାଏ। ବ୍ୟାଙ୍କ ବନ୍ଦ ହେବାକ୍ଷଣି ସମ୍ବଲପୁରରୁ ବାରିପଦା ଯାଉଥିବା ବସ୍‌କୁ ଅପେକ୍ଷା କରେ। ବସ୍‌ଟି ଠିକ୍ ଦୁଇଟାବେଳେ ପାଲଲହଡ଼ା ପହଞ୍ଚେ। ତେଣୁ ବ୍ୟାଙ୍କରୁ ସିଧାଯାଇ ବସ୍‌ରେ ବସିଲା ପରେଶ। ବସ୍ ଗଡ଼ିଚାଲିଲା କେଉଁଝର ଅଭିମୁଖେ।

ଷାଠିଏ କିଲୋମିଟରର ଦୂରତା ସହ ଘାଟି ରାସ୍ତା ଅତିକ୍ରମ କରି ବସ୍‌ଟି କେଉଁଝରରେ ପହଞ୍ଚିବାବେଳକୁ ସୂର୍ଯ୍ୟାସ୍ତ ହୋଇ ଆସୁଥାଏ। ବସ୍ ରହିବାକ୍ଷଣି ପରେଶ ତରବର ହୋଇ ଓହ୍ଲାଇପଡି ଦୃତ ଗତିରେ ଚାଲିଲା କେଉଁଝରରୁ ଆନନ୍ଦପୁର ଆଡ଼କୁ ଯାଉଥିବା ବସ୍‌ଷ୍ଟାଣ୍ଡ୍‌କୁ। ଆହୁରି ଅଶୀ କିଲୋମିଟର ରାସ୍ତା ଅତିକ୍ରମ କରିବାକୁ ପଡ଼ିବ। ଘରେ ପହଞ୍ଚିବାର ଦୁର୍ବାର ଆଶାନେଇ ସେ ଆଗେଇ ଚାଲିଥାଏ। ଆନନ୍ଦପୁର ଆଡ଼କୁ ଯାଉଥିବା ବସ୍‌ରେ ଚଢ଼ି ବସି ପଡିଲା। ତା' ମନର ଆବେଗତା ଠାରୁ ଧୀରେ ଧୀରେ ଚାଲୁଥିଲା ବସ୍‌ଟି ଆଉ ଅଧିକ ଯାତ୍ରୀଙ୍କ ଅପେକ୍ଷାରେ। ନଦୀପାର ହୋଇ ଆଠ ମାଇଲ୍ ରାସ୍ତା ଏତେ ରାତିରେ କେମିତି ଯିବ ଭାବି ସେ ଯେତିକି ବିଚଳିତ ହେଉଥାଏ ପ୍ରୀତିର ମୁହଁ, ତା'ର 'କେବେ ଆସିବ' ପଦକ ମିଠା କଥା ତାକୁ ସେତିକି ଭୟଶୂନ୍ୟ କରାଇ ଉତ୍ସାହିତ କରୁଥାଏ।

ଆନନ୍ଦପୁରରେ ପହଞ୍ଚିବାବେଳକୁ ରାତି ନଅଟା ବାଜିଥାଏ। ବସ୍‌ରୁ ଓହ୍ଲାଇ ଯାତ୍ରୀମାନେ ନଦୀଘାଟ ଅଭିମୁଖେ କ୍ଷିପ୍ର ପଦରେ ଚାଲିଥା'ନ୍ତି। ଶେଷଥର ପାଇଁ ପାରିକରିବାକୁ ନାଆ ସଜାଡ଼ି ନାଉରୀ ଡାକ ଦେଉଥାଏ - 'ଶୀଘ୍ର ଶୀଘ୍ର ଆସ କିଏ ପାରିହେବ ଘାଟ ବନ୍ଦ ହୋଇଯିବ'। ପରେଶ ଦଉଡ଼ି ଯାଇ ନାଆରେ ବସିଲା। ନାଉରୀ ଡଙ୍ଗା ବାହିଚାଲିଥାଏ। କଳକଳ ଶବ୍ଦ କରି ନାଆ ଆଗକୁ ବଢୁଥାଏ। ଦୁଇ କୂଳର ରାସ୍ତାରୁ କ୍ଷୀଣ ଆଲୋକ ନଦୀବକ୍ଷରେ ପଡ଼ିଥାଏ। ଛୋଟ ଛୋଟ ଲହଡ଼ି ଗୁଡ଼ିକ ହୀରାର ହାର ଭଳି ଚକ୍ ଚକ୍ ଦିଶୁଥାନ୍ତି। ପରେଶର କିନ୍ତୁ ସେସବୁକୁ ନିଘା ନଥାଏ। ନଦୀ ସେପଟ ବସଷ୍ଟାଣ୍ଡ୍‌କୁ ବାରମ୍ବାର ଚାହୁଁଥାଏ। ଗାଁ ଛକ ଯାଏ ଯିବାକୁ ଶେଷ ବସଟା ମିଳିଯା'ନ୍ତା କି? ତା'ପରେ ଗାଁ'ଯାଏ କେହି ନା କେହି ସାଥୀ ମିଳିଯା'ନ୍ତେ। ସେ ନିର୍ଭୟରେ ଯାଇ ଘରେ ପହଞ୍ଚିଯାଆନ୍ତା।

ଡଙ୍ଗାଟା କୂଳ ଲାଗୁ ଲାଗୁ ଡଙ୍ଗା ଉପରୁ ଖପ୍ କରି ଡେଇଁପଡ଼ି ବ୍ୟାଗ୍‌ଟିକୁ କାନ୍ଧରେ ଝୁଲାଇ ଧାଇଁଲା ବସ୍‌ଷ୍ଟାଣ୍ଡ୍ ଆଡ଼େ। କିନ୍ତୁ ସେତେବେଳକୁ ଗାଁ ବାଟ ଦେଇ ଯାଉଥିବା ଶେଷ ବସ୍‌ଟା ଯାଇସାରିଥାଏ। ପରେଶ ମନରେ ଛନକା ପଶିଲା। ଅନ୍ଧାର ରାତିରେ ଗାଁ ଯାଏ ପାଞ୍ଚକୋଶ ବାଟ କେମିତି ଯିବ? ଏମିତି ଭାବି ବଜାର ଦେଇ ଗାଁ'ଆଡ଼େ ଯାଉଥିବା ରାସ୍ତାରେ ଚାଲୁଥିବାବେଳେ ଯେତେ ସବୁ ରିକ୍ସାବାଲାଙ୍କୁ ପଚାରିଲା ସବୁ ରାତିରେ ଯିବାକୁ ଅନିଚ୍ଛା ପ୍ରକାଶ କଲେ। ପିଚୁ ରାସ୍ତା ଦେଇ ଗାଁ' ଯାଏ ଗଲେ ପାଞ୍ଚକୋଶ ହେଲେ ନଈକୂଳ ବନ୍ଧ ଦେଇ ଗଲେ ଗାଁ' ତିନିକୋଶ। ପରେଶ ସ୍ଥିର କଲା ନିଛାଟିଆ ହେଲେ ବି ନଈ କୂଳେ କୂଳେ ବନ୍ଧ ଉପର ଦେଇ ଗାଁ'କୁ ଚାଲିଯିବ।

ଚାହୁଁ ଚାହୁଁ ଆନନ୍ଦପୁର ଓ ତା'ପର ଗାଁ' ଫକିରପୁର ବି ପାର ହୋଇଗଲା। ବଜାର, ଦୋକାନ, ଗାଁ', ଘରଦେଇ ଯାଇଥିବା ରାସ୍ତା ଉପରେ କେଉଁଠି ଖୁଣ୍ଟରେ ଝୁଲୁଥିବା ବିଜୁଳିବତିର ତ କେଉଁଠି ଘରୁ କବାଟ ଝରକା ଫାଙ୍କ ଦେଇ ଆଲୁଅ ପଡୁଥିଲା। ଗାଁ ଭିତର ଘର କଡ଼ଦେଇ ଯାଇଥିବା ରାସ୍ତାରେ ଯିବାବେଳେ ପରେଶକୁ ଆଦୌ ଭୟ ଲାଗୁନଥାଏ। ଗାଁ' ପାରିହେଲା ପରେ ଆସିଲା ଲମ୍ବା ନଦୀବନ୍ଧ। ଗୋଟେ ପଟେ ବହିଯାଉଥିବା ବୈତରଣୀ ନଈ ଓ ଅନ୍ୟପଟେ ବନ୍ଧ ତଳେ ଲମ୍ବା ଧାଡ଼ିଧାଡ଼ି ଚାଳଘର। ନଦୀ ଉପରେ ଧୂସର ବର୍ଣ୍ଣ କୁହୁଡ଼ିର ଆସ୍ତରଣ। ଅନ୍ୟପକ୍ଷରେ ଚାଳଘର ଗୁଡିକରୁ ମିଞ୍ଜି ମିଞ୍ଜି ଜଳୁଥିବା ଡିବିରି ଆଲୁଅର କ୍ଷୀଣ ଆଲୋକ। ବେଶି ଡର ଲାଗୁନଥାଏ ପରେଶକୁ। ତଥାପି ନଦୀର ଶୀତଳ ଜଳ ଉପରଦେଇ ପ୍ରବାହିତ ଝଲକାଏ ପବନରେ ଦେହ ଶିହରି ଉଠୁଥାଏ। ଫେବୃୟାରୀ ମାସ ଶୀତ ଯିବ ଯିବ ହୋଇ ସମ୍ପୂର୍ଣ୍ଣ ଯାଇନଥାଏ।

ବନ୍ଧର ଶେଷ ଆଡ଼କୁ ଆଉ ଘର ନଥାଏ। କେବଳ ଦୁଇ କଡ଼ରେ ଚାଷ ଜମି। ମଝିରେ ମଝିରେ ବଡ଼ ବଡ଼ ଆମ୍ବ, ଓସ୍ତ, ଲିମ୍ବ ଗଛ। ବନ୍ଧ ଉପରେ ଏକୁଟିଆ ଚାଲିଥାଏ ପରେଶ। ଆଗପଛ ଆଖି ପହଁରେଇଲେବି କେହି ଜଣେ ଜନମାନବ ଦିଶୁନଥା'ନ୍ତି ସେ ବିଳମ୍ବିତ ରାତ୍ରିରେ। କୃଷ୍ଣପକ୍ଷର ଅନ୍ଧାର ରାତିରେ କେବଳ ଅସଂଖ୍ୟ ତାରକା ବିଚ୍ଛୁରିତ ଆକାଶରୁ ପ୍ରତିଫଳିତ କ୍ଷୀଣ ଆଲୋକରେ ନଦୀବନ୍ଧ ଉପର ରାସ୍ତା ଝାପ୍ସା ଦିଶୁଥାଏ। ବନ୍ଧର ଶେଷପ୍ରାନ୍ତରୁ ଆରମ୍ଭ ହୋଇଯାଇଥାଏ ନଈ ପଠା। ବିସ୍ତୀର୍ଣ୍ଣ ବାଲୁକା ରାଶି ଉପରେ ପଥିକଙ୍କ ପାଦ ଚିହ୍ନକୁ ଅନୁସରଣ କରି ଚାଲିଥାଏ ପରେଶ। ଚାରିକଡ଼ ବୁଦି ବୁଦିକିଆ ବେଣା ଆଉ କାଶତଣ୍ଡୀର ବଣ। ନିର୍ଜନ ରାସ୍ତାରେ କେବଳ ଝିଙ୍କାରିଙ୍କ ଝିଂ ଝିଂ ଶବ୍ଦ ବ୍ୟତୀତ ଅନ୍ୟ କିଛି ଶୁଭୁନଥାଏ। ଯେଉଁଆଡ଼େ ଚାହିଁଲେ ଖାଲି ଅନ୍ଧାର। ଡରରେ ସେତେବେଳକୁ ଛାତି ଥରୁଥାଏ। ପକ୍ଷୀଟିଏ କି ଜଙ୍ଗଲୀ ଜୀବଟିଏ ଚାଲିଯିବାର ଶବ୍ଦ ଶୁଣି ଚମକି ପଡୁଥାଏ ସେ। ଛାତିରେ ଛେପ ପକାଇ ପୁଣି ତୀବ୍ର ଗତିରେ ଆଗକୁ ଚାଲୁଥାଏ।

ଆଗରେ ପଡ଼ିବ ପଳାଶ ଗଛମୂଳ ଠାକୁରାଣୀ ଶାଳ? ଭଙ୍ଗା, ଗୋଟା ମାଟିଘୋଡା ସହ କେତେଗୁଡିଏ ପଥର ମୂର୍ତ୍ତି ସେ ପଳାଶ ଗଛକୁ ଡେରା ହୋଇ ରଖାହୋଇଛି କେଉଁ କାଳରୁ। ଗୋଟିଏ ପଥର ମୂର୍ତ୍ତି ମଙ୍ଗଳାଙ୍କର। ଦେହୁରୀ ଦିନରୁ ପୂଜାର୍ଚ୍ଚନା କରି ଧୂପ, ଦୀପ, ସିନ୍ଦୂର, ଝୁଣା ଦେଇ ଯାଇସାରିଥିବ। ରାତିରେ ଠାକୁରାଣୀ ବାହାରି ଆଉ ଆଗରେ ଛିଡା ହୋଇପଡିବେ କି, ଭାବି ଦେହଟା ଡରରେ ଝାଳେଇଗଲା। କେବଳ ଆରାଧ୍ୟ ଦେବତା ଜଗନ୍ନାଥଙ୍କୁ ଡାକିବା ବ୍ୟତୀତ ଆଉ କାହାରି କଥା ମନକୁ ଆସୁନଥାଏ। ସେତେବେଳେ ମା ତାରିଣୀ, ଚଣ୍ଡି, ହନୁମାନ ଇତ୍ୟାଦିଙ୍କୁ ସ୍ମରଣ କରିବା

ପରେଶ ଭୁଲିଯାଇଥାଏ। ଆଜିଭଳି ସେ କାଳରେ ହନୁମାନ ଚାଳିଶାର ବି ଏତେ ପ୍ରଚାର ପ୍ରସାର ହୋଇନଥାଏ। ନହେଲେ ଅନ୍ତତଃ ସେଇଟା ଗାଇ ଗାଇ ମନର ଭୟକୁ ଦୂରେଇ ଦେଇଥା'ନ୍ତା। ଜଗନ୍ନାଥଙ୍କୁ ଧାୟୀ ମଙ୍ଗଳାଶାଳ ବି ପାର ହୋଇଗଲା। ଆଗରେ ଦିଶିଲା ତାଙ୍କ ଗାଁ ଖେଳପଡ଼ିଆ। ଅତ୍ୟଧିକ ଭୟଭୀତ ହୋଇଯାଇଥିବା ମନଟା ଅଳ୍ପ ଆଶ୍ୱସ୍ତ ହେଲା। ତଥାପି ସମ୍ପୂର୍ଣ୍ଣଭାବେ ଡର ଯାଇନଥାଏ। ଯେଉଁ ଖେଳ ପଡ଼ିଆରେ ଦଳ ଦଳ ଗାଁ' ପିଲା ହୋ ହଲ୍ଲା କରି ବଲ୍ ପଛରେ ଗୋଡ଼େଇଥା'ନ୍ତି ଏବେ ସେଇ ପଡ଼ିଆଟା ଥକିଯାଇ ପେଟେଇ ପଡ଼ିଛି। କିଛି ସ୍ୱର ଶବ୍ଦ ବି ନାହିଁ।

ଶ୍ୱାପଦ ସଂକୁଳ ନଈପଠା ପାର ହୋଇ ଆସିଥିବାରୁ ମନରେ ସାହସ ଆସୁଥାଏ। ତା'ପରେ ପାର ହେବାକୁ ଥାଏ ପାଟନାଳ। ବର୍ଷା ଦିନରେ ପୂର୍ଣ୍ଣ ଗର୍ଭା ହେଲେ ବି ଏବେ ଆଣ୍ଠୁଏ ପାଣି ବହୁଥାଏ। ନାଳ ପାରି ହେବାପରେ ଗାଁ'ର ଶ୍ମଶାନ। ଶ୍ମଶାନକୁ ଲାଗି ବାଉଁଶ ବୁଦା। ଶିରିଶିରି ପବନରେ ବାଉଁଶପତ୍ର ହଲୁଥାଏ। ଲାଗୁଥାଏ ଯେମିତି ଭୂତ ପ୍ରେତମାନେ ଝୁଲି ଝୁଲି ଦୋଳି ଖେଳୁଛନ୍ତି। ଶ୍ମଶାନରେ ଛିଣ୍ଡା ବିଛଣା, ଅଧାଜଳା କାଠ, ଭଙ୍ଗା ଖଟିଆ ଆଦି ଭୂତର ଆସବାବ ପଦାର୍ଥ ଭାବେ ଜୀବନ୍ତ ଭୂତଶାଳାର ଭ୍ରମ ସୃଷ୍ଟି କରୁଥାଏ। ତା' ସହ ଭୟଭୀତ ବି କରୁଥାଏ। ଦ୍ରୁତ ପଦରେ ଆଗେଇ ଯିବାରୁ ଶ୍ମଶାନ ବି ପାର ହୋଇଗଲା। ଆସିଲା ଗାଁ'ର ପ୍ରଥମ ରଜକ ଘର। ଆଉ ଡରିବାର ଅବକାଶ ନଥିଲା, କିନ୍ତୁ ଏକା ଏକା ଏତେ ରାତିରେ ଆସୁଥିବାରୁ ତାକୁ କେମିତି ଅସହଜ ଲାଗୁଥିଲା। ପିଣ୍ଡାରେ ଶୋଇଥିବା କୁନ ସେଠୀର ବୋଧେ ଗୋଟେକର ନିଦ ପୂରା ହୋଇ ସାରିଥାଏ। କଡ଼ ଲେଉଟାଇବାବେଳେ ପରେଶର ପାଦ ଶବ୍ଦ ଶୁଣି ପଚାରିଲା -'ଏତେ ରାତିରେ କିଏ ଯାଉଛ' ? ସେ କିଛି ଉତ୍ତର ନଦେଇ ଚାଲିଯାଉଥିଲା। ସେପଟ ପିଣ୍ଡାରେ ଶୋଇଥିବା ନଟ ମହାନ୍ତି କହିଲା -'ଇଏ ଆମ କରଣ ସାହିର ପରେଶ ପରା'। ତା'ପରେ ସେମାନେ ଆଉ କ'ଣ କଥା ହେଲେ କିଛି ଶୁଣା ଯାଉନଥାଏ।

ଘରେ ପହଞ୍ଚି କବାଟ ଖଟ୍ ଖଟ୍ କରିବାରୁ ବୁଢ଼ୀ ମା' ଆସି କବାଟ ଖୋଲିଲା। ଦେଖୁ ଦେଖୁ ପଚାରିଲା ଆରେ ତୁ ଏକୁଟିଆ ନା ତୋ ସାଙ୍ଗରେ ଆଉ କେହି ଆସିଛି - 'ନା, ଏକା' କହି ଭିତରକୁ ପଶିଲା ପରେଶ। ବୁଢ଼ୀ ମାର କିନ୍ତୁ ବିଶ୍ୱାସ ହେଉନଥିଲା ସେ ଜାଣେ ତା ନାତି କେତେ ଡରୁଆ, ଛେରୁଆ। ମାଟ୍ରିକ୍ ପାସ୍ କରିବା ଯାଏ ପରେଶ ତା ବୁଢ଼ୀ ମା' ପାଖରେ ଜାକି ହୋଇ ଶୁଏ। ରାତିରେ ପରସ୍ରା ଲାଗିଲେ ଏକୁଟିଆ ବାଡ଼ିପଟକୁ ନଯାଇ ବୁଢ଼ୀ ମା'କୁ ଡାକେ ଜଗିବା ପାଇଁ। ବୁଢ଼ୀ ମା' ବି ତା' ମୁଣ୍ଡ ପାଖରେ ରଖିଥିବା ତକିଆ ତଳୁ ଟର୍ଚ୍ଚଟି ଧରି ବାହାରକୁ ଯାଏ ତା ସହ। ସେଇ

ପରେଶ ପୁଣି ଆଜି ଏତେ ରାତିରେ ଏକୁଟିଆ । ଭଲରେ ଭଲରେ ପହଞ୍ଚି ଗଲୁ ମା' ମଙ୍ଗଳା ସାହା କହି ବୁଢ଼ୀମା' ତା' ଶୋଇବା ଘରକୁ ଗଲା ।

ବୋଉ ଉଠିଆସି ଖାଇବା ବାଢ଼ି ଦେଲା । ପରେଶ ତା ନିଜର ଶୋଇବା ଘର ଭିତରକୁ ପଶିଯାଇ ଦେଖିଲା ପ୍ରୀତି ଏଯାଏ ଶୋଇ ନଥାଏ । ତା' ସହ ବାପ ଘରୁ ଆଣିଥିବା ଇଂରାଜୀ ନଭେଲଟା ପଲଙ୍କ ଉପରେ ବସି ପଢୁଥାଏ । ପରେଶକୁ ଦେଖୁ ଦେଖୁ ଟେବୁଲ୍ ଉପରେ ବହିଟି ରଖି ଉଠି ଆସିଲା । ତା'ର ଆଶ୍ଚର୍ଯ୍ୟ ଭରା ପ୍ରଶ୍ନ 'ଏତେ ରାତିରେ' ? ମୁଁ ତ ଭାବିଥିଲି ତୁମେ ଆଜିବି ଆସିବ ନାହିଁ । ତେଣେ ବୋଉ ଖାଇବାକୁ ଡାକୁଥାଏ । ପେଟ ଭୋକ ମେଣ୍ଟାଇବା ପାଇଁ ରୁଟି ତରକାରି ଶୀଘ୍ର ଶୀଘ୍ର ଖାଇଦେଇ ପରେଶ ଫେରି ଆସିଲା ପ୍ରୀତି ପାଖକୁ । ପ୍ରୀତି ତାକୁ ଅପେକ୍ଷା କରି ବସିଥାଏ ।

ଦୁଃସାହସିକ, ରୋମାଞ୍ଚ ଭରା ଯାତ୍ରା ବିବରଣୀ ଶୁଣିବା ପରେ ପ୍ରୀତି ଉତ୍କଣ୍ଠାର ସହ ପଚାରିଲା -'ତୁମେ ଆଗରୁ ଏମିତି କେବେ ଘରକୁ ଆସିଛ ଏତେ ରାତିରେ' ? ପରେଶ ଦୁଷ୍ଟାମି କରି କହୁଥାଏ -'ଆଗରୁ ତୁମଭଳି କିଛି ଆକର୍ଷଣ ନଥିଲା, ମୋ ଡରୁଆପଣକୁ ଦୁଃସାହସିକତାରେ ପରିଣତ କରିବାକୁ' । ବ୍ୟସ୍ତ ହୋଇ ପ୍ରୀତି କହୁଥିଲା -'ଯଦି ସେ ନିଛାଟିଆ ନଦୀ ପଠାରେ କିଛି ଜୀବଜନ୍ତୁ ବାହାରିଥା'ନ୍ତେ, ଆଉ କେବେ ଏମିତି ଦୁଃସାହସ କରିବନି । ମୁଁ କ'ଣ କୁଆଡ଼େ ପଳେଇ ଯାଉଛି' । ପ୍ରୀତିର ବାରଣ ଶୁଣିବାକୁ ପରେଶର ଧୈର୍ଯ୍ୟନଥାଏ । ନିଜ ପାଖକୁ ଆଉଜେଇ ଆଣି ତା' ଓଠରେ ଚୁମାଟିଏ ଦେଲା ଅତି ଆବେଗରେ ।

ରବିବାର ଦିନଟା ଗୋଟିଏ ମୁହୂର୍ତ୍ତ ଭଳି କଟିଗଲା । ପୁଣି ରାତି ପାହାନ୍ତାରୁ ଉଠି ସାନଭାଇକୁ ସାଙ୍ଗରେ ନେଇ ଭୋରୁ-ଭୋରୁ ଚାଲିଗଲା ପାଲଲହଡ଼ା ଅଭିମୁଖେ । ଶନିବାର ହେଲେ ସବୁ ଭୟକୁ ଭୃକ୍ଷେପ ନ କରି ପରେଶ ବାହାରିପଡ଼େ ନିଜ ଘରକୁ ପ୍ରୀତି ପାଖକୁ । ନିର୍ଜନ ରାସ୍ତାରେ, ବିଳମ୍ବିତ ରାତ୍ରିରେ ଏକାକୀ ଚାଲିବାର ଭୟକୁ ପ୍ରୀତିର ସାନ୍ନିଧ୍ୟର ମୋହ ଥରକୁ ଥର ପରାହତ କରୁଥାଏ ଯେମିତି ଅସହ୍ୟ ପ୍ରସବ ବେଦନା ସହିବା ପରେ ସନ୍ତାନ ରଙ୍କୁଣୀ ନାରୀଟିଏ ପୁଣି ପ୍ରସ୍ତୁତ କରିନିଏ ନିଜକୁ ଆଉଥରେ ଅନ୍ତଃସତ୍ତ୍ୱା ହେବା ପାଇଁ ।

■

ସମର୍ପଣ

ମିଲି ମଣ୍ଟୁଠୁ ବୟସରେ ଚାରି ବର୍ଷ ବଡ଼। ଦୂର ସମ୍ପର୍କୀୟା ଭଉଣୀ। ରକ୍ତରେ ନହେଲେ ବି ବୈବାହିକ, ସାମାଜିକ ବ୍ୟବସ୍ଥାକୁ ନେଇ ଏମିତି କେତେ ଭାଇ-ଭଉଣୀର ସମ୍ପର୍କ ଯୋଡ଼ି ହୋଇଯାଏ। ମଣ୍ଟୁ ମିଲିଅପା ଡାକେ। ମିଲି ସରକାରୀ ବିଦ୍ୟାଳୟରେ ଶିକ୍ଷୟିତ୍ରୀ। ଦୁହିଁଙ୍କର ପରିଚୟ ବାଲ୍ୟକାଳୁ ନୁହେଁ। କୈଶୋର ପାରକରି ଆଦ୍ୟ ଯୌବନରେ।

ସେ ବର୍ଷ ପାର୍ବଣ ଛୁଟିରେ ମଣ୍ଟୁ ଘରକୁ ଆସିଥିଲା ମିଲିଅପା, ସାଙ୍ଗରେ ଥିଲେ ତା' ସାନ ଭାଇ ଓ ପିଉସୀ ଯିଏ କି ମଣ୍ଟୁର ସଂପର୍କୀୟା ମାଉସୀ। ମଣ୍ଟୁକୁ ସେତେବେଳକୁ କୋଡିଏ ପୂରି ଏକୋଇଶି ବର୍ଷ ଚାଲୁଥାଏ। ସେ ବି.ଏ. ପାସ୍ କରି ବାଣୀବିହାରରେ ଏମ୍.ଏ ପ୍ରଥମ ବର୍ଷରେ ପଢୁଥାଏ। ସେ ବି ଦଶହରା ଛୁଟି ପାଇଁ ଗାଁ'କୁ ଆସିଥାଏ।

ଆଦ୍ୟ ଯୌବନରେ ତାରୁଣ୍ୟର ସମ୍ମୋହନ ମଣ୍ଟୁକୁ ବିମୋହିତ କରି ରଖିଥାଏ। ଅହରହ ମନ କାହାକୁ ଖୋଜୁଥାଏ। ଆଖି ଆଗରେ ଝିଅଟିଏ ଦେଖିଲେ ତା'ର ରୂପ ଲାବଣ୍ୟରେ ଘଡ଼ିଏ ମଜି ଯାଉଥିଲା ସେ। ତା'ର ଯିବା ବାଟକୁ ନିର୍ନିମେଷ ନୟନରେ ଚାହିଁ ରହେ। ଦେହ ଖୋଜୁଥାଏ କାହାର ନରମ ସ୍ପର୍ଶ, ପ୍ରୀତିଭରା ସାନ୍ନିଧ, ଅନୁରାଗର ଆଶ୍ଳେଷ।

ସମାଜର ରୀତିନୀତି, ସଂସାରର ପ୍ରତିବନ୍ଧ ଓ ପରିବାରର ସଂସ୍କାର କିନ୍ତୁ ବିବେକକୁ ଆବୋରି ବସିଥାଏ। ଉଚ୍ଚାଟ ମନକୁ ସଂଯତ, ସତର୍କ କରି ଦେଉଥାଏ। କେବଳ ଆଖିରେ ଆଖିରେ ରୂପ ସୁଧା ପାନ କରିବା ବ୍ୟତୀତ ଭରସି କାହାକୁ ପ୍ରେମ ନିବେଦନ କରିବାକୁ ଲାଜ ତଥା ଭୟ ଲାଗୁଥାଏ। ସତ କହିବାକୁ ଗଲେ ସେମିତି ମନଲାଖି ଝିଅଟିଏ ସେଯାଏ ମିଳିନଥାଏ ମଣ୍ଟୁକୁ, ଯାହା ପାଇଁ ସେ ସଂଭ୍ରମତାର ସୀମା ସରହଦ ପାର ହୋଇ ଯାଇଥା'ନ୍ତା। ପ୍ରେମ ପ୍ରୀତି କଥା ଶୁଣିଲେ ତା'ର ଯୁବକ

ମନରେ ନାଟକ ଉପନ୍ୟାସରେ ପଢ଼ିବା ଭଳି ଚରିତ୍ରମାନେ ଉଦ୍ଭାସିତ ହେଉଥିଲେ। ସଞ୍ଜବେଳିଆ ନଈ କୂଳେ ସାଙ୍ଗ ସାଥି ମେଳରେ ସେଇକଥା ବେଶି ଆଲୋଚନା ହୁଏ।

ମିଲି ଅପା କାହାକୁ ଭଲ ପାଉଥିବା କଥାଟା ମଣ୍ଟୁର କାନରେ ପଡ଼ିଲା। ସେବେଠୁ ମଣ୍ଟୁ ଉତ୍କଣ୍ଠାର ସହ ତା'ର କଥାବାର୍ତ୍ତା ହାବଭାବ, ହସଖୁସି ସବୁକୁ ଅନୁଧ୍ୟାନ କରୁଥାଏ। ଗୋଟିଏ ଭଲ ପାଉଥିବା ଅଭିଆଡୀ ଝିଅ କେମିତି ହସେ, କେମିତି ବସେ କେବେ କେମିତି ତା'ର ପ୍ରେମିକ, ମନର ମଣିଷକୁ ମନେ ପକାଏ ସବୁ ଜାଣିବାର ଆଗ୍ରହ ମଣ୍ଟୁର ବଢୁଥାଏ। ଦିନେ ପାଖରେ କେହି ନଥିବାର ସୁଯୋଗ ନେଇ ମଣ୍ଟୁ ପଚାରିଲା - 'ମିଲି ଅପା.. ତୁମେ ପରା କାହାକୁ ଭଲ ପାଉଛ' ? ଏମିତି ଏକ ଅହେତୁକ ପ୍ରଶ୍ନରେ ମିଲି ଚମକି ପଡ଼ିଲା ପରି ହେଲା। ତା' ଜୀବନର ଗୋପନୀୟ କଥାଟା ମଣ୍ଟୁ କେମିତି ଯେ ଜାଣିଲା ଆଶ୍ଚର୍ଯ୍ୟ ହୋଇ ପଚାରିଲା। ମଣ୍ଟୁ ଯାହାଠୁ ଶୁଣିଥିଲା ତାକୁ ଗୋପନୀୟ ରଖିବାକୁ ଚାହୁଁଥିଲା। ତେଣୁ -'ଏମିତି ଶୁଣିଥିଲି' କହି କଥାକୁ ବାଆଁରେଇ ଦେଲା। ମିଲି କିନ୍ତୁ ଏକ ଅଦ୍ଭୁତ ଭାବାବେଗ ପ୍ରକାଶ କରି ନିର୍ଲିପ୍ତ ଭାବରେ କହିଲା -'ସମୟ ଆସିଲେ କହିବି'। ମଣ୍ଟୁ ଆଉ ଅଧିକ କିଛି କହିବାକୁ ସାହାସ କରିନଥିଲା। ଅପେକ୍ଷା କରିଥିଲା ସେ ସମୟକୁ ଯେବେ ମିଲି ଆପଣାଛାଏଁ ତାକୁ ତା'ର ପ୍ରେମ କାହାଣୀ ଶୁଣାଇବ।

ମଣ୍ଟୁ ମନରେ ଉତ୍କଣ୍ଠା ବଢ଼ି ବଢ଼ି ଯାଉଥାଏ। ମିଲିଅପା ତାକୁ ପ୍ରେମର ପ୍ରତିମାଟିଏ ପରି ଦିଶୁଥାଏ। ସେ କେତେ ସବୁ ଉପନ୍ୟାସରେ ପ୍ରେମ କାହାଣୀ ପଢ଼ିଛି। ନିଜେ ମଧ୍ୟ ଡ୍ରାମାରେ ନାୟକ ଭୂମିକାରେ ନାୟିକା ହୋଇଥିବା ମାଇଚିଆ ଟୋକାର ଗାଲଟିପି ପ୍ରେମିକର ଅଭିନୟ କରିଛି। ତଥାପି ମିଲି ଅପା ଭଳି ଗୋଟିଏ ପ୍ରେମିକା ମୁହଁରୁ ତା ନିଜ ପ୍ରେମ କଥା ଶୁଣିବାକୁ ତା'ର ଆଗ୍ରହ ବଢ଼ିଚାଲିଥାଏ।

ମିଲି ଅପା ସହ ଆସିଥିବା ତା'ର ପିଉସୀ ଓ ସାନଭାଇ ତାରିଣୀ ଦର୍ଶନ ପାଇଁ ଘଟଗାଁ ବାହାରିଲେ। ମଣ୍ଟୁକୁ ବି ତାଙ୍କ ସହ ଯିବାପାଇଁ ଡାକିଲେ। ଘଟଗାଁ ଯିବା ବସ୍‌ରେ ଗୋଟିଏ ଦୁଇଜଣିଆ ସିଟ୍‌ରେ ମିଲି ଓ ମଣ୍ଟୁ ବସିଥିଲେ ପାଖାପାଖି ହୋଇ। ଗାଡ଼ି ଚାଲିବାର ଘର୍ଘର ଶବ୍ଦରେ କାହାକଥା କାହାକୁ ଶୁଣାଯାଉନଥାଏ କେବଳ ପାଖରେ ବସିଥିବା ବ୍ୟକ୍ତି ବ୍ୟତୀତ। ଏପରି ଭିଡ଼ ଭିତରେ ଏକାନ୍ତର ସୁଯୋଗ ନେଇ ମିଲି ଶୁଣାଇଥିଲା ତା'ର ପ୍ରେମ କାହାଣୀ। ମଣ୍ଟୁ ଆଗ୍ରହର ସହ ଶୁଣୁଥାଏ। ବସ୍ ଅଟକି ଗଲେ ମିଲି ଚୁପ୍ ହୋଇଯାଏ। ପୁଣି ବସ୍ ଚାଲିବା କ୍ଷଣି କହିଚାଲିଥାଏ ତା'ର ଆଦ୍ୟ ଯୌବନର ଅସରନ୍ତି ପ୍ରେମ କାହାଣୀ।

ତାଙ୍କ ଗାଁ'ରେ ମାଟ୍ରିକ୍ ପଢ଼ିବା ପାଇଁ ସ୍କୁଲ୍ ନଥିବାରୁ ମିଲି ମାମୁ ଘରେ ରହି ସୁଜନପୁର ସ୍କୁଲରେ ପଢୁଥାଏ। ପୁଅଝିଅ ଏକାଠି ମିଶି ପଢୁଥା'ନ୍ତି। ସେ ସ୍କୁଲ୍‌ରେ ଝିଅମାନେ ଆଗ ଧାଡ଼ିରେ ବସୁଥିଲେ। ତାଙ୍କ ପଛରେ ପୁଅମାନେ। ପୁଅମାନଙ୍କ ନଜର ଥାଏ ଝିଅମାନଙ୍କ ଉପରେ। କିନ୍ତୁ ଝିଅମାନେ ତଳକୁ ମୁହଁକରି ଦଳବଦ୍ଧ ଭାବରେ ଶ୍ରେଣୀ ଗୃହକୁ ଯିବାଆସିବା କରନ୍ତି।

ମିଲି ସହ ପଢୁଥାଏ ଶଶାଙ୍କ। ଦେଖିବାକୁ ପତଳା, ଡେଙ୍ଗା, ଧାରନାକ, ଗୌରବର୍ଣ୍ଣ। ସ୍ୱଭାବରେ ସରଳ, ଅମାୟିକ, ଲାଜକୁଳା। କ୍ଲାସରେ ଭଲ ପଢ଼େ। ଏକାଦଶ ଶ୍ରେଣୀ ହେଲାବେଳକୁ ଶଶାଙ୍କ ବସୁଥାଏ ଠିକ୍ ମିଲି ବସୁଥିବା ଚେୟାର ପଛକୁ। ସ୍କୁଲ୍ ଛୁଟି ହେବାକ୍ଷଣି ସବୁ ପୁଅମାନେ ଧଡ଼୍‌ଧାଡ଼୍ ଚେୟାର ଟେବୁଲ୍ ଡେଇଁ ପାର ହୋଇଯିବାବେଳେ ସେ ଅପେକ୍ଷା କରି ବସିଥାଏ। ଆଗ ମିଲି ସିଟ୍‌ରୁ ଉଠି ଯିବାପରେ ସେ ଯାଏ। ସକାଳୁ ସେମିତି ମିଲି ପହଞ୍ଚିବା ଆଗରୁ ସେ କ୍ଲାସରେ ପହଞ୍ଚି ଯାଇଥାଏ। ତା'ସିଟ୍ ପାଖରେ ପହଞ୍ଚିବାବେଳକୁ ଆଗଭର ହୋଇ ଟେବୁଲ୍‌ଟିକୁ ନିଜ ଆଡ଼କୁ ଭିଡ଼ିଧରେ ଯେମିତି ମିଲିକୁ ଯିବାପାଇଁ ଚଉଡ଼ା ଜାଗା ମିଳିଯିବ। ଶଶାଙ୍କର ଏତାଦୃଶ ସୌଜନ୍ୟତାର ଉଦ୍ଦେଶ୍ୟ ବୁଝିନଥିଲା ମିଲି। ତାକୁ ଦେଖି ନ ଦେଖିବା ପରି ନିଜ ପଢ଼ାରେ ଧ୍ୟାନ ଦିଏ। ମାମୁଁ ଘରେ ରହି ପଢୁଥିବାରୁ ତା'ର ଦାୟିତ୍ୱ ବେଶି ବୋଲି ସେ ମନେ କରେ।

ତରବର ହୋଇ ଲେଖୁ ଲେଖୁ ଦିନେ ମିଲିର ଫାଉଣ୍ଟେନ୍ ପେନ୍‌ର କ୍ୟାପ୍‌ଟି ଟେବୁଲ୍ ତଳେ ପଡ଼ି ଶଶାଙ୍କ ଗୋଡ଼ ଆଡ଼କୁ ଛିଟିକି ଯାଇଥିଲା। ମିଲି ପଛକୁ ନଇଁ ପଡ଼ି କ୍ୟାପଟିକୁ ଉଠାଇବାକୁ ଚେଷ୍ଟା କରୁଥାଏ, ମାତ୍ର ସେଇଟା ଥିଲା ତା'ହାତର ଅପହଞ୍ଚ ସ୍ଥାନରେ। ଶଶାଙ୍କ ଏସବୁ ଲକ୍ଷ କରି ନଇଁପଡ଼ି କ୍ୟାପଟି ଉଠାଇ ମିଲି ହାତକୁ ବଢ଼ାଇ ଦେଲା। ମିଲି ଶଶାଙ୍କ ହାତରୁ କ୍ୟାପଟି ନେବାବେଳେ ଧନ୍ୟବାଦ ସୂଚକ ସ୍ମିତ ହସି ଦେଇଥିଲା। ସେଇଟା ବୋଧେ ଥିଲା ତା'ର ସୌଜନ୍ୟତା ଯାହା ଆଜିର ପିଲାଙ୍କ ପାଖରେ ଥାଙ୍କସ୍‌ର ରୂପ ନେଇଛି। ତା'ପରେ ଶଶାଙ୍କ ମିଲିକୁ ଦେଖି ଆଗ ହସିଦିଏ। ମିଲିର ଇଚ୍ଛା ଥାଉ କି ନଥାଉ ପ୍ରତିବଦଳରେ ବାଧ୍ୟ ହୋଇ ତାକୁ ହସିବାକୁ ପଡ଼େ। ସଲଜ୍ଜ ସ୍ମିତହାସ୍ୟ।

ମାଟ୍ରିକ୍ ପରୀକ୍ଷା ସରିବାପରେ ମିଲି ମାମୁ ଘରୁ ନିଜ ଗାଁ'କୁ ଫେରି ଆସିଥିଲା। ରେଜଲ୍ଟ ଆସିବାପରେ ମିଲି ଓ ଶଶାଙ୍କ ଭଲ ନମ୍ବର ରଖି ପାସ୍ କରିଥିଲେ। ସିଟି ଟ୍ରେନିଂ ନେବାକୁ ମିଲି କଟକ ଚାଲିଗଲା। ସୁଜନପୁରରୁ ଆସିବାପରେ ସେ ଆଉ ଶଶାଙ୍କର ଖବର ରଖିନଥାଏ। ଶଶାଙ୍କ କିନ୍ତୁ ମିଲିର ମାମୁଁ ପୁଅର ସାଙ୍ଗ ହୋଇଥିବାରୁ

ମିଳିର ସବୁ ଖବର ରଖିଥାଏ। ମିଳି କଟକରେ ରହି ପଢୁଥିବାବେଳେ ଶଶାଙ୍କଠୁ ଚିଠିଟିଏ ପାଇଲା। ପ୍ରଥମେ ଅପ୍ରତ୍ୟାଶିତଭାବେ ଚିଠିଟି ପାଇ ଆଶ୍ଚର୍ଯ୍ୟ ହୋଇଯାଇଥିଲା ମିଳି।

ଶଶାଙ୍କ ଲେଖିଥିଲା ସେ ମିଳିକୁ କେତେ ମିସ୍ କରୁଛି। ସ୍କୁଲ୍ ପରେ ଆଉ ସାକ୍ଷାତ ହୋଇପାରିନଥିବାରୁ ବ୍ୟାକୁଳ ହୋଇ ଥରେ ଦେଖାକରିବାକୁ ଅନୁରୋଧ କରିଥିଲା। ତା'ପ୍ରତି କାହାର ଆବେଗ ଓ ଆକର୍ଷଣକୁ ପ୍ରଥମ କରି ଅନୁଭବ କଲା ମିଳି। ପ୍ରତ୍ୟୁତ୍ତରରେ ଶଶାଙ୍କ ପାଖକୁ ନିଜର ଭାବାବେଗ ବ୍ୟକ୍ତ କରି ଚିଠିଟିଏ ଦେଇଥିଲା ସେ। ଚିଠିର ଆଦାନ ପ୍ରଦାନ ସହ ତାଙ୍କ ମଧ୍ୟରେ ପ୍ରେମ ନାମକ ବୃକ୍ଷଟିଏ ଧୀରେ ଧୀରେ ଡାଳପତ୍ର ମେଲାଇ ପୁଷ୍ପିତ ପଲ୍ଲବିତ ହେଉଥାଏ। ନିଜର ବ୍ୟାକୁଳିତ ମନନେଇ ଶଶାଙ୍କ ଥରେ ଯାଇ ଅଳ୍ପ ସମୟ ପାଇଁ ମିଳିକୁ କଟକରେ ଭେଟି ଆସିଥାଏ। ସେହି ସ୍ୱଳ୍ପ ସମୟ ସାକ୍ଷାତରେ ସେ ମିଳି ପ୍ରତି ତା ଭଲପାଇବାକୁ ସ୍ପଷ୍ଟ କରି ପ୍ରକାଶ କରିଥିଲା। ମିଳିର ନିରବ ସହମତି ପାଇ ଆନନ୍ଦ ବିଭୋର ହୋଇ ଫେରି ଆସିଥିଲା ସୁଜନପୁର।

ଶଶାଙ୍କର କଲେଜ ପଢ଼ା ସରିଲା। ବି.କମ୍. ପାଶ୍ କରି ବ୍ୟାଙ୍କରେ ଚାକିରି ପାଇଥାଏ। ମିଳି ବି ସିଟି ଟ୍ରେନିଂ ସାରି ସରକାରୀ ବିଦ୍ୟାଳୟରେ ଶିକ୍ଷୟିତ୍ରୀ ଚାକିରି ପାଇଯାଇଥାଏ। ଚାକିରିରେ ଯୋଗ ଦେବାପୂର୍ବରୁ ସେ ଖୁସି ଖବର ଜଣାଇବାକୁ ମାମୁ ଘରକୁ ଯାଇଥାଏ। ଟ୍ରେନିଂରେ ସଫଳତାର ସହ ଉତ୍ତୀର୍ଣ୍ଣ ହେବା, ସରକାରୀ ଚାକିରି ପାଇବା ଓ ମାମୁ ଘର ବୁଲିଯିବା ଏମିତି ଅନେକ ଖୁସିର ସମାହାର ସଙ୍ଗେ ଶଶାଙ୍କର ବ୍ୟାଙ୍କ ଚାକିରି ଖବରଟା ତାକୁ ଆନନ୍ଦାଭିଭୂତ କରି ପକାଉଥିଲା। ମିଳିର ମାମୁ ପୁଅ ଝିଅ, ଭାଇ, ଭଉଣୀମାନେ -'ମିଳି ଅପା ଚାକିରି ପାଇଁ ଭୋଜି ଦିଅ' କହି ତା ପାଖରେ ଅଳି କରୁଥା'ନ୍ତି।

ମିଳିଠୁ ବୟସରେ ଅଳ୍ପ ବଡ ଅଭିଆଡ଼ୀ ମାଉସୀଟିଏ ଥାଏ। ସେ ମିଳି ଓ ଶଶାଙ୍କ ମଧ୍ୟରେ ଗଢ଼ି ଉଠିଥିବା ପ୍ରେମ କଥା ଉଣା ଅଧିକେ ଜାଣିଥାଏ। ରବିବାର ଦେଖି ମାମୁ ଘରେ କୁକୁଡା ଭୋଜି ହେଲା। ମାମୁ ଘର ପଛ ପଟକୁ ଗୋଟେ ମେଲାଘର ଥାଏ ଯେଉଁଠି ପିଲାଏ ପାଠ ପଢନ୍ତି। ଅବିବାହିତ ପୁଅମାନେ ଶୁଆବସା କରନ୍ତି। ସେଇଠି ଭୋଜିର ଆୟୋଜନ କରାଗଲା। ମିଳିର ମାମୁ ପୁଅମାନେ କୁକୁଡା ଆଣିବାଠୁ ଆଉ ସବୁ ସାମଗ୍ରୀର ବ୍ୟବସ୍ଥା କରିଦେଲେ। ସେ ଭୋଜିକୁ ଶଶାଙ୍କ ବି ଆମନ୍ତ୍ରିତ ହୋଇଆସିଥିଲା। ଭୋଜି ଭାତ ସରିବାବେଳକୁ ରାତ୍ର ଅନେକ ହୋଇଯାଇଥାଏ। ଖାଇସାରି ସବୁ ଶୋଇବାକୁ ଚାଲିଗଲେ। ବିଳମ୍ବିତ ରାତ୍ରିରେ ଭୋଜି ଖାଇ ଶଶାଙ୍କ ନିଜ ଘରକୁ ନ ଫେରି ସେଇଠି ରହିଯାଇଥିଲା। ମିଳି ଓ ଶଶାଙ୍କ ଖାଇବା ପରେ

ବହୁତ ସମୟ ଏକାଠି ବସି କଥାଭାଷା ହେଲେ। ଭୋଜି ହେଉଥିବା ମେଲା ଘର ପଛପଟେ ନଡ଼ିଆ ବଗିଚା। ଫଗୁଣ ମାସ ଶୁକ୍ଳ ପକ୍ଷର କୌଣସି ଏକ ତିଥି। ଆକାଶରୁ ସଫା ଅର୍ଦ୍ଧବୃତ୍ତାକାର ଜହ୍ନ ନଡ଼ିଆ ବାହୁଙ୍ଗା ଫାଙ୍କରେ ଉଙ୍କି ମାରୁଥାଏ। ଜ୍ୟୋତ୍ସ୍ନା ବିଧୌତ ରଜନୀ, ମୃଦୁ ମଳୟର ହିଲ୍ଲୋଳ। ଶଶାଙ୍କ ଉପରେ ଆଉଜେଇ ହୋଇ ପାଖାପାଖି ବସିଥାଏ ମିଲି।

ହଠାତ୍ ବସ୍‌ଟା ଅଟକି ଗଲା। ଆଗରେ ତାରିଣୀ ଶାଳ ଦିଶୁଥାଏ। ଶାଳ ଗଛମୂଳେ ମାଆ ବିରାଜମାନ କରିଥା'ନ୍ତି। ଆଜି ଭଳି ଭବ୍ୟ ମନ୍ଦିର ନିର୍ମାଣ ହୋଇନଥିଲା। ମିଲି ଅପାର ପ୍ରେମ କାହାଣୀରେ ମଧ୍ୟାନ୍ତର ବିରତି ହୋଇଗଲା। ମିଲି ମଣ୍ଟୁ ସହ ଅନ୍ୟ ଯାତ୍ରୀମାନେ ବସ୍‌ରୁ ଓହ୍ଲାଇ ମାଆ ତାରିଣୀଙ୍କର ଦର୍ଶନ ପାଇଁ ଚାଲିଲେ। ହାତରେ ନଡ଼ିଆ, ସିନ୍ଦୂର ଓ ଭୋଗର ଚାଙ୍ଗୁଡ଼ି। ମାଆଙ୍କର ଦର୍ଶନ କଲାବେଳେ ମିଲି ଆଖିରେ ଆଖିଏ ଲୁହ ଭର୍ତ୍ତି ହୋଇଥିଲା। ଲାଗୁଥିଲା ଆଷାଢ଼ ଆକାଶର ସଞ୍ଚିତ ମେଘ ଭଳି କେବେ ବି ବର୍ଷିଯିବ। ସମସ୍ତଙ୍କ ଅଲକ୍ଷରେ ମିଲି ଶାଢ଼ି କାନିରେ ଆଖିକୁ ପୋଛିନେଲା। ମଣ୍ଟୁ ଶୀଘ୍ର ଶୀଘ୍ର ଦର୍ଶନ ସାରି ଫେରି ଆସୁଥିଲା। ମନେ ମନେ ସ୍ଥିର କରିଥିଲା ଫେରିବାବେଳେ ବି ମିଲି ଅପା ପାଖରେ ବସିବ ଓ ତା' ପ୍ରେମର ଅଧୁରା କାହାଣୀର ବାକି ଅଂଶ ଶୁଣିବ।

ମା'ଙ୍କ ଦର୍ଶନ ଶେଷ କରି ରାସ୍ତାକଡ଼ ଦୋକାନରୁ ଚା' ଜଳଖିଆ ଖିଆ ହେଲା। ଖାଣ୍ଟି ନଡ଼ିଆ ତେଲ, ନଡ଼ିଆ କୋରା କିଣା ହେଲା। ଏବେ ଅପେକ୍ଷା ଘର ଫେରନ୍ତି ବସ୍‌କୁ।

ବସ୍ ଆସିବାକ୍ଷଣି ଅପେକ୍ଷ କରିଥିବା ଯାତ୍ରୀମାନେ ତରତର ହୋଇ ବସ ଉପରକୁ ଚଢ଼ିଗଲେ। ପୁଣି ମଣ୍ଟୁ ମିଲି ଅପା ପାଖରେ ବସିବାର ସୁଯୋଗ ପାଇଗଲା। ମଣ୍ଟୁର ଉଦ୍‌ବେଗ ଥାଏ ମିଲି ଅପାର ଅବଶିଷ୍ଟ ପ୍ରେମ କାହାଣୀ ଶୁଣିବାକୁ। ମିଲି ବି ଚାହୁଁଥିଲା ତା ଆବେଗଭରା କାହାଣୀ ମଣ୍ଟୁକୁ ଶୁଣାଇ ତା ମନକୁ ହାଲୁକା କରିବାକୁ। ବସ୍ ଚାଲିବା ମାତ୍ରେ ମିଲି ଅଧାରୁ ଛାଡିଥିବା କାହାଣୀ ଆରମ୍ଭ କଲା।

ମିଲି ଓ ଶଶାଙ୍କ ପ୍ରେମ ଦିନୁ ଦିନ ଗାଢ଼ରୁ ଗାଢ଼ତର ହେଉଥାଏ। ଜାତି ଗୋତ୍ର ମେଳରେ କିଛି ଅସୁବିଧା ନଥାଏ। ତେଣୁ ଦୁଇଜଣଙ୍କର ପରିବାର ପକ୍ଷରୁ କୌଣସି ପ୍ରତିବାଦ କରିବାର ସମ୍ଭାବନା ନଥିବାରୁ ପ୍ରେମ ପକ୍ଷୀ ଦୁଇଟି ସ୍ୱଚ୍ଛନ୍ଦରେ ବିଚରଣ କରି ସ୍ୱପ୍ନର ନିଡ ରଚନା କରି ଚାଲିଥାନ୍ତି। ନିୟମିତ ଚିଠିପତ୍ରର ଆଦାନ ପ୍ରଦାନ ମାଧ୍ୟମରେ ସମ୍ପର୍କ ଦୃଢ଼ିଭୂତ ହେଉଥାଏ। ମନର ଆବେଗକୁ ପ୍ରଶମିତ କରିବାକୁ କେବେକେବେ ପରସ୍ପରକୁ ସାକ୍ଷାତ କରୁଥିଲେ କେଉଁ ମନ୍ଦିରରେ ତ କେଉଁ ପର୍ଯ୍ୟଟନ ସ୍ଥଳରେ। ସେଥିରେ

ବି କୌଣସି ପ୍ରତିବନ୍ଧ ନଥିଲା । ଦୁଇଜଣ ଯାକ ସ୍ୱାଧୀନ ଉପାର୍ଜନ କ୍ଷମ । ସ୍କୁଲ୍ ଛୁଟି ହେବାକ୍ଷଣି ମିଳି ମାମୁଘର ଚାଲିଯାଏ । ସେଠି ଶଶାଙ୍କ ସହ ଅନାୟାସରେ ଦେଖା ସାକ୍ଷାତ ହୋଇଯାଏ । ଆଳାପ ଆଲୋଚନାରେ ଭାବ ବିନିମୟ ହେଉଥାଏ ।

ନିଜ ଚାକିରି, କ୍ୟାରିଅର, ଉତ୍ତରୋତ୍ତର ଉନ୍ନତି ନିମିତ୍ତ ମିଳି ଆଗକୁ ପଢ଼ି ବି.ଏ.ବି.ଏଡ଼ ବି କରିବାକୁ ଚାହୁଁଥିଲା । ତା'ର ଲକ୍ଷଥିଲା ଦିନେ ନା ଦିନେ ସେ ତାଙ୍କ ସ୍କୁଲର ପ୍ରଧାନ ଶିକ୍ଷକ ଭଳି ଗୋଟିଏ ସ୍କୁଲର ପ୍ରଧାନ ଶିକ୍ଷୟିତ୍ରୀ ହେବ । ଘରୋଇଭାବେ ପଢ଼ି ମିଳି ଇଣ୍ଟରମିଡିଏଟ୍ ପରୀକ୍ଷା ଦବୋପାଇଁ ଫର୍ମ ପୂରଣ କଲା । ଯାଜପୁର କଲେଜରେ ସେଣ୍ଟର ପଡ଼ିଥାଏ । ପରୀକ୍ଷାର ଶେଷଦିନ ହଠାତ୍ ଶଶାଙ୍କ ଯାଇ ପହଞ୍ଚିଥାଏ । ତାକୁ ଏମିତି ଅପ୍ରତ୍ୟାଶିତ ଭାବେ ଦେଖି ମିଳି ଯେତିକି ଖୁସି ଥିଲା ତତୋଽଧିକ ଆଶ୍ଚର୍ଯ୍ୟ ହୋଇଯାଇଥିଲା । କିଛି ସମୟ ଏକାଠି ଅତିବାହିତ କରି ଫେରିବା ବାଟରେ ଶଶାଙ୍କ ତା'ର ଏମିତି ହଠାତ୍ ସାକ୍ଷାତ କରିବାର ଅଭିପ୍ରାୟ ଜଣାଇଲା । ସେ ବର୍ଷ ତା'ର ବାହାଘର କରିବାକୁ ତାଙ୍କ ଘରେ ନିଷ୍ପତ୍ତି ନେଇସାରିଛନ୍ତି । ତେଣୁ ମିଳି ଘରୁ ଔପଚାରିକଭାବେ ପ୍ରସ୍ତାବ ଗଲେ କଥା ଆଗକୁ ବଢ଼ିବ ।

ମିଳି କିନ୍ତୁ ସେଥିରେ ସହମତ ହୋଇନଥିଲା । ବରଂ ଆଉ କିଛି ଦିନ ଅପେକ୍ଷା କରିଯିବାକୁ ସେ ଶଶାଙ୍କଙ୍କୁ କହିଥିଲା । ତାର ସମସ୍ୟା ଥିଲା ଯେ ତା'ଠୁ ବଡ଼ ପିଉସୀର ସେଯାଏ ବାହାଘର ହୋଇନଥାଏ । ଏକ ଯୌଥ ପରିବାରରେ ରହି ତା'ବାପା ଭଉଣୀର ବାହାଘର ପୂର୍ବରୁ ଝିଅର ବାହାଘର ପାଇଁ କେମିତି ପ୍ରସ୍ତାବ ପଠାଇ ପାରିବେ । ପିଉସୀର ବାହାଘର ପରେ ପରେ ସେମାନଙ୍କର ବାହାଘର କଥା ଚିନ୍ତା କରିବା କହି ସେ ଶଶାଙ୍କଙ୍କୁ ବୁଝାଇବାକୁ ଚେଷ୍ଟା କରୁଥିଲା । ଶଶାଙ୍କ ମିଳିକୁ ତାଙ୍କ ଗାଁ' ପାଖରେ ଛାଡ଼ି ଚାଲି ଯାଇଥିଲା ।

କିଛି ଦିନର ନିରବତା ପରେ ମିଳି ତା ମାଉସୀଙ୍କଠୁ ଖବର ପାଇଲା ଯେ ଶଶାଙ୍କ ସେ ବର୍ଷର ଶେଷ ଲଗ୍ନରେ ବାଲେଶ୍ୱରର ଗୋଟିଏ ଝିଅକୁ ବାହା ହୋଇଯାଇଛି । ଚିଠିଟି ପଢ଼ି ସାରିବାବେଳକୁ ମିଳିର ପାଦତଳ ପୃଥିବୀ ଧସି ଯିବାପରି ଅନୁଭୂତ ହେଉଥିଲା । ଶ୍ୱାସରୁଦ୍ଧ ହୋଇ ମନର କୋହ ହାବୁକା ମାରୁଥାଏ । ତା'ର ବିଶ୍ୱାସ ହେଉନଥାଏ ଯେ ଶଶାଙ୍କ ତା'ର ପ୍ରେମ, ପ୍ରୀତି, ପ୍ରତିଶ୍ରୁତିକୁ ଜଳାଞ୍ଜଳି ଦେଇ ଆଉ କାହାକୁ ବାହା ହୋଇଯାଇଛି । ସେ ରାତିଟାଯାକ ସେ ଶୋଇପାରିନଥିଲା । କେବଳ ଲୁହରେ ତକିଆ ଭିଜାଇ ଦେଇଥିଲା । ଏକ ନୈରାଶଜନକ ଅସହାୟତା ତାକୁ ଆବୋରି ବସିଥିଲା ।

ଏତକ କହିସାରିବାବେଳକୁ ତା' ଆଖିରେ ପୁଣି ଆଖିଏ ଲୁହ । ମଣ୍ଟୁ ଆଡ଼କୁ

ଥରେ ଝହିଁ ସେ ବସର ଝରକାପଟକୁ ଦୃଷ୍ଟି ଫେରାଇ ନେଇଥିଲା। ବାହାରର ଦୃଶ୍ୟ ସବୁ ଝାପ୍‌ସା ଦିଶୁଥିଲା। ସନ୍ତର୍ପଣରେ ନିଜ ଶାଢ଼ି କାନିରେ ଆଖି ଲୁହ ପୋଛି ନେଲା। ଗୋଟିଏ ହାତରେ ଆଖିରୁ ଲୁହ ପୋଛୁଥିବାବେଳେ ଅନ୍ୟ ହାତଟି ମଣ୍ଟୁର ହାତ ମୁଠାକୁ ଝପି ଧରିଯାଏ ନିଆଶ୍ରୀ କେହି ବୁଡିଯାଉଥିବା ବେଳେ ଆଶ୍ରୀଟିଏ ପାଇଯିବାପରି।

ମଣ୍ଟୁ ବି ମିଳିର ସେ କରୁଣ କାହାଣୀ ଶୁଣି ଭାବ ବିହ୍ୱୋଳ ହୋଇଯାଇଥାଏ। କୌଣସି ଦୁଃଖଦ ଦୃଶ୍ୟ ସିନେମା ପରଦାରେ ଦେଖି ଦର୍ଶକ ବୃନ୍ଦ ବିହ୍ୱଳିତ ହୋଇ ଅଶ୍ରୁ ଝରାଇବା ଭଳି ମଣ୍ଟୁକୁ ଲାଗୁଥିଲା, ସେ ବୋଧେ କାନ୍ଦି ପକାଇବ। ନିଜକୁ ସମ୍ଭାଳି ନେଲା। ବସ୍ ଆସି ଗାଁ ଛକରେ ଅଟକି ଯାଇଥିଲା।

ତା' ପରଠାରୁ ମିଳି ଯେତେ ଦିନ ମଣ୍ଟୁଘରେ ରହିଲା ସମୟ ସୁଯୋଗ ନେଇ ତା'ର ଅଧୁରା ପ୍ରେମର କିୟଦଂଶ ଶୁଣାଇ ତା ଭାରାକ୍ରାନ୍ତ ମନକୁ ହାଲୁକା କରିଦିଏ। ଉଦ୍‌ବେଳିତ କୋହକୁ ଲୁହରେ ତରଳାଇ ଦିଏ। ବେଳେବେଳେ ତା'ର ଉଦ୍‌ବେଳିତ ହତାଶା ତାକୁ ଆତ୍ମହତ୍ୟା କରିବାକୁ ପ୍ରବର୍ତ୍ତାଏ ବୋଲି ମିଳି ମଣ୍ଟୁକୁ କହୁଥାଏ। ଏସବୁ ଶୁଣି ମଣ୍ଟୁ ସତରେ ଡରିଯାଇଥାଏ। ବୟସରେ ଛୋଟ ହେଲେ ବି ମିଳି ଅପାକୁ ବୁଝାଇବାକୁ ଚେଷ୍ଟା କରେ। ପଛ କଥା ଭୁଲିଯିବାକୁ ପରାମର୍ଶ ଦିଏ।

ଛୁଟି ସରି ଆସୁଥାଏ ମିଳି ଅପା ଅନ୍ୟମାନଙ୍କ ସହ ତାଙ୍କ ଗାଁକୁ ଫେରିଗଲା, କିନ୍ତୁ ଛାଡ଼ିଗଲା ମଣ୍ଟୁ ମନରେ ଏକ ଗଭୀର ଅନୁରାଗ। ମଣ୍ଟୁ ବି ୟୁନିର୍ଭର୍ସିଟି ହଷ୍ଟେଲକୁ ଫେରିଗଲା। ଏକ ସ୍ୱତନ୍ତ୍ର ପରିଚୟରୁ ଆତ୍ମୀୟତା ଆସିଯାଇଥିବାରୁ ଦୁହେଁ ଚିଠି ପତ୍ରର ଆଦାନପ୍ରଦାନ ଆରମ୍ଭ କରି ଦେଇଥା'ନ୍ତି।

ମିଳି ମଣ୍ଟୁ ପାଖକୁ ତିନି ଚାରି ପୃଷ୍ଠା ସମ୍ବଳିତ ଭାବ ବିହ୍ୱଳିତ ଚିଠି ଲେଖେ। ସବୁ ଚିଠିରେ କାହିଁନା କାହିଁ ଶଶାଙ୍କର ପ୍ରତାରଣା ଜନିତ ଅନୁଶୋଚନା ଥାଏ। ଉଦାସୀ ମନର ଅବସୋସ ସ୍ପଷ୍ଟ ବାରି ହେଉଥାଏ। ସଞ୍ଚିତ ଦୁଃଖ ରାଶି ଭାବାବେଗ ପୂର୍ଣ୍ଣ ଚିଠିଟିରେ ରୂପାନ୍ତରିତ ହୋଇ ଲୁହ ଟୋପାର ଦାଗ ସୃଷ୍ଟି କରିଥାଏ। ଲୁହ ଭିଜା ଚିଠିଟିକୁ ପଢ଼ି ମଣ୍ଟୁର ସରଳ ହୃଦୟରେ ମିଳି ଅପା ପ୍ରତି ସହାନୁଭୁତି ଆସିଯାଇଥାଏ। ତା'ର ଆଜାଣତରେ ତା' ପ୍ରତି ଏକ ଅଦ୍ଭୁତ ଆକର୍ଷଣ ସେ ଅନୁଭବ କରୁଥାଏ। ତା'ର ଚିଠି ସବୁକୁ ସେ ଉପନ୍ୟାସର କାହାଣୀ ଭଳି ପଢ଼ିଯାଏ। ତାରିଖ ମାସ ଅନୁଯାୟୀ କ୍ରମାନ୍ୱୟରେ ସଜାଇ ରଖେ। ପୁଣି ସଙ୍ଗେ ସଙ୍ଗେ ଚିଠିଟିର ପ୍ରତ୍ୟୁତ୍ତର ଲେଖିବସେ। ଆଶ୍ୱାସନା ଦେବାର ବୃଥା ପ୍ରୟାସ କରେ।

ମନର ବେଦନାକୁ ପ୍ରକାଶ କରିବାକୁ ସାଥୀଟିଏ ମିଳି ଯାଇଥିବାରୁ ମିଳି ମଣ୍ଟୁ

ଉପରେ ଅଯାଚିତ ଭାବରେ ତା'ର ସ୍ନେହ ଆଦର ଅଜାଡ଼ି ଦେଉଥାଏ। ସବୁ ଚିଠିରେ ତାଙ୍କ ଗାଁକୁ ଯିବାକୁ ମଣ୍ଟୁକୁ ଆମନ୍ତ୍ରଣ କରୁଥାଏ।

ସରସ୍ୱତୀ ପୂଜା ପାଇଁ ୟୁନିର୍ଭସିଟି ଛୁଟି ଥାଏ। କ୍ଲାସରେ ପାଠପଢ଼ା ହେଉନଥିବାରୁ ତା' ଦୁଇ ଦିନ ଆଗରୁ ମଣ୍ଟୁ ମିଳି ଅପା ଘରକୁ ଯିବାପାଇଁ ସ୍ଥିର କରି ତାକୁ ଜଣାଇ ଦେଇଥାଏ। ମିଲି ମଣ୍ଟୁର ଆସିବାକୁ ନେଇ ଉଦ୍‌ବେଗରେ ସ୍କୁଲ୍‌ରୁ ଅଧାଦିନ ଛୁଟି ନେଇ ଆସିଯାଇଥାଏ ଯେମିତି ମଣ୍ଟୁର ଆଗମନ ବେଳେ ସ୍ୱାଗତ କରିବାକୁ ସେ ନିଜେ ଉପସ୍ଥିତ ଥିବ। ଦୁହେଁ ପରସ୍ପରକୁ ଦେଖି ବହୁତ ଖୁସି ହୋଇଗଲେ। ମଣ୍ଟୁକୁ ହାତ ମୁହଁ ଧୁଆଇ ଖାଇବାକୁ ବସାଇ ମିଲି ବାଢ଼ି ବସିଲା। ନିଜ ହାତରେ ରୋଷେଇ କରିଥିବା ଭାତ, ଡାଲି, ଚିକେନ୍ ତରକାରି, ଭଜା, ପାପଡ ଇତ୍ୟାଦି। ଖାଇ ସାରି ଦୁହେଁ ବସି ପରସ୍ପରର ଭଲମନ୍ଦ ଗପ ଆରମ୍ଭ କରିନେଲେ। ସେମାନଙ୍କୁ ପିଉସୀ ଓ ସାନ ଭାଇ ଭଉଣୀମାନେ ବେଢ଼ିଥିବାରୁ ସେ ବାର୍ତ୍ତାଳାପ ଥିଲା ନିହାତି ମାମୁଲି, ଔପଚାରିକ।

ମିଲି ଓ ମଣ୍ଟୁ ଖୋଜୁଥିଲେ ନିର୍ଜନତା। ମିଲି ଚାହୁଁଥିଲା ଶୁଣାଇବାକୁ ତା ଅତୀତର ଆଉ କିଛି ଅକୁହା କଥା। ମଣ୍ଟୁର ବି ଆଗ୍ରହ ଥିଲା ସେ ସବୁ ଶୁଣିବାକୁ। ମଣ୍ଟୁ ମିଲି ଅପାର ପ୍ରେମ କାହାଣୀ ଶୁଣୁଥିବାବେଳେ ଅନୁଭବ କରୁଥିଲା ତା ମନରେ ଶଶାଙ୍କ ପ୍ରତି ଏକ ପ୍ରଚ୍ଛନ୍ନ ଈର୍ଷାଭାବ। ମିଲି ପ୍ରତି ସହାନୁଭୂତି ଓ ଶଶାଙ୍କ ପ୍ରତି ଈର୍ଷାର ଏକ ଅଦ୍ଭୁତ ମିଶ୍ରିତ ଭାବ ନେଇ ସେ ଘୂରି ବୁଲୁଥିଲା ସମ୍ମୋହିତ ଆବର୍ତ୍ତରେ।

ମିଲି ଘର ପ୍ରତିବେଶୀ ରଘୁଭାଇ ସୁରଟରେ ଚାକିରି କରନ୍ତି। ତାଙ୍କ ସ୍ତ୍ରୀ ରାଧା ଭାଉଜ ଗାଁ'ରେ ଏକୁଟିଆ ରହୁଥା'ନ୍ତି। ଛ'ମାସ କି ବର୍ଷରେ ଥରେ ରଘୁଭାଇ ମାସେ ପନ୍ଦର ଦିନ ପାଇଁ ଗାଁ'କୁ ଆସନ୍ତି। ରାଧା ଭାଉଜ ଏକା। ବାହାଘର ପାଞ୍ଚବର୍ଷ ହୋଇଯାଇଥିଲେ ବି ଏଯାଏ ପିଲାଟିଏ କୋଳକୁ ଆସିନାହିଁ। ସେତେବେଳେ ରାଧା ଭାଉଜ ତାଙ୍କ ବାପଘରକୁ ଯାଇଥା'ନ୍ତି। ଘର ଚାବି ଦେଇଯାଇଥାନ୍ତି ମିଲିକୁ। ମିଲି ତା'ର ପଢ଼ା ପଢ଼ି କରିବାକୁ ଏକ ନିରୋଳା ସ୍ଥାନ ଭାବରେ ରାଧା ଭାଉଜଙ୍କ ଘରଟିକୁ ବ୍ୟବହାର କରେ। ସେଠି ତାକୁ ଡିଷ୍ଟର୍ବ କରିବାକୁ କେହି ନଥା'ନ୍ତି। ରାଧା ଭାଉଜଙ୍କୁ ଏକ ସାଥୀ ମିଳିଯାଏ ଓ ମିଲିକୁ ମିଳିଯାଏ ଗୋଟିଏ ଏକାନ୍ତ ପରିବେଶ, ଯେଉଁଠି ସେ ତା' ପାଠପଢ଼ିବା ସହ ଶଶାଙ୍କ ପାଖରୁ ଆସିଥିବା ଚିଠିକୁ ଗୋପନରେ ପଢ଼େ ଏବଂ ଶଶାଙ୍କକୁ ଚିଠି ଲେଖେ। ଯାହା ଏବେ ଆଉ ଆବଶ୍ୟକ ନାହିଁ।

ରାତ୍ରି ଭୋଜନ ପରେ ମିଲି ମଣ୍ଟୁକୁ ସେହି ରାଧା ଭାଉଜଙ୍କ ଘରକୁ ଡାକିନେଲା। ରାଧା ଭାଉଜଙ୍କ ଶୋଇବା ପଲଙ୍କ ଉପରେ ବିଛଣାକୁ ଝାଡ଼ି ମିଲି ସଜାଡ଼ି ଦେଇଥାଏ

ସଂଧ୍ୟାବେଳଠୁ। ସେଠି ବସି ଦୁହେଁ ଗପସପ ଆରମ୍ଭ କରିଦେଲେ। ମଣ୍ଟୁର ସୌହାର୍ଦ୍ଦ୍ୟ ପୂର୍ଣ୍ଣ ସହାନୁଭୂତି ପାଇଁ ତାକୁ ଆନ୍ତରିକ କୃତଜ୍ଞତା ଜଣାଇବା ସହ ମିଲି ସ୍ମୃତିଚାରଣ କରୁଥାଏ। କହୁଥାଏ ସେ କେମିତି ଶଶାଙ୍କକୁ ତା ମନ ମନ୍ଦିରରେ ଦେବତାର ରୂପ ଦେଇ ଜୀବନଠୁ ବେଶି ଭଲପାଇ ବସିଥିଲା। ତା ନିକଟରେ ନିଜକୁ ସମ୍ପୂର୍ଣ୍ଣଭାବେ ସମର୍ପିତ କରିଦେଇଥିଲା। ଏତେ ଭଲ ପାଇବାପରେ ସେ ଯେ କେମିତି ଭୁଲି ପାରିଲା ନିଜକୁ ନିଜେ ପ୍ରଶ୍ନ କରେ ମିଲି। ଯେଉଁ ପ୍ରେମ ପାଇଁ ସେ ଦୁନିଆରେ କଳଙ୍କର ବୋଝ ବୋହିବାକୁ ପ୍ରସ୍ତୁତ ଥିଲା, ସେ ପ୍ରେମ ଦିନେ ତାକୁ ଅଧା ରାସ୍ତାରେ ଏମିତି ଅସହାୟ କରିଯିବ ସେ କେବେ ସ୍ୱପ୍ନରେ ବି ଚିନ୍ତା କରିନଥିଲା। ଏମିତି ସ୍ମୃତି ରୋମନ୍ଥନ କରି ଆଖିରୁ ଲୁହ ଗଡ଼େଇ ଚାଲିଥିବାବେଳେ ମଣ୍ଟୁ ତା' ଆଖିରୁ ଲୁହ ପୋଛି ଦେଉଥିଲା। ସେ ଦୃଶ୍ୟ ଦେଖିବାକୁ ତାଙ୍କ ଦୁଇଜଣଙ୍କ ବ୍ୟତୀତ ସେଠି ଆଉ କେହି ନଥିଲେ।

ମିଲି ତକିଆରେ ମୁହଁମାଡ଼ି ସୁଁ ସୁଁ କାନ୍ଦୁଥିବାବେଳେ ମଣ୍ଟୁ ତାକୁ ଲାଗି ବସିଥାଏ। କେମିତି ଆଶ୍ୱାସନା ଦେଇ ମିଲି ଅପାର ଦୁଃଖ ଲାଘବ କରିବ ଭାବି ପାରୁନଥାଏ। ବସି ବସି ତାକୁ ବି ନିଦ ଆସିଯାଇଥାଏ। ସେ ବି ସେଇଠି ମିଲି ପାଖରେ ଆଉ ଗୋଟିଏ ତକିଆ ନେଇ ଗଡ଼ିପଡ଼ିଲା। କିଛି ସମୟ ନିରବତା ପରେ ମିଲି ମିଞ୍ଜି ମିଞ୍ଜି ଜଳୁଥିବା ଲଣ୍ଠନ ଆଲୁଅଟିକୁ ଲିଭାଇ ଦେଇଥିଲା। ଦୁଇଜଣ ଯାକ ଚୁପ୍ ଚାପ୍ ଶୋଇଯାଇଥିଲେ। ହେଲେ କାହାରି ଆଖିରେ ନିଦ ନଥିଲା।

ମାଘ ମାସ, ଛାଡ଼ି ଛାଡ଼ି ଆସୁଥିବା ଶୀତ। ରାତିର ନିଃଶବ୍ଦତାରେ କେବଳ ଦୁଇଟି ପ୍ରାଣୀଙ୍କର ଉଷ୍ମ ଶ୍ୱାସ ପ୍ରଶ୍ୱାସର ଶବ୍ଦ ବ୍ୟତୀତ ଅନ୍ୟକିଛି ଶୁଣାଯାଉନଥାଏ। ଛୋଟ ଗବାକ୍ଷଟିଏ ଥିବା ଚାଳ ଘରଟିରେ କିଟି କିଟି ଅନ୍ଧାର ରାଜତ୍ୱ କରୁଥାଏ। ମଣ୍ଟୁକୁ ଲାଗିଲା ଯେମିତି କଡ଼ ଲେଉଟାଇ ମିଲି ତା' ପାଖକୁ ଘୁଞ୍ଚି ଆସିଛି। କିଛି ସମୟ ପରେ ମିଲି ଧୀରେ ମଣ୍ଟୁ ହାତକୁ ନେଇ ତା' ଉପରେ ରଖିଲା। ଅନୁଭୂତ ହେଲା ତା' ହାତ ତଳେ ମିଲି ଅପାର ମସୃଣ ଅନାବୃତ ପୃଷ୍ଠଦେଶ। ପିଠି ଉପରେ ଶାଢ଼ିନଥିବା ସ୍ପଷ୍ଟ ଜାଣି ପାରୁଥିଲା ମଣ୍ଟୁ। କ'ଣ ଚାହୁଁଛି ମିଲି ଅପା ?

ଧୀରେ ଧୀରେ ମିଲି କଡ଼ଲେଉଟାଇବାର ସ୍ପର୍ଶ ଅନୁଭବ କଲା ମଣ୍ଟୁ। ତା' ହାତଟା ଏକ ନିଥର ପକ୍ଷଘାତ ଅବୟବ ଭଳି ମିଲିର ପିଠିରୁ ଖସି ଆସୁଥାଏ। ଏବେ ମିଲି ବୋଧେ ଚିତ୍ ହୋଇ ଶୋଇଯାଇଥିଲା। ମଣ୍ଟୁର ଗୋଟିଏ ହାତ ପାପୁଲି ମିଲିର ଉନ୍ନତ, ଉନ୍ମୁକ୍ତ ବକ୍ଷୋଜ ଉପରେ ସ୍ଥିର ହୋଇ ଯାଇଥିଲା। ତଥାପି ସଂଭ୍ରମ ରକ୍ଷା କରି ମଣ୍ଟୁ ନିସ୍ତେଜହୋଇ ପଡ଼ିରହିଥାଏ ନିଶ୍ଚଳ ହୋଇ ଖରାପିଠିଆ କୁମ୍ଭୀର ଆଖି ବନ୍ଦ କରି ପଡ଼ି ରହିବା ଭଳି। ଦୈହିକ ଉତ୍ତେଜନାରେ ମଣ୍ଟୁର ସାରା ଶରୀର ରୋମାଞ୍ଚିତ

ହୋଇ ଯାଉଥାଏ। ନିଜର ଆବେଗକୁ ଚାପି ରଖି ମଣ୍ଟୁ ଅପେକ୍ଷା କରିଥାଏ ମିଲି ଅପାର ପରବର୍ତ୍ତୀ ପଦକ୍ଷେପକୁ।

ମିଲି ଧୀରେ ଧୀରେ ତା ନିଜ ହାତକୁ ମଣ୍ଟୁର ହାତ ଉପରେ ରଖିଥାଏ। ମଣ୍ଟୁ ଅନୁଭବ କରୁଥିଲା ଯେମିତି ମିଲି ତା ହାତକୁ ନିଜ ବକ୍ଷୋଜ ଉପରେ ରଖି ଚପି ଧରିଛି। ତା'ର ସାନ୍ନିଧ୍ୟର ଆଶ୍ଲେଷକୁ ଆମନ୍ତ୍ରଣ କରୁଛି। ପୁଣି କିଛି ସମୟର ନିଷ୍କ୍ରିୟତା ପରେ ମିଲି ଭିଡ଼ିନେଇଥିଲା ମଣ୍ଟୁକୁ ନିଜ ଉନ୍ମୁକ୍ତ ଛାତି ଉପରକୁ। ମଣ୍ଟୁ ଜୀବନରେ ପ୍ରଥମ ଥର ପାଇଁ ଏକ ଯୁବତୀର ନଗ୍ନ ଶରୀର ଉପରେ ନିଜକୁ ଆବିଷ୍କାର କରିବାର ଉଷ୍ମତା ଅନୁଭବ କରିଥିଲା। ନିବିଡ଼ ଆଲିଙ୍ଗନର ଆବେଶରେ ଦୁଇଟି ଶରୀରରେ ଉଷ୍ମତା ସଞ୍ଚରି ଯାଉଥାଏ। ରାତ୍ରିର ଶୀତଳତାକୁ ଖର ନିଃଶ୍ୱାସର ବାମ୍ଫ ପ୍ରତିହତ କରୁଥିଲା।

ମଣ୍ଟୁ ମନର ରକ୍ଷଣଶୀଳ ସଂଭ୍ରମତା ଦୂର ହେବାବେଳକୁ ଏକ ଅପୂର୍ବ ପରିତୃପ୍ତିରେ ସାରା ଶରୀର ପ୍ରକମ୍ପିତ ହେଉଥାଏ। ଆଗ୍ନେୟଗିରିରୁ ଲାଭା ଉଦ୍‌ଗିରଣ ହେବାଭଳି ତା'ର ଖର ନିଃଶ୍ୱାସ ନିର୍ଗତ ହେଉଥାଏ। ଏକ ଅନିର୍ବଚନୀୟ ସନ୍ତୋଷ ଉପଲବ୍ଧି ହେବାର ପର ମୁହୂର୍ତ୍ତରେ ମିଲିର ବାହୁବନ୍ଧନରୁ ନିଜକୁ ସେ ମୁକ୍ତ କରିନେଲା। ଆଲୋକର ଅଭାସଥିଲେ ସେ ମିଲି ଅପାର ମୁହଁକୁ ଚହିଁ ପାରିନଥା'ନ୍ତା। ଗହନ ଅନ୍ଧାରରେ ମିଲି ଅପାର ମୁହଁ ଦିଶୁନଥିଲେ ବି ସେ ସରମରେ ଆଖି ବନ୍ଦ କରି ହାତରେ ଦରାଣ୍ଡି ତା' ପିନ୍ଧାବସ୍ତ୍ରକୁ ଉଠାଇ ନେଇଥିଲା। ସନ୍ତର୍ପଣରେ କବାଟ ଖୋଲି ଚାଲି ଯାଇଥିଲା ଘର ପଛପଟ ନଈ କୂଳକୁ ଶୌଚ ହେବାପାଇଁ।

ପୂର୍ବାକାଶରେ ସିନ୍ଦୂରା ଫାଟି ଆସୁଥାଏ। ଛୋଟ ଛୋଟ ପିଲାମାନଙ୍କର ଫୁଲ ତୋଳିବାପାଇଁ ଧାଁ ଦଉଡ ସୂଚାଇ ଦେଉଥିଲା ସରସ୍ୱତୀ ପୂଜାର ଆଗମନ। ଋତୁରାଜ ବସନ୍ତ ଆଗତ ପ୍ରାୟ। ମିଲି ବିଛଣାରୁ ଉଠି ନିଜ ଅନାବୃତ ଶରୀରକୁ ପିନ୍ଧାବସ୍ତ୍ରରେ ଆବୃତ କରି ନେଲା। ତା'ଠୁ ଛୋଟ ମଣ୍ଟୁକୁ ସେ ତା'ର ଶରୀରର ଭୋକ ମେଣ୍ଟାଇବାକୁ ଉପଭୋଗ କରିଥିବାରୁ ଅନୁଶୋଚନାରେ ଦ୍ରବୀଭୂତ ହେଉଥିବାବେଳେ ଏକ ପରିତୃପ୍ତିର ଆବେଗରେ ଉତ୍‌ଫୁଲିତ ବି ହେଉଥିଲା। ସେ ନିଜକୁ ଏମିତି ନିର୍ଲଜାଭାବେ ସମର୍ପି ଦେଇ ବୋଧେ ଶଶାଙ୍କ ଉପରେ ପୁଞ୍ଜିଭୂତ ଅଭିମାନର ପ୍ରତିଶୋଧ ନେଇଥିଲା। ଉଦାସୀ ଅପରିପୂର୍ଣ୍ଣତାରୁ ଆଶ୍ୱସ୍ତ ପୂର୍ଣ୍ଣତାକୁ ସେ ଉତ୍ତୀର୍ଣ୍ଣ ହୋଇଯାଇଥିଲା।

ସେ ଅଘଟଣ ଘଟିବାପରେ ମଣ୍ଟୁ ଆଉ ମିଲି ଅପା ଆଖିରେ ଆଖି ମିଳାଇ ଚହିଁ ପାରୁନଥାଏ। ଏକ ଅହେତୁକ ଲଜ୍ୟା ଓ ଗ୍ଲାନିରେ ସେ ଝାଉଁଳି ପଡ଼ିଥାଏ। ନିଜକୁ ଦୋଷୀ ମନେ କରି କାକୁସ୍ତ ହେଉଥାଏ।

ମିଳି କିନ୍ତୁ ତା ଆଡକୁ କୁହୁକିନୀ ଦୃଷ୍ଟିରେ ଚାହୁଁଥାଏ। ସେ ବୋଧେ କହିବାକୁ ଚାହୁଁଥାଏ 'ଆରେ ବୁଦ୍ଧୁ ନିଆଁ ପାଖରେ ଘିଅ କ'ଣ ନତରଳି ରହିଯାଏ? ହାତ ପାଆନ୍ତାରେ କଅଁଳିଆ ମାଉଁସ ପାଇଲେ କେହି କ'ଣ ଛାଡିଦିଏ'? ଏସବୁ ନକହି ସେ ଖାଲି କହୁଥିଲା -'ବୋଧେ ଭୁଲ ହୋଇଗଲା। ପାଖରେ ଶୋଇଲେ ଗୋଡ଼ରେ ଗୋଡ଼ ବାଜିବା ତ ସ୍ୱାଭାବିକ'।

■

କୃଷକର ଜୟଗାନ

ମାଟ୍ରିକ୍ ରେଜଲ୍ଟ ବାହାରିଥାଏ। ଶ୍ରୀକାନ୍ତ ଫାଷ୍ଟ୍ ଡିଭିଜନରେ ପାସ୍ କରିଥିବାରୁ ବହୁତ ଖୁସିଥାଏ। ପଡ଼ିଶାଘରେ ରହୁଥିବା ସାଙ୍ଗ ସୁମନ୍ତ ଥାର୍ଡ଼ ଡିଭିଜନରେ ପାସ୍ କରି ସୁଦ୍ଧା ଖୁସିଥିଲା। ଫେଲ୍ ନ ହୋଇ ପାସ୍ କରିଗଲା, ସେତକ ତା ପାଇଁ ବହୁତ ବଡ଼ କଥା। ଗାଁ' ପାଖ କଲେଜରେ ଦୁହେଁ ନା ଲେଖାଇଲେ। ଶ୍ରୀକାନ୍ତ ବିଜ୍ଞାନ ପଢ଼ିବାକୁ ସ୍ଥିର କରିଥିବାବେଳେ ସୁମନ୍ତକୁ ବାଣିଜ୍ୟରେ ସିଟ୍ ମିଳିଥିଲା।

ପାଖ ପଡ଼ୋଶୀ ତଥା ସମବୟସ୍କ ଓ ସହପାଠୀ ହୋଇଥିବାରୁ ଶ୍ରୀକାନ୍ତ ଏବଂ ସୁମନ୍ତଙ୍କର ଅନ୍ତରଙ୍ଗ ଯୋଡ଼ି। ଦୁଇଜଣଯାକ ଗାଁରେ ଫୁଟବଲ ଖେଳିବା, ନଈରେ ପହଁରିବା, ପୋଖରୀରେ ମାଛ ଧରିବା ଆଦି ସବୁ କାମ ସାଥୀ ହୋଇ କରିଥାଆନ୍ତି। ଦୁଇଜଣଯାକ ନିମ୍ନ ମଧ୍ୟବିତ୍ତ ଶ୍ରେଣୀଭୁକ୍ତ। ଚଳଣିରେ ଶ୍ରୀକାନ୍ତର ଗରିବ ନିଅଣ୍ଟିଆ ପରିବାର। ସ୍ୱଳ୍ପ ସମ୍ବଳ। ତା' ଉପରେ ଦୁଇଜଣ ଅଭିଆଡ଼ୀ ଭଉଣୀ। ବାପାଙ୍କର ବିଲ କେଇ ମାଣ ଚାଷ। ସେଥିରେ ପାଞ୍ଚପ୍ରାଣୀଙ୍କ ପାଇଁ ବର୍ଷଯାକ ଖାଇବା ନିଅଣ୍ଟ ହୁଏ। ଧାର କରଜ କରିବାକୁ ପଡ଼େ। ଅନ୍ୟ ପକ୍ଷରେ ସୁମନ୍ତର ପରିବାର ଅପେକ୍ଷାକୃତଭାବେ ଆର୍ଥିକ ସ୍ୱଚ୍ଛଳ। ତାଙ୍କର ବି କୃଷିଭିତ୍ତିକ ପରିବାର। ହେଲେ ବି ସୁମନ୍ତ ବାପାଙ୍କ ପାଖରେ ଅଧିକ ଜମିବାଡ଼ି। ତା' ସହ ସୁମନ୍ତ ବାପାମା'ଙ୍କର ଏକମାତ୍ର ସନ୍ତାନ ହୋଇଥିବାରୁ ଛୋଟ ପରିବାର ପାଇଁ ଆୟ ପର୍ଯ୍ୟାପ୍ତ ହୋଇଥାଏ। ଆର୍ଥିକ ସ୍ୱଚ୍ଛଳତା ଥିବା ହେତୁ ସୁମନ୍ତର କଲେଜ ଯିବାପାଇଁ ନୂଆ ସାଇକେଲଟିଏ କିଣା ହୋଇଥାଏ। ଶ୍ରୀକାନ୍ତ ପାଖରେ ସେତକ ନଥାଏ। କଲେଜ ପଢ଼ିବାକୁ ପାଦରେ ଚାଲି ଚାରି କୋଶ ବାଟ ଯିବାଆସିବା କରେ। ଯେତିକି ଲାଜକୁଳା ସେତିକି ସ୍ୱାଭିମାନୀ ଥିଲା ଶ୍ରୀକାନ୍ତ। ନିଜର ଆର୍ଥିକ ଦୂର୍ବଳତାକୁ କେବେ କାହାରି ଆଗରେ ପ୍ରକାଶ କରେ ନାହିଁ। ଏତେ ଘନିଷ୍ଠ ସାଙ୍ଗ ହୋଇଥିଲେ ବି କେବେ ସୁମନ୍ତ ସାଇକେଲରେ ବସି କଲେଜ ଯିବାକୁ ଅନୁରୋଧ

କରେ ନାହିଁ। ପ୍ରକୃତରେ ଦୁଇଜଣଯାକର ପାଠ୍ୟକ୍ରମ ଭିନ୍ନ ହୋଇଥିବାରୁ କଲେଜ ଯିବାଆସିବାର ସମୟ ବି ଭିନ୍ନ ହୋଇଥାଏ।

ଶ୍ରୀକାନ୍ତର ବାପା ଉପଲବ୍ଧ ଅଳ୍ପ କିଛି ଜମିବାଡ଼ିରେ ଚାଷ କରି ଘର ଚଳାନ୍ତି। ସବୁବେଳେ ଅଭାବ ଅନଟନ ଲାଗି ରହିଥାଏ। ଭଲ ପ୍ରସ୍ତାବଟିଏ ଆସିଥିବାରୁ ସେ ବର୍ଷ ଖଣ୍ଡେ ଜମି ବିକ୍ରି କରି ଗୋଟିଏ ଝିଅର ବାହାଘର କଲେ। ବାହାଘରର ଋଣ ଶୁଝୁଁ ଶୁଝୁଁ ଶ୍ରୀକାନ୍ତର କଲେଜ ଖର୍ଚ୍ଚ ତୁଲାଇବା ଆଉ ତାଙ୍କ ପକ୍ଷରେ ସମ୍ଭବ ହେଲାନାହିଁ। ଭଲ ପଢୁଥିଲେ ବି ଶ୍ରୀକାନ୍ତ ବାଧ୍ୟ ହୋଇ କଲେଜ ପଢ଼ା ଛାଡି ବାପାଙ୍କ ସହ ଚାଷ କାମରେ ଲାଗିଗଲା। ନିଜ ଜ୍ଞାନର ସଦୁପଯୋଗ କରିବାକୁ ଯାଇ ଗାଁ ପିଲାଙ୍କୁ ଟ୍ୟୁସନ୍ ପଢ଼ାଇ କିଛି ରୋଜଗାର କଲା। ଚାଷରୁ ମିଳୁଥିବା ଧାନ ଓ ଟ୍ୟୁସନ୍‌ରୁ ମିଳିବା ଉପାର୍ଜନରେ କଷ୍ଟିକାଷ୍ଟି ହୋଇ ବର୍ଷଟା ଚଳିଯାଏ। କାର୍ତ୍ତିକ ନିଗିଡ଼ାବେଳକୁ ଧାନ ଚାଉଳ ସରି ଆସିଥାଏ। ଓଳିଏ ଖାଇ ଓଳିଏ ଉପାସ ରହିବାକୁ ପଡ଼େ। ବଢ଼ିମରୁଡି ହେଲେ ଆହୁରି ହିନସ୍ତା ହେବାକୁ ପଡ଼େ।

ସୁମନ୍ତ ସ୍ୱଚ୍ଛନ୍ଦରେ ଦୁଇ ବର୍ଷ କଲେଜରେ ପଢି ପରୀକ୍ଷା ଦେଲା। ମାତ୍ର କୃତକାର୍ଯ୍ୟ ହୋଇନପାରି ଫେଲ୍ ହେଲା। ଘରେ ବାପା ବୋଉଠୁ ଆରମ୍ଭ କରି ସାଇ-ପଡ଼ିଶା ଯାଏ ସବୁ ତାକୁ ହେୟ ଦୃଷ୍ଟିରେ ଦେଖୁଥିଲେ। ତା'ର ଚାଲିଚଳନକୁ ନେଇ ଟିକାଟିପଣୀ କରୁଥିଲେ। ବାପା ମା'ଙ୍କର ଅଲିଅଳ ହୋଇ ବିଗିଡ଼ି ଯାଇଥିବା କେହି କେହି କହନ୍ତି। ସୁମନ୍ତ ସେ ସବୁ ଶୁଣି ନଶୁଣିବା ପରି ଚୁପ୍ ରହେ। ତା'ର ଅକୃତ କାର୍ଯ୍ୟ ହେବାପାଇଁ ସେ ନିଜକୁ ଦାୟୀ କରେ। ଶ୍ରୀକାନ୍ତକୁ ତା ମନ କଥା କହିବାକୁ ତାକୁ ଆଉ ବିଶେଷ ସୁଯୋଗ ମିଳେ ନାହିଁ। ସକାଳୁ ସକାଳୁ ଶ୍ରୀକାନ୍ତ ତା ବାପା ସହ ବିଲକୁ ବାହାରି ଯାଏ। ବିଲରୁ ଫେରି ସଂଧ୍ୟା ହେବାକ୍ଷଣି ଟ୍ୟୁସନ୍ ପଢ଼ାଇବାକୁ ଚାଲିଯାଏ। ଫେରୁ ଫେରୁ ରାତି ଦଶଟା। ସେତେବେଳକୁ ସୁମନ୍ତ ସହ ଆଉ ସବୁ ସାଇ-ପଡ଼ିଶା ଖାଇପିଇ ଶୋଇ ଯାଇଥାଆନ୍ତି।

ଦିନେ ସୁମନ୍ତ ସଂବାଦ-ପତ୍ରରେ ଦେଖିଲା ସୈନ୍ୟ ବାହିନୀରେ ଭର୍ତ୍ତି ହେବାଲାଗି ଜିଲ୍ଲା ମୁଖ୍ୟାଳୟରେ କ୍ୟାମ୍ପ ଲାଗିଛି। କାହାକୁ କିଛି ନ କହି ଚାଲିଗଲା ସେ କ୍ୟାମ୍ପରେ ପରୀକ୍ଷା ଦେବାକୁ। ଗୋଟିଏ ସୈନିକ ହେବା ଭଳି ଥିଲା ତା'ର ଶାରୀରିକ ଗଠନ। ଲମ୍ବା ଚଉଡ଼ା ବଳିଷ୍ଠ ଚେହେରା। ଫୁଟବଲ ଖେଳି, ନଈ ପହଁରି ହାତ ଗୋଡ଼ ସବୁ ଶକ୍ତ ଫୁର୍ତ୍ତିଲା। ଧାଁ ଦଉଡ଼ରେ ଅପ୍ରତି ଦ୍ୱନ୍ଦ୍ୱୀ। ସବୁ ପ୍ରକାର ଶାରୀରିକ ପ୍ରତିଯୋଗିତାରେ ଉତ୍ତୀର୍ଣ୍ଣ ହୋଇ ଶେଷରେ ଲେଖା ପରୀକ୍ଷାରେ ବି ଯୋଗ୍ୟ ବିବେଚିତ ହୋଇଗଲା।

ପୁଅର ସୈନ୍ୟ ବାହିନୀରେ ଯୋଗ ଦେବା କଥାଟା ଶୁଣି ସୁମନ୍ତର ବୋଉ

କାନ୍ଦିକାନ୍ଦି ଅଥୟ ହୋଇଗଲା। ଗୋଟିଏ ମାତ୍ର ପୁତ୍ରକୁ କରଛଡ଼ା ନକରିବାକୁ ବାପା କେତେ ବୁଝାଇଲେ। ଘର ଚାଷ ବାସ ବୁଝ। ଗାଁ'ରେ ଦୋକାନଟିଏ ଦେ, ଯାହା ଅର୍ଥ ପଡ଼ିବ ଯୋଗାଡ଼ ହୋଇଯିବ ଆଦି କେତେ ଉପଦେଶ ଦେଲେ, ପ୍ରଲୋଭନ ଦେଖାଇଲେ। କିନ୍ତୁ ସୁମନ୍ତର ଏକା ଜିଦ୍ ସେ ଚାଷ କାମ, କି ଦୋକାନ ନ କରି ସୈନ୍ୟ ବାହିନୀରେ ଯୋଗ ଦେବ। ସେତେବେଳେ ଦେଶ ସେବା କଥାଟା ତା ମନକୁ ଆସିଥିଲା କି ନାହିଁ କେଜାଣି କିନ୍ତୁ ସେ ସମସ୍ତଙ୍କୁ କହୁଥାଏ ଯେ ସେ କ୍ୟାମ୍ପରେ ଶୁଣିଛି ସୈନ୍ୟ ବାହିନୀରେ ଯୋଗଦେଲେ ବହୁତ ଭଲ ଖାଇବାକୁ ମିଳିବ। ତା ସହ ପିଇବାକୁ ମଦିରା, ମୁଫତ୍‌ରେ ବର୍ଦି, ଜୋତା, ଟୋପି ସବୁ ମିଳିବ। ତା ସହ ଭଲ ଦରମା ବି ମିଳେ ଯାହା ତାଙ୍କ ଗାଁ'ର ମାଷ୍ଟର, କିରାଣି ମାନଙ୍କଠାରୁ ଢ଼େର ବେଶି। ଏମିତି ସୁଯୋଗକୁ ସେ ହାତଛଡା କରିବାକୁ ଚାହୁଁନଥାଏ। ତା'ମନ ଆକାଶରେ ଉଡୁଥାଏ। ଗାଁ'ରୁ ବାହାରକୁ ଯିବ, କେତେ ରାଜ୍ୟ କେତେ ସହର ଦେଖିବ। ତା'ର ଜିଦ୍ ଦେଖି ତା ବାପା ଗାଁ'ର ସାଧୁ ମାଷ୍ଟରଙ୍କ ସହ ବିମର୍ଶ କଲେ। ସାଧୁ ମାଷ୍ଟ୍ରେ ତା ବାପାଙ୍କୁ ବୁଝାଇ ଦେଲେ। ଆମ ଦେଶର ପଞ୍ଜାବ, ହରିୟାନା, ରାଜସ୍ଥାନ ଆଦି ପ୍ରଦେଶ ମାନଙ୍କରେ ସୁମନ୍ତ ଭଳି ପିଲାମାନଙ୍କର ପ୍ରଥମ ପସନ୍ଦ ସୈନ୍ୟ ବାହିନୀରେ ଯୋଗଦେବା। ଆଜିର ପରିସ୍ଥିତିରେ ଯେଉଁଠି ପ୍ରତ୍ୟକ୍ଷ ଯୁଦ୍ଧ ପ୍ରାୟ ବିରଳ, ସେଠି ସୈନ୍ୟ ବାହିନୀରେ ଯୋଗଦେବା ପରିତାପର ବିଷୟ ନୁହଁ ବରଂ ଗୌରବର କଥା। ଜନ୍ମକଲା ମା' ମନ ମାନୁନଥାଏ କିନ୍ତୁ ସୁମନ୍ତର ଜିଦ୍ ଆଗରେ ତା' ବୋଉ ହାର୍ ମାନିଲା। ଆଖିର ଲୁହକୁ ଲୁଗା କାନିରେ ପୋଛି ପୁଅକୁ ବିଦାୟ ଦେଲା। ତା'ର ଦୀର୍ଘ ଆୟୁଷ ପାଇଁ ମଙ୍ଗଳାଙ୍କ ପାଖରେ ପଣାପାଣି ଦେଲା। ଘରୁ ବିଦାୟ ନେଇ ସୁମନ୍ତ ଚାଲିଗଲା ସୁଦୂର କାଶ୍ମୀର।

ସୈନ୍ୟ ବାହିନୀରେ ଯୋଗ ଦେବାପରେ ସୁମନ୍ତ ପ୍ରଥମେ ଗାଁକୁ ଆସିଥାଏ ଛଅ ମାସ ପରେ। ଚାକିରି କରିବା ପରେ ପ୍ରଥମ ଥର ଗାଁ'କୁ ଆସୁଥିବାରୁ ବାପା ବୋଉଙ୍କ ପାଇଁ ଆଣିଥାଏ ଦୁଇଟି କାଶ୍ମୀର ଶାଲ। ଶ୍ରୀକାନ୍ତ ପାଇଁ ଗୋଟିଏ ଦାମିକା ଶେଭିଙ୍ଗ୍ ରେଜର ଓ ଅନ୍ୟ ସାଙ୍ଗମାନଙ୍କ ପାଇଁ ବିଦେଶୀ ମଦ ବୋତଲଟିଏ ନେଇ ଆସିଥାଏ। ଗାଁ'ରେ ପୁରା ଗୋଟେ ମାସ ରହି ସାଙ୍ଗମାନଙ୍କ ସହ ଭୋଜିଭାତ, ହସଖୁସିରେ ସମୟ ବିତାଇ ପୁଣି ଫେରିଗଲା ତା ଛାଉଣୀକୁ।

ଦେଖୁ ଦେଖୁ ଦୁଇ ବର୍ଷ ବିତି ଯାଇଥାଏ। ଶ୍ରୀକାନ୍ତ ଉପରେ ଆଉ ଗୋଟିଏ ଭଉଣୀର ବାହାଘର ପରେ ତା ପାଇଁ ପ୍ରସ୍ତାବ ଆସୁଥାଏ। ତେଣେ ତା' ମାଆର ବୟସ ବି ବଢ଼ି ବଢ଼ି ଯାଉଥାଏ। ଚାଷୀ ଘର ଧାନ ଉଷୁଆଁ ଶୁଖା'ଠୁ ଆରମ୍ଭ କରି ମୁଗ, ବିରି,

ଝାଡି ପାଛୁଡି ସାଇତିବା, ବଡି ପାରିବା ଇତ୍ୟାଦି କାମକୁ ଆଉ ବଳ ପାଉନଥାଏ। ସେଥିପାଇଁ ଶ୍ରୀକାନ୍ତର ମାଆ ପୁଅକୁ ବାହା କରାଇ ଘରକୁ ବୋହୂଟିଏ ଆଣିବାକୁ ଚାହୁଁଥାଏ। ବୋହୂଟିଏ ଆସିଲେ ରୋଷେଇ ଘର ସମ୍ଭାଳି ନେବ, ସିଏ ବାହାର ପାଇଟି ତୁଲାଇବ।

ଜାତକ ପତ୍ର ମିଳାଇ, ଦିନବାର ଦେଖି ଶ୍ରୀକାନ୍ତର ବାହାଘର ସ୍ଥିର ହେଲା ପାଖ ଗାଁ'ର ଲଳିତା ସହ। ଲଳିତା ସେ ବର୍ଷ ମାଟ୍ରିକ୍ ପାସ୍ କରିଥାଏ। ଆଉ ଅଧିକ ପଢ଼ିବାର ସୁଯୋଗ ନଥିବାରୁ ତା' ବାପା ଶ୍ରୀକାନ୍ତ ଭଳି ସୁଧାର ପିଲାଟିଏ ଦେଖି ବାହା କରାଇ ଦେଇଥିଲେ। ଲଳିତାର ପରିବାର ବି ଶ୍ରୀକାନ୍ତର ପରିବାର ଭଳି ବେଶି ସମ୍ବଳ ସମ୍ପନ୍ନ ନୁହଁ। ବିଶେଷ ଆର୍ଥିକ ସ୍ୱଚ୍ଛଳତା ନଥିବାରୁ ନିରାଡ଼ମ୍ବରରେ ବିବାହ କାର୍ଯ୍ୟ ସମାପନ ହୋଇଥିଲା। ବାହାଘର ଅଳ୍ପ ଦିନରେ ସ୍ଥିର ହୋଇଥିବାରୁ ଶ୍ରୀକାନ୍ତ ଚିଠି ଦେଇଥିଲେ ବି ସୁମନ୍ତକୁ ଛୁଟି ମିଳିନପାରିବାରୁ ସେ ଆସି ପାରିନଥିଲା।

ଶ୍ରୀକାନ୍ତର ବାହାଘରର ଚାରିମାସ ପରେ ସୁମନ୍ତ ଛୁଟିନେଇ ଗାଁ'କୁ ଆସିଥାଏ। ଏଥର ଆସିବାବେଳେ ବଂଧୁ ପତ୍ନୀ ପାଇଁ ତାଙ୍କ ଆର୍ମି କ୍ୟାଣ୍ଟିନ୍‌ରୁ ଭଲ ଅତର ଶିଶିଟିଏ ଆଣିଥିଲା। ଶ୍ରୀକାନ୍ତର ମାଆ ସୁମନ୍ତକୁ ଘରକୁ ଡାକି ବହୂ ଦେଖାଇବା ଅବସରରେ ସୁମନ୍ତ ଲଳିତାକୁ ତା'ର ଆଣିଥିବା ଉପହାରଟି ଦେଇଥିଲା।

ଶ୍ରୀକାନ୍ତର ବାହାଘର ପରଠୁ ସୁମନ୍ତର ବୋଉ ପୁଅର ବାହାଘର ପାଇଁ ଛକପକ ହେଉଥିଲା। ଆଗଭଳି ଗାଁ' ଗହଳିରେ ଆଉ ସୈନିକ ଚାକିରି ପ୍ରତି ଭୟ ନଥାଏ। ସେପରି ଚାକିରିର ସୁବିଧା ସୁଯୋଗ ବିଷୟରେ ଲୋକମାନଙ୍କୁ ଊଣା ଅଧିକେ ଜଣାଥାଏ। ଆଖପାଖ ଗାଁ'ରୁ କେତେ ଜଣ ଫୌଜରେ ଭର୍ତ୍ତି ହୋଇ ସାରିଥାଆନ୍ତି। ସୁମନ୍ତ ପାଇଁ ଜଣାଶୁଣା ଥିଲାବାଲା ପରିବାରରୁ ପ୍ରସ୍ତାବ ଆସୁଥାଏ। ସେଥର ସିନା ସୁମନ୍ତ –'ଏବେ ବାହା ହେବିନି' କହି ଚାଲିଗଲା। ପୁଣି ଛଅ ମାସପରେ ଗାଁକୁ ଆସିବାବେଳେ ତାକୁ ବାପା ବୋଉଙ୍କ ଉଦ୍‌ବେଗ ଆଗରେ ମୁଣ୍ଡ ନୁଆଁଇବାକୁ ପଡ଼ିଲା। ପାଖ ଟାଉନର ବିଶାଖା ସହ ତା'ର ବାହାଘର ଠିକ୍ ହେଲା। ବିଶାଖା ବାପାଙ୍କର ବଜାର ଉପରେ ତେଜରାତି ଦୋକାନ। ବ୍ୟବସାୟୀ ପରିବାର ହୋଇଥିବାରୁ ଭଲ ଖର୍ଚ୍ଚବାର୍ଚ୍ଚ କରି ଆଡ଼ମ୍ବରରେ ଝିଅର ବାହାଘର ସୁମନ୍ତ ସହ କରାଇଦେଲେ। ଅନ୍ୟ ସାଙ୍ଗମାନଙ୍କ ସହ ଶ୍ରୀକାନ୍ତ ବି ବରଯାତ୍ରୀ ହୋଇ ସୁମନ୍ତର ବାହାଘରରେ ଯାଇଥିଲା। ସୁମନ୍ତ ଆଣିଥିବା ବିଦେଶୀ ମଦରେ ଅପ୍ୟାୟିତ ହୋଇ ସାଙ୍ଗମାନେ ବାଜାର ତାଳେ ତାଳେ ବହୁତ ନାଚିଲେ। ପିଇନଥିଲେ ବି ଶ୍ରୀକାନ୍ତକୁ ଟାଣି ନେଇ ବହେ ନଚାଇ ଝାଳନାଳ କରାଇଲେ।

ନିର୍ଦ୍ଧାରିତ ଏକ ମାସ ଛୁଟି ସରିଯିବା ପରେ ସୁମନ୍ତ ନବ ବିବାହିତା ପତ୍ନୀ ବିଶାଖାକୁ ବାପା ବୋଉଙ୍କ ପାଖରେ ଛାଡ଼ି ଫେରିଗଲା ତା' ମିଲିଟାରୀ କ୍ୟାମ୍ପକୁ। ସୈନ୍ୟ ବାହିନୀରେ ସାଧାରଣ ସୈନିକଟିର ଦୈନନ୍ଦିନ ଜୀବନ କଷ୍ଟଦାୟକ ହୋଇଥାଏ। ତା'ର ପ୍ରଶିକ୍ଷଣ, କର୍ମନିଷ୍ଠା ତଥା ପ୍ରତିକୂଳ ପରିବେଶରେ ଦୃଢ଼ ମନୋବଳ ନେଇ ଶତ୍ରୁର ସାମ୍ନା କରିବା ପ୍ରଶଂସନୀୟ। ବେଶି କଷ୍ଟସାଧ୍ୟ ତା'ର ବିବାହିତ ହୋଇ ବି ଅବିବାହିତ ପରି ଦୀର୍ଘଦିନ ପତ୍ନୀ ଠୁ ଦୂରରେ ରହିବା। ସେ ଅନୁଯାୟୀ ସୁମନ୍ତ କେବେ ଚାରିମାସ ତ କେବେ ଛ'ମାସ ବ୍ୟବଧାନରେ ମାସେ କି ପନ୍ଦର ଦିନ ପାଇଁ ଗାଁ'କୁ ଆସେ। ପୁଣି କେବେ କେବେ ସୀମାରେ ଉତ୍ତେଜନା ଦେଖାଦେଲେ ଛୁଟି ବାତିଲ ହୋଇଯାଏ। ଘରକୁ ଆସିବାର ବ୍ୟବଧାନ ବଢ଼ିଯାଏ।

ଘରେ ବିଶାଖା ଏକୁଟିଆ, ଶାଶୂ ଶ୍ୱଶୁରଙ୍କ ସେବା କରୁଥାଏ। ଦୁଇ ପଡ଼ୋଶୀ ଘରକୁ ଦୁଇଟି ନୂଆ ବୋହୂ ପାଖାପାଖି ଆସିଥିବାରୁ କେବେ କେବେ କୂଅମୂଳେ ବାସନ ମାଜିବାବେଳେ ତ କେବେ ବାଡ଼ ପାଖରେ ଫୁଲ ତୋଳିବାବେଳେ ଲଳିତା ବିଶାଖାଙ୍କର ଦେଖା ସାକ୍ଷାତ ହୁଏ। ଦୁଇଜଣ ସମବୟସୀ ଘଡ଼ିଏ କଥାଭାଷା ହୋଇ ଭାବ ବିନିମୟ କରନ୍ତି। ମନର ବୋଝ ହାଲୁକା କରନ୍ତି। ଘରର ଚାରି କାନ୍ଥର ଆବଦ୍ଧ ଭିତରୁ ବାହାରି କିଛି ସମୟ ମୁକ୍ତ ଆକାଶ ତଳେ ନିଃଶ୍ୱାସ ନିଅନ୍ତି। ଲଳିତା ସେହି ତେଲ ଲୁଣର ଅଭାବୀ ସଂସାରୀ କଥା କହେ। ବିଶାଖା ସ୍ୱାମୀ ସୁମନ୍ତଙ୍କ ଚିଠିରୁ ଫେରିବାର ଦିନଗଣି ମନକୁ ସାନ୍ତ୍ୱନା ଦିଏ। ଦିନୁ ଦିନ ଦୁଇଜଣଙ୍କ ମଧ୍ୟରେ ଭାବ ନିବିଡ ହେଉଥାଏ। ଦୁଇ ସଖୀ ପରସ୍ପରକୁ ଦିନେ ନଦେଖିଲେ ଅସ୍ଥିର ହୋଇପଡ଼ନ୍ତି। ଲଳିତା କହେ ତା'ର ଇଛା ହୁଏ ବଜାର ବୁଲନ୍ତା ସିନେମା ଦେଖନ୍ତା। ଦେହର ଭୋକ ସିନା ମେଣ୍ଟି ଯାଉଛି ହେଲେ ମନଟା ସେସବୁ ଚାକଚକ୍ୟ, ଆରାମ୍ ପାଇଁ ଆଉଟୁ ପାଉଟୁ ହେଉଛି। ବିଶାଖା ପାଟିରୁ କଥା ଛଡାଇ ନେଇ ଅଭିମାନରେ କହେ ସୁମନ୍ତର ଅନୁପସ୍ଥିତିରେ ତା'ର ଦେହ ମନ ସବୁ ଅନାହାର କ୍ଲିଷ୍ଟ ଭଳି ଭୋକିଲା, ମରୁଭୂମି ପରି ଶୋଷିଲା। ପୁଣି ନିଜ ମନକୁ ବୁଝାଇ କହେ ଯେଉଁ ମାସେ କି ପନ୍ଦର ଦିନ ପାଇଁ ତା ସ୍ୱାମୀ ସୁମନ୍ତ ଆସନ୍ତି ତା'ର ସବୁ ଅର୍ମାନ୍ ମେଣ୍ଟିଯାଏ। ସେ ତାକୁ ମଟର ସାଇକେଲରେ ବସାଇ ସିନେମା ଦେଖେଇବାକୁ ନେଇଯାଆନ୍ତି। ବଜାର ବୁଲାଇ ଶାଢ଼ି ଗହଣା କିଣି ଦିଅନ୍ତି। ସେଇ କେତେ ଦିନ ଏକଡ଼ ସେକଡ଼ ନସର ପସର ହେଉଥାଆନ୍ତି, ପାଖଛଡ଼ା କରନ୍ତି ନାହିଁ।

ଦୁଇ ସଖୀ ହେଲେ ବି ବିଶାଖାର ଆର୍ଥିକ ସ୍ୱଛଳତା ନେଇ ଲଳିତାର ଈର୍ଷା ହୁଏ। ସେମିତି ବିଶାଖାର ଅସୂୟାଭାବ, ଲଳିତା ଖରା, ବର୍ଷା, ଶୀତ କାକର ତା'

ସ୍ୱାମୀ ଛାତିରେ ମୁହଁ ଗୁଞ୍ଜି ବର୍ଷ ବିତାଇ ଦେଉଛି ହେଲେ ତା'ର ଶୂନ୍ୟ ପଲଙ୍କଟା ମାତ୍ର କେଇଦିନ ଛାଡ଼ି ଦେଲେ ସବୁବେଳେ ସେମିତି ହେମାଳିଆ ପଡ଼ି ଥାଉଛି। ଉଷ୍ଣତା ଟିକେ ପାଇଁ ସେ ବିକଳ ହେଉଛି। ଲଳିତା ତା' ବେକ ମୂଳେ ନିବିଡ଼ ସମ୍ଭୋଗର ପ୍ରତୀକକୁ ଦେଖାଇ ଲାଜେଇ ଗଲାବେଳେ ବିଶାଖା ତା ପାଦର ନୂଆ ପାଉଁଜି ଦେଖାଇ, ନୂଆଶାଢ଼ି କାନି ହଲାଇ ଫୁଲେଇ ହୁଏ।

ସମୟ ବିତି ଯାଉଥାଏ ଦିନ ମାସ ହୋଇ, ବହିଯାଉଥାଏ ନଈ ପାଣିଧାର ପରି। ଶ୍ରୀକାନ୍ତ ଓ ଲଳିତା ତାଙ୍କ ଅଭାବୀ ପରିବାରକୁ ସଜାଡୁ ସଜାଡୁ ତାଙ୍କ କୋଳକୁ ଆସିଲା ପୁଅଟିଏ। ଆଉ ଗୋଟିଏ ପେଟକୁ ଦାନା ଯୋଗାଡ଼ କରିବାକୁ ଯାଇ ଶ୍ରୀକାନ୍ତ ତା'ର ଟ୍ୟୁସନ୍ ସମୟ ବଢ଼ାଇ ଦେଇଥାଏ। ଅଧିକ କିଛି ପିଲାଙ୍କୁ ପଢ଼ାଉଥାଏ। ନିଜ ଜମିରେ ଧାନ, ମୁଗ, ବିରି ଚାଷ ବ୍ୟତୀତ ନଈକୂଳିଆ ଦୁଇମାଣ ଜମିରେ ପାଣି ମଡ଼ାଇ ପନିପରିବା ଚାଷ କରି ହାଟକୁ ନିଏ। ହାଟରୁ ପୁଅ ପାଇଁ ନୂଆଜାମା, ଖେଳନା, କଣ୍ଢେଇ ନେଇ ଆସେ। ଘରେ ଗାଈଟିଏ ରଖି ପୁଅକୁ ଦୁଧ ପିଆଏ ବାକି ଦୁଧ ବିକ୍ରି କରି ବ୍ୟାଙ୍କ ଋଣ ଶୁଝେ।

ପଛକୁ ପଛ ବିଶାଖା ବି ପୁଅଟିଏ ଜନ୍ମ ଦେଇଥାଏ। ସୁମନ୍ତ ବିଶାଖାର ଡେଲିଭରି ସମୟରେ ଛୁଟିନେଇ ଆସିଥାଏ। ପୁଅ ଜନ୍ମ ହେବାବେଳକୁ ତାକୁ ପାଖ ଡାକ୍ତରଖାନା ନେଇ ଯାଇଥିଲା। ପୁଅ ପାଇଁ ଝୁଲା, ମଶାରି, ପ୍ରାମ୍, କ୍ଷୀର ପିଇବାପାଇଁ ବୋତଲ, ଡାଇପର ସବୁ ଆଣିଥିଲା। ପାଖାପାଖି ଦୁଇଟି ଘରେ ଦୁଇଟି ଯାକ ଛୁଆ ଦୁଇଟି ଭିନ୍ନ ପରିବେଶରେ ବଢୁଥିଲେ। ଗୋଟିଏ ପଟେ ନିଅଁଟିଆ ଗ୍ରାମ୍ୟ ପରିବେଶ, ଅନ୍ୟପଟେ ଗାଁରେ ଥାଇ ମଧ୍ୟ ସହରୀ ସୁଖ ସ୍ୱାଛନ୍ଦ୍ୟ ସାମଗ୍ରୀର ବ୍ୟବହାର। ପୁଅକୁ ମାସ ନପୁରୁଣୁ ସୁମନ୍ତର ଛୁଟି ସରିଯାଇଥାଏ। ଏଥର ଯିବା ପୂର୍ବରୁ ସୁମନ୍ତ ବିଶାଖା ପାଇଁ ଗୋଟିଏ ସ୍ମାର୍ଟ ମୋବାଇଲ ଫୋନ୍ କିଣି ଦେଇ ଯାଇଥାଏ। ତାକୁ ଶିଖେଇ ଦେଇଯାଇଥାଏ କେମିତି ଭିଡିଓ କଲ୍ କରାଯାଏ। ସବୁଦିନ ଡ୍ୟୁଟିରୁ ଫେରି ସୁମନ୍ତ ଭିଡିଓ କଲ କରି ପୁଅକୁ ଦେଖେ। ପୁଅର ଗୋଡ଼ ହାତ ଛାଟି ଖେଳିବା ଅବା ମୁଣ୍ଡରେ କଳା ଚିତା ଲଗାଇ ଚୁପ୍‌ଚାପ୍ ଶୋଇଯାଇଥିବା ଚିତ୍ର ଦେଖି ଖୁସୀ ହୁଏ। ବିଶାଖା ସହ ସିଧା ଭଲମନ୍ଦ ଦୁଇ ପଦ କଥା ହୋଇ ଦୂରରେ ଥିଲେ ବି ପାଖରେ ଥିଲାଭଳି ଅନୁଭବ କରେ।

ସେଦିନ ବିଶାଖା ଚାହିଁ ଚାହିଁ ସୁମନ୍ତର ଫୋନ୍ ଆସୁନଥାଏ। ଏପଟୁ ସେ କେତେ ଥର ରିଙ୍ଗ କରି ସାରିଲାଣି ସେପଟୁ କେହି ଫୋନ୍ ଉଠାଉନଥା'ନ୍ତି। ବିଶାଖା ବ୍ୟସ୍ତ ହୋଇ ପଡୁଥିଲା। ଫୋନ୍ ନଥିଲା ଭଲ ହୋଇଥିଲା। ସେ ମନମାରି

ରହିଯାଉଥିଲା । ଭାବୁଥିଲା ସୁମନ୍ତ ସେଠି ଭଲରେ ଥିବେ । ସୁବିଧା ସୁଯୋଗ ଦେଖି ଚିଠି ଦେବେ । କିନ୍ତୁ ଏ ଫୋନ୍‌ଟା ଆସିବା ଦିନଠୁ ଯେବେ ଘଡ଼ିଏ ଡ଼େରି ହୋଇଯାଉଛି ତା' ମନକୁ ପାପ ଛୁଉଁଛି । ସେ ଅସ୍ଥିର ଅଧୈର୍ଯ୍ୟ ହୋଇପଡୁଛି । ଏ ଫୋନ୍‌ଟା ବି ଆଉ ଗୋଟେ ସୁବିଧା କରି ଦେଇଛି, ଯଦି କେବେ ଶାଶୂ ଆକଟି ପଦେ କହିଦେଲେ କି ବାପଘର କଥା କହି ଉଲୁଗୁଣା ଦେଲେ ସେ ଦିନ ଶୋଇବାଘର କବାଟ ବନ୍ଦ କରି ଚାପା ଗଳାରେ ସବୁ କଥା ସୁମନ୍ତକୁ କହିଦିଏ । ଅଭିମାନ କରେ, କେବେ କେବେ ନାକ ସୁଁ ସୁଁ କରି କାନ୍ଦି ପକାଏ । ତା ମନ କଥା କହି ସିନା ସେ ଆଶ୍ୱସ୍ତ ଅନୁଭବ କରେ, ସେପଟେ ସୁମନ୍ତର ମନଟା କିନ୍ତୁ ଉଦ୍‌ବେଳିତ ହୋଇ ଉଠେ । ସେ ଉତ୍ତେଜିତ ହେଲେ ବି ତା'ର କିଛି କରିବାର ଉପାୟ ନଥାଏ । ଘରେ ଅଶାନ୍ତି ବଢ଼ିବ ଭାବି ବିଶାଖା କହିଥିବା କଥା ବୋଉ ବାପାଙ୍କୁ କହେ ନାହିଁ । କିଛି ଗୋଟେ ବାହାନା କରି ଘରକୁ ଆସିବାକୁ ଛୁଟି ଦରଖାସ୍ତ ପକାଏ । ଦରଖାସ୍ତ ମଞ୍ଜୁରି ନ ହେଲେ ନିରାଶ ହୁଏ ।

ଆର ସାହିରୁ କେହି ଜଣେ ସୁମନ୍ତର ସାଙ୍ଗ ଦଉଡ଼ି ଆସି ତା ବାପାଙ୍କୁ ଖବର ଦେଲା । ଟି.ଭି. ଖୋଲି ଦେଖ ମଉସା ସୁମନ୍ତର ଫଟୋ ଆସୁଛି । କଥାଟା ଶୁଣୁ ଶୁଣୁ ବିଶାଖା ଯାଇ ଟି.ଭି. ଚଲାଇ ଦେଲା । ବାରମ୍ବାର ଗୋଟିଏ ଖବର ଆସୁଥାଏ । ଆତଙ୍କବାଦୀଙ୍କ ଆକ୍ରମଣରେ ତିନି ଜଣ ଭାରତୀୟ ଯବାନ୍ ସହୀଦ୍ । ସେମାନଙ୍କର ନାମ ସହ ଫଟୋ ଆସୁଥାଏ । ସେଥିରୁ ଜଣେ ଥିଲା ସୁମନ୍ତ ନାୟକ । ସ୍ୱାମୀର ଫଟୋ ସହ ଖବରଟା ପୁଣି କୋହ ଫଟାଇ କାନ୍ଦୁ କାନ୍ଦୁ ସେଇଠି ବସି ପଡ଼ିଲା ବିଶାଖା । ସେପଟେ ଶାଶୂ -'ମୋ ପୁଅ କୁଆଡେ ଗଲା ଲୋ' କହି ମୂର୍ଚ୍ଛା ହୋଇଗଲେ । ଶ୍ୱଶୁରଙ୍କ ଆଖିରୁ ଧାର ଧାର ଲୁହ ବୋହି ଆସୁଥାଏ । ସୁମନ୍ତର ଅକାଳ ମୃତ୍ୟୁରେ ବାପା-ବୋଉ, ସ୍ତ୍ରୀ ଧୈର୍ଯ୍ୟହରା ହୋଇ ବିକଳ କ୍ରନ୍ଦନ କରୁଥାଆନ୍ତି । ସାଇପଡ଼ିଶା ଗାଁ' ଲୋକେ ଆସି ରୁଣ୍ଡ ହୋଇଗଲେ । ସମସ୍ତେ ଏ ମର୍ମନ୍ତୁଦ ଖବର ଶୁଣି ସ୍ତବ୍ଧ ହୋଇଗଲେ । ଘର ଆଗରେ ଭିଡ଼ ଜମିବାକୁ ଲାଗିଲା । ନିକଟ ସମ୍ପର୍କୀୟ ଯଥାସାଧ୍ୟ ଆଶ୍ୱାସନା ଦେବାକୁ ଚେଷ୍ଟା କରୁଥାଆନ୍ତି । କିଏ ସୁମନ୍ତର ବୋଉ ମୁହଁରେ ପାଣି ଛାଟି ବାରମ୍ବାର ଚେତାଶୂନ୍ୟତାରୁ ଉଠାଉଥାଏ ତ କିଏ ତା' ବାପାଙ୍କୁ ପଡ଼ିଯିବାରୁ ଧରିନେଇ ଆଶ୍ରା ଦେଉଥାଏ । ଲଳିତା ତା' ଛୋଟ ପୁଅଟିକୁ କାଖରେ ଧରି ବିଶାଖାକୁ ଉଠାଇ ତା' ପୁଅପାଖକୁ ନେଇଗଲା । ନିରୀହ ନିର୍ବୋଧ ଶୁଶୁଟି ଜଳ ଜଳ ଅନାଇ ଦରୋଟି ହସୁଥାଏ । ତାକୁ ବା କ'ଣ ଜଣା ସେ ମୁହୂର୍ତ୍ତରେ ସେ ଅନାଥ ହୋଇଯାଇଛି । ତା'ମୁଣ୍ଡ ଉପରୁ ପିତା ରୂପକ ଛାତଟି ଉଡ଼ିଯାଇଛି । ତା'ର ଚିହ୍ନିବାର ବୟସ ହେବାଆଗରୁ ତା'ର ବାପା ବୋଲି କେହି ଜଣେ ଦୁନିଆରୁ ବିଦାୟ ନେଇ ଚାଲିଯାଇଛି ।

ସୁମନ୍ତର ଫଟୋ ଆଗରେ ମୁଣ୍ଡ ବାଡ଼େଇ ବିଶାଖା କାନ୍ଦୁଥିବାବେଳେ ଲଳିତା ତା' କୋଳରେ ତା' ପୁଅକୁ ଦେଇ ତା' ମୁହଁକୁ ଚାହିଁ ଧୈର୍ଯ୍ୟ ଧରିବାକୁ କହୁଥାଏ। ଭୋକରେ ପୁଅଟା ଅନ୍ୟମାନଙ୍କ କାନ୍ଦରେ କାନ୍ଦ ମିଶାଇ କାନ୍ଦୁଥିବାବେଳେ ଲଳିତା ତା' ପାଟିରେ କ୍ଷୀର ବୋତଲଟା ଲଗାଇ ବୋଧ କରୁଥିଲା।

ଦୁଇ ଦିନ ପରେ ରାଷ୍ଟ୍ରୀୟ ସମ୍ମାନ ସହ ତ୍ରିରଙ୍ଗାରେ ଆବୃତ୍ତ ହୋଇ ସୁମନ୍ତର ମର ଶରୀର ଗାଁରେ ପହଞ୍ଚିଲା। ଗାଁରେ ଉତ୍ସବ ଭଳି ଭିଡ଼ ଲାଗିଥାଏ। ଆଖ ପାଖ ଗାଁ'ର ଲୋକେ ସହୀଦଙ୍କୁ ଶ୍ରଦ୍ଧାଞ୍ଜଳି ଦେବା ଉଦ୍ଦେଶ୍ୟରେ ଛୁଟି ଆସୁଥାଆନ୍ତି। ବିଶାଖା ସୁମନ୍ତର ମଲା ଶରୀରକୁ ଦେଖିବା କ୍ଷଣି କୋହରେ ଛାତି ଫଟାଇ କାନ୍ଦୁଥାଏ। ଶ୍ୱାସରୁଦ୍ଧ ହୋଇଯାଉଥାଏ, ଲୁହର ପ୍ଲାବନରେ। ବାପା ବୋଉଙ୍କର ଶୋକ ଅବର୍ଣ୍ଣନୀୟ। ତଥାପି ବାପା ଆଖିରୁ ଲୁହ ପୋଛି କହୁଥାଆନ୍ତି ତାଙ୍କର ବୀର ପୁତ୍ର ପାଇଁ ସେ ଗର୍ବିତ। ଗାଁ ଶ୍ମଶାନରେ ରାଷ୍ଟ୍ରୀୟ ମର୍ଯ୍ୟାଦା ସହ ଶବ ସତ୍କାର କରାଯିବା ସମୟରେ ସୁମନ୍ତର ଜୟ ଗାନରେ ସାରା ଗାଁ ପ୍ରକମ୍ପିତ ହେଉଥିଲା। ଲୋକମାନେ ଅଶ୍ରୁଳ ନୟନରେ ସୁମନ୍ତକୁ ଶେଷ ବିଦାୟ ଦେଉଥିବାବେଳେ ସବୁରି ମନରେ ଆତଙ୍କବାଦୀଙ୍କ ପ୍ରତି ଆକ୍ରୋଶ ଭରି ରହିଥିଲା।

ଫେରିବାବେଳେ ଜଣେ ସେନା ଅଧିକାରୀ, ବିଶାଖାକୁ ଡ଼ାକି ସୁମନ୍ତର ପ୍ରାପ୍ୟ ଅନୁକମ୍ପା ରାଶି ସହ ପେନ୍‌ସନ୍, ଇନସ୍ୟୁରାନସ୍ ନିମିତ୍ତ ଆବଶ୍ୟକୀୟ କାଗଜ ପତ୍ର ଦେଇଗଲେ। ବୀମା ରାଶି ସହ ଯଥେଷ୍ଟ ଅନୁକମ୍ପା ରାଶି କେନ୍ଦ୍ର ତଥା ରାଜ୍ୟ ସରକାରଙ୍କ ତରଫରୁ ମିଳିଲା। ତା ସହ ମାସକୁ ମାସ ପେନସନ୍ ମିଳିବାକୁ ଲାଗିଲା। କେବଳ ସୁମନ୍ତ ବ୍ୟତୀତ ବିଶାଖାର ଅନ୍ୟକୌଣସିଥିରେ ଅଭାବ ନଥାଏ।

ବିଶାଖା ଆଉ ଆଗଭଳି ଲଳିତା ସହ ମିଶି ପରେ ନାହିଁ। ତା'ର ହତଭାଗ୍ୟ ପାଇଁ ସେ ଲଳିତା ସହ ସମକକ୍ଷ ନୁହେଁ। ଏମିତି ଏକ ଈର୍ଷାଭାବ ତାକୁ ଗ୍ରାସ କରିଥାଏ। ତା'କୁ ମିଳିଥିବା ଅର୍ଥରେ ସେ ବିଳାସବ୍ୟସନରେ ବୁଡ଼ି ରହି ସୁମନ୍ତକୁ ଭୁଲି ଯିବାକୁ ଚେଷ୍ଟା କରେ। ବାରମ୍ବାର ବାପଘର ସହରକୁ ଚାଲିଯାଏ ମନ ଭୁଲାଇବାପାଇଁ। ପୁଅ ପାଇଁ ଦାମୀ ପୋଷାକ, ଜୋତା, ଖେଳନା କିଣି ତା' ବାପାର ଅଭାବକୁ ପୂରଣ କରିବାକୁ ଚେଷ୍ଟା କରେ। ବାପ ଘରୁ ଶାଶୂ ଘରକୁ ଫେରିବାବେଳେ ଲଳିତାର ପୁଅପାଇଁ ଡ୍ରେସ୍‌ଟିଏ ଆଣିଥାଏ। ଲଳିତାର ଏପରି ଦାନ ନେବାର ଇଚ୍ଛା ନଥିଲେ ବି ନିଜ ସହଚରୀକୁ ଭରସି ମନା କରି ପାରେନି। ହାତ ବଢ଼ାଇ ନେଇନିଏ ସିନା ସେଥିରେ ତା'ର ଆତ୍ମସମ୍ମାନକୁ ଆଘାତ ଦେବା ଭଳି ଲାଗେ। ପ୍ରତିଦାନରେ ସେ ବିଶାଖାର ପୁଅକୁ କିଛି ଦେଇପାରେନା। ସ୍ନେହରେ ଖାଲି କୋଳେଇ ନିଏ, ତା ଗାଲରେ ଚୁମା ଦିଏ।

ଶ୍ରୀକାନ୍ତ ଓ ସୁମନ୍ତର ପୁଅ ଦୁଇଟି ବଢ଼ିବାକୁ ଲାଗିଲେ। କେବେ ଘର ଅଗଣାରେ କି ସାଇ ଦାଣ୍ଡରେ ଖେଳୁଥିବା ବେଳେ ଦୁହିଁଙ୍କର ବେଶଭୂଷାରୁ ପାର୍ଥକ୍ୟ ପରିଲକ୍ଷିତ ହୁଏ। ଅଭାବ ଓ ସ୍ୱାଚ୍ଛନ୍ଦ୍ୟ ପୃଥକ ଭାବେ ସ୍ପଷ୍ଟ ପ୍ରତୀୟମାନ ହୋଇଯାଏ। ସ୍କୁଲ୍ ଯିବା ବୟସ ହେବାରୁ ଶ୍ରୀକାନ୍ତର ପୁଅ ଗାଁ ଚଟଶାଳୀ ଯିବାକୁ ଲାଗିଲା। ବିଶାଖା ତା' ପୁଅକୁ ପାଖ ସହରରେ ଥିବା ଇଂରାଜୀ ମିଡ଼ିୟମ୍ ସ୍କୁଲ୍‌ରେ ପଢ଼ିବାକୁ ବସ୍‌ରେ ପଠାଏ। ସେପରି ସ୍କୁଲ୍‌ରେ ପଢ଼ାଇବାକୁ ଶ୍ରୀକାନ୍ତର ସମ୍ବଳ ନଥାଏ। ମାତ୍ର ବିଶାଖାର ମାସକୁ ମାସ ପେନ୍‌ସନ୍ ବ୍ୟତୀତ ସୁମନ୍ତର ଇନସ୍ୟୁରାନସ୍, ପ୍ରୋଭିଡେଣ୍ଟ ଫଣ୍ଡ, ଗ୍ରାଚ୍ୟୁଟି ଇତ୍ୟାଦିରୁ ମିଳିଥିବା ରାଶିକୁ ବ୍ୟାଙ୍କରେ ଜମାରଖି ମିଳୁଥିବା ସୁଧରେ ସୁମନ୍ତର ପୁଅ ସ୍ୱଚ୍ଛନ୍ଦରେ ପଢୁଥାଏ। ବିଶାଖା ଗାଁର ସରପଞ୍ଚ ପାର୍ଥୀ ହୋଇ ନିର୍ବାଚନ ଲଢ଼ିବାକୁ ମନବଳାଇଲା। ସହୀଦର ପତ୍ନୀ ହୋଇଥିବାରୁ ତା ବିପକ୍ଷରେ ଆଉ କେହି ଲଢ଼ିନଥିଲେ। ତେଣୁ ନିର୍ଦ୍ୱନ୍ଦ୍ୱରେ ନିର୍ବାଚିତ ହୋଇ ସରପଞ୍ଚ ହେଲା।

ସେ ବର୍ଷ ଡ଼େରିରେ ମୌସୁମୀ ଆସିଥିବାରୁ ଚାଷୀକୁଳ ଚିନ୍ତାରେ ଥାଆନ୍ତି। ଶ୍ରୀକାନ୍ତ ବି ଭାବୁଥାଏ କେବେ ଆକାଶ ଫଟା ବର୍ଷା ବର୍ଷିବ। ସେ କ୍ଷେତ ଯୋଚିବ। ବିହନ ବୁଣିବ। ଡେରିରେ ହେଲେ ବି ମୌସୁମୀ ଆସିଲା। ଆକାଶ ଫଟାଇ ବର୍ଷା ହେଲା। ମେଘ ଗର୍ଜନରେ ଆକାଶ ପୃଥିବୀ ପ୍ରକମ୍ପିତ ହେଲା। ଘନ ଘନ ଚଡ଼କ ପଡ଼ିଲା। ବର୍ଷା ଛାଡ଼ିବାବେଳକୁ କେଇ ଜଣ ଚାଷୀଙ୍କ କାନ୍ଧରେ ବୁହା ହୋଇ ଶ୍ରୀକାନ୍ତ ଘରକୁ ଆସିଲା। ଗୋରା ଦେହ ତା'ର ପୋଡ଼ି ଜଳି କଳାକାଠ ପଡ଼ିଯାଇଥାଏ। ବିଲରେ କାମ କରୁଥିବା ସମୟରେ ବିଜୁଳି ଚଡ଼କ ପଡ଼ି ତା'ର ସେଇ ବିଲ ମାଟିରେ ପ୍ରାଣବାୟୁ ଉଡ଼ିଯାଇଥାଏ। ଲଳିତା ହତ୍‌ବାକ୍ ହୋଇ ଶ୍ରୀକାନ୍ତର ନିର୍ଜୀବ ଶରୀରକୁ ଦେଖୁଥାଏ। ତା ଆଖିରୁ ଲୁହ ଝରୁ ନଥାଏ କି ପାଟି ଖୋଲି କାନ୍ଦ ଶୁଭୁନଥାଏ। ସେ ଯେମିତି ପଥର ପାଲଟି ଯାଇଥାଏ।

ଘର ଭିତରୁ ପୁଅ -'ବାପା ବାପା' କହି ଦଉଡି ଆସିବାରୁ ତା'ର ଚେତା ପଶିଲା। ସେ ପୁଅକୁ କୋଳରେ ଜାକି ଭୋ ଭୋ କାନ୍ଦି ଉଠିଲା। ସଂଧ୍ୟା ହେବା ଆଗରୁ କେଇଜଣ ସାଇଭାଇ ଶ୍ରୀକାନ୍ତର ଶବକୁ ଗାଁ' ଶ୍ମଶାନକୁ ନେଇ ସତ୍କାର କରି ଫେରିଲେ। କେହି ଜଣେ ପଡ଼ିଶାଘର ଲଳିତା ମଥାର ସିନ୍ଦୂର ଲିଭାଇ ଦେଲେ। ତା' ହାତର ଚୁଡ଼ି ଭାଙ୍ଗି ତାକୁ ବିଧବା ରୂପରେ ସଜାଇଦେଲେ। ସହଚରୀ ସରପଞ୍ଚ ବିଶାଖା ଦେବୀ ତା'ର ସ୍ୱାମୀର ଶୁଦ୍ଧକ୍ରିୟା ପାଇଁ ସରକାରଙ୍କ ତରଫରୁ ପାଞ୍ଚଶହ ଟଙ୍କା ଓ ନିଜ ତରଫରୁ ପାଞ୍ଚ ହଜାର ଟଙ୍କା ତା ହାତରେ ଗୁଞ୍ଜିଦେଇ ଔପଚାରିକ ଦୁଃଖ ପ୍ରକାଶ କରି ଚାଲିଗଲେ। ଲଳିତା ଭାବିପାରୁ ନଥିଲା ଇଏ ଅନୁଗ୍ରହ ନା ଅହଂକାର। ତା'ର

ଅସହାୟତାର ସୁଯୋଗ ନେଇ ତା' କଟା ଘା'ରେ ଚୂନ ଲଗାଇବା ସଦୃଶ। ଯାହା ହେଲେ ବି ସେ ଅନୁଗ୍ରହର ରାଶିକୁ ଜାବୁଡ଼ି ଧରିଥିଲା ଅନନ୍ୟୋପାୟ ହୋଇ।

ଲଳିତା ମନକୁ ଦୃଢ଼ କଲା। ସ୍ୱାମୀଙ୍କର ସୀମିତ ସମ୍ବଳକୁ ପାଥେୟ କରି ଜୀବନ ଜିଇଁବାର ପ୍ରୟାସ କଲା। ଜମି ସବୁ ଭାଗଚଷ ଦେବା ସହ ସିଲାଇ ମେସିନ୍‌ଟିଏ ଆଣି ପିଲାଙ୍କର ଜାମାପଟା ଠୁ ସ୍ତ୍ରୀ ଲୋକମାନଙ୍କ ଶାୟା, ବ୍ଲାଉଜ୍, ଝିଅମାନଙ୍କ କୁର୍ତ୍ତା ପାଇଜାମା ସିଲେଇ କରି ନିଜେ ଦୁଇ ଓଳି ଖାଇ ପୁଅକୁ ଯଥା ସାଧ୍ୟ ପାଠ ପଢ଼ାଇବାକୁ ଚେଷ୍ଟା କଲା। ହେଲେ ତା' ମନକୁ ସବୁବେଳେ ଗୋଟିଏ ପ୍ରଶ୍ନ ଉଦ୍‌ବେଳିତ କରୁଥାଏ। ତା' ସ୍ୱାମୀ ମୁଣ୍ଡଝାଳ ତୁଣ୍ଡରେ ମାରି ତା' କ୍ଷେତରେ ସୁନା ଫଳାଉଥିଲା। ଧାନ ମୁଗ, ପନିପରିବା ଯାହା ଫଳାଏ, ନିଜେ ଖାଇ ଅନ୍ୟକୁ ଖୁଆଏ। ହାଟ ବଜାରରେ ବିକେ। ତଥାପି ତା' ପେଟ ପୁରେ ନାହିଁ। ଅଭାବ ଅନଟନ ଲାଗି ରହିଥାଏ। ସେ ଜଣେ ଗରୀବ କିଷାନ ଭାବେ ସମାଜରେ ପରିଗଣିତ ହୁଏ।

ସ୍ୱାମୀ ଶ୍ରୀକାନ୍ତର ସାଙ୍ଗ ସୁମନ୍ତ ସୈନ୍ୟଟିଏ ହୋଇ ସୀମାରେ ସଶସ୍ତ୍ର ପ୍ରହରୀ ସାଜି ଦେଶ ରକ୍ଷା କରୁଥିଲା। ଦୁର୍ଭାଗ୍ୟକ୍ରମେ ଆତଙ୍କବାଦୀଙ୍କ ଗୁଳିର ଶିକାର ହୋଇ ପ୍ରାଣ ବଳି ଦେଲା। ସେ ସହୀଦ ହୋଇଗଲା। ଆଉ ଜଣେ ଦୈବ ଦୁର୍ବିପାକରେ ପ୍ରାଣ ହରାଇଲା। ସେ ବି ତ ଆକସ୍ମିକ ଦୁର୍ଘଟଣା ଥିଲା ଯେମିତି ଆତଙ୍କବାଦୀ ଆକ୍ରମଣ। ହେଲେ ଜଣଙ୍କର ମୃତ୍ୟୁରେ ଧନବର୍ଷା ଆଉ ଜଣଙ୍କର ମୃତ୍ୟୁ ଅର୍ଥଶୂନ୍ୟ ବିମର୍ଷ। ଏମିତି ପ୍ରଭେଦ କାହିଁକି? କ'ଣ ପିଲାଦିନେ ପଢ଼ିଥିବା ଶୁଣିଥିବା "ଜୟ ଯବାନ, ଜୟ କିଷାନ୍" ଖାଲି ଲୋକ ଦେଖାଣିଆ। ଯବାନର ଜୟଗାନ ସବୁବେଳେ ଥିଲା, ଥିବ ହେଲେ କୃଷକର ଜୟଗାନ ପାଇଁ ଆଉ କେତେ କାଳ ଅପେକ୍ଷା କରିବାକୁ ପଡିବ?

ଅଭିମାନରେ ଅଟକି ଯାଇଥିବା ସିଲାଇ ମେସିନ୍‌କୁ ଲଳିତା ଜୋର୍ ଜୋର୍ କରି ଚଲାଇବାକୁ ଲାଗିଲା।

■

ଅଲିଭା ଦାଗ

ଟୁଲୁ ଦାଦାଙ୍କର ବାହାଘର। ଟୁଲୁ ଦାଦା ବାପାଙ୍କର ମାମୁଁ ପୁଅ। ଅର୍ଥାତ୍ ମୋ ଜେଜେ ମା'ର ସବା ସାନଭାଇ ରଘୁ ଅଜାଙ୍କର ବଡ଼ ପୁଅ। ମୁଁ ଜେଜେମା' ସହ ସେ ବାହାଘରରେ ଯୋଗ ଦେବାକୁ ଯାଇଥାଏ। ବନ୍ଧୁବାନ୍ଧବଙ୍କ ଗହଳିରେ ଘର ଭର୍ତ୍ତି ହୋଇଥାଏ। ଘରର ବରିଷ୍ଠମାନେ ବାହାଘରର ଆବଶ୍ୟକୀୟ ଆୟୋଜନ ସହ ଗାଁ'ଠୁ ଦେଶବିଦେଶ ଯାଏ ଘଟୁଥିବା ସାଂପ୍ରତିକ ଘଟଣାବଳିକୁ ନେଇ ଆଳାପ ଆଲୋଚନା କରୁଥାଆନ୍ତି। ମହିଳା ଶ୍ରେଣୀ ବନ୍ଧୁବାନ୍ଧବଙ୍କ ଭୋଜନାର୍ଥେ ରନ୍ଧା ରନ୍ଧିରେ ଲାଗି ପଡ଼ିଥାଆନ୍ତି। କିଏ ଭାତ ଗାଳୁଥାଏ ତ କିଏ ପରିବା କାଟୁଥାଏ ଆଉ କିଏ ମସଲା ବାଟୁଥାଏ।

ଆମେ ସମବୟସ୍କ ପିଲାମାନେ ସ୍କୁଲ୍, କଲେଜ, ସାଙ୍ଗସାଥୀଙ୍କ ବିଷୟରେ କଥା ହେଉଥାଉ। ସେ ବର୍ଷ ମୋର ଇଣ୍ଟରମିଡିଏଟ୍ ପ୍ରଥମ ବର୍ଷ। ପ୍ରଥମ କରି କଲେଜରେ ପାଦ ଦେଇଥାଏ। ନୂଆ ନୂଆ କଲେଜର ଅନୁଭୂତି ସମସ୍ତଙ୍କୁ ଶୁଣାଉଥାଏ। କଲେଜର ଅନୁଭୂତି ସ୍କୁଲ୍‌ଠୁ ନିଆରା। କ୍ଲାସ୍‌ରେ ଭୟାତୁର ହୋଇ ବସି ରହିବାର ବାଧ୍ୟ ବାଧକତା ନଥାଏ। କ୍ରମାଗତ ଭାବେ ଆଠଟି ପିରିଅଡ଼୍ ବସି ପଢ଼ିବାର ବନ୍ଧନ ବି ନଥାଏ। ଦୁଇ ତିନିଟି ପିରିଅଡ୍ ପରେ ଗୋଟିଏ ଦୁଇଟି ପିରିଅଡ଼ର ବ୍ରେକ୍। ସେଥିରେ କିଏ କମନ ରୁମ୍‌ରେ କ୍ୟାରମ୍ ଖେଳେ ତ କିଏ କୃଷ୍ଣଚୂଡ଼ା ଗଛମୂଳେ ଗୁଲି ଖଟି କରେ। ପୁଣି କିଏ ସାଇକେଲ ଧରି ଭେଡ଼େ ବଜାର ବୁଲିଆସେ। ମୋଟାମୋଟି ଭାବେ କଲେଜ ପଢ଼ା ଏକ ବନ୍ଧନ ମୁକ୍ତ ସ୍ୱୟଂ ନିୟନ୍ତ୍ରିତ ପରିବେଶରେ ଚାଲିଥାଏ।

ରୋଷେଇ ଶେଷ ହେବାରୁ ରଘୁ ଅଜା ସମସ୍ତଙ୍କୁ ଖାଇବାକୁ ଡାକିଲେ। ଅଗଣାରେ ଲମ୍ବା କରି ଆସନ ପକାଇ ଧାଡ଼ିରେ ବସିଗଲୁ। ଖଲି ଚଉପଦୀ ପକା ହୋଇ ତା'ଉପରେ ପାଣି ଛିଞ୍ଚା ଗଲା। ତା'ପରେ ଲେମ୍ବୁ ଲୁଣ ଲଙ୍କା ପରଷା ଗଲା।

ଭାତ, ଡାଲି ମାଛ ତରକାରି, ଛେଞ୍ଚଡ଼ା, ବିଲାତି ଖଟା ପରକୁ ପର ଆସୁଥାଏ। ବଢ଼ାବଢ଼ି ଦାୟିତ୍ୱ ଥିଲା ବାହାଘର ପାଇଁ ରଘୁ ଅଜାଙ୍କ ଘରକୁ ଆସିଥିବା ଝିଅମାନଙ୍କ ଉପରେ। ଆଈ, ଖୁଡ଼ୀ ଭିତରେ ରହି ବଢ଼ାଇ ଦେଉଥାଆନ୍ତି। ଆଗକୁ ଆସି ବାଢ଼ି ପାରୁନଥା'ନ୍ତି। ଖାଇ ବସିଥିବା ପରିବାର ବର୍ଗ ଓ ବନ୍ଧୁ ବାନ୍ଧବଙ୍କ ମଧ୍ୟରେ କିଏ ଦେଢଶୁର ତ କିଏ ମଳାଶୁର ହୋଇଥିବେ। ସେମାନଙ୍କ ଆଗକୁ ଆସିବେ କେମିତି ?

ଆଗକୁ ନଇଁ ମୋ ଖଲିରେ ପରିଷି ଦେଇ ଯାଉଥିବାବେଳେ ମୁହଁ ଟେକି ଉପରକୁ ଚାହିଁବାରେ ଦୃଷ୍ଟି ପଡିଗଲା ପରଷୁଥିବା ଝିଅଟିର ଛାତି ଉପରେ। ଚମକି ପଡ଼ିବା ପରି ଆଖି ତଳକୁ କରି ଆଉ ଅଧିକ ଭାତ ନଦେବାକୁ ଇସାରା କଲି। ସେ ଅପରିଚିତ ଯୁବତୀଟିର ମାର୍ବଲ ପରି ମସୃଣ ଗ୍ରୀବାଯାଏ ଛାତି ଉପର କ୍ଲିଭେଜକୁ ଦେଖି ମୁଁ ସେ ମୁହୂର୍ତ୍ତରେ ଆତ୍ମ ବିଭୋର ହୋଇଯାଇଥାଏ। ତରୁଣ ମନରେ ମୋର ଏକ ଅଭୂତପୂର୍ବ ରୋମାଞ୍ଚର ବିଦ୍ୟୁତ ପ୍ରବାହ ଅନୁଭବ କରୁଥାଏ। ତା'ପରେ ଆଉ ଯେତେଥର ସେ ପରଷିବାକୁ ଆସିଲା ମୋତେ କେବଳ ସେ ଆକର୍ଷଣୀୟ ଛାତି ଉପର ଉନ୍ନତ ମାଂସପେଶୀ ବ୍ୟତୀତ ଆଉ କିଛି ଦିଶିନଥିଲା। ମୁଁ କ'ଣ ଖାଉଥିଲି ସେଥିପ୍ରତି ମୋର ଧ୍ୟାନ ନଥିଲା। ଏକ ଅନିର୍ବଚନୀୟ ଅନୁଭବରେ ମୁଁ ଅନ୍ୟମନସ୍କ ହୋଇଯାଇଥାଏ।

ମାଘ ମାସର ଶୀତ। ଆମେ ସବୁ ଖାଇ ସାରିବାବେଳକୁ ସେ ଯୁବତୀଟି ଚଦରଟିଏ ନିଜ ଉପରେ ଢ଼ାଙ୍କି ହୋଇ ପଡ଼ିଥାଏ। ବାରମ୍ବାର ଯାହା ଦେଖି ମୁଁ ବିମୋହିତ ହେଉଥିଲି ସେ ଆଉ ଦେଖିବା ସମ୍ଭବପର ନଥିଲା। କ୍ରମେ ପରିଚୟ ହେବାରୁ ଜାଣିଲି ସେ ଟୁନି ଅପା, ଯାହାକୁ ମୁଁ ଆଗରୁ କେବେ ଦେଖିନଥିଲି କି ତା' ବିଷୟରେ ଜାଣିନଥିଲି। ମୋ'ଠୁ ବୟସରେ ଛୋଟ। ବାପାଙ୍କର ଦୂର ସମ୍ପର୍କୀୟା ଭଉଣୀ ତେଣୁ ମୋର ମାନ୍ୟରେ ପିଉସୀ। ବିବେକ ଅମାନିଆ ମନକୁ ଉଦଣ୍ଡ ଭାବନାପାଇଁ ଶକ୍ତ ଚାପୁଡ଼ାଟାଏ ମାରିଲା। ମନଟା ବି କମ୍ ନିର୍ଲଜ ନୁହଁ। ସବୁ ସେହି ବୟସର ଦୋଷ କହି ନିଜେ ଝାଡିଝୁଡି ହୋଇଗଲା। ସମ୍ପର୍କ ଯାହା ହେଲେ ବି ସମବୟସ୍କ ପୁଅଝିଅଙ୍କ ମଧ୍ୟରେ ଚଟ୍‌ପଟ୍ କଥାବାର୍ତ୍ତା ହେବାରେ ସଂଭ୍ରମତା ବାଧକଥିଲା। ଟୁନି ଅପା ସହ ବିଶେଷ ପରିଚୟ, ମିଳାମିଶା କରିବା ଆଗରୁ, ଟୁଲୁ ଦାଦାଙ୍କର ବାହାଘର ଚତୁର୍ଥୀ ଭୋଜି ପରେ ଆମେ ଗାଁ'କୁ ଫେରିଆସିଥିଲୁ।

ମୋର କିନ୍ତୁ ଟୁନି ଅପା କଥା ମନରୁ ଯାଉନଥାଏ। ତାକୁ ପାଖରେ ଦେଖିବାକୁ, ତା' ପରଷା ଖାଇବାକୁ, ତା' ସହ କଥା ହେବାକୁ ଇଚ୍ଛା ହେଉଥାଏ। ହୋଇପାରେ ସେ ତାରୁଣ୍ୟର ଭାବପ୍ରବଣତା, ନବଯୌବନରେ ନାରୀ ପ୍ରତି ଆସକ୍ତି।

ବୋଉର ଦେହ ଅସୁସ୍ଥ ଥାଏ। ଘରେ କାମଦାମ କରିବା କଷ୍ଟ ହେଉଥାଏ।

ବଡ ଚାଷୀ ପରିବାର, ଗାଈ, ବଳଦ ମୂଲିଆ, ଚାକର ବ୍ୟତୀତ ପରିବାର ସଦସ୍ୟ ପନ୍ଦରରୁ ଅଧିକ। ସମସ୍ତଙ୍କ ଖାଇବା ପିଇବାର ବ୍ୟବସ୍ଥା କରିବାରେ ବୋଉର ଦିନ କଟିଯାଏ। ଦିନେ ବି ଅସୁସ୍ଥ ହେଲେ, ଜ୍ୱର କି ବାଧକ ହେଲେ ଘର ଅଚଳ ହୋଇଯାଏ। ଜେଜେମା' ମୋ'ର ଭାରି କାମିକା। ପିମ୍ପୁଡି ପରି ସକାଳୁ ସଞ୍ଜଯାଏ କିଛି ନା କିଛି କାମରେ ଲାଗିଥାଏ। ଘର ଓଳାଏ, ଗାଈ ଦୁହେଁ, ପରିବା କାଟେ, ବାଡ଼ିରୁ ଶାଗ ଉପାଡ଼େ। ସବୁ ବାହାରିଆ କାମ ଗୋଟିକ ପରେ ଗୋଟେ କରିଯାଉଥାଏ। ହେଲେ ରୋଷେଇ ଘରେ ପଶି ରନ୍ଧା ବଢ଼ା କରିବାକୁ ଛେଳିକୁ ପାଣି ପାଖକୁ ନେବା ପରି ହୁଏ। ତା'ର ବୋହୂବେଳୁ ସେ ଅଭ୍ୟାସ ହୋଇଯାଇଥାଏ। ତା' ଶାଶୂ ଅର୍ଥାତ୍ ମୋ ଜେଜେବାପାଙ୍କର ମାଆକୁ ରୋଷେଇ ବହୁତ ପସନ୍ଦ। ସେଥିପାଇଁ ସେ ବୁଢୀ ହେବାଯାଏ ଚୁଲ୍ଲି ଛାଡି ନଥାନ୍ତି। ତାଙ୍କ ପରେ ମୋର ପିଉସୀମାନେ ରୋଷେଇ ଦାୟିତ୍ୱ ନେଇଥିଲେ ମୋ ବୋଉ ଆସିବାଯାଏ।

ବୋଉର ଅସୁସ୍ଥତା ଦେଖି ଜେଜେମା' ତା'ର ଝିଆରୀ ଅର୍ଥାତ୍ ଟୁନି ଅପାକୁ କିଛି ଦିନ ଆମ ଘରେ ରହିବାକୁ ଡକାଇ ଆଣିଲା। ମନ ଖୋଜୁଥିଲା ଯାହା ଶୀଘ୍ର ପ୍ରାପତ ହେଲା ତାହା।

ଟୁନି ଅପା ବୟସରେ ଛୋଟ ଜାଣିବା ପରେ ତାକୁ ଆଉ ଅପା ସମ୍ବୋଧନ କରିବାକୁ ଜିଭ ଲେଉଟେ ନାହିଁ। ପୁଣି ପିଉସୀର ନାଁ ଧରି ଟୁନି ବୋଲି କେମିତି ଡାକିବି ଭାବି ଦ୍ୱନ୍ଦ୍ୱରେ ପଡ଼ିଯାଇଥାଏ। ବୟସରେ ବଡ଼ ହେଲେ ବି ସମ୍ବନ୍ଧରେ ପୁତୁରା ହୋଇଥିବାରୁ ଟୁନିଅପା ନିଧଡ଼କ କୁନା ବୋଲି ଡାକେ। ରୋଷେଇ ବାସରେ ବୋଉକୁ ସାହାଯ୍ୟ କରେ। ମୁଁ କଲେଜ ଯିବାବେଳକୁ ଖାଇବା ବାଢ଼ି ଦିଏ। କଲେଜରୁ ଫେରିବା ଯାଏ ନଖାଇ ବସିଥାଏ। ଆଗ ଗୁଣ୍ଡେ ଖୁଆଇ ଦେଇ ନିଜେ ଖାଏ।

ମାନ୍ୟରେ ମାତୃ ସ୍ଥାନୀୟ, ସ୍ଥିତିରେ ସମବୟସ୍କା ଟୁନିଅପାର ସ୍ନେହ ଆଦର ମୋ ପ୍ରତି ଦିନୁଦିନ ବଢ଼ିବାରେ ଲାଗିଥାଏ। ଏକ ନିବିଡ଼ ସାଥୀ ପାଇବାପରି ମୋତେ ଅଭୂତପୂର୍ବ ଆନନ୍ଦ ମିଳୁଥାଏ।

ପୂର୍ବରୁ ସମ୍ପୂର୍ଣ୍ଣରୂପେ ଅପରିଚିତ ଥିବାରୁ ସେ ତା'ର କୈଶୋର ଠାରୁ ଯୌବନ ଯାଏ ଜୀବନ ବୃତାନ୍ତ ପର୍ଯ୍ୟାୟକ୍ରମେ ଶୁଣାଉଥାଏ। ତାଙ୍କ ଗାଁ'ର ସୁନ୍ଦର ପରିବେଶ। ଗାଁ ମୁଣ୍ଡରେ ମୁଣ୍ଡିଆ ପାହାଡ଼, ଗାଁ'ଦେଇ ବହିଯାଉଥିବା ବଣୁଆ ନଈଧାର। ଖରା ଦିନେ ଶୁଖିଲା ନଦୀ ଶଯ୍ୟାରୁ ଚୁଆ ଖୋଜି ପାଣି ଆଣିବା, ପୋଖରୀ ଘାଟରେ ସାଙ୍ଗମାନଙ୍କ ସହ ଗାଧୋଇବା ଇତ୍ୟାଦି ଶୁଣାଇ ମୁଁ ନଦେଖିଲେ ମଧ୍ୟ ତାଙ୍କ ଗାଁ'ର

ସୁନ୍ଦର ଚିତ୍ରଟିଏ ସେ ମୋ ମନରେ ଆଙ୍କି ଦେଇଥାଏ। ତାଙ୍କ ଗାଁ'କୁ ଯିବାର ଆଗ୍ରହ ମୋର ବଢ଼ିଯାଇଥାଏ।

କ୍ରମଶଃ ପରିଚୟ ନିବିଡ଼ ହେବାରୁ ଟୁନି ଅପା ତା'ର ଜୀବନର କେତେ ଗୋପନୀୟ କଥା ମୋତେ କହିଥିଲା। ସବୁ ଝିଅଙ୍କ ଭଳି କିଶୋରୀରୁ ଯୁବତୀରେ ରୂପାନ୍ତରିତ ହେବାବେଳେ କେତେ ଅନୁସନ୍ଧିତ୍ସୁ ଚକ୍ଷୁ ତା'ଉପରେ ପଡୁଥାଏ। ବାଟ ଚାଲିଗଲାବେଳେ ଗାଁ ଦାଣ୍ଡରେ ଯୁବକମାନଙ୍କ ଆଖି ତା ଉପରେ ତାଳୁରୁ ତଳିପା ଯାଏ ପହଁରିଯାଏ। ସେ କିନ୍ତୁ ଆଖି ତଳକୁ କରି ଚାଲିଯାଏ। ତା ଉପର ଭାଇର ସାଙ୍ଗ ଅନଙ୍ଗ ଦିନେ ନିଛାଟିଆ ଖରାବେଳ ଦେଖି ତା ଶାଢ଼ି କାନି ଟାଣି ଦେଇଥିଲା। ନିଜ କାନିକୁ ଜୋରରେ ଭିଡିନେଇ ତା'ଉପରେ ଏକ ଘୃଣା କଟାକ୍ଷ ପକାଇ ସେ ଘରକୁ ଦୌଡ଼ି ପଳାଇ ଆସିଥିଲା। ତା'ପରଠୁ ଅନଙ୍ଗକୁ ଦେଖିଲେ ଟୁନି ଆଡ଼ ହୋଇଯାଏ। ଅନଙ୍ଗ ବି ଆଉ ଟୁନି ସହ କଥା ହେବାକୁ ସାହସ କରେ ନାହିଁ।

ସେମିତି ଦିନେ ଟୁନିର ଭାଇ ମୋହନ ଟୁନିର ସାଙ୍ଗ ତଥା ପଡ଼ିଶା ଘର ଝିଅ କସ୍ତୁରୀର ହାତ ଧରି ପକାଇଥିଲା। ସେ କଥା କସ୍ତୁରୀ ଟୁନିକୁ କହିବା ପରେ ଟୁନି ତା' ଭାଇକୁ ତାଗିଦ୍ କରି ଆଉ କସ୍ତୁରୀ ସହ ଅଭଦ୍ରାମୀ ନ କରିବାକୁ ସତର୍କ କରି ଦେଇଥିଲା। ମୋହନ ଭୟ ଓ ଲାଜରେ ଘର୍ମାକ୍ତ ହୋଇଯାଇଥିଲା। ସେବେଠୁ ମୋହନ କସ୍ତୁରୀକୁ ଦେଖିଲେ ବାଟ ଭାଙ୍ଗି ଚାଲିଯାଏ ଆଖି ଉଠାଇ ଦେଖେ ନାହିଁ।

ସେ ସମୟରେ ଗାଁ ଗହଳିରେ ପିଲାଳିଆମି ଥିଲା। ଯୌବନ ସୁଲଭ ଚପଳତା ଥିଲା। ମନ ଦିଆନିଆ ପ୍ରେମ ପ୍ରୀତି ଥିଲା। କାଁ ଭାଁ ଉଦ୍ଦୀପନା ବଶତଃ ସ୍ୱେଚ୍ଛାକୃତ ଭାବେ ଦେହ ବିନିମୟ, ଉପଭୋଗ ବି ଥିଲା। ଅବଶ୍ୟ ସେ ସବୁ ଲୁଚି ଛପି। ସନ୍ତର୍ପଣରେ, ସର୍ବସାଧାରଣଙ୍କ ଦୃଷ୍ଟିର ଅନ୍ତରାଳରେ। ଦୁଇ ପକ୍ଷର ସହମତିରେ। ଆଜିର ଦୂଷିତ ପରିବେଶ ପରି ବଳ ପ୍ରୟୋଗ, ପ୍ରତି ହିଂସା ପରାୟଣ, ପାଶବିକ ବଳାତ୍କାର, ଧର୍ଷଣ, ଗଣଧର୍ଷଣ, ବାଳିକା ବୃଦ୍ଧା, ବୟସ ନିର୍ବିଚାରରେ ଯୌନ ଉତ୍ପୀଡ଼ନ ନଥିଲା। ଅସହିଷ୍ଣୁ ହୋଇ ତେଜାବ ଫିଙ୍ଗିବା ଶୁଣାନଥିଲା। ଅସହାୟ ହୋଇ ଆତ୍ମବିସର୍ଜନ ଥିଲା କିନ୍ତୁ ଆକ୍ରୋଶମୂଳକ ହତ୍ୟା ରକ୍ତପାତ ନଥିଲା।

ଗ୍ରାମ୍ୟ ପରିବେଶ ଶୀତଳ ଚନ୍ଦ୍ରମା ପରି, ସୁନ୍ଦର, ସରଳ, ପ୍ରଶାନ୍ତ ଥିଲା। କାହିଁ କାହିଁ ସେଥିରେ ଅବଶ୍ୟ କଳଙ୍କର ଦାଗ ଥିଲା, ମାତ୍ର ସେ ସବୁ ଗ୍ରାମ୍ୟ ଜୀବନକୁ ଆଲୋଡ଼ିତ ନ କରି ରୋଚକ, ରସମୟ କରୁଥିଲା। ସେ ଚନ୍ଦ୍ରମାକୁ ଅହରହ ହିଂସା, ଦ୍ୱେଷର ରାହୁ କେତୁ ଗ୍ରାସ କରିବାର ଭୟ ନଥିଲା।

ଟୁନି ଅପାର ଛୋଟ ଗାଁ'ଟିରେ ଗୋଟିଏ ଆୟୁର୍ବେଦ ସେଣ୍ଟର ଖୋଲିଲା।

ସେ ସେଣ୍ଟରରେ ଜଣେ ସଦ୍ୟ ପାସ୍ କରିଥିବା ଡାକ୍ତର ନିଯୁକ୍ତ ହେଲେ। ତା' ପୂର୍ବରୁ ଆଦିବାସୀ ଅଧ୍ୟୁଷିତ ଗାଁ'ଟିରେ ପୀଡ଼ିତ ଲୋକମାନଙ୍କ ଚିକିତ୍ସା ପାଇଁ କୌଣସି ବ୍ୟବସ୍ଥା ନଥିଲା। ଡାକ୍ତର ଜଣକ ଆସିବାପରେ ଗ୍ରାମବାସୀ ଆଶ୍ୱସ୍ତ ହେଲେ। ଛୋଟବଡ଼ ବେମାରିରୁ ଶୀଘ୍ର ସୁସ୍ଥ ହେଲେ। କିନ୍ତୁ ଯୁବ ଡାକ୍ତର ମୟଙ୍କ ଦାସ ଆଦିବାସୀ ବହୁଳ ଛୋଟ ଗାଁ'ଟିରେ ଧୀରେ ଧୀରେ ଅଣନିଶ୍ୱାସୀ ହେବାକୁ ଲାଗିଲେ। ଡାକ୍ତରଖାନା ବନ୍ଦ ହେବାପରେ ତାଙ୍କ ସହ ମିଳାମିଶା କରିବା ପାଇଁ ସମବୟସ୍କ, ସମଭାବାପନ୍ନ ପିଲାଟିଏ ସେ ପାଉନଥିଲେ। ସହର ବଜାରଠୁ ଦୂର ପଲ୍ଲୀ ଗାଁ'ଟିରେ ସେ ମାଛକୁ ପାଣିରୁ କାଢ଼ି ନେଲାପରି ଛଟପଟ ହେବାକୁ ଲାଗିଲେ।

ଟୁନି ଅପାର ବଡ଼ ଭାଇ ଗାଁ'ଠୁ ପାଞ୍ଚକୋଶ ଦୂର ତହସିଲ ଅଫିସ୍‌ରେ କାମ କରନ୍ତି। ସବୁ ଶନିବାର ଘରକୁ ଆସି ସୋମବାର ସକାଳୁ ଫେରି ଯାଆନ୍ତି। ତାଙ୍କ ସହ ଡାକ୍ତର ମୟଙ୍କର ପରିଚୟ ହେଲା। କଥା ଭାଷା ହେବାବେଳେ ଦୁହେଁ ଗାଁ' ତଥା ଦେଶବିଦେଶର ସମସ୍ୟା ଓ ରାଜନୀତି ଚର୍ଚ୍ଚା କରନ୍ତି। ପରିଚୟ ଘନିଷ୍ଠ ହେବାରୁ ଭାଇଙ୍କ ସହ ସେ ତାଙ୍କ ଘରକୁ ଆସନ୍ତି। ଟୁନି ଚା' ବିସ୍କୁଟ୍ ଦିଏ। କେବେ କେବେ ତାଙ୍କ ଘରେ ରାତ୍ରି ଭୋଜନ କରିଥାଆନ୍ତି।

ପାରିବାରିକ ସମ୍ପର୍କ ବଢ଼ିବାରୁ ଡାକ୍ତର ମୟଙ୍କ ତା' ଭାଇର ଅନୁପସ୍ଥିତିରେ ବି ତାଙ୍କ ଘରକୁ ଆସନ୍ତି। ଟୁନିର ବୋଉକୁ ମାଉସୀ ଡାକନ୍ତି। କେବେ କାମରେ ବାହାରକୁ ଯାଇ ଫେରିଲେ ତାଙ୍କ ଘର ପାଇଁ ଫଳ, ମିଠା ନେଇଆସନ୍ତି। ମୟଙ୍କଙ୍କୁ ସେ ଅପରିଚିତ ଜାଗାରେ ଟୁନିର ଘରଟି ନିଜ ଘର ଭଳି ଲାଗେ। ସେ ଟୁନିକୁ ନିଜର ସାନ ଭଉଣୀ ଭଳି ଦେଖନ୍ତି। ତା' ହାତରୁ ଚା' ପିଇ ଚାଲିଯାଆନ୍ତି। ମାତ୍ର ତାଙ୍କର ଟୁନି ଘରକୁ ଯିବା-ଆସିବା ଗାଁ'ର କେଇଜଣ ଅସୂୟା ଲୋକଙ୍କ ଆଖିରେ ଯାଉ ନଥାଏ। ସେମାନେ ମୟଙ୍କ ଓ ଟୁନିକୁ ନେଇ ମନଗଢ଼ା ଅପବାଦ, କୁତ୍ସା ରଟନା ଆରମ୍ଭ କରି ଦେଇଥାଆନ୍ତି।

ଧୀରେ ଧୀରେ କଥାଟା ଡାକ୍ତର ମୟଙ୍କଙ୍କ କାନକୁ ଗଲା, ଟୁନି ଘର ଲୋକେ ବି ଶୁଣିବାକୁ ପାଇଲେ। ଅମୂଳକ କଥାକୁ ଆଉ ଆଗକୁ ବଢ଼ିବାକୁ ନଦେଇ ମୟଙ୍କ ଟୁନି ଘରକୁ ଯିବା ଆସିବା ବନ୍ଦ କରିଦେଲେ। କିଛି ଦିନ ପରେ ଭୁବନେଶ୍ୱର ଯାଇ ନିଜ ସହର ବାଲେଶ୍ୱରକୁ ତାଙ୍କର ବଦଳି କରାଇ ନେଲେ।

ଏସବୁ କହିବାବେଳେ ଟୁନି ଅପା କିନ୍ତୁ କହି ନଥିଲା ଯେ ତା ମନରେ ଡାକ୍ତର ମୟଙ୍କଙ୍କ ପ୍ରତି ଦୁର୍ବଳତା ଥିଲା କି ନାହିଁ। ମୋର କିନ୍ତୁ ସେ ସବୁ ପଚାରିବା ପରିବର୍ତ୍ତେ ଡାକ୍ତର ମୟଙ୍କଙ୍କ ପ୍ରତି ଏକ ମଧୁର ଈର୍ଷା ଭାବ ଆସୁଥିଲା। ଡାକ୍ତର ମୟଙ୍କଙ୍କ ଜାଗାରେ ମୁଁ ନିଜକୁ ରଖି ଭାବନା ରାଜ୍ୟରେ ଘୂରି ବୁଲେ। ମିଛିମିଛିକା ସ୍ୱପ୍ନ ଦେଖେ।

ଭାବେ ଡାକ୍ତର ମୟଙ୍କ ଭାଗ୍ୟବାନ ଥିଲେ। ସତରେହେଉ ବା ମିଛରେ ତାଙ୍କ ନାଁ ସହ ଟୁନି ଅପାର ନାଁ ଯେ ଯୋଡ଼ି ହୋଇଯାଇଥିଲା।

ସମ୍ପର୍କ ଭିନ୍ନ ହେଲେ ବି ମୋତେ ଟୁନି ଅପାର ସାନ୍ନିଧ୍ୟ ଭଲ ଲାଗୁଥିଲା। ତା'ର ସ୍ନେହ ଆଦରରେ ମୁଁ ଛନ୍ଦି ହୋଇ ଯାଉଥିଲି।

ଟୁନି ଅପାର ତାଙ୍କ ଗାଁ'କୁ ଫେରି ଯିବାର ସମୟ ଆସିଲା। ମୋ ମନରେ ଛନକା ପଶିଲା। ଟୁନି ଅପା କହୁଥିଲା –'କୁନା ମୁଁ ଏଠୁ ଚାଲିଗଲେ ତୁ ମୋତେ ମନେ ପକାଇବୁ ନା ଭୁଲିଯିବୁ' ? ସେ କଥାପଦକ ମୋ ମନରେ ଏକ ତୀକ୍ଷ୍ଣ ଛୁରୀ ଭଳି ମୋ ମନରେ କ୍ଷତ ସୃଷ୍ଟି କରିଥିଲା। ଟୁନି ଅପାଠୁ ଦୂର ହେବାକୁ ମନ ଚାହୁଁନଥିଲା। ତା'ର ଆମ ଘରୁ ବିଦାୟକାଳୀନ ଦୃଶ୍ୟ ମନକୁ ଆସିଲେ ଏକ ଅବ୍ୟକ୍ତ କୋହ ଉଠୁଥିଲା। ସେ ବିଦାୟ ବେଳାର ସମ୍ମୁଖୀନ ହେବାକୁ ଭୟ ଲାଗୁଥିଲା।

ଯୋଗକୁ ସାଙ୍ଗମାନଙ୍କ ସହ କଟକ, ଭୁବନେଶ୍ୱର ବୁଲିଯିବାର କାର୍ଯ୍ୟକ୍ରମ ସ୍ଥିର ହେଲା। ଟୁନି ଅପା ତାଙ୍କ ଗାଁ'କୁ ଫେରିଯିବା ଆଗରୁ ଆମେ ବୁଲିବାକୁ ଚାଲିଗଲୁ। ଯିବାଆଗରୁ ଟୁନି ଅପା ମୋର କଲେଜ ଆଡ଼ମିସନ୍ ପାଇଁ ଉଠାଇଥିବା ପାଶ୍‌ପୋର୍ଟ ସାଇଜ୍ ଫଟୋରୁ ଗୋଟିଏ ମାଗି ନେଇଥିଲା। ସେ କହୁଥିଲା ତା'ର କୌଣସି ଫଟୋ ନାହିଁ କାରଣ ସେଯାଏ କେବେ ଷ୍ଟୁଡିଓ ଯାଇ ଫଟୋ ଉଠାଇ ନଥିଲା। ତା'ଲାଗି ବାହାଘର ପ୍ରସ୍ତାବ ଆସୁଥିବାରୁ ସହର ଯାଇ ଫଟୋଟିଏ ଉଠାଇବାକୁ ତା ବୋଉ କହୁଥିଲେ ମାତ୍ର ସେ କାର୍ଯ୍ୟକାରି ହୋଇପାରିନଥାଏ।

ସାଙ୍ଗମାନଙ୍କ ସହ ଦୁଇତିନି ଦିନ ବୁଲାବୁଲି କରି ଫେରିବାବେଳକୁ ଟୁନି ଅପା ତାଙ୍କ ଗାଁ'କୁ ଯାଇସାରିଥିଲା। ଆମ ଘରେ ତା'ର ଅନୁପସ୍ଥିତି ସ୍ପଷ୍ଟ ବାରି ହୋଇ ପଡୁଥାଏ। ଘର ଦାଣ୍ଡଠାରୁ ଅଳିନ୍ଦ ଯାଏ ଖାଲି ଖାଲି ଉଦାସିଆ ଲାଗୁଥିଲା। ଅନୁଭୂତ ହେଉଥିଲା ଯେମିତି କେଉଁଠି କିଛି ଅମୂଲ୍ୟ ସଂପଦ ହଜିଯାଇଛି। ମନରୁ ସରାଗ ମରି ଯାଇଥାଏ। ସପ୍ତାହେ ପରେ ଟୁନି ଅପାର ଚିଠି ଆସିଥିଲା। ଅଧା ପାଠୋଇ ଝିଅଟାର ମକାମଞ୍ଜି ପରି ଢ଼ିମା ଢ଼ିମା ଗୋଲ ଗୋଲ ଅକ୍ଷର ଗୁଡ଼ାକ ସହ ପ୍ରଥମ ପରିଚୟ ହେଲା। ମୋତେ ମନେ ପକାଇ କେତେ ଝୁରୁଛି, ମନଦୁଃଖ ହେଉଛି ଲେଖିଥିଲା। ତାଙ୍କ ଗାଁ'କୁ ଯିବା ବାଟରେ ଷ୍ଟୁଡ଼ିଓରେ ଫଟୋ ଉଠାଇ ଯାଇଥିବା କଥା ଜଣାଇଥିଲା। ତାଙ୍କ ଗାଁ'କୁ ଯିବାପାଇଁ ରାଣ ଦେଇ ଡାକିଥିଲା। ତା'ର ଫେରିଯିବାବେଳେ ମୁଁ ଅନୁପସ୍ଥିତ ଥିବାରୁ ଅଭିମାନ କରିଥିଲା। ଚିଠିଟି ପଢ଼ି ମୋ ଆଖିରେ ଲୁହ ଜକେଇ ଆସିଲା, ଟୁନିଅପା ପାଖକୁ ଦଉଡ଼ି ଯିବାକୁ ଇଛା ହେଉଥିଲା। ଉପାୟ ନଥିଲା।

ମୋ ମନର ବ୍ୟଥା ଜଣାଇ ଟୁନି ଅପା ପାଖକକୁ ଚିଠିଟିଏ ଲେଖି ବସିଲି।

ତା' ବିନା ଆମ ଘର କେମିତି ଶୂନ୍ ଶାନ୍ ଲାଗୁଛି, କେମିତି ମୁଁ ତାକୁ ମନେ ପକାଉଛି ଜଣାଇଲି। ମୋ ଚିଠି ପଢ଼ି ସେ ସମସ୍ତଙ୍କ ଆଗରେ କାନ୍ଦି ପକାଇଥିଲା ବୋଲି ପର ଚିଠିରେ ଲେଖିଥିଲା।

ସମୟ ବ୍ୟବଧାନରେ ଚିଠିପତ୍ରର ଆଦାନ ପ୍ରଦାନ ମାଧ୍ୟମରେ ଟୁନିଅପା ସହ ସମ୍ପର୍କ ଅକ୍ଷୁର୍ଣ୍ଣ ରହିଥାଏ। ବହୁ ପ୍ରତୀକ୍ଷା ପରେ ସେ ବର୍ଷ ରଜ ବେଳକୁ ତାଙ୍କ ଗାଁ'କୁ ଯିବାର ସୁଯୋଗ ମିଳିଲା। ତାଙ୍କ ଗାଁ'ରେ ରଜ ପର୍ବ ବହୁ ଆଡ଼ମ୍ବର ଓ ବିବିଧତାର ସହ ପାଳିତ ହୁଏ ବୋଲି ସେ କହିଥିଲା। ତାଙ୍କ ଗାଁକୁ ଯିବାଦିନ ଯେତିକି ପାଖେଇ ଆସୁଥାଏ ମନର ଉଦ୍‌ବେଗ ସେତିକି ବଢ଼ି ବଢ଼ି ଯାଉଥାଏ। ତାଙ୍କ ଗାଁକୁ ଗଲେ କ'ଣ ସବୁ ଦେଖାଇବ କହିଥିଲା ମନେ ପକାଉଥାଏ।

ସେ କହିଥିଲା ତାଙ୍କ ଗାଁ ପାଖ ମୁଣ୍ଡିଆ ଉପରକୁ ନେଇଯିବ। ବଣରୁ ବଇଁଚ କୋଳି ତୋଳି ଦେବ। ପୋଖରୀର ଗାଧୁଆ ତୁଠ, ନଈଧାରରୁ ଚୁଆ ଖୋଳି ଆଦିବାସୀ ସ୍ତ୍ରୀ ଲୋକଙ୍କର ପାଣି ଭରିବାର ଦୃଶ୍ୟ, ଜହ୍ନ ରାତିରେ ନାଚ ଗୀତର ଆସର ସବୁ ଦେଖାଇବାକୁ କହିଥିଲା। ତା'ର ମନେ ଥିବକି ନାହିଁ କେଜାଣି କହିଥିଲା ସେ ଶାଢ଼ି ପିନ୍ଧିବା ଆଗରୁ ପିନ୍ଧୁଥିବା ସ୍କଟବ୍ଲାଉଜ ସାଇତି ରଖିଛି, ସ୍ମୃତିର ସନ୍ତକ ରୂପେ। ତାକୁବି ପିନ୍ଧି ଦେଖାଇବ ସେ କିଶୋରୀ ବୟସରେ କେମିତି ଦିଶୁଥିଲା ସ୍କଟ ବ୍ଲାଉଜରେ। ଆହୁରି କହିଥିଲା ସେ କସ୍ତୁରୀକୁ ଦେଖାଇଦେବ ଯାହା ପାଇଁ ସେ ତା ଭାଇକୁ ଗାଳି ଦେଇଥିଲା।

ତାଙ୍କ ଘର ପାଖରେ ପହଞ୍ଚିବା ବେଳକୁ ସଂଜ ନଇଁ ଆସୁଥାଏ। ତା' ଭାଇ ମୋତେ ଦେଖୁ ଦେଖୁ ଯାଇ ଘର ଭିତରେ ଜଣାଇଲା। ଟୁନି ଅପା ଦଉଡ଼ି ଆସି ମୋ ହାତରୁ ବ୍ୟାଗଟା ନେଇ ମୋତେ ଘର ଭିତରକୁ ଡାକି ନେଲା। ତା' ମୁହଁର ହସରୁ ମୁଁ ତା'ର ଖୁସିର ଆକଳନ କରିପାରୁଥିଲି। ମୋତେ ବି ହଜିଲା ନିଧି ପାଇଲା ପରି ଲାଗୁଥିଲା। ତା' ମାଆ ମୋର ସମ୍ପର୍କରେ ଆଈ ହିସାବ ହେବେ। ସେ ଆମ ଘରର ସମସ୍ତଙ୍କ କୁଶଳ ମଙ୍ଗଳ ପଚାରିଲେ। ଟୁନି ଅପା ତରତର ହୋଇ ଯାଇ ମୋ ପାଇଁ ଖାଇବାର ବ୍ୟବସ୍ଥା କରୁଥାଏ। ମୋ ପାଖରେ ବସି ବଳାଇ ବଳାଇ ପରିଷି ଦେଉଥାଏ।

ଦୀର୍ଘ ପଥ ସାଇକେଲରେ ଯାଇଥିବାରୁ ଆବଶ ହୋଇ ମୁଁ ଶୋଇ ପଡ଼ିଥାଏ। ସକାଳୁ କିଛି ଶୀତଳ ସ୍ପର୍ଶରେ ମୋ ନିଦ ଭାଙ୍ଗିବା ବେଳକୁ ଟୁନି ଅପା ମୋ ପାଖରେ ଠିଆ ହୋଇ ଦୁଷ୍ଟ ପିଲାଟିଏପରି ହସୁଥାଏ। ମୋ ଗାଲରେ ଥଣ୍ଡାପାଣିର ଟିପ ଲଗାଇ ମୋତେ ନିଦରୁ ଉଠାଇ ଦେଇଥାଏ। ନିତ୍ୟକ୍ରମ ସାରିବାବେଳକୁ ସିଝା ଅଣ୍ଡାଟିଏ ଖାଇବାକୁ ଦେଲା। ଦିନରେ ତା କହିବା ଅନୁଯାୟୀ ମୁଣ୍ଡିଆ ଉପରକୁ ନେଇଗଲା।

ହାତରେ କଣ୍ଟା ଫୋଡି ହେଲେ ବି ବଇଁଚକୋଳି ତୋଳି ମୋ ହାତରେ ଦେଲା। ଫେରିବାବେଳେ ନଈଧାର, ପୋଖରୀ ତୁଠ ଦେଖାଇ ଦେଲା।

ରଜ ତିନିଦିନ ଯାକ ତାଙ୍କ ଗାଁ'ରେ ପିଠାପଣା, ଖିଆ ପିଆ, ଦୋଳି ଖେଳା, କବାଡ଼ି ପ୍ରତିଯୋଗିତା, ଗାଁ' ବୁଲାରେ ବିତିଲା। ପ୍ରଥମ ରଜ ଦିନ ସଂଧ୍ୟାବେଳକୁ ତାଙ୍କ ଗାଁ'ରେ ପିଲାମାନେ ବାହାରିଲେ ଜଙ୍ଗଲରୁ ଶିକାର କରିବାକୁ। ମୁଖ୍ୟ ଶିକାରୀ ଭାବେ ଆଦିବାସୀ ଯୁବକକଟିଏ ଧନୂ-ତୀର ନେଇ ବାହାରିଥାଏ। ତା'ସହ ଆଉ ଚାରି ପାଞ୍ଚଜଣ ଯୁବକ, ସାଥିରେ ଶିକାରୀ କୁକୁର। ସେମାନେ ଟୁନିଅପା ଘରୁ ପାଞ୍ଚ ସେଲିଆ ଲମ୍ବା ଟର୍ଚ୍ଚଟି ମାଗି ନେଇଥିଲେ। ସେମାନଙ୍କର ଫେରିବାବେଳକୁ ଅନେକ ରାତି ହୋଇ ଯାଇଥାଏ। ସେ ଦିନ ସେମାନେ ଗୋଟିଏ କୁଟୁରା କି ଝିଙ୍କ ମାରି ଆଣିଥାଆନ୍ତି। ଶିକାର ଜନ୍ତୁଟିର ମାଂସ ଭାଗ ହେଲା। ଶିକାର ପାଇଁ ଯାଇଥିବା ଯୁବକ ମାନଙ୍କ ବ୍ୟତୀତ କୁକୁର ଓ ଟର୍ଚ୍ଚ ପାଇଁ ଗୋଟିଏ ଗୋଟିଏ ଭାଗ ନିଧାର୍ଯ୍ୟ ହୋଇଥାଏ। ଟର୍ଚ୍ଚ ଭାଗର ମାଂସ ଟୁନି ଅପା ଘରକୁ ଆସିଲା। ଡେରି ରାତିରେ ପିଠା ମାଂସ ତରକାରି ଖିଆହେଲା।

ରଜ ସରିଗଲା। ସବୁସୁଖ କ୍ଷଣସ୍ଥାୟୀ ହେଲା ଭଳି ଟୁନି ଅପାର ଗାଁରେ ରହିବାର ଅବଧି ସରିଯାଇଥିଲା। ତା କହିବା ଅନୁଯାୟୀ ସେ ତାଙ୍କ ଗାଁ'ର ସବୁ ଆକର୍ଷଣୀୟ ବସ୍ତୁ ଦେଖାଇଥିଲା। ପେଟ ଭରି ଖୁଆଇଲା। ସବୁଯାକ ସଂଚିତ ସ୍ନେହ ଆଦର ସେହି ତିନି ଦିନରେ ଅଜାଡ଼ି ଦେଇଥିଲା। ମୁଁ ଯାଇଥିବାରୁ ତା' ସାଙ୍ଗ କସ୍ତୁରୀ ଆଉ ତାଙ୍କ ଘରକୁ ଆସୁନଥାଏ। ସେ ଦୂରରୁ ମୋତେ କସ୍ତୁରୀକୁ ଦେଖାଇ ଦେଇଥିଲା। ମୋତେ ଦେଖୁ ଦେଖୁ ଲାଗିଲା ସେ ଯେମିତି ଡାକ୍ତରଖାନାର ନର୍ସଟିଏ। ବୋଧେ ପଛପଟୁ ବାଳକୁ ଟେକି ଜୁଡ଼ା ବାନ୍ଧିଥାଏ ତେଣୁ ସେମିତି ଲାଗୁଥିଲା। ଶୁଣୁ ଶୁଣୁ ଟୁନି ଅପା କହିଲା ତୁ କେମିତି ଜାଣିଲୁ ସେ ନର୍ସିଂ ଟ୍ରେନିଂ ପାଇଁ ଆଡମିସନ୍ ନେଇସାରିଛି ? ଏ ବର୍ଷଠୁ ପଢ଼ିବାକୁ ଯିବ। ଟୁନି ଅପା ତା'ର ସମସ୍ତ କଥା ରଖିଥିବାବେଳେ ତା'ର ସ୍କଟ୍ ବ୍ଲାଉଜ ପିନ୍ଧା କିଶୋରୀ ରୂପକୁ ଦେଖାଇନଥିଲା। ଲାଜ ଲାଗୁଛି କହି ଆଡ଼େଇ ଦେଇଥିଲା। ତାଙ୍କ ଗାଁ'ରୁ ଫେରିବାବେଳେ ମନେ କରି ତା' ଫଟୋଟିଏ ଦେଇଥିଲା।

ତାଙ୍କ ଗାଁ'ରୁ ଫେରିବା ଦିନ ମନ ମାନୁ ନଥାଏ। ସାଇକେଲଟା ଯନ୍ତ୍ରବତ ଚାଲିଥାଏ। ହେଲେ ମନ ଧ୍ୟାନ ସବୁ ଟୁନିଅପା ପାଖରେ ବନ୍ଧା ପଡ଼ିଥାଏ। କାନ୍ଦିବାକୁ ଇଚ୍ଛା ହେଉଥାଏ କାନ୍ଦି ପାରୁ ନଥାଏ। ବାସ୍ତବତାକୁ ଗ୍ରହଣ କରିବାକୁ ମନ ପ୍ରସ୍ତୁତ ନଥାଏ। ତାଙ୍କ ଗାଁ' ମୁଣ୍ଡିଆ ପାହାଡ଼କୁ କେତେଦୂର ଯାଏ ଫେରି ଫେରି ଚାହୁଁଥାଏ। ଭାବୁଥାଏ ଏ ମୁଣ୍ଡିଆଟା କେତେ ଭାଗ୍ୟବାନ ସବୁଦିନ ଟୁନି ଅପାକୁ ଦେଖୁଛି, କେବେ

କେବେ ତା' ପଦସାନିଧ୍ୟ ପାଇ ଧନ୍ୟ ହେଉଛି। ଅଥଚ ମୁଁ ତା'ଠୁ ଦୂରରୁ ଦୂରକୁ ଚାଲିଯାଉଛି।

ତାଙ୍କ ଘରୁ ବିଦାୟ ନେଇ ଆସିବାବେଳେ ଟୁନିଅପା କହିଥିଲା, -'କୁନା ମନେ ରଖିଥିବୁ, ମୁଁ ଯେବେ ଆସିବାକୁ ଲେଖିବି ନିଶ୍ଚୟ ଆସିବୁ। ଯଦି ପରୀକ୍ଷା ଚାଲୁଥାଏ ତା'ହେଲେ ନିରୁପାୟ ଅନ୍ୟଥା ମୋ'ରାଣ ତୁ ସେତେବେଳେ ଆସିବୁ'।

ଟୁନି ଅପାର ରାଣ ମନେ ଥାଏ। ସମୟ ବିତି ଯାଉଥାଏ। ମୋର ଏମ.ଏ ପ୍ରଥମ ବର୍ଷ। ଟୁନିଅପା ଠୁ ବହୁ ପ୍ରତିକ୍ଷିତ ଚିଠି ଆସିଲା। ତା'ର ବାହାଘର ସ୍ଥିର ହୋଇଯାଇଥାଏ ଜଣେ କଣ୍ଟ୍ରାକ୍ଟର ସହ। ମୋତେ ଯିବାପାଇଁ ଆମନ୍ତ୍ରଣ କରିଥାଏ। ସେତେବେଳକୁ ସୌଭାଗ୍ୟ କ୍ରମେ ମୋର କୌଣସି ପରୀକ୍ଷା ନଥାଏ। ତେଣୁ ତା ବାହାଘରକୁ ଯିବାକୁ ମନସ୍ଥ କଲି। ହେଲେ ଖାଲି ହାତରେ ଯିବି କେମିତି, ଛୋଟ ବଡ଼ କିଛି ଗୋଟେ ଉପହାର ନେଇ ଯିବାକୁ ପଡିବ ଟୁନିଅପା ପାଇଁ। ଭାବି ଭାବି ସ୍ଥିର କରି ଉପହାର ଦେବି ଗୋଟିଏ ଫଟୋ ଆଲବମ୍। କଟକର ଗୋଟିଏ ଫଟୋ ଷ୍ଟୁଡ଼ିଓ ଯାଇ ପସନ୍ଦ କରି ଆଲବମ୍‌ଟିଏ ଆଣି ତା'ର ପ୍ରଥମ ପୃଷ୍ଠାରେ ମୋ ନିଜର ଫଟୋଟି ଲଗାଇ ନେଇଯାଇଥିଲି ତା' ବାହାଘର ଉପହାର ଦେବାପାଇଁ।

ଟୁନି ଅପା ମୋତେ ଦେଖି ସେମିତି ଖୁସି ହୋଇଗଲା। ଆଲବମ୍‌ଟି ତା'ର ପସନ୍ଦ ହେଲା। ସେ ସେଥିରେ ତା'ର ଝିଅ ଦିନର ସାଙ୍ଗମାନଙ୍କ ସହ ତା' ନିଜର ଗୋଟିଏ ଦୁଇଟି ଫଟୋ ସହ ଭାଇ ଭାଉଜଙ୍କ ଫଟୋ ଲଗାଇ ସଜାଡ଼ି ରଖିଲା ତା'ର ଷ୍ଟେସନାରୀ ସୁଟ୍‌କେଶରେ, ତା' ସହ ଶାଶୂ ଘର ନେଇଯିବାକୁ।

ବର, ବରଯାତ୍ରୀ ନିର୍ଦ୍ଧାରିତ ସମୟରେ ଆସି ପହଞ୍ଚିଲେ। ବାହାଘର ବିଳମ୍ବିତ ରାତିରୁ ଆରମ୍ଭ ହୋଇ ତା' ପରଦିନ ଯାଏ ଚାଲିଥିଲା। ସମସ୍ତ ରୀତିନୀତି ସହ ବିବାହ କାର୍ଯ୍ୟ ସମାପନ ହୋଇ ହାତ ଗଣ୍ଠି ପଡ଼ିବାବେଳକୁ ମାଇକ୍ ବାଲାଟି ମହମଦ୍ ରଫିଙ୍କର ସେଇ ହୃଦୟ ସ୍ପର୍ଶୀ ପୁରୁଣା ଗୀତର ରେକର୍ଡ଼ଟି ଲଗାଇଦେଲା......।

'ବାବୁଲ୍ କି ଦୁଆ ଲେତି ଯା, ଯା ତୁଝକୋ ସୁଖୀ ସଂସାର ମିଲେ....'। ଗୀତଟି ସରିବାବେଳକୁ ଉପସ୍ଥିତ ସମସ୍ତ ବନ୍ଧୁବାନ୍ଧବ ସ୍ତବ୍ଧ ହୋଇଯାଇଥିଲେ। ଲାଗୁଥିଲା ଯେମିତି ସବୁରି ଆଖିରୁ ଲୁହ ଝରି ଆସିବ।

ସମସ୍ତଙ୍କ ଆଖିରୁ ଲୁହ ଝରି ପଡୁଥିଲା ଯେତେବେଳେ ବିଦା ହେବା ଆଗରୁ ଟୁନିଅପା ସମସ୍ତଙ୍କୁ ଧରି କାନ୍ଦୁଥିଲା। ସେ ବିଦାୟ କାଳୀନ କରୁଣ ଦୃଶ୍ୟ ଦେଖି ମୁଁ ପଛକୁ ଘୁଞ୍ଚି ଆସୁଥିଲି। ମୋ ଆଖିରେ କାଳେ ଲୁହ ଆସିଯିବ ମୋତେ ଡ଼ର ଲାଗୁଥିଲା। ଟୁନିଅପାର କିନ୍ତୁ ଠିକ୍ ନଜର ଥିଲା ମୋ ଉପରେ। ସେ ମୋ ପାଖକୁ ଝପଟି ଆସିଲା।

ମୋତେ କୁଣ୍ଢାଇ ପକାଇ ଅସରାଏ କାନ୍ଦି ପକାଇଲା। ସେତେବେଳକୁ ମୋ ଆଖିର ଲୁହ ବନ୍ଧ ମାନୁନଥାଏ। ବହୁ କଷ୍ଟରେ ମୁଁ ତାକୁ ଅଟକାଇ ନେଇଥିଲି। ଭିତରେ ଜଳୁଥିଲେ ବି ବାହାରକୁ ଦେଖାଇବାକୁ ଥିଲା। ଟୁନିଅପା ମୋର କିଏ କି? କେତେ ଦୂର ସମ୍ପର୍କୀୟା, ତା' ପାଇଁ ମୁଁ କାହିଁକି ଚିପୁଡ଼ି ହୋଇ କାନ୍ଦିବି, ଅଧୀର ହୋଇ ଭୂଇଁରେ ଲୋଟିଯିବି। କିନ୍ତୁ ମନ ଜାଣେ ମନର ବ୍ୟଥା ଆଉ କେହି ଜାଣିବା କି ଦରକାର।

ପୁଣି ସେମିତି ଟୁନିଅପା ବିଦା ହୋଇ ତା' ଶାଶୂ ଘର ଚାଲିଯିବା ଆଗରୁ ମୁଁ ତାଠୁ ବିଦାୟ ନେଇ ଘରକୁ ଫେରି ଆସିବାକୁ ବାହାରିଲି। ତା ବିଦା ହେବା ଯାଏ ରହିବାକୁ ସେ କହୁଥାଏ। ଘରେ ପହଞ୍ଚୁ ପହଞ୍ଚୁ ସଂଧ୍ୟା ହୋଇଯିବ କହି ମୁଁ ପଳାଇ ଆସିଲି। ମୋ ଆଗରେ ଟୁନି ଅପା ବିଦା ହୋଇ ଯିବାର ଦୃଶ୍ୟ ମୁଁ ଦେଖିବାକୁ ଚାହୁଁ ନଥିଲି।

ଘରେ ଆସି ଦେଖିଲି ମୋ ସାର୍ଟର ଛାତି ପାଖରେ ଟୁନିଅପା ମଥାର ସିନ୍ଦୂର ଦାଗଟିଏ। ମୋତେ ଧରି କାନ୍ଦୁଥିବାବେଳେ ଲାଗିଯାଇଥାଏ ବୋଧେ ଯାହା ଥିଲା ମୋ ପାଇଁ ତା'ର ସ୍ନେହ ଆଦରର ଶେଷ ସନ୍ତକ। ମୋ ମନର ଅଲିଭା ଦାଗ।

■

ଜହ୍ନ ରାତି

ସେ ଧାନକଟା ଦାଆ ଭଳି ଚେନାଏ ସରୁଧାରିଆ ଜହ୍ନ ହେଉ କି ଅଧାକଟା ବୋଇତି କଖାରୁ ଭଳି ଅଷ୍ଟମୀ ତିଥିର ଜହ୍ନହେଉ, ନୀଳ ଆକାଶରେ ଉଇଁ ଆସୁଥିବାର ଦେଖି କାହା ମନ ସରାଗରେ ଭରି ନଯାଏ। ଯଦି ସିଏ ପୂର୍ଣ୍ଣମୀ ତିଥିର ରୂପାଥାଳି ଭଳି ଗୋଲ ଜହ୍ନ ହୋଇଥାଏ ତେବେ ମନ ଉଚାଟ ହେବା ସ୍ୱାଭାବିକ।

ବର୍ଷଟା ଯାକର ସବୁ ପୁନେଇଁ ଜହ୍ନଠାରୁ ଅଶିଣ ମାସର କୁଆଁର ପୁନେଇଁ ଜହ୍ନ ଆଉ ଫଗୁଣ ମାସର ଦୋଳ ପୁନେଇଁ ଜହ୍ନ ସବୁଠୁ ନିଆରା। ଅଶିଣ ମାସର ଶରଦ ଆକାଶରେ ପୂର୍ଣ୍ଣ ଶଶୀକୁ ଦେଖି ମନପ୍ରାଣ ଉଦ୍‌ବେଳିତ ହୋଇଉଠେ। କାକର ସିକ୍ତ ଶୀତଳ ପବନ ଦେହ ମନକୁ ଭାବାବେଶରେ ମୋହାଚ୍ଛନ୍ନ କରେ ଯେବେ ପ୍ରକୃତି ପାର୍ବଣର ଆଗମନପାଇଁ ନିଜକୁ କାଶତଣ୍ଡୀର ସମ୍ଭାରରେ ସଜାଉଥାଏ। ଫଗୁଣ ମାସର ଦୋଳ ପୁନେଇଁ ଜହ୍ନ ଆକାଶରେ ଉଙ୍କି ମାରିଲେ ଚତୁର୍ଦ୍ଦିଗ ଅବିରରେ ରଙ୍ଗେଇ ଯାଏ। ମଧୁ ମଳୟର ସ୍ପର୍ଶରେ ପ୍ରଣୟୀ ହୃଦୟ ଭାବ ବିହ୍ୱଳ ହୋଇଉଠେ। ଦେହରେ ପୁଲକ, ମନରେ ପରଲାଗିଯାଏ। ପଳାଶ ଫୁଲର କାନିରେ ହେନା ମାଳତୀର ବାସ ଲଗାଇ ଧରିତ୍ରୀ ନବ ଯୌବନରେ ଉଦ୍ଭାସିତ ହୁଏ। ତୋଫା ଜହ୍ନ ରାତିରେ ଦୋଳ ମେଲଣ ପୁରପଲ୍ଲୀକୁ ଉତ୍ସବ ମୁଖର କରେ।

ପିଲାଦିନେ ଏ ପୁନେଇଁ ତିଥିର ଚକା ଜହ୍ନଟା ସୁରେଶଙ୍କୁ ତା ବୋଉର ମୁହଁ ଭଳି ଶାନ୍ତ, ସୁନ୍ଦର ଦିଶୁଥିଲା। ଶୀତ ଜ୍ୟୋତ୍ସ୍ନା ସ୍ନେହମୟୀ ଚନ୍ଦନର ସ୍ପର୍ଶ ଭଳି ଅନୁଭୂତ ହେଉଥିଲା। ବଡ଼ ହେବାରୁ ସେଇ ଜହ୍ନଟା ଏବେ ସୁଲିର ମୁହଁ ଭଳି ଦେଖାଯାଉଛି। ସୁଲି ତାଙ୍କ ଗାଁ' ପ୍ରଧାନ ଘର ଝିଅ। ଉଉଲ ଡାଉଲ ନିଟୋଳ ଦେହ। କଞ୍ଚା ହଳଦୀ ପରି ରଙ୍ଗ ସାଙ୍ଗକୁ କୁଞ୍ଚ କୁଞ୍ଚିଆ ଘଞ୍ଚ ବାଳକୁ ଫିଟେଇ ଦେଇ ଛାତ ଉପରେ ବୁଲୁଥିବାବେଳେ ରାସ୍ତାରେ ଯାଉଥିବା ଗାଁ' ଟୋକାଙ୍କୁ ପରୀଟିଏ ଆକାଶରେ ବୁଲୁଥିବା

ପରି ଲାଗେ । ଗୁଡି ଉଡ଼େଇବା ବାହାନରେ ତା ଆଡ଼କୁ ଚାହିଁ ରହିଥିବାବେଳେ କେବେ ଯେ ଲଟେଇ ହାତରୁ ଖସିଯାଏ ନଜର ନ ଥାଏ । ଆକସ୍ମାତେ ଥରେ ଅଧେ ତା' ଆଖିରେ ଆଖି ମିଶିଗଲେ ସାତ ଜନ୍ମ ତପସ୍ୟାର ଫଳ ମିଳିଗଲା ପରି ଲାଗେ । ପ୍ରଧାନ ବୁଢ଼ା ଗଳା ଖଙ୍କାରି ଛାତ ଉପରକୁ ଉଠି ଆସିଲେ ସବୁ ସ୍ୱପ୍ନ ପାଣିରେ ମିଳେଇ ଯାଏ ।

ସୁଲିକୁ ବୋଧେ ସୁରେଶର ଏମିତି ଗୁଡ଼ି ଉଡ଼ା ବାହାନାରେ ଦେଖିବା ଭଲ ଲାଗୁଥାଏ । ତା ମନରେ କ'ଣ ଥାଏ କେଜାଣି ସବୁଦିନ ସଞ୍ଜବେଳେ ଗୁଡ଼ି ଉଡ଼ାବେଳ ହେଲେ ସାନଭାଇର ହାତଧରି ଛାତ ଉପରକୁ ଚାଲି ଆସେ । ତା' ଗୁଡ଼ିକୁ ଚାହିଁ ରହିଥାଏ । ଥରେ ଥରେ କେହି ନଦେଖିବା ପରି ତଳକୁ ଚାହିଁଦିଏ । ସେତେବେଳେ ତା' ହାତରୁ ଆପେ ଆପେ ଲଟେଇ ତଳେ ପଡ଼ିଯାଏ । ଅମାନିଆ ପବନରେ ଗୁଡ଼ି କୁଆଡ଼େ ନାହିଁ କୁଆଡ଼େ ଉଡ଼ିଯାଏ ।

ଗାଁ'ଠୁ ଦୂର କଲେଜରେ ଆସି ପଢ଼ିବା ଦିନଠୁ ସୁଲିର ସେ ଚନ୍ଦ୍ରଉଦିଆ ମୁହଁ ବିଶ୍ୱମୋହିନୀ ରୂପର ସଂଧ୍ୟା ଦର୍ଶନ ହୋଇପାରୁନଥାଏ । ବିଶେଷ କରି ପରୀକ୍ଷା ପାଖେଇ ଆସୁଥିବାରୁ ଆଉ ଗାଁ'କୁ ଯାଇ ସାଙ୍ଗମାନଙ୍କ ସହ ସୁଲି ବିଷୟରେ ଗପିବା କି ସ୍ୱପ୍ନ ଦେଖିବାର ସୁଯୋଗ ମିଳୁନଥାଏ ସୁରେଶକୁ ।

ଛାତ୍ରାବାସରେ ନୈଶ ଭୋଜନ ସାରିବାବେଳକୁ ଦଶଟା ବାଜିଯାଇଥାଏ । ଗେଟ୍ ବାହାରକୁ ଆସି ରାସ୍ତା ଉପରେ ଧୀର ପଦଚାଳନା କଲାବେଳେ ରାସ୍ତାର ଦୁଇଧାରରେ ଲଗାଯାଇଥିବା ନଡ଼ିଆ ଗଛ ଗୁଡ଼ିକ ହଲି ହଲି ମୃଦୁ ମଳୟ ବିତରଣ କରୁଥାଆନ୍ତି । ପତ୍ର ଫାଙ୍କରେ ରାସ୍ତା ଉପର ସହ ଦୁଇ କଡ଼ରେ ଥିବା ଦୁବ ଘାସ, ଗୁଳ୍ମ ଗୁଡ଼ିକ ଦିବା ଲୋକ ପରି ସ୍ପଷ୍ଟ ଦିଶୁଥଆନ୍ତି । ଆକାଶକୁ ଚାହିଁବାମାତ୍ରେ ଦେଖାଗଲା ଦୋଳ ପୁନେଇଁ ଜହ୍ନର ଶୈଶବରୁ କୈଶୋରରେ ପହଞ୍ଚିବାର ଖିଲି ଖିଲି ହସ । ଦାଗହୀନ ନୀଳ ପରଦା ଉପରେ କିଏ ରୂପାଥାଳିଟିଏ ଥୋଇ ଦେବାପରି ଲାଗୁଥାଏ । ବିସ୍ତୀର୍ଣ୍ଣ ନୀଳ କାନଭାସ୍‌ରେ କିଏ ଯେମିତି ଔଜ୍ଜ୍ୱଲ୍ୟର ବର୍ତ୍ତିକାଟିଏ ଆଙ୍କି ଦେଇଥାଏ । ଏମିତି ମନ ମତାଣିଆ ଦୃଶ୍ୟ ଦେଖି ଆପଣାର କେହି ଆପେ ଆପେ ମନେ ପଡ଼ିଯାଆନ୍ତି । ମନଛୁଆଁ କିଛି ସ୍ମୃତି, ଅନୁଭୂତିକୁ ମନ ଝୁରି ହୁଏ ।

ନିଜ ଗାଁ' କଥା ମନେ ପଡ଼ିଲା ସୁରେଶର । ଆଜି ଦୋଳ ମେଲଣ । ଗାଁ' ମୁଣ୍ଡ କୁଣ୍ଡି (ପୋଖରୀ) ପାଖରେ ସବୁ ସାଇରୁ ଦିଅଁମାନେ ଆସି ମେଲଣ ପଡ଼ିଆରେ ଏକାଠି ହୋଇଥିବେ । ଆଲୋକ ରୋଶଣିରେ କୁଣ୍ଡିଆଡ଼ି ଝଲସି ଉଠୁଥିବ । ବାଣ ଆତସବାଜିରେ ପାଖଆଖ ଗାଁ' କମ୍ପି ଯାଉଥିବ । ଉଠା ଦୋକାନୀ ବସିଥିବେ । ମିଠେଇ ଜଳେବି ବିକୁଥିବେ । ଗାଁ ଲୋକଙ୍କର ଭିଡ଼ ଜମିଥିବ । ନୂଆ ପାଞ୍ଜି ପଢ଼ା ହୋଇ ରାତ୍ରି ଅଧଯାଏ

ଯାତ୍ରା ଚାଲିବ ତା'ପରେ ଦିଅଁମାନେ ମେଲଣ ମଣ୍ଡପ ଛାଡି ନିଜନିଜ ଆସ୍ଥାନଙ୍କୁ ପଟୁଆରରେ ଫେରୁଥିବେ। ସୁଲି ବି ତା ସାନ ଭାଇ, ଭଉଣୀଙ୍କ ସହ ମେଲଣ ଦେଖିବାକୁ ଆସିଥିବ। ନବ ବସନ୍ତର ସ୍ପର୍ଶରେ ସୁଲି କେମିତି ଦିଶୁଥିବ କେଜାଣି ? ଯୁବତୀ ଦେହକୁ ବସନ୍ତ ଛୁଇଁଲେ ମାଙ୍କଡ଼ି ବି ସୁନ୍ଦରୀ ଦିଶନ୍ତି ବୋଲି ଶୁଣିଛି। ସୁଲି ତ ଅପରୂପା ପରୀଟିଏ। ତା ଦେହରେ ଯୌବନ, ବସନ୍ତର ମଳୟ ଛୁଆଁରେ ଲହଡ଼ି ମାରୁଥିବ। ଛାତ ଉପରେ, ଅଳସ ପାଦରେ, ମରାଳ ଛନ୍ଦରେ ବିଚରଣ କରୁଥିବାବେଳେ ହରିଣୀ ଆଖି ତା ଗୁଡ଼ି ଉଡ଼ାଉଥିବା ପିଲାଟିକୁ ଖୋଜୁଥିବ କି କ'ଣ ? ଖୋଲା କଳା ଘୁମର କେଶ ନିତମ୍ବ ଯାଏ ଲମ୍ବି କଳା ମେଘର ଭ୍ରମ ସୃଷ୍ଟି କରୁଥିବ। ଆଗକୁ ଆସିବାବେଳେ ମୁଖଚନ୍ଦ୍ର ଚକ୍ରବାଳରୁ ଉଦୟ ହୋଇ ଆସୁଥିବା ଭଳି ଦିଶୁଥିବ। ପଛକରି ଫେରିଯିବାବେଳେ ଚୂର୍ଣ୍ଣ କୁନ୍ତଳ ଚନ୍ଦ୍ରବଦନକୁ କ୍ଷଣେ କ୍ଷଣେ ଘୋଡ଼ାଇ ଅପସରି ଯାଉଥିବ।

ଏମିତି ଭାବନା ରାଜ୍ୟରେ ଘୂରି ବୁଲୁଥିବା ବେଳେ ଭେଟ ହେଲା ସେପଟୁ କନିକା ହଷ୍ଟେଲରୁ ଆସୁଥିବା ତାଙ୍କ ଗାଁ'ର କରୁଣା ସହ। ଦେଖୁ ଦେଖୁ ସୁରେଶ କହିଲା -'କରୁଣା ଗାଁ'କୁ ଯିବା' ? କେବେ, ଆଶ୍ଚର୍ଯ୍ୟ ହୋଇ ପଚାରିଲା କରୁଣା - 'ଏଇ ଏବେ'। କାଲି ରାତି ପାହିଲେ ହୋଲି ତା' ଆଗରୁ ଆମେ ଯାଇ ଗାଁ'ରେ ପହଞ୍ଚି ଯାଇଥିବା'। କଥାଟା କରୁଣାର ତଥାପି ବିଶ୍ୱାସ ହେଉନଥାଏ। ସେ ପୁଣି ଥରେ ନିଜର ଦ୍ୱନ୍ଦ୍ୱ ଦୂର କରିବାକୁ ପଚାରିଲା -'ଏବେ ରାତି ଦଶଟା ବାଜି ସାରିଲାଣି। ଆମ ଗାଁ ଏଠୁ ତିରିଶ ମାଇଲ ରାସ୍ତା। ଗାଁକୁ ଯାଉଥିବା ଶେଷ ବସଟା ସଂଧ୍ୟା ପାଞ୍ଚଟାରୁ ଯାଇ ସାରିଥିବ, ଆମେ ପୁଣି ଏତେ ରାତିରେ କେମିତି ଯିବା ତୁ ବାତୁଳ ହେଲୁ କି' ?

- 'ନାଇଁ ଆମେ ସାଇକେଲରେ ଯିବା'।

- 'ଏକୁଟିଆ ଏତେ ବାଟ ପୁଣି ରାତି ଆଉ ସାଇକେଲ ବି ଆସିବ କେଉଁଠୁ' ? ସୁରେଶ ପାଖରେ କିନ୍ତୁ ଏସବୁ ପ୍ରଶ୍ନର ଉତ୍ତର ଥାଏ। ସେ କହିଲା...

- 'ଜାଣିଲୁ କରୁଣା ମୁଁ ଶୁଣିଛି ମୋ ବାପା ବି ଆମ ଗାଁରୁ ଭଦ୍ରକ ସାଇକେଲରେ ଆସିଥିଲେ ତାଙ୍କ ପିଲାବେଳେ ଆମ ଦେଶର ପ୍ରଥମ ପ୍ରଧାନମନ୍ତ୍ରୀ ଜବାହରଲାଲ ନେହେରୁଙ୍କୁ ଦେଖିବାକୁ ଓ ତାଙ୍କ ଭାଷଣ ଶୁଣିବାକୁ। ଗାଁ'ରୁ ବାପା ଓ ଆଉ କେତେଜଣ ବାପାଙ୍କର ସାଙ୍ଗ ମିଶି ସାଇକେଲରେ ଆସି ପୁଣି ଫେରି ଯାଇଥିଲେ। ଆମେ ଚାରିଜଣ ଆମ ଗାଁ'ରୁ ଏଠି କଲେଜରେ ପଢୁଛନ୍ତି। ଚାରିଟି ସାଇକେଲରେ ହଷ୍ଟେଲ୍ ପିଲାଙ୍କଠୁ ମାଗି ଏବେ ବାହାରି ଯିବା। ପହଞ୍ଚୁ ପହଞ୍ଚୁ ଯେତେ ସମୟ ଲାଗିବ, ଲାଗୁ। ଯାହା ହେଲେ ବି କାଲି ସକାଳ ଆଗରୁ ଆମେ ପହଞ୍ଚିଯିବା, ଏ ବିଶ୍ୱାସ ମୋର ଅଛି'।

ସୁରେଶର ପ୍ରସ୍ତାବ ଅନୁଯାୟୀ କରୁଣା, ଅମିୟ ଓ ବିରେନ୍ଦ୍ର ଚାରୋଟି ସାଇକେଲ

ନେଇ ହଷ୍ଟେଲରୁ ବାହାରି ପଡିଲେ। ସେତେବେଳକୁ ରାତି ଏଗାରଟା ବାଜି ସାରିଥାଏ। ଭଦ୍ରକ ପାର ହେବାବେଳକୁ ପ୍ରାୟ ସବୁ ଘରୁ ଆଲୁଅ ଲିଭିସାରିଥାଏ। କିଏ କେମିତି ଜଣେ ଅଧେ ପରିସ୍ରା କରିବାକୁ ବାହାରକୁ ଉଠିଥା'ନ୍ତି। ଗୋଟେ ଦୁଇଟା ବୁଲା କୁକୁର ଶୋଇବା ଜାଗାରୁ ମୁଣ୍ଡ ଉଠାଇ କାନଢ଼େରି ସାଇକେଲ ଶବ୍ଦ ବାରି ତାଙ୍କ ଆଡ଼କୁ ଚାହୁଁଥା'ନ୍ତି। ଦୁଇକଡ଼ ଘର ମଝିରେ ଯାଇଥିବା ସଡ଼କରେ ପାଖାପାଖି ହୋଇ ଚାରିଟି ସାକେଲ ଚାଲିଥିବାବେଳେ ଡ଼ର ମାଡୁନଥିଲା। ସହର ଜନବସତି ପାରି ହୋଇ ସେମାନେ ମୁଖ୍ୟ ରାସ୍ତାରେ ପହଞ୍ଚିଲେ। ଦୁଇ କଡ଼ ବିସ୍ତୀର୍ଣ୍ଣ ଧାନ କ୍ଷେତ। ଧାନ ଅମଳ ସରିଥାଏ। ଖାଲି କ୍ଷେତ ଆଖି ପାଇବାଯାଏ ଦୁଇକଡ଼େ ଦିଗବଳୟ ଯାଏ ଲମ୍ବିଥାଏ। ଜନବସତି ଦୂର ହୋଇଯାଇଥିବାରୁ ରାସ୍ତାକଡ଼ ବୁଦା ମୂଳରୁ ମୂଷାଟିଏ ବି ଚାଲିଗଲେ ଛାତିରେ ଛନକା ପଶୁଥାଏ। ବ୍ୟକ୍ତିଗତ ଭାବେ ଜଣ ଜଣଙ୍କ ମନରେ ସଂକା ଥିଲେ ବି ସାମୂହିକ ଭାବେ ସେମାନେ ନିର୍ଭୟ ହୋଇ ଆଗକୁ ମାଡ଼ି ଚାଲିଥା'ନ୍ତି।

ନିର୍ଜନ ରାସ୍ତାର ମଧ୍ୟରାତ୍ରରେ ଅତିକ୍ରମ କଲାବେଳେ ଚତୁଷ୍ପଦ ହିଂସ୍ର ପ୍ରାଣୀଙ୍କର ଭୟ ବି ଥାଏ। କେବେ କେବେ ଗାଁ' ଭିତରକୁ ପାଖ ଜଙ୍ଗଲ, ପାହାଡରୁ ହାତୀ, ବାଘ ପଶି ଆସନ୍ତି। ଶୀତ ଦିନେ ମହୁଲ, ପାଚିଲା କୋଳି ଖାଇବାକୁ ଭାଲୁ, ବାରହା ବି ଆସିଯାଆନ୍ତି। ସେ ସବୁ ଭୟକୁ ମନରୁ ଦୂରେଇ ଦେବାକୁ କଲେଜର ସାଙ୍ଗସାଥୀମାନଙ୍କ ବିଷୟରେ ଗପ କରି ସେମାନେ ଚାଲୁଥାଆନ୍ତି। ଚାରୋଟି ସାଇକେଲର ଚକ ପିଚୁ ସଡ଼କରେ ଘଷି ହେବାର ସର୍ ସର୍ ଶବ୍ଦ ବ୍ୟତୀତ ଅନ୍ୟ କିଛି ଶୁଣାଯାଉନଥାଏ। ନିଆଁଭଳି ଜଳୁଥିବା ଆଖି ଦୁଇଟାରେ ଥରେ ଚାହିଁ ଦେଇ ଶିଆଳଟାଏ ରାସ୍ତା ପାରି ହୋଇଗଲା। ଚମକି ପଡ଼ି ସଭିଏଁ ସାଇକେଲ ବ୍ରେକ୍ ଲଗାଇଲେ। ଗୋଟିଏ ଗୋଡ଼ ତଳେ ଲଗାଇ କ୍ଷଣେ ଛିଡ଼ା ହୋଇ ଛାତିରେ ଛେପ ପକାଇଲେ। ଶିଆଳଟି ଦୂରକୁ ଚାଲିଯିବା ପରେ ପୁଣି ଆଗକୁ ବଢ଼ିଲେ।

ଆଶଂକାରେ ମନ ଦକ ଦକ ହେଉଥାଏ। ହେଲେ ଆକାଶରେ ଚକା ଜହ୍ନକୁ ଥରେ ଥରେ ଚାହିଁଦେଲେ ମନ ମତୁଆଲା ହୋଇ ଉଠୁଥାଏ। ଶରୀରର କ୍ଲାନ୍ତି ଆଦୌ ଅନୁଭୂତ ହେଉନଥାଏ। ରାତ୍ର ଯୌବନରୁ ପ୍ରୌଢ଼ତ୍ୱକୁ ଉତ୍ତୀର୍ଣ୍ଣ ହେବାବେଳକୁ ହାଲୁକା ଶୀତ ସମୀର ପରିଶ୍ରମଜନିତ ଦେହର ସ୍ୱେଦକୁ ଶୁଖାଇ ଦେଉଥାଏ। ହଠାତ୍ ଦୂରରେ କିଛି ଗୋଟାଏ କ୍ଷୀଣ ଆଲୋକ ଦେଖାଗଲା। କୁହୁଡ଼ିଆ ଜହ୍ନ ଆଲୁଅରେ ଦୂରରୁ ମିଞ୍ଜି ମିଞ୍ଜି ଜଳୁଥିବା ଦୀପଶିଖା ଭଳି ଆଲୋକ ବ୍ୟତୀତ ଅନ୍ୟ କିଛି ଦିଶୁ ନଥାଏ। ବିଶ୍ୱାସ ହେଉ ନ ଥିଲେ ବି ଗଭୀର ରାତ୍ରିର ନିର୍ଜନତାରେ ସବୁ ଛାଇ ଭୂତ ପ୍ରତ୍ୟୟ ହେଉଥାଏ।

କିଛି ଦୂର ଗଲାପରେ କେଁ କେଁ ଶବ୍ଦ ଶୁଣାଗଲା। ତା' ସହ ଆଇଁଷିଆ

ଗନ୍ଧ ନାକରେ ବାଜିଲା । ତଥାପି ଏସବୁର ରହସ୍ୟ ଭେଦ ହେଉନଥାଏ । ଭୂତ ପ୍ରେତ, ଡାହାଣୀ ଚିରିଗୁଣୀର କର୍ତୃତ୍ୱ ଭଳି ଲାଗୁଥାଏ । ଆଉ କିଛି ଦୂର ଯିବାରୁ ସେ ଗନ୍ଧ ଆହୁରି ତୀବ୍ର ହେଲା ଓ ଉତ୍କଟ ହେବାକୁ ଲାଗିଲା । ନିଷ୍ପ୍ରଭ ଆଲୋକରେ ନିକଟତର ହେବାରୁ ରହସ୍ୟ ଭେଦ ହୋଇ ଜଣାଗଲା ଯେ ଶୁଖୁଆ ବ୍ୟବସାୟୀ ଶଗଡ଼ିଆଟିଏ ଶଗଡ଼ରେ ଶୁଖୁଆ ବସ୍ତା ନଦି ପରିଦିନ ଶାଳବଣି ହାଟକୁ ଯାଉଥାଏ । ଶଗଡ଼ଟିର ଠିକ୍ ମଧ୍ୟ ଭାଗରେ ତଳଆଡ଼କୁ ମିଞ୍ଜି ମିଞ୍ଜି ଜଳୁଥିବା ଲଣ୍ଠନଟିକୁ ଝୁଲାଇ ଦେଇଥାଏ । ଯାହା ଆମକୁ ବହୁତ ଦୂରଯାଏ ଦିଶୁଥିଲା । ଶଗଡ଼ିଆ ଶୁଖୁଆ ବେପାରୀ ଶୁଖୁଆ ବସ୍ତା ଉପରେ ମୁଣ୍ଡ ରଖି ଶୋଇ ଯାଇଥାଏ । ଶଗଡ଼ରେ ଯୋଚାଯାଇଥିବା ବଳଦ ଦୁଇଟି ତାଙ୍କ ଅଭ୍ୟସ୍ତ ରାସ୍ତାରେ ନିର୍ଲିପ୍ତ ମୁଦ୍ରାରେ ଚାଲୁଥାଆନ୍ତି । ଆସନ୍ନ ଭୟରୁ ଆଶ୍ୱସ୍ତ ହୋଇ ସେମାନେ ଶଗଡ଼କୁ ଅତିକ୍ରମ କରି ଗାଁ' ଅଭିମୁଖେ ଆଗେଇ ଚାଲିଲେ ।

ଦୀର୍ଘ ତିନି ଘଣ୍ଟାକାଳ ସାଇକେଲ ଚଳାଇ ଗାଁ' ମୁଣ୍ଡରେ ପହଞ୍ଚିବାବେଳକୁ ରାତି ଦୁଇଟାରୁ ଅଧିକ ହୋଇଯାଇଥାଏ । ଚାରିଆଡ଼ ଶୁନ୍‌ଶାନ୍ କିନ୍ତୁ ମଝିରେ ମଝିରେ ଦୂର ଗାଁ'ମାନଙ୍କରୁ ଦୋଳମେଲଣର ଝାଞ୍ଜ, ମୃଦଙ୍ଗ, ଘଣ୍ଟାର ଶବ୍ଦ ଶୁଭୁଥାଏ । ରହି ରହି ଆତସ ବାଜିରେ ଆକାଶ ଝଲସି ଯାଉଥାଏ । ଗାଁ' ଭିତରୁ ବି ବାଜା-ବାଣର ଶବ୍ଦ ଶୁଣାଗଲା । ତାଙ୍କ ଗାଁ'ରେ ବି ଏମିତି ମେଲଣ ହୁଏ ନାହିଁ ତଥାପି ବାଜାବାଣର ଭ୍ରମ କାହିଁକି ସୁରେଶ ଭାବୁଥିଲା । ମନରେ ଆଉ ଡର ନଥିଲା ବରଂ ଗାଁ' ମାଟି ଛୁଇଁବାର ଅଫୁରନ୍ତ ଆନନ୍ଦରେ ମନ ପୁଲକିତ ହୋଇଯାଉଥାଏ ।

ପାଦ ଦୁଇଟି ଥକି ଯାଇଥିଲେ ବି ମନ ପ୍ରଫୁଲ୍ଲ ଥାଏ । ଜୋର୍ ଜୋର୍ ପେଡ଼ାଲ ମାରି ଗାଁ' ଭିତରେ ପଶୁପଶୁ ରାସ୍ତା ଉପରେ ଦେଖାଦେଲା ବାଜା-ବାଣର ରୋଶଣି ସହ ବର ବରଯାତ୍ରୀମାନଙ୍କର ଶୋଭାଯାତ୍ରା । ଡାକବାଜି ବାଜୁଥାଏ । ସାରା ଗାଁ'ଟା ଉଜାଗର ହୋଇ ଉତ୍ସବ ମୁଖର ଥିବାପରି ଲାଗୁଥାଏ । ବରଯାତ୍ରୀଙ୍କ ଗହଳରେ ଆମ୍ବାସଡର୍ କାର୍‌ର ପଛସିଟ୍‌ରେ ବସିଥିବା ବରର ଚେହେରା ସ୍ୱତନ୍ତ୍ର ବାରି ହୋଇପଡୁଥାଏ । ଧୋତି କୁର୍ତ୍ତା ଉପରେ ଫୁଲ-କର୍ପୂରମାଳ ମୁଣ୍ଡରେ ସିନ୍ଦୂର-ଚନ୍ଦନ ପରିପାଟି । ଗାଡ଼ି ଆଗରେ ବରଯାତ୍ରୀ ମାନଙ୍କର ବାଜାର ତାଳେ ତାଳେ ସଂଭ୍ରମ ନୃତ୍ୟ । ସେତେବେଳେ ଆଜିଭଳି ମଦ୍ୟ ପାନ କରି ଉଦ୍ଦଣ୍ଡ ନୃତ୍ୟ ବରଯାତ୍ରୀ ମାନଙ୍କୁ ଶୋଭାପାଉନଥିଲା । ମାର୍ଜିତ ଭଦ୍ର ବ୍ୟବହାର ସହ ନିଜ ଗାଁ' ତଥା ବଂଧୁ ବାନ୍ଧିବାକୁ ଯାଉଥିବା ଭଦ୍ରବ୍ୟକ୍ତିଙ୍କର ମାନ ସମ୍ମାନ ରକ୍ଷା କରିବା ପ୍ରତି ସବୁ ସଜାଗ ଥିଲେ । ମୁରବି ଶ୍ରେଣୀୟ ବ୍ୟକ୍ତିମାନେ ସେଥିପ୍ରତି ବିଶେଷ ଧ୍ୟାନ ଦେଉଥିଲେ । ସାଇକେଲ

ଗୁଡ଼ିକ ସେମାନଙ୍କ କଡ଼ ଦେଇ ଚାଲିଯିବାବେଳେ ସେମାନେ ଆଶ୍ଚର୍ଯ୍ୟ ହୋଇ ଚାହୁଁଥିଲେ ସେ ନିଶାଚର ମାନଙ୍କୁ। ସୁରେଶ ଓ ତା' ସାଙ୍ଗମାନଙ୍କୁ ବି ଜଣାନଥିଲା ଯେ ଏ ବର କାହା ଘରକୁ ଯାଉଛି। ଗାଁ'ର ଏତେ ଅଭିଆଡ଼ୀ ଝିଅମାନଙ୍କ ଭିତରୁ କିଏ ବାହା ହେଉଛି। ଚାରିଜଣ ଯାକ ଚାରିଟି ଭିନ୍ନଭିନ୍ନ ସାଇର ହୋଇଥିବାରୁ ନିଜନିଜ ଘର ଆଡ଼କୁ ଯାଉଥିବା ରାସ୍ତାରେ ଚାଲିଗଲେ।

ସୁରେଶ ନିଜ ଘର ଆଡ଼କୁ ଯିବା ଆଗରୁ ଭାବିଲା, ଥରେ ପ୍ରଧାନ ଘରବାଟ ଦେଇ ସାଇକେଲ୍ ବୁଲାଇ ନେବ। ସୁଲି ଘର ଛାତ ଉପରକୁ ଥରେ ଚାହିଁ ଦେଇ ଚାଲିଯିବ। ଅଳସେଇ, ଗଧୁଣୀ ତ ନିଘୋଡ଼ ନିଦରେ ଶୋଇଥିବ, ପାହାନ୍ତା ପହରେ ସ୍ୱପ୍ନ ବି ଦେଖୁଥାଇ ପାରେ। ତା ସ୍ୱପ୍ନରେ ସିଏ କି ଆଉ କିଏ ଆସୁଥିବ କେଜାଣି ? ଯାହା ହେଲେବି ତା ସାଇକେଲ ଘଣ୍ଟିରେ ସୁଲିର ନିଦ ଭାଙ୍ଗିଯିବ। ସେ ଆଖି ମଳିମଳି ଛାତ ଉପରକୁ ଆସିଯିବ। ସେ ସାଇକେଲରେ ବସି ଉପରକୁ ଚାହିଁବାକ୍ଷଣି ସୁଲି ଆଖିରେ ଆଖି ମିଶିବ। ସୁଲି ମୁରୁକି ହସୁଥିବ। ତାକୁ ଛାତ ଉପରେ ଦୁଇ ଦୁଇଟି ଜହ୍ନ ଦିଶିଯିବ। ଏମିତି ଅବାନ୍ତର ଚିନ୍ତାନେଇ ନିଜେ ନିଜେ ସେ ହସିଦେଇ ଲାଜରେ ତଳକୁ ମୁହଁ କରିଥିଲା। ମୁହଁ ଉଠାଇ ଦେଖିଲା ପ୍ରଧାନ ଘର ଆଗରେ ବିରାଟ ସ୍ୱାଗତ ତୋରଣ। ଦୁଇ କଡ଼ରେ କଳସ ଉପରେ ପଇଡ଼ ରମ୍ଭା ବୃକ୍ଷମୂଳେ ଶୋଭାପାଉଥାଏ। ଆଶ୍ଚର୍ଯ୍ୟ ଚକିତ ହୋଇ ସୁରେଶ ଆହୁରି ଉପରକୁ ଚାହିଁଲା। ସ୍ୱାଗତ ତୋରଣରେ ଲେଖାଥିଲା ସୁଲକ୍ଷଣା (ସୁଲି) ସହ ସୁରେନ୍ଦ୍ର(ସୁର)ର ଶୁଭ ପରିଣୟ।

ପ୍ରଧାନ ଘର ଲୋକମାନେ ଚଳଚଞ୍ଚଳ ହୋଇ ଉଠିଥିଲେ ବରଯାତ୍ରୀଙ୍କ ସ୍ୱାଗତ ପାଇଁ। ସୁରେଶର ବୁଝିବାକୁ ବାକିନଥିଲା। ସେ ଦେଖି ଆସିଥିବା ବର ହିଁ ସୁରେନ୍ଦ୍ର ବାଜା ରୋଶଣିନେଇ ଆସୁଛି ସୁଲିକୁ ବାହାହେବାପାଇଁ। ସୁଲି ନିଜ ହାତକୁ ସୁର ହାତ ଉପରେ ରଖିବ ହାତ ଗଣ୍ଠି ପାଇଁ। ହେଲେ ସେ ସୁର ତାଙ୍କ ଗାଁ'ର ସୁରେଶ ନୁହେଁ ଅନ୍ୟ କେଉଁ ଗାଁ'ର ସୁରେନ୍ଦ୍ର। ଭଙ୍ଗା ମନ ନେଇ ସାଇକେଲ ବୁଲାଇ ଘରମୁହାଁ ହେଲା ସୁରେଶ।

ଘର କବାଟ ବାଡ଼େଇବାରୁ ତା' ବୋଉ କବାଟ ଖୋଲି ଆଶ୍ଚର୍ଯ୍ୟ ହୋଇଗଲା। -'ଏତେ ରାତିରେ ସୁର ତୁ କେମିତି ଆସିଲୁରେ ବାପ' କହି ଘର ଭିତରକୁ ନେଇଗଲା। ସୁର ଥକା ହୋଇ ଅଳିନ୍ଦରେ ବସିପଡ଼ି କହିଲା -'ବୋଉ ଭୋକ ହେଲାଣି ଖାଇବାକୁ ବାଢ଼'। ହଷ୍ଟେଲରୁ ଖାଇକରି ଆସିଥିବା ଖାଦ୍ୟ ତିନି ଘଣ୍ଟା ସାଇକେଲ ଚଲାଇବାରେ ଝଡ଼ିଯାଇଥାଏ। ବୋଉ ତା'ର ତରବର ହୋଇ ପଖାଳ କଂସେ ବାଢ଼ି ଦେଲା। ଶିକାରୁ ଶୁଖୁଆ ଭଜା ଓ ଚୁଲି ପାଉଁଶରୁ ଆଳୁପୋଡ଼ାଟିଏ ଆଣି ତାଟିଆରେ ରଖି ପିଆଜ

ଦୁଇକୋଲା ଛଡ଼ାଇ ଦେଲା। ସୁରେଶର ମନ ଭୋକ ତ କେବେଠୁ ମରି ଯାଇଥାଏ ତରବର ହୋଇ ପେଟ ଭୋକ ମାରି ମୁହଁ ମାଡ଼ି ଶୋଇପଡ଼ିଲା।

ଘର ପାଖ ଦେଇ ଚାଲିଯାଉଥିବା ମଟର ଗାଡ଼ିର ଶବ୍ଦରେ ତା' ନିଦ ଭାଙ୍ଗିଗଲା। ସେତେବେଳକୁ ଖରା ଅସିଯାଇଥାଏ। ଦିନ ଢ଼େର ଉତ୍ତୀର୍ଣ୍ଣ ହୋଇ ସାରିଥାଏ। ସୁଲିକୁ ନେଇ ସୁରେନ୍ଦ୍ର ଧୂଳି ଉଡ଼ାଇ ଚାଲିଗଲା ସେଇବାଟେ। ଆଖି ମଳି ଚାହିଁଲା ସୁରେଶ। ପଡ଼ିଶା ଘର ପିଲାଏ ସୁରେଶକୁ ଦେଖି ଦୌଡ଼ି ଆସି ତା ମୁହଁରେ ମେଞ୍ଚାଏ ରଙ୍ଗ ବୋଳି ଚିଲେଉଥା'ନ୍ତି 'ହୋଲିରେ ହୋଲି'। ସୁର ବିରକ୍ତ ହୋଇ ଉଠିଯାଇ ଆଇନାରେ ମୁହଁକୁ ଦେଖିଲା। ସେ ନିଜକୁ ନିଜେ ଚିହ୍ନିପାରୁନଥିଲା।

■

ପରିଚିତା

ସକାଳୁ ନିଜର ନିତ୍ୟକ୍ରମ ସାରି ଯଥାଶୀଘ୍ର ବାହାରି ପଡ଼ିଥାଆନ୍ତି ପଶ୍ଚିମାଞ୍ଚଳ ଉନ୍ନୟନ କମିଶନର୍ ଆଲୋକ ମହାପାତ୍ର। ଆଞ୍ଚଳିକ ଉନ୍ନୟନ କାର୍ଯ୍ୟକ୍ରମର ବାର୍ଷିକ ସମୀକ୍ଷା କରି ଶ୍ରେଷ୍ଠ ବିବେଚିତ ପଞ୍ଚାୟତର ସରପଞ୍ଚମାନଙ୍କୁ ବିଭିନ୍ନ ବିକାଶୋନ୍ମୁଖୀ କାର୍ଯ୍ୟର ସଫଳ ରୂପାୟନ ନିମିତ୍ତ ପୁରସ୍କୃତ କରାଯିବାକୁ ଥାଏ।

ଆଦିବାସୀ ଅଧ୍ୟୁଷିତ କେନ୍ଦୁଝର ଜିଲ୍ଲା ମୁଖ୍ୟ କାର୍ଯ୍ୟାଳୟରେ ଆୟୋଜିତ ସରପଞ୍ଚମାନଙ୍କ ସମ୍ମିଳନୀରେ ଯୋଗ ଦେବାକୁ ଆଉ ଦୁଇଘଣ୍ଟା ବାକି। ତାଙ୍କୁ ନିଜର ମୁଖ୍ୟ କାର୍ଯ୍ୟାଳୟରୁ ସମ୍ମିଳନୀ ସ୍ଥଳ ପ୍ରାୟ ଶହେ କିଲୋମିଟରରୁ ଉର୍ଦ୍ଧ୍ୱ ରାସ୍ତା ଅତିକ୍ରମ କରିବାକୁ ପଡ଼ିବ। ସରକାରୀ ଗାଡ଼ି ଚାଳକ, ଅର୍ଦଳି, ବ୍ୟକ୍ତିଗତ ସହାୟକ ସମସ୍ତେ ପ୍ରସ୍ତୁତ। ଅର୍ଦଳି ଆସି କମିଶନରଙ୍କ ବ୍ୟାଗଟି ନେଇ ପଛ ଗାଡ଼ିରେ ରଖିଲା। ବ୍ୟକ୍ତିଗତ ସହାୟକ ଫାଇଲ ଧରି ଗାଡ଼ିର ଚାଳକ ପାଖ ଆଗ ସିଟ୍‌ରେ ବସିଲେ। ଅର୍ଦଳି ଓ ସୁରକ୍ଷାକର୍ମୀ ଆଗ ଜିପ୍‌ରେ ବସିଲେ। ଆଗପଛ ହୋଇ ଦୁଇଟି ଗାଡ଼ି ଗଡ଼ି ଚାଲିଲେ କେନ୍ଦୁଝର ଅଭିମୁଖେ।

ଆଲୋକ ଗାଡ଼ିର ପଛ ସିଟ୍‌କୁ ଆଉଜି ପଡି ଏକ ଆଶ୍ୱସ୍ତିର ଆବେଗରେ ମଜ୍ଜି ଯାଇଥାଆନ୍ତି। ରାସ୍ତାର ଦୁଇକଡ଼ରେ ବଣ ପାହାଡ଼ର ସବୁଜିମା ଦେଖି ବିମୁଗ୍ଧ ହେଉଥାଆନ୍ତି। ଅପେକ୍ଷାକୃତ ନିର୍ଜନ ରାସ୍ତାରେ ତାଙ୍କ ଗାଡ଼ିଟି ଦ୍ରୁତ ଗତିରେ ଆଗେଇ ଚାଲିଥାଏ। ଆଗାମୀ କାର୍ଯ୍ୟକ୍ରମ ବିଷୟ ଚିନ୍ତା କରି ଉତ୍କଣ୍ଠିତ ହେଉଥାଆନ୍ତି। ଜଣେ କର୍ମପ୍ରିୟ ନିର୍ଭୀକ, ସଚ୍ଚୋଟ ଅଧିକାରୀ ଭାବେ ତାଙ୍କ ତତ୍ତ୍ୱାବଧାନରେ ସମାହିତ ହୋଇଥିବା ବିକାଶମୂଳକ କାର୍ଯ୍ୟର ସମୀକ୍ଷା କରିବାକୁ ସେ ଆଗ୍ରହର ସହ ଯାଉଥାଆନ୍ତି। କେତେ ରାସ୍ତା ଘାଟ, ନଦୀବନ୍ଧ, ପୋଲ, ନିର୍ମିତ ହୋଇଛି। କେତେ ସ୍କୁଲଘର, ଶୌଚାଳୟ, ବାସଗୃହ ପ୍ରକଳ୍ପ ସମ୍ପୂର୍ଣ୍ଣ ହୋଇପାରିଛି। କେତେ ହିତାଧିକାରୀମାନଙ୍କୁ

ଆର୍ଥିକ ସହାୟତା ଦିଆଯାଇଛି। ବିଜୁଳି ବ୍ୟବସ୍ଥା, ପିଇବା ପାଣିର ସୁବିଧା ଆଦି ବିଭିନ୍ନ କାର୍ଯ୍ୟର ସମୀକ୍ଷା କରି ଶ୍ରେଷ୍ଠ ବିବେଚିତ ପଞ୍ଚାୟତ ଗୁଡ଼ିକର ସରପଞ୍ଚମାନଙ୍କୁ ସମ୍ମାନିତ କରାଯିବ। ପ୍ରୋତ୍ସାହନ ରାଶି ପ୍ରଦାନ କରାଯିବ।

କେନ୍ଦ୍ର ସରକାର ତଥା ରାଜ୍ୟ ସରକାରଙ୍କ ଦ୍ୱାରା ଅନୁମୋଦିତ ବିଭିନ୍ନ ଜନହିତକାରୀ ଯୋଜନା ମାନଙ୍କର ହିସାବ ରଖିବା ଆଜିକାଲି ଏକ ଦୁରୂହ ବ୍ୟାପାର। ସବୁ ମାସ ସବୁଦିନ କିଛି ନା କିଛି ନୂଆ ଯୋଜନାର ଜନ୍ମ ହେଉଛି, ନୂଆ ନୂଆ ପ୍ରକଳ୍ପ ଉନ୍ମେଷିତ ହେଉଛି। ନିର୍ବାଚନ ଯେତିକି ପାଖେଇ ଆସୁଛି ନୂଆ ନୂଆ ଯୋଜନା ଗୁଡ଼ିକର ଉତ୍ପତ୍ତିହାର ବଢ଼ି ବଢ଼ି ଚାଲିଛି। ସେ ଯୁଗାନ୍ତକାରୀ ଯୋଜନା ଗୁଡ଼ିକୁ ସଫଳ ରୂପେ କାର୍ଯ୍ୟକାରୀ ନକେଲେ ଆଜିର ସଚେତନ ଜନସାଧାରଣ, ଅନୁସନ୍ଧିତ୍ସୁ ଗଣମାଧ୍ୟମ ଓ ଈର୍ଷାନ୍ୱିତ ବିରୋଧୀଦଳଙ୍କର ଆକ୍ରୋଶ ଓ ଆକ୍ରମଣର ଶିକାର ହେବାକୁ ପଡ଼ିବ। ଏସବୁ ପ୍ରତି ସଜାଗଥାଇ ବି କର୍ମପିପାସୁ ଆଲୋକ ମହାପାତ୍ରଙ୍କର ନିଜ ଉପରେ ଦୃଢ଼ ବିଶ୍ୱାସ ଥାଏ, ତେଣୁ ସେ ଆଦୌ ଭୟଭୀତ ନଥିଲେ। ବରଂ ଜନସାଧାରଣଙ୍କର ସମସ୍ୟାର ସମାଧାନ ନିମିତ୍ତ ଉତ୍ସୁକ ଥିଲେ।

ଆମନ୍ତ୍ରିତ ସରପଞ୍ଚମାନଙ୍କର ଆନୁଗତ୍ୟ ବିଭିନ୍ନ ରାଜନୈତିକ ଦଳ ଗୁଡ଼ିକ ପ୍ରତି ଥାଇପାରେ। ସେଥିମଧ୍ୟରୁ ଅଧିକାଂଶ ଶାସକ ଦଳପ୍ରତି ଆନୁଗତ୍ୟ ପ୍ରକାଶ କଲେ ବି କିଛି ବିରୋଧୀ ଗୋଷ୍ଠୀଙ୍କ ଇଙ୍ଗିତରେ ପରିଚାଳିତ ହେଉଥିବେ। କେତେକ ନିଜର ପାରିବାପଣିଆ ଦର୍ଶାଇବାବେଳେ କେତେକ ପ୍ରଶାସନର ଔଦାସୀନତାକୁ ପକ୍ଷପାତିତା ନାମରେ ଆକ୍ଷେପ କରିପାରନ୍ତି। ଦୋଷାରୋପ କରିପାରନ୍ତି। ଅଭିଯୋଗ ଆଣିପାରନ୍ତି। ଏସବୁ କିଛି ତାଙ୍କ ପାଇଁ ନୂଆ ନୁହଁ। ଏପରି ସମସ୍ୟାକୁ ସମ୍ନା କରି ତାକୁ ସୂଚାରୁରୂପେ ସମାପନ କରିବା ନିମନ୍ତେ ତାଙ୍କର ପ୍ରଲମ୍ବିତ କାର୍ଯ୍ୟକାଳର ଅନୁଭୂତି ସହାୟକ ହେଉଥିଲା।

ଗାଡ଼ି ଆସି ସଭା ସ୍ଥଳୀରେ ପଦାର୍ପଣ କଲା। ସଭାଗୃହ ଜିଲ୍ଲାର ସମସ୍ତ ପଞ୍ଚାୟତ ଗୁଡ଼ିକର ନିର୍ବାଚିତ ସରପଞ୍ଚ ଓ ସଦସ୍ୟମାନଙ୍କ ଉପସ୍ଥିତିରେ ଖଚାଖଚ ଭରାଥିଲା। ଜିଲ୍ଲାର ଜିଲ୍ଲାପାଳ, ଉପ-ଜିଲ୍ଲାପାଳ ଓ ଉନ୍ନୟନ କାର୍ଯ୍ୟକ୍ରମ ସହ ସଂଶ୍ଲିଷ୍ଟ ସମସ୍ତ କର୍ମକର୍ତ୍ତାଙ୍କ ଉପସ୍ଥିତିରେ ସଭାକାର୍ଯ୍ୟ ଆରମ୍ଭ ହେଲା। ସଭାର ଅଧକତା କରୁଥାଆନ୍ତି ଉନ୍ନୟନ କମିଶନର୍ ଆଲୋକ ମହାପାତ୍ର। ପ୍ରାରମ୍ଭିକ ସଂଭାଷଣରେ ଜିଲ୍ଲାପାଳ ମହୋଦୟ ଏପରି କାର୍ଯ୍ୟକ୍ରମର ଉଦ୍ଦେଶ୍ୟ ସମ୍ବନ୍ଧରେ ବ୍ୟାଖ୍ୟା କରିଥିଲେ। ତତ୍‌ପରେ ଜିଲ୍ଲା ଉନ୍ନୟନ ଅଧିକାରୀ ପଞ୍ଚାୟତ ଗୁଡ଼ିକର ଉପଲବ୍ଧି ସହ ସେମାନଙ୍କ ଦ୍ୱାରା ନିଜ ନିଜ କ୍ଷେତ୍ରରେ ସଫଳ ରୂପେ ପରିସମାପ୍ତ ପ୍ରକଳ୍ପ ଗୁଡ଼ିକର ସବିଶେଷ ବିବରଣୀ ପାଠ

କରିଥିଲେ। ସମସ୍ତ ବିବରଣୀ ପୁଙ୍ଖାନୁପୁଙ୍ଖ ଭାବେ ପର୍ଯ୍ୟାଲୋଚିତ ହୋଇ ସଠିକ୍ ଆକଳନ କରାଗଲା।

ସମସ୍ତ ସରକାରୀ କାର୍ଯ୍ୟକ୍ରମ ଗୁଡ଼ିକର ସଫଳ ରୂପାୟନ ନିମିତ୍ତ ଶ୍ରେଷ୍ଠ ପଞ୍ଚାୟତ ରୂପେ କାଶୀପୁର ପଞ୍ଚାୟତକୁ ପ୍ରଥମ ପୁରସ୍କାର ପାଇଁ ଯୋଗ୍ୟ ବିବେଚିତ କରାଯାଇଥିଲା। କମିଶନରଙ୍କ କରକମଳରୁ ପୁରସ୍କାର ଗ୍ରହଣ କରିବାକୁ ମଞ୍ଚ ଉପରକୁ ଆସିଥିଲେ କାଶୀପୁର ପଞ୍ଚାୟତର ମହିଳା ସରପଞ୍ଚ ମନୋରମା ବିଶ୍ୱାଳ। ନାମ ଉଚ୍ଚାରଣ ହେବାମାତ୍ରେ ଉପସ୍ଥିତ ଜନତାଙ୍କ କରତାଳିରେ ସଭାଗୃହ ପ୍ରକମ୍ପିତ ହେଉଥିଲା। ସଲଜ୍ଜ ଦର୍ପରେ ମନୋରମା ଦେବୀ ମଞ୍ଚ ଉପରକୁ ଆସିଲେ ପୁରସ୍କାର ଗ୍ରହଣ କରିବାକୁ। କମିଶନରଙ୍କ ହାତରୁ ପୁରସ୍କାର ଗ୍ରହଣ କରିବାବେଳେ ମନୋରମା ଦେବୀ ଆଲୋକଙ୍କୁ ନମସ୍କାର କରି ସ୍ମିତ ହାସ୍ୟ ପୂର୍ବକ ତାଙ୍କ ସହ ଫଟୋ ଉଠାଇ ମଞ୍ଚ ଉପରୁ ଚାଲିଗଲେ। ପଚାଶ ବର୍ଷିୟା ପ୍ରୌଢ଼ା ମନୋରମାଙ୍କୁ ଦେଖି ଆଲୋକ କିଛିକ୍ଷଣ ବିସ୍ମୟାଶ୍ଚର୍ଯ୍ୟ ହୋଇଗଲେ। ଚେହେରାଟା ପରିଚିତ ଲାଗୁଥିଲେ ବି ପରିଚୟଟା ମନେ ପଡୁନଥାଏ। ତାଙ୍କ ଅନ୍ୟମନସ୍କତା ଭଙ୍ଗ କରି ପରବର୍ତ୍ତୀ ପୁରସ୍କାର ଗୁଡ଼ିକୁ ବିତରଣ କଲେ। ସର୍ବଶେଷରେ ଉଦ୍‌ବୋଧନ ମୂଳକ ସମ୍ଭାଷଣ ପାଇଁ କମିଶନରଙ୍କୁ ଅନୁରୋଧ କରାଗଲା। ଆଲୋକ ତାଙ୍କ ବକ୍ତବ୍ୟରେ ଚିରାଚରିତ ଭାବେ ଅଧିକରୁ ଅଧିକ ପ୍ରକଳ୍ପ ଗୁଡ଼ିକର ଫଳପ୍ରଦ ରୂପାୟନ ପାଇଁ ଉପଦେଶ ଦେଲେ। ସର୍ବସାଧାରଣ ଜନତାଙ୍କର ହିତକୁ ଆଖି ଆଗରେ ରଖି ନିଷ୍ଠାର ସହ ସମସ୍ତ ସମସ୍ୟାର ସମାଧାନ ପାଇଁ ପରାମର୍ଶ ଦେଲେ।

ସମ୍ଭାଷଣ ଦେଉଥିବାବେଳେ ଆଲୋକଙ୍କ ଦୃଷ୍ଟି ବାରମ୍ବାର ଚାଲିଯାଉଥାଏ ସଭାଗୃହରେ ଆଗ ଧାଡ଼ିରେ ବସିଥିବା ମନୋରମାଙ୍କ ପାଖକୁ। ତାଙ୍କର କୃତିକୁ ପ୍ରଶଂସା କରି ଆହୁରି ଅଧିକ ବିକାଶୋନ୍ମୁଖୀ କାର୍ଯ୍ୟରେ ନିଜକୁ ନିୟୋଜିତ କରିବାକୁ ସେ ଉତ୍ସାହିତ କରୁଥାଆନ୍ତି। ଆଲୋକଙ୍କ ପ୍ରଶଂସାରେ ନିଜକୁ ଧନ୍ୟ ମନେକରି ଉତଫୁଲିତ ହେଉଥାନ୍ତି ମନୋରମା। ଭାଷଣ ଶେଷ କରି ନିଜ ଆସନରେ ଆସୀନ ହେଲେ ଆଲୋକ। ଆଉ ଥରେ ମନୋରମାଙ୍କ ଆଡ଼କୁ ଚାହିଁ ପୁଣି ମନେ ପକାଇବାକୁ ଚେଷ୍ଟା କରୁଥାନ୍ତି, ପରିଚିତା ପରି ଲାଗୁଥିବା ଏ ଭଦ୍ର ମହିଳାଙ୍କୁ ସେ ଯେମିତି ଆଗରୁ କେଉଁଠି ଦେଖିଛନ୍ତି। ମାତ୍ର ଠିକ୍‌ରେ ମନେ ପକାଇ ପାରୁନାହାନ୍ତି। କମିଶନରଙ୍କୁ ଧନ୍ୟବାଦ୍ ସହ ସଭାକାର୍ଯ୍ୟ ସମାପନ ହେଲା।

ମଞ୍ଚରୁ ଓହ୍ଲାଇ ଗାଡ଼ିକୁ ଆସିବା ବାଟରେ ତାଙ୍କ ଜିଜ୍ଞାସୁ ମନକୁ ବୁଝାଇବାକୁ ସେ ମନୋରମାଙ୍କ ପାଖରେ କ୍ଷଣେ ଅଟକି ଯାଇଥିଲେ। ଆଉ ଥରେ ତାଙ୍କୁ କଂଗ୍ରାଚୁଲେସନ୍ କହି ତାଙ୍କ ବିଷୟରେ ସମ୍ୟକ୍ ଜାଣିବାକୁ ଚାହିଁଥିଲେ।

ମନୋରମା ଆଲୋକଙ୍କୁ ଦେଖି ବୋଧେ ଚିହ୍ନି ନେଇଥିଲେ । ତେଣୁ ପଛରୁ ଡାକିଲା ଭଳି କହିଲେ -'ସାର୍ ଆପଣଙ୍କ ଘର ଆନନ୍ଦପୁର ନା, ହଁ..! ତୁମେ କେମିତି ଜାଣିଲ'? 'ସାର୍! ମୋ ବାପଘର ନରିପୁର ଆପଣଙ୍କ ପିଉସୀ ଘର ଗାଁ'। ହଠାତ୍ ଆଲୋକଙ୍କର ଜ୍ଞାନୋଦୟ ହେବାଭଳି ତାଙ୍କ ମୁହଁରୁ ବାହାରି ପଡ଼ିଲା -'ତୁମେ ତାହେଲେ ସେଇ ଝିଅଟି, ମାନୁ'... 'ହଁ ସାର୍'...।

ପଛକୁ ଫେରିବାକୁ ଇଚ୍ଛା ଥିଲେ ବି ସମ୍ଭ୍ରମତା ଦୃଷ୍ଟିରୁ ଆଲୋକ ଆଗେଇ ଯାଇଥିଲେ ଡ୍ରାଇଭର ଅପେକ୍ଷା କରିଥିବା ଗାଡି ଭିତରକୁ। ଅର୍ଦ୍ଦଳି ଡୋର୍ ବନ୍ଦ କଲା। ସମସ୍ତଙ୍କୁ ପଛରେ ଛାଡି ତାଙ୍କ ଗାଡ଼ି ଚାଲିଲା ମୂଖ୍ୟାଳୟ ଅଭିମୁଖେ। ଆଲୋକ ଗାଡ଼ିରେ ବସିବାପରେ ପକେଟରୁ ରୁମାଲ୍ ବାହାର କରି ମୁହଁ ପୋଛିଲେ। ଆଖିରୁ ଧୀରେ ଚଷମା ବାହାର କରି ତା'ର କାଚକୁ ପୋଛି ଆଉଥରେ ପିନ୍ଧିନେଲେ। ଗାଡ଼ିର ପଛସିଟ୍ ଉପରେ ମୁଣ୍ଡରଖି ଆଖି ବନ୍ଦ କରିନେଲେ। ସେତେବେଳେ କେବଳ ମନୋରମାର କୃତିତ୍ୱ ବ୍ୟତୀତ ଅନ୍ୟ କିଛି ମନକୁ ଆସୁନଥାଏ। ତାଙ୍କ ପିଲାଦିନର ଖେଳସାଥୀ ମାନୁ ଆଜି ପୁରସ୍କୃତ ପ୍ରାପ୍ତ ସରପଞ୍ଚ ମନୋରମା ବିଶ୍ୱାଳ।

କେତେ ବଦଳିଯାଇଛି ସତେ ମାନୁର ଚେହେରାଟା। ତାକୁ ଦେଖି ସେ ଚିହ୍ନିପାରିଲେନି। ଅବଶ୍ୟ ଏଥିପାଇଁ ଦୀର୍ଘ ଚାଳିଶ ବର୍ଷର ବ୍ୟବଧାନ ହିଁ ଦାୟୀ। ତା' ସହ ଶେଷ ଦେଖାବେଳକୁ ସେ ଥିଲା ଷୋହଳ ସତର ବର୍ଷ ବୟସର କିଶୋରୀ। ଏବେ ପଚାଶ ବର୍ଷରୁ ଊର୍ଦ୍ଧ୍ୱ ମଧ୍ୟବୟସ୍କା ନାରୀ। ବୟସର ମେଦ ଜମିଥିବା ଏକ ସୁଠାମ ନିଟୋଳ ରୂପ। ସୁନ୍ଦର ମୁହଁଟିରେ ଆଖିତଳେ କିଛି ବୟସର ବହଳ ଛାପ। ଆତ୍ମ ବିଶ୍ୱାସର ବଳିଷ୍ଠ ବ୍ୟକ୍ତିତ୍ୱ। ଜନସେବା କରିବାର ଅଦମ୍ୟ ଉତ୍ସାହ ସହ ନିଜକୁ ଉତ୍କୃଷ୍ଟ ପ୍ରତିପାଦନ କରିବାର ଅବଦମିତ ଆଗ୍ରହ। ତା'ର ସେ ଚେହେରାରେ କିଛି ବୟସ ଲୁଚି ଯାଇଥାଏ ଆଉ କିଛି ବିକଶିତ ନାରୀତ୍ୱ ଉଭାସିତ ହେଉଥାଏ।

ଆଲୋକଙ୍କର ମନେ ପଡ଼ିଯାଉଥାଏ ସେଇ ଝିଅଟି ମାନୁ ଓରଫ ଆଜିର ମନୋରମା ସହ ବିତାଇଥିବା ପିଲାଦିନର କିଛି ସ୍ମୃତି। ତାଙ୍କୁ ସେତେବେଳେ ଦଶ ଏଗାର ବର୍ଷ ହୋଇଥାଏ। ନିଜ ଗାଁ'ରୁ ଷଷ୍ଠ ଶ୍ରେଣୀ ପାସ୍ କରି ସପ୍ତମ ଶ୍ରେଣୀରେ ପଢ଼ିବାକୁ ଚାଲିଯାଇଥିଲେ ପିଉସୀ ଘର ଗାଁ ନରିପୁର। ସେଠି ବର୍ଷେ ରହି ପଢ଼ିବା ସମୟରେ ତାଙ୍କର ପରିଚୟ ମାନୁ ସହ। ତାଙ୍କ ପିଉସୀଙ୍କ ପଡ଼ିଶା ଘର ଝିଅ ମାନୁ।

ନରିପୁର ସ୍କୁଲରେ ନାମ ଲେଖାଇ ପାଠ ପଢ଼ିବାକୁ ଯିବାବେଳକୁ ବର୍ଷାଦିନ ଆରମ୍ଭ ହୋଇଯାଇଥାଏ। ଅହରହ ଚାଳରୁ ପାଣି ଗଡ଼େ। ଦାଣ୍ଡଘାଟ ପାଣି ପଚ ପଚ। ସ୍କୁଲରୁ ଫେରି ଆଉ ସାଇ ପିଲାମାନଙ୍କ ସହ ଖେଳିବାର ସୁଯୋଗ ନଥାଏ। କେବଳ

ଯାହା ସ୍କୁଲରେ ଏକାସଙ୍ଗେ ପଢୁଥିବା ପିଲାମାନଙ୍କ ସହ ସାଙ୍ଗ ହୁଅନ୍ତି। ଅନ୍ୟ ଗାଁ'ରୁ ଆସିଥିବାରୁ କେହି କେହି ତାଙ୍କୁ ଆଦର କରି ପାଖରେ ବସାନ୍ତି ତ କେହି କେହି ତାଙ୍କ ସହ ଶତୃତା ଆଚରଣ କରନ୍ତି; ଅନ୍ୟ ଗାଁ' ପିଲା କହି ତାଙ୍କଠୁ ଦୂରେଇ ରହନ୍ତି। ଥଟ୍ଟା ପରିହାସ କରନ୍ତି।

ବର୍ଷା ଦିନ ଯାଇ ଶୀତ ଦିନ ଆସିଲା। ଖଳା ସଫା ହେଲା। କ୍ଷେତରୁ ଧାନ ଆସି ବଦାଡ଼ି ମରା ହୋଇ ଖଳାରେ ରହିଲା। ଧାନ ମଳା ହୋଇ ପାଳଗଦା ହେଲା ଝଙ୍କାଳିଆ ତେନ୍ତୁଳି ଗଛମୂଳେ। ହନୁମାନେ ତେନ୍ତୁଳି ଡାଳରେ ବସି ତେନ୍ତୁଳି ପତ୍ର ଖାଆନ୍ତି। ଉନ୍ମାଦରେ ହୁଁକାର କରି ଡାଳରୁ ଡାଳ ଡେଇଁ ସାରା ଗଛଟାକୁ ଦୋହଲାଇ ଦିଅନ୍ତି। ସେହି ସ୍ଥାନ ଥିଲା ତାଙ୍କର ଖେଳ ଘର। ଶୈଶବର କ୍ରୀଡ଼ା ସ୍ଥଳୀ। ଦୁଇ ଚାରି ଜଣ ପୁଅ ଛୁଆ ସହ ମାନୁ ଓ ତା'ର ଦୁଇ ତିନୋଟି ସମ୍ପର୍କୀୟା ଭଉଣୀ ଆସିଯା'ନ୍ତି ଏକତ୍ର ଖେଳିବାକୁ। ମାନୁ ସହ ଆଉ ପିଲାମାନଙ୍କୁ ନେଇ ଜମିଯାଏ ଖେଳ ସ୍କୁଲ ଛୁଟି ପରେ। ଶନିବାର ରବିବାର ହେଲେ ସେ ଖେଳ ବେଶି ସମୟ ଯାଏ ଚାଲେ। ମାନୁର ବାପା କଲିକତାରେ ଚାକିରି କରୁଥାଆନ୍ତି। ତେଣୁ ମାନୁ ଜରିଲଗା ସୁନ୍ଦର ଫ୍ରକ୍ ପିନ୍ଧେ। ଗୋରା ତକ୍ ତକ୍ ହାତ ଗୋଡ଼, ଦୁଇ କଡ଼କୁ ଦୁଇଟି ବେଣିପାରି ଖୁବ୍ ସୁନ୍ଦର ଦିଶେ। କଣ୍ଢେଇଟିଏ ପରି। ଗାଁ ଗହଳିରେ ହେଉଥିବା ଅପେରାରୁ ଦେଖିଥିବା ନାଚ ଗୀତର ଆସର ଜମେ। ମାନୁ ଅଣ୍ଟା ହଲାଇ ହାତ ପାଦର ଅଭିନୟ ସହ ନାଚ କରେ। କେବେ ବୋହୂ ହୋଇ ରୋଷେଇ କରେତ କେବେ ରାଣୀ ହୋଇ ଅଭିସାର ରଚେ। ପୁଣି କେବେ ଦହିବାଲୀ, ପକୁଡ଼ିବାଲୀ ହୋଇ ଦହି, ପକୁଡି ବିକ୍ରି ପାଇଁ ପୁଅମାନଙ୍କୁ ଗ୍ରାହକ ସଜାଏ।

ଖେଳ ମଝିରେ ସବୁ ପୁଅ ଝିଅ ମିଶି ଦଉଡି ଯାଆନ୍ତି ଧାନ ବଦାଡ଼ି ପଛପଟେ ବାଡ଼ କଡ଼େ ପରିସ୍ରା କରିବାକୁ। ପୁଅ ଝିଅର ପ୍ରଭେଦ ନଥାଏ। କାହା ମନରେ ଆବେଗ ନଥାଏ କି ଉତ୍କଣ୍ଠା ନଥାଏ। ଶୈଶବର ଚପଳତାକୁ ସରମ ଛୁଇଁ ପାରିନଥାଏ। ତଥାପି ଆଲୋକଙ୍କୁ ମାନୁର ସାନିଧ୍ୟ ଆନନ୍ଦ ଦିଏ। ସେ ବି ଆଲୋକର ଉପସ୍ଥିତିକୁ ଆଗ୍ରହର ସହ ଅପେକ୍ଷା କରୁଥାଏ। ସେ ବୋହୂ ହେଲେ ଆଲୋକ ବର ହୁଅନ୍ତି। ସେ ପକୁଡିବାଲୀ ହେଲେ ଆଲୋକ ତା'ର ଗ୍ରାହକ ହୁଅନ୍ତି। ଏମିତି ଥିଲା ଶୈଶବର ସେ ଖେଳ ଘର। ଅଭୁଲା ମୁହୂର୍ତ୍ତ। ଆଲୋକଙ୍କ ପିଉସୀ ଘରେ ରହି ବର୍ଷକର ପାଠ ସରିଗଲା। ସେ ସେଠୁ ଫେରି ଆସିଲେ, ତା'ପରେ କେବେ କେମିତି ବର୍ଷକୁଥରେ ଅଧେ ବନ୍ଧୁ ଶଙ୍ଖୋଳିବାକୁ ପିଉସୀ ଘର ଯିବା ହୁଏ। ଯେବେ ବି ଗଲେ ଆଖି ଆଗ ମାନୁକୁ ଖୋଜେ। କେବେ ଦେଖାହୁଏ କେବେ ହୁଏନି।

ସମୟକ୍ରମେ ମାନୁର ପିନ୍ଧୁଥିବା ଫ୍ରକ୍ ଛୋଟ ହେବାକୁ ଲାଗିଲା, ଦେହରେ ମାଂସ ଲାଗିଗଲା। ଆଖିରେ ଲାଜ। ତଥାପି କେବେ ଦେଖାହେଲେ ହସିଦିଏ। ପିଲାଦିନ ଖେଳ ମନେ ଥାଏ କି ନଥାଏ କେଜାଣି ତା ଆଖିରେ ଆଖି ମିଶିଲେ ଏକ ଅପୂର୍ବ ଆକର୍ଷଣ ଅନୁଭୂତ ହୁଏ। ଦୁହେଁ ଦୁହିଁକୁ ଦେଖି ପାଟି ଫିଟାଇ କିଛି ନ କହିଲେ ବି ଏକ ଦ୍ରବିଭୂତ ରୋମାଞ୍ଚର ଶିହରଣ ଆଲୋକ ଅନୁଭବ କରନ୍ତି। ବାରମ୍ବାର ମାନୁକୁ ଦେଖିବାକୁ ଇଚ୍ଛା ହୁଏ, ପାଖରେ ପାଇବାକୁ ମନ ବ୍ୟାକୁଳ ହୁଏ। ତାଙ୍କର କୈଶୋରରୁ ଯୁବକ ହେବା ଅବସରରେ କେତେକ ସ୍ୱପ୍ନ ଥିଲା ସେଇ ମାନୁକୁ ନେଇ।

ଆଲୋକ କଲେଜରେ ପଢୁଥାଆନ୍ତି। ଗ୍ରୀଷ୍ମ ଛୁଟି। ପିଉସୀ ଝିଅ ରମାଦେଈର ବାହାଘର ପାଇଁ ଯାଇଥାଆନ୍ତି ନରଣପୁର। ପରିବାରର ଅନ୍ୟ ସଦସ୍ୟମାନଙ୍କ ସହ ବାହାଘରର ଉତ୍ସବକୁ ଉପଭୋଗ କରିବାବେଳେ ସେହି ପୁରୁଣା ଅଭ୍ୟାସ ବଶତଃ ଆଖି ଖୋଜୁ ଥାଏ ମାନୁକୁ। ସେତେବେଳକୁ ମାନୁ କିଶୋରୀରୁ ଯୁବତୀ ହେଉଥାଏ। ଫ୍ରକ ପିନ୍ଧା ଛାଡି ଶାଢ଼ି ପିନ୍ଧିବା ଆରମ୍ଭ କରିଦେଇଥାଏ।

ରମା ଦେଈର ବିଦା ହେବାବେଳର ଦୃଶ୍ୟ। ସଂଧ୍ୟା ନଇଁ ଆସୁଥାଏ। ବର ବରଯାତ୍ରୀ କନ୍ୟାକୁ ସାଙ୍ଗରେ ନେଇ ବିଦା ହେବାପାଇଁ ଚଳଚଞ୍ଚଳ ହୋଇ ଉଠୁଥାନ୍ତି। ଦୂର ରାସ୍ତା ପହଞ୍ଚିବାକୁ ସମୟ ଲାଗିବ। ପିଉସା ପିଉସୀଙ୍କର କିନ୍ତୁ ଏତେ ଶୀଘ୍ର ଏକ ମାତ୍ର ଝିଅକୁ ବିଦା କରି ଦେବାକୁ ମନ ବଳୁ ନଥାଏ। ଘର ପରିବାର, ବନ୍ଧୁ ପରିଜନ ସବୁ ଶୋକସନ୍ତପ୍ତ। ରମା ଦେଈ ଶାଶୂଘର ଯିବାକୁ ସଜ ହୋଇ ସାରିଥାଏ। କନକ ଆଞ୍ଜୁଳି ଧରି ତା ବୋଉ କାନିରେ ଦେବାବେଳକୁ କୋହରେ ଫାଟି ପଡୁଥାଏ। ଉପସ୍ଥିତ ସବୁରି ଆଖିରେ ଲୁହ। ଆଲୋକ ବି ସନ୍ତପ୍ତ ହୃଦୟ ନେଇ ଠିଆ ହୋଇଥା'ନ୍ତି ଦ୍ୱାରର ଗୋଟିଏ କବାଟକୁ ଆଉଜି। ରମା ଦେଈ ତାଙ୍କୁ ବହୁତ ଭଲ ପାଏ ଛୋଟବେଳୁ। ସେଥିପାଇଁ ମନରେ ସରାଗ ନଥାଏ।

ସେପରି ଗମ୍ଭୀର ପରିବେଶରେ ଆଲୋକ ଅନୁଭବ କଲେ ଯେ ସେ କବାଟଟିକୁ ଧରିଥିବା ହାତ ଉପରେ ଆଉ କାହା ହାତର ମୃଦୁ ସ୍ପର୍ଶ। ମୁହଁ ବୁଲାଇ ଚାହିଁଲେ, ହାତଟି ଥିଲା ପାଖରେ ଠିଆ ହୋଇଥିବା ମାନୁର। ବୋଧେ ଅନ୍ୟମନସ୍କ ଭାବେ ତାଙ୍କ ହାତ ଉପରେ ମାନୁର ହାତଟି ରହିଯାଇଛି ଭାବି ସନ୍ତର୍ପଣରେ ନିଜ ହାତକୁ ଅଳ୍ପ ଦୂରକୁ ଖସାଇ ନେଲେ। ମାତ୍ର କିଛିକ୍ଷଣ ପରେ ଅନୁଭବକଲେ ମାନୁର ହାତଟି ପୁଣି ତାଙ୍କ ହାତପାଖକୁ ଘୁଞ୍ଚି ଆସିଛି। ରମାଦେଈ ଘରୁ ବିଦା ହୋଇ ଅଳିନ୍ଦ ଦେଇ ବାହାର ଦ୍ୱାରକୁ ଧୀରେ ଧୀରେ ଆଗେଇ ଯାଉଥାଏ। ତା ପଛେ ପଛେ ଆଲୋକଙ୍କ ସହ ଅନ୍ୟ ପରିବାର ବର୍ଗ ନିଜର ସ୍ଥାନ ବଦଳାଇ ଶେଷ ବିଦାୟ ପର୍ବକୁ ଅଶ୍ରୁଳ ନୟନରେ

ଅନାଇ ରହିଥା'ନ୍ତି। ନିଶ୍ଚଳ ହୋଇ ସମସ୍ତେ ବିଦାୟକାଳୀନ ଦୃଶ୍ୟକୁ ଦେଖୁଥାଆନ୍ତି। ଆଲୋକ ପୁଣି ଅନୁଭବ କଲେ ତାଙ୍କ ହାତ ପାପୁଲିରେ ସେହି ପରିଚିତ ନରମ ସ୍ପର୍ଶ। ରମାଦେଈର ବିଦାୟକାଳୀନ ଦୁଃଖଦ ପରିବେଶରେ ଆଲୋକ ମାନୁ ଆଡ଼କୁ ବିଶେଷ ଦୃଷ୍ଟି ଦେଇ ପାରିନଥିଲେ।

ସେଦିନ ମାନୁ ବାରମ୍ବାର ତାଙ୍କୁ ଛୁଇଁ କ'ଣ ଇସାରା ଦେଉଥିଲା? ସେ କ'ଣ ଚାହୁଁଥିଲା, ବୁଝିବା ଆଗରୁ ସେ ଦୃଷ୍ଟିର ଅନ୍ତରାଳରେ ଆଗତ ସଂଧ୍ୟାର ଅନ୍ଧକାରରେ ମିଶି ଯାଇଥିଲା। ତା'ପରେ ଆଲୋକଙ୍କ ସହ ଆଉ କେବେ ମାନୁର ଦେଖା ସାକ୍ଷାତ ହୋଇନଥିଲା। ଦୁହେଁ ନିଜ ନିଜ ଜୀବନ ଜୀବିକା ନେଇ ଆଗେଇ ଯାଇଥିଲେ ସେମାନଙ୍କର ନିର୍ଦ୍ଧାରିତ ପଥରେ। ଆଲୋକ କେବେ କଲେଜପଢ଼ା ସାରିଲେ। ଏମ.ଏ. ପାସ୍ କରି ପୁଣି କେବେ ଆଇ.ଏ.ଏସ୍ ହେଲେ ଗାଉଁଲୀ ଝିଅ ମାନୁ କ'ଣ ତା'ର ହିସାବ ରଖିଥିବ? ସେପରି ମାନୁ କେବେ କେଉଁଠି ବାହା ହେଲା, ସ୍ୱାମୀ ପିଲାଙ୍କୁ ନେଇ ଘର ସଂସାର କଲା। ଶାଶୁ ଘର ଗାଁରେ ସରପଞ୍ଚ ହେଲା, ତା' ଖବର କ'ଣ ଏଯାଏ ଆଲୋକଙ୍କ ପାଖରେ ଥିଲା? ସେମାନଙ୍କର ଶୈଶବର ଚପଳତା, କୈଶୋରର ଆବେଗତା ସମୟ ସ୍ରୋତରେ ଭାସିଯାଇ ବିସ୍ମୃତିର ଅତଳ ଗର୍ଭରେ ବିଲୀନ ହୋଇଯାଇଥିଲା। ଯାହା ଆଜି ପୁଣିଥରେ ଅପ୍ରତ୍ୟାଶିତ ଭାବେ ଉଜ୍ଜୀବିତ ହୋଇ ଉଠିଛି।

ସେଇ ପିଲାଦିନର ପରିଚିତା ଝିଅ ମାନୁ ଆଜି ଅପରିଚିତା ଲାଗୁଥିବା କାଶୀପୁର ପଞ୍ଚାୟତର ସରପଞ୍ଚ ମନୋରମା ବିଶ୍ୱାଳ। ଏକ ପ୍ରତିଷ୍ଠିତ ରାଜନୈତିକ ବ୍ୟକ୍ତିତ୍ୱ। ରାଜ୍ୟ ସରକାରଙ୍କ ଦ୍ୱାରା ପୁରସ୍କୃତା ଏବଂ ତାଙ୍କ ଦ୍ୱାରା ସମ୍ବର୍ଦ୍ଧିତା।

ଆଖି ଖୋଲିଲେ ଆଲୋକ ମହାପାତ୍ର। କାର୍‌ଟି ତାଙ୍କ ସରକାରୀ ବଙ୍ଗଳା ପୋର୍ଟିକୋ ଭିତରକୁ ପଶୁଥିଲା। ଆଜି ଏମିତି ସଭାସ୍ଥଳରେ ସାକ୍ଷାତ ହୋଇନଥିଲେ ସେ ସ୍ମୃତି ଅତୀତର କେଉଁ ନିଭୃତ କୋଣରେ ସବୁଦିନ ପାଇଁ ସମାଧିଗ୍ରସ୍ତ ହୋଇ ରହିଯାଇଥା'ନ୍ତା।

ମାଳୀ

ଡ୍ରଇଂ ରୁମ୍‌ର ଗୋଟିଏ କୋଣରେ ଗୁମ୍ ହୋଇ ବସିଥାଏ ରାମେଶ୍ୱର। ତା' ଆଗରେ ଥୁଆ ହୋଇଥିବା ପ୍ଲେଟ୍ ଉପରୁ ଚା'କପ୍ ଉଠାଇ ପିଇବାବେଳେ କାନ୍ଧ ଗାମୁଛାରେ ଆଖିରୁ ଲୁହ ପୋଛୁଥିଲା। କୋହ ସମ୍ଭରଣ କରି କହୁଥାଏ, -'ମାଡ଼ାମ୍ ଆପଣଙ୍କ ହାତରୁ ଏଇ ଶେଷ କପ୍ ଚା' ପିଉଛି। ଏ ଘର ସହ ମୋର କୋଡ଼ିଏ ବର୍ଷରୁ ଅଧିକ ଦିନର ସମ୍ପର୍କ ତୁଟିବାକୁ ଯାଉଛି। ଆପଣଙ୍କ ପିଲା ଦୁଇଟିଙ୍କୁ ମୁଁ ଏଡ଼ିଟିଏ ହୋଇ ସ୍କୁଲ୍ ଯିବାବେଳଠୁ ଦେଖିଆସିଛି। ମୋ'ରି ଆଗରେ ସେମାନେ ବଡ଼ ହୋଇ ଚାକିରି କଲେ ବାହାସାହା ହୋଇ ଘର-ସଂସାର କଲେ। ସାହେବଙ୍କ ଭଳି ଏତେ ସହୃଦୟ ବ୍ୟକ୍ତି ମୁଁ ଆଉ କାହାକୁ ଦେଖିନାହିଁ। ଦେଖୁ ଦେଖୁ ସାହେବଙ୍କର ରିଟାୟାରମେଣ୍ଟ୍ ସମୟ ଆସିଗଲା। ଆପଣମାନେ ଏ ଘର ଏ ସହର ଛାଡ଼ି ସବୁଦିନ ପାଇଁ ଚାଲିଯାଉଛନ୍ତି। ଆଉ କ'ଣ କେବେ ଏ ଜନ୍ମରେ ଆପଣମାନଙ୍କ ସହ ଦେଖା ସାକ୍ଷାତ ହେବ'? ପୁଣିଥରେ ସେ ଲୁହ ପୋଛିଲା। ବାଲକୋନୀର ନିର୍ବାକ ଗଛ ଗୁଡିକୁ ଚାହିଁ ମନଦୁଃଖ କରି କହୁଥିଲା -'କେତେ ଯତ୍ନରେ ବଢ଼ାଇଥିବା ଗଛ ଗୁଡିକ ମଉଳି ଶୁଖିଯିବ। ଆଉ କିଏ ପାଣି ଦେଇ ବଞ୍ଚାଇ ରଖିବ। ଏ ଘର ପୁଣି ଆଉ କାହାକୁ ମିଳୁ ମିଳୁ କେତେ ସମୟ ଲାଗିଯିବ। ସେଯାଏ କ'ଣ ଏ ଗଛ ସବୁ ବଞ୍ଚି ରହିବ'?

ଏ ସବୁ ପୁଣି ଦୁଷ୍ମନ୍ତ ବାବୁଙ୍କ ମନଟା ବି ଫିକା ହୋଇଗଲା। ଅବସର ପରେ ସରକାରୀ ଘର ଛାଡ଼ିବାକୁ ତ ପଡ଼ିବ। ତା ସହ ସେ ନିଷ୍ପତ୍ତି ନେଇଛନ୍ତି ଦିଲ୍ଲୀ ସହର ଛାଡ଼ି ଭୁବନେଶ୍ୱରରେ ନିଜ ଘରକୁ ଚାଲିଯିବେ। ସେଥିପାଇଁ ଆସବାବପତ୍ର ଟ୍ରକରେ ଲଦା ହୋଇସାରିଲାଣି। ଫୁଲ ଗଛର ଗମଲା ଗୁଡ଼ିକୁ ସାଙ୍ଗରେ ନେଇ ପାରୁନାହାଁନ୍ତି। ଦୂର ରାସ୍ତା କେତେ ଦିନ ଲାଗିଯିବ ପହଞ୍ଚିବାକୁ। ରାସ୍ତା ମଝିରେ କେହି କ'ଣ ସେଥିରେ ପାଣି ଦେବ ନା ପରିବହନ ସଂସ୍ଥା ସେ ଗମଲା ଗୁଡ଼ିକର ଦାୟିତ୍ୱ ନେବ। ଭାଙ୍ଗିରୁଜି

ନଷ୍ଟ ହୋଇଯିବା ଅପେକ୍ଷା ଏଇ ଘର ବାଲକୋନୀରେ ଥାଉ। କେହି ଯଦି ପାଣି ଦିଏ ବଞ୍ଚିଯିବ ନହେଲେ ଗଛ ଗୁଡିକ ଶୁଖି ମରିଯିବ। ସେ'ବା ଆଉ କ'ଣ କରିପାରିବେ। ଯେତେ ଦିନ ପାଖରେ ରଖିଥିଲେ ନିଜ ପିଲାଭଳି ପାଳୁଥିଲେ। ପାଣି ଦେଇ ପତ୍ର ସବୁକୁ ଆଉଁଶି ପୋଛି ଯତ୍ନରେ ରଖିଥିଲେ। ଏବେ ସେ ନିରୁପାୟ। ତଥାପି କେତେ ଗୁଡ଼ିଏ ଗଛ ନେଇ ତଳ ଘରେ ଦେଇ ଆସିବାକୁ ରାମେଶ୍ୱରକୁ କହିଲେ।

ଗଛ ଗୁଡ଼ିକ ବ୍ୟତୀତ ରାମେଶ୍ୱର ସହ ସମ୍ପର୍କ ବି ସବୁଦିନ ପାଇଁ ଛିନ୍ନ ହେବାକୁ ଯାଉଥାଏ। ଦୀର୍ଘ ଦିନ ଧରି ସେ ତାଙ୍କ ପରିବାରର ଜଣେ ସଦସ୍ୟଭାବେ ରହି ଆସିଥିଲା। ତାଙ୍କ ପରିବାରର ସମସ୍ତ ସୁଖ ଦୁଃଖ ସହ ସେ ଜଡ଼ିତ। ବହୁ ବର୍ଷ ପୂର୍ବେ ଜଣେ ସହକର୍ମୀଙ୍କ ମାଧ୍ୟମରେ ସାକ୍ଷାତ ହୋଇଥିଲା ରାମେଶ୍ୱର ସହ। ସେ ଦିଲ୍ଲୀ ସରକାର ଅଧୀନରେ ମାଳୀ କାମ କରେ। ତା'ର ନିୟମିତ ଡ୍ୟୁଟି ଲୋଧି ଗାର୍ଡେନ୍‌ରେ ଥାଏ। ସବୁ ଦିନ ଡ୍ୟୁଟି ସରିବାପରେ ଏବଂ ଛୁଟି ଦିନ ମାନଙ୍କରେ ସେ ଅଫିସରମାନଙ୍କ ବାରିବଗିଚାରେ କାମ କରେ। ସ୍ୱଳ୍ପ ଉପଲବ୍ଧ ଜାଗାରେ ଲେମ୍ବୁ, ପିଜୁଳି, ଡାଳିମ୍ବ ଆଦି ଫଳ ଗଛ ସହ ମଲ୍ଲୀ, ଟଗର, ମନ୍ଦାର, ଗୋଲାପ ଆଦି ଫୁଲ ଗଛ ଲଗାଏ। ଯାହାର ଅଧିକ ଜାଗା ଥାଏ ସେଥିରେ ଧନିଆ, ପାଳଙ୍ଗ ଇତ୍ୟାଦି ଶାଗ ସବଜି ବି ଲଗାଏ। ମାସିକ ବେତନ ସହ ବାବୁମାନଙ୍କ ଘରୁ ଯେତିକି ଆୟ ହୁଏ ସେଥିରେ ତା'ର ଚଳିବା ସ୍ୱଚ୍ଛନ୍ଦ ହୁଏ।

ରାମେଶ୍ୱରକୁ ଦେଖିଲେ ଠିକ୍ ଭାବେ ତା ବୟସକୁ ଆକଳନ କରି ହୁଏ ନାହିଁ। ପତଳା ଡେଙ୍ଗା ଶରୀର, ପକ୍ୱକେଶ। ପରିଧାନ, ଧୋତି ଓ ଲମ୍ବା ପଞ୍ଜାବି ନହେଲେ କୁର୍ତ୍ତା। ସେ ବୟସ୍କ ଦିଶିଲେ ମଧ୍ୟ ଯେହେତୁ ତା'ର ଅବସର ଆହୁରି କେତେ ବର୍ଷ ବାକି ଅଛି, ସରକାରୀ ଖାତାରେ କେତେ ବୟସ ଲେଖା ଅଛି ଜଣାନାହିଁ। ଦୁଷ୍ମନ୍ତ ବାବୁ ଓଡ଼ିଶାର ବାସିନ୍ଦା ବୋଲି ଜାଣିବା ପରେ ରାମେଶ୍ୱରର ନିଜ ପିଲାଦିନ କଥା ମନେ ପଡିଯାଇଥିଲା। ସେ କହେ ତା' ପିଲାଦିନେ ତାଙ୍କ ଗାଁ'ର କିଛି ଲୋକଙ୍କ ସହ ସମ୍ବଲପୁର ଆସିଯାଇଥିଲା କାମ କରିବାକୁ। କେଉଁ ଜଣେ ଗୌନ୍ତିଆ ଘରେ ରହି ମଇଁଷି ଚରାଉଥିଲା। ତା'ର ଏଯାଏ ମନେ ଅଛି ମହାନଦୀର ଥଣ୍ଡା ପାଣିରେ ଦେହ ଟାଙ୍କୁରି ଉଠେ। ନଦୀ ବକ୍ଷର ତୀକ୍ଷ୍ଣ ପଥରରେ ପାଦ କଟିଯାଏ। ଦଶ ପଇସାରେ ଗଉଣୀଏ ମୁଢ଼ି ଗାମୁଛାରେ ବାନ୍ଧି ସେ ମଇଁଷି ଚରାଇବାକୁ ଜଙ୍ଗଲକୁ ଚାଲିଯାଏ। ପେଟ ପୂରିଯାଏ କିନ୍ତୁ ମୁଢ଼ି ସରୁ ନଥାଏ। ସମ୍ବଲପୁରର ଦିଗନ୍ତ ବିସ୍ତାରୀ ଧାନକ୍ଷେତ ଜଙ୍ଗଲ ପାଖ ମଇଁଷି ଗୋଠ ଏଯାଏ ତା ମାନସ ପଟରେ ଉଜ୍ଜୀବିତ।

ସମ୍ବଲପୁରରେ ରହି କାମ କରୁଥିବା ସମୟରେ ବର୍ଷାଦିନର ଲଗାଣ ବର୍ଷାରେ

ଭିଜିବାରୁ ଜ୍ୱର ହେଲା। ଅସୁସ୍ଥତା ବଶତଃ ସେ ନିଜ ଗାଁ'କୁ ଫେରିଯାଇଥିଲା। ତାଙ୍କ ଗାଁ ଉତ୍ତର ପ୍ରଦେଶର କେଉଁ ଏକ ଜିଲ୍ଲାରେ, ଗଙ୍ଗା ନଦୀ କୂଳରେ। ତା'ର ପୈତୃକ ଘର, ଚାଷ ଜମି ଗଙ୍ଗା ନଦୀର ବଢ଼ି ପାଣିରେ ବାରମ୍ବାର ଧୋଇଯାଏ। ଗାଁ'ରେ କାମଧନ୍ଦାର ଅଭାବରୁ ପୁଣି ରାମେଶ୍ୱରକୁ କର୍ମ ଅନ୍ୱେଷଣରେ ଦିଲ୍ଲୀ ଆସିବାକୁ ପଡ଼ିଲା। ପାଠ ଶାଠ ତ ପଢ଼ିନଥିଲା କି କାମ କରିବ? ପୁଣି ସେହି ମଇଁଷି ଗୋଠରେ କାମ କଲା। ମଇଁଷିମାନଙ୍କୁ ଚରା ଖୁଆଇବା, ପାଣି ପିଆଇବା, ଚରାଇବାକୁ ନେବାରେ ସେ ଅଭ୍ୟସ୍ତ ଥିଲା। ତେଣୁ ଦିଲ୍ଲୀର ଗୋଟିଏ ମଇଁଷିଶାଳରେ କାମ ମିଳିଗଲା। ତା'ର ମନେ ଅଛି ୧୯୭୫ ମସିହାରେ ଦେଶରେ ଜରୁରୀ ଅବସ୍ଥା ଜାରି ହେବାର କଥା। ରାତାରାତି ସେ କାମ କରୁଥିବା ମଇଁଷିଶାଳାକୁ ସହର ବାହାରକୁ ବାହାର କରି ଦିଆଗଲା। ଅସ୍ଥାୟୀ ଗୋଶାଳା ସବୁ ଭାଙ୍ଗି ଦିଆଗଲା। ତା'ସହ ରାମେଶ୍ୱରର ଜୀବିକା ଉପାର୍ଜନ କରିବା ବିପନ୍ନ ହୋଇପଡିଲା। ଅନ୍ୟ ଉପାୟ ନପାଇ ସେ ସରୋଜିନୀ ନଗର, ଲକ୍ଷ୍ମୀବାଈ ନଗର ଓ ପାଖାପାଖି ଅଞ୍ଚଳରେ ଥିବା ସରକାରୀ ବାସଗୃହ ଗୁଡ଼ିକରେ ରହୁଥିବା କର୍ମଚାରୀ ଏବଂ ଅଧିକାରୀମାନଙ୍କ ବାରି-ବଗିଚାରେ ମାଳୀ କାମ କରିବା ଆରମ୍ଭ କରିଦେଲା। ଚାଷୀଘର ପିଲା ତେଣୁ ଗଛ-ବୃଛ ଲଗାଇବା, କୋଡ଼ା-ଖୋଷା କରିବା ତାକୁ ଜଣାଥିଲା। ଦିଲ୍ଲୀ ସହରରେ ପେଟ ପୋଷିବାକୁ ରାମେଶ୍ୱର ମାଳୀ କାମକୁ ବାଛି ନେବାପରେ ତା'ର ପେଟ ଅପୋଷା ରହିଲା ନାହିଁ।

ଏମିତି ଘର ଘର ବୁଲି କାମ କରୁଥିବାବେଳେ କେହି ଉଚ୍ଚପଦସ୍ଥ ସହୃଦୟ ବ୍ୟକ୍ତି ତାକୁ ମ୍ୟୁନିସିପାଲିଟିର ଅସ୍ଥାୟୀ ମାଳୀ କାମରେ ଲଗାଇ ଦେଲେ। ଅବଲୀଳା କ୍ରମେ ସେ ସ୍ଥାୟୀ ସରକାରୀ କର୍ମଚାରୀ ହୋଇଗଲା। ସେ ଚାକିରୀରେ ଭର୍ତ୍ତି ହେବାବେଳେ କିଛି ଗୋଟେ ଆନୁମାନିକ ଜନ୍ମ ତାରିଖ ଲେଖାଇ ଦେଇଚି। ସେଥିପାଇଁ ବାହ୍ୟ ରୂପରେ ବୟସ୍କ ଦେଖାଗଲେ ବି ତା'ର ଏଯାଏ ଅବସର ଗ୍ରହଣ କରିବା ସମୟ ଆସିନାହିଁ।

ସରକାରୀ ଚାକିରି ମିଳିବାପରେ ବି ରାମେଶ୍ୱର ପୂର୍ବପରି ଘର ଘର ବୁଲି ମାଳୀ କାମ କରିବା ଜାରି ରଖିଥାଏ। ସବୁଦିନ ନିଜର ଡ୍ୟୁଟି ସରିବାପରେ ଘରକୁ ନ ଫେରି ସେ ଗୋଟିଏ ଦୁଇଟି ଘରକୁ ଯାଇ ଘଣ୍ଟେ ଦୁଇ ଘଣ୍ଟା ବଗିଚା କାମ କରେ। ଗଛରେ ପାଣି ଦେଇ କୋଡ଼ା ଖୋଷା କରି ସଂଧ୍ୟା ପରେ ଘରକୁ ଫେରେ। ଛୁଟି ଦିନ ମାନଙ୍କରେ ସକାଳୁ ବାହାରି ଯାଏ କେତେ ଘର କାମ ସାରି ସଂଧ୍ୟାକୁ ଫେରେ। ନିଜର ଆର୍ଥିକ ଅବସ୍ଥା ସ୍ୱଚ୍ଛଳ କରିବା ନିମିତ୍ତ ସେ ଦିନରାତି ପରିଶ୍ରମ କରୁଥାଏ।

ସରୋଜିନୀ ନଗରରେ ସରକାରୀ ଘର ମିଳିବା ପରେ ଦୁଷ୍ମନ୍ତ ବାବୁଙ୍କ ପରିଚୟ

ରାମେଶ୍ୱର ସହ। ତଳ ଘର ମିଳିଥାଏ। ଘରର ଦୁଇକଡ଼ରେ କିଛି ଖୋଲା ଜାଗା ଥାଏ। ସେହି ଜାଗାରେ ଗଛବୃଛ ଲଗାଇବାପାଇଁ ଗୋଟିଏ ମାଳୀ ଆବଶ୍ୟକ ହେଲା। ଦୁଷ୍ମନ୍ତବାବୁ ଓ ତାଙ୍କ ପତ୍ନୀ ସରିତାଙ୍କୁ ଗଛବୃଛ ଲଗାଇବାର ସଉକ ଥାଏ। ଏହା ପୂର୍ବରୁ କେବେ ଦୁଇ ମହଲା ତ କେବେ ତିନି ମହଲା। ଉପର ଭଡାଘରେ ରହି ଏ ଇଛାଟି ତାଙ୍କର ମନ ମଧ୍ୟରେ ସୁପ୍ତ ହୋଇ ରହିଥାଏ। ଖାଲି ଜାଗାଥିବା ତଳ ଘରଟି ପାଇବାପରେ ତାଙ୍କର ସେ ସୁପ୍ତ ଇଛା ଜାଗ୍ରତ ହୋଇଗଲା। ସେଥିପାଇଁ ମାଳୀଟିଏ ଖୋଜା ପଡ଼ିଥିବାବେଳେ ରାମେଶ୍ୱରର ସନ୍ଧାନ ମିଳିଥିଲା ଜଣେ ସହକର୍ମୀଙ୍କ ଠାରୁ। ସରିତାଙ୍କର ଭିନ୍ନ ଭିନ୍ନ ଜାତିର ଫୁଲ ପ୍ରତି ଆଗ୍ରହ ଥିବାବେଳେ ଦୁଷ୍ମନ୍ତଙ୍କର ଫଳ ପନିପରିବା ଗଛ ଲଗାଇବାରେ ସଉକ ଥାଏ। ଦୁହିଁଙ୍କର ମନ ରକ୍ଷା କରି ରାମେଶ୍ୱର ମଧୁମାଳତୀ, ଗଙ୍ଗଶିଉଳି, ମଲ୍ଲୀ, ହେନା, ଗୋଲାପ ପ୍ରଭୃତି ସୁଗନ୍ଧିତ ଫୁଲ ଗଛ ଲଗାଇଲା। ତା' ବ୍ୟତୀତ ଶୀତ ଦିନେ ଗେଣ୍ଡୁ, ସେବତୀ, ଡାଲିଆ ସହ ଆହୁରି କେତେ ଜାତିର ଫୁଲରେ ବଗିଚା ଭରିଦିଏ। ଦୁଷ୍ମନ୍ତଙ୍କ ମନ ରକ୍ଷା କରିବାକୁ କଦଳୀ, ଲେମ୍ବୁ, ସଜନା, ଅମୃତଭଣ୍ଡା ଆଦି ଗଛ ବି ଲଗାଇଥାଏ। ପ୍ରତି ସପ୍ତାହ ଥରେ ଦୁଇଥର ଆସି ଗଛରେ ପାଣି ଦିଏ, ଗଛ ମୂଳରୁ ଘାସ ବାଛେ, ଶୁଖିଲା ଡାଳ ପତ୍ର କାଟି ଦିଏ। ଦେଖୁ ଦେଖୁ ସାରା ବିଗିଚା ଫୁଲ ଫଳରେ ଭର୍ତ୍ତି ହୋଇଯାଇଥିଲା। ଶୀତ ଦିନରେ ସରିତା ଦେବୀ ଅଧିକାଂଶ ସମୟ ସେ ବଗିଚାର ପୁଷ୍ପକୁଞ୍ଜରେ ଚେୟାରଟିଏ ପକାଇ ବସି ଖରା ପୁଅଁନ୍ତି।

ସେତେବେଳକୁ ରାମେଶ୍ୱରର ଚାକିରି କରିବାର ଅନେକ ଦିନ ହୋଇଯାଇଥାଏ। ସେ ବାହା ହୋଇ ତିନୋଟି ପୁଅଙ୍କର ବାପା ବି ହୋଇସାରିଥିଲା। ପିଲା ତିନୋଟି ସରକାରୀ ସ୍କୁଲରେ ପଢୁଥାଆନ୍ତି। ସରକାରୀ କ୍ୱାର୍ଟର୍ସ ମିଳିନଥିବାରୁ ରାମେଶ୍ୱର ଭଡା ଘରେ ରହୁଥାଏ। ନିଜ ସମ୍ବଳ ଅନୁଯାୟୀ ଗୋଟିଏ କୋଠରି ବିଶିଷ୍ଟ ଘରଟିରେ ସ୍ତ୍ରୀ ପିଲାଙ୍କୁ ନେଇ ପାଞ୍ଚପ୍ରାଣୀ ରହୁଥିଲେ। ନିଜର ବ୍ୟବହାର ପାଇଁ ସ୍ୱତନ୍ତ୍ର ପାଇଖାନା, ଗାଧୁଆ ଘରର ବ୍ୟବସ୍ଥା ନଥାଏ। କେତେ ଜଣ ତା' ପରି ଭଡ଼ାଟିଆଙ୍କ ପାଇଁ ଘର ମାଲିକ ଦୁଇଟି ପାଇଖାନା ଏବଂ ଦୁଇଟି ଗାଧୁଆ ଘରର ବ୍ୟବସ୍ଥା କରିଥାଏ। ଅସୁବିଧା ହେଲେ ବି ରାମେଶ୍ୱର କଷ୍ଟେମଷ୍ଟେ ଚଳି ଯାଉଥାଏ।

ନିଜ ଦରମା ଏବଂ ଲୋକଙ୍କ ଘରେ ମାଳୀ କାମ କରି ଉପାର୍ଜିତ ଅର୍ଥରେ ଘର ଚଳାଇ ଯାହା ବଞ୍ଚିଯାଏ ତାକୁ ସେ ସଞ୍ଚୟ କରି ସହରତଳି ଅଞ୍ଚଳରେ ଖଣ୍ଡେ ଘରଡ଼ିହ କିଣିଥିଲା। ସେଥିରେ ଦୁଇବଖରା ଘରବି ତୋଳାଇଥିଲା। ଘର ତୋଳା ସରିଯିବାପରେ ରାମେଶ୍ୱର ସ୍ଥିର କଲା ତା'ର ଭଡ଼ା ଘର ଛାଡ଼ି ନିଜ ଘରେ ରହିବ। ସେ ଘରଟି ତା'ର

ଡ୍ୟୁଟି ଜାଗାଠୁ ଦୂର ହେଲେ ବି ନିଜ ଘରେ ରହିବାର ମୋହରେ ସେ ଦୂରକୁ ଚାଲିଗଲା। ସେଠୁ ଲୋଧି ଗାର୍ଡେନ୍ ଆସିବା ଯିବା ପାଇଁ ଦୁଇ ଘଣ୍ଟାରୁ ଅଧିକ ସମୟ ଲାଗିଯାଏ। ତେଣୁ ଆଗପରି ସେ ଆଉ ଘର ଘର ବୁଲି ମାଳୀ କାମ କରିବାକୁ ସମୟ ପାଏ ନାହିଁ। ସେଥିପାଇଁ ଦିନେ ତା'ର ହିସାବ କରି ମାସ ଶେଷରେ ପଇସା ନେବାବେଳେ କହିଗଲା, 'ସେ ଆଉ ଆସି ପାରିବ ନାହିଁ'। ତା'ପରଠୁ ଦୁଷ୍ମନ୍ତଙ୍କର ଆଉ ରାମେଶ୍ୱର ସହ ଦେଖା ସାକ୍ଷାତ ହୁଏ ନାହିଁ।

ସରୋଜିନୀ ନଗର ଆସିବା ପରେ ସରିତା ବି ଘର ପାଖ ସ୍କୁଲଟିରେ ଶିକ୍ଷୟିତ୍ରୀ ପଦରେ ନିଯୁକ୍ତି ପାଇଗଲେ। ସେ ଆଗରୁ ଏମ୍.ଏ.ବି.ଏଡ୍ କରି ସାରିଥିଲେ। ତେଣୁ ଚାକିରି ପାଇବାରେ ବିଶେଷ ଅସୁବିଧା ନଥିଲା। ରାମେଶ୍ୱରର ଅନୁପସ୍ଥିତିରେ ସରିତା ତାଙ୍କ ସ୍କୁଲ୍‌ରେ କାମ କରୁଥିବା ମାଳୀକୁ ଘରେ କାମ କରିବାକୁ କହିଲେ। ରାମେଶ୍ୱରକୁ ଯେତିକି ପାରିଶ୍ରମିକ ଦେଉଥିଲେ ସେତିକି ସ୍କୁଲ୍ ମାଳୀକୁ ବି ଦେଲେ। କିଛି ଦିନ କାମ କରିବାପରେ ସେ ମାଳୀ ସ୍କୁଲ୍ କାମ ସହ ଦୁଷ୍ମନ୍ତଙ୍କ ଘରକାମ ଛାଡ଼ି କେଉଁଆଡ଼େ ଚାଲିଗଲା ଆଉ ଆସିନଥିଲା। ତା'ପରେ ଆଉ କେହି ମାଳୀ ଜୁଟୁ ନଥିଲେ।

ଏ ଭିତରେ ଅନେକ ଦିନ ହୋଇଯାଇଥାଏ। ବଗିଚାରେ ଗୋଲାପ, ମଲ୍ଲୀ ବୁଦା ଗୁଡିକ ଡାଳ ମେଲାଇ ଚାରିକଡ଼କୁ ମାଡ଼ି ଯାଇଥାଆନ୍ତି। ଗଙ୍ଗଶିଉଳି ଗଛରେ ଫୁଲ ଧରି ଯାଇଥାଏ। ଶୀତ ଦିନ ଆସିବା ଆଗରୁ ସେଥିରେ ଛୋଟ ଛୋଟ ସୁବାସିତ ଫୁଲ ଫୁଟି, ଝଡ଼ି ଅଗଣା ଭରିଯାଏ। ମଧୁମାଳତୀ ଲତା ବି ଝରକା ଉପରକୁ ଅର୍ଦ୍ଧ ବୃତ୍ତାକାର ହୋଇ ମାଡ଼ି ଆସିଥାଏ। ଜହ୍ନ ରାତିରେ ମଧୁମାଳତୀର ବାସ୍ନା ଝରକା ଦେଇ ଶୋଇବା ଘର ଭିତରକୁ ପଶି ଆସେ। ଲେମ୍ବୁ ଗଛ ଫୁଲ ଫଳ ଧରିଥାଏ। ସଜନା ଛୁଇଁ, ଅମୃତଭଣ୍ଡା ଫଳି ଝୁଲୁଥାଏ। ରାମେଶ୍ୱରର ସ୍ମୃତି ଧୀରେ ଧୀରେ ମନରୁ ପାସୋର ଯାଉଥାଏ।

ପୁଅର ଇଂଜିନିୟରିଂ ପଢ଼ିବା ପାଇଁ ପ୍ରବେଶିକା ପରୀକ୍ଷା ସେଣ୍ଟର ଲୋଧି କଲୋନୀର ଗୋଟିଏ ସ୍କୁଲରେ ପଡିଥାଏ। ଦୁଷ୍ମନ୍ତ ପୁଅକୁ ପରୀକ୍ଷା ହଲରେ ଛାଡି ଦୀର୍ଘ ତିନି ଘଣ୍ଟା ସମୟ କେଉଁଠି ବିତାଇବେ ଚିନ୍ତା କରୁଥାଆନ୍ତି। କିଛି ଦୂର ପଦଚାରଣ କରିବାପରେ ଲୋଧି ଗାର୍ଡନ ଦେଖା ଗଲା। ପାର୍କର ଗଛ ଛାଇରେ ପଦଚାରଣ କରିବା ଶ୍ରେଷ୍ଠ ବିକଳ୍ପ ଭାବି ସେ ଗେଟ୍ ଦେଇ ଭିତରକୁ ପଶିଲେ। ପାର୍କର ସବୁଜିମା ସହ ବଡ଼ ବଡ଼ ଗଛ ଗୁଡିକୁ ଦେଖି ବିମୁଗ୍ଧ ହେଉଥିବା ଅବସରରେ 'ସାହେବ ନମସ୍କାର' କାହାର ସମ୍ବୋଧନରେ ସେ ପ୍ରକୃତିସ୍ଥ ହୋଇ ଚାରିଆଡ଼କୁ ଚାହୁଁଥିଲେ। ଦୂର ଗଛ ମୂଳରୁ ନିଜ କାମ ଛାଡ଼ି ଆସୁଥିଲା ରାମେଶ୍ୱର। ଦୁଷ୍ମନ୍ତଙ୍କୁ ପାଖରୁ ଦେଖି ସେ ଆଶ୍ଚର୍ଯ୍ୟ

ହୋଇଯାଇଥିଲା। ଏପରି ଅସମୟରେ ପାର୍କରେ ବୁଲୁଥିବାର କାରଣ ଜାଣି ମାଡ଼ାମ୍ ଓ ପିଲାମାନଙ୍କର କୁଶଳ ମଙ୍ଗଳ ପଚାରିଲା। ଦୁଷ୍ମନ୍ତ ବି ତା'ର ଭଲ ମନ୍ଦ ପଚାରିବାରୁ ଆଖିରୁ ଲୁହ ଗଡ଼ାଇ ବାଷ୍ପାକୁଳ କଣ୍ଠରେ କହିଲା -'ତା ପତ୍ନୀର ଦେହାନ୍ତ ହୋଇଯାଇଛି'।

ଆଶ୍ଚର୍ଯ୍ୟ ହୋଇ ଦୁଷ୍ମନ୍ତ ପଚାରିଲେ -'ଏସବୁ କେବେ କେମିତି ହେଲା'? ରାମେଶ୍ୱର ବଖାଣି ବସିଲା ତା ଜୀବନରେ ଏଇ କେତେ ଦିନ ତଳେ ଘଟି ଯାଇଥିବା ଦୁଃଖଦ ଘଟଣା....।

-'ସେ ଭଡ଼ା ଘର ଛାଡ଼ି ସପରିବାର ନିଜ ଘରକୁ ଚାଲିଯିବାପରେ ତାକୁ ଦୂରରୁ ଡ୍ୟୁଟି କରିବାକୁ ଆସିବା ଉଭୟ କଷ୍ଟଦାୟକ ଓ ସମୟ ସାପେକ୍ଷ ଥିଲା। ଯିବାଆସିବା କରିବାକୁ ଘଣ୍ଟାଘଣ୍ଟା ବସ୍‌ରେ ବସିବାକୁ ପଡୁଥିଲା। ଘରୁ ସକାଳୁ ସକାଳୁ ବାହାରି ଆସୁଥିଲା ତ ପୁଣି ଘରେ ପହଞ୍ଚିବା ବେଳକୁ ରାତି ହୋଇଯାଉଥିଲା। ତଥାପି ସେ ସନ୍ତୁଷ୍ଟ ଥିଲା ଯେ ନିଜ ଘରେ ରହୁଥିଲା। ଉତ୍ତର ପ୍ରଦେଶର କେଉଁ ଏକ ଅଜ୍ଞାତ ପଲ୍ଲୀରୁ ଆସି ଦିଲ୍ଲୀ ମହାନଗରୀରେ ଘରଟିଏ ତୋଳି ରହିବା ତା' ପାଇଁ ସ୍ୱପ୍ନ ସତ ହେବାଭଳି ଥିଲା। ସେ ସବୁଦିନ କାମକୁ ଆସିବାପରେ ପିଲାମାନେ ସ୍କୁଲ୍ ଚାଲିଯାଉଥିଲେ। ଘରେଏକୁଟିଆ ରହି ଯାଉଥିଲା ତା' ପତ୍ନୀ ସୁରମା। ଦିନେ ସେ ଡ୍ୟୁଟିରୁ ଫେରି ଦେଖିଲା ତା' ଘର ଆଗରେ କିଛି ଲୋକ ଜମା ହୋଇଛନ୍ତି। କାରଣ ଜାଣିବାକୁ ତରବରହୋଇ ଘର ପାଖରେ ପହଞ୍ଚି ଦେଖିଲା ବାହାରେ ସୁରମା ନିସ୍ତେଜ ହୋଇ ଶୋଇଛି। ତା' ଉପରେ ଧଳା ଲୁଗା ଘୋଡ଼ା ହୋଇଛି। ତା' ପାଖରେ ବସି ପିଲା ତିନୋଟି କାନ୍ଦୁଛନ୍ତି। ରାମେଶ୍ୱର ଦେଖି ଅବାକ୍ ହୋଇଗଲା। ଶୁଣିଲା ଘରେ କେହି ନଥିବାବେଳେ ସୁରମା ଗାଧୋଇ ସାରି ଓଦା ଲୁଗା ଶୁଖାଇବାକୁ ଯାଇ ବିଜୁଳି ତାର ସଂସ୍ପର୍ଶରେ ଆସି ପୋଡ଼ି ପ୍ରାଣ ହରାଇଛି।

ରାମେଶ୍ୱର ଦୁଃଖରେ ଭାଙ୍ଗି ପଡ଼ିଲା। ସ୍ତ୍ରୀର ଅକାଳ ବିୟୋଗରେ ତା'ର ସଂସାର ଉଜୁଡି ଗଲା। ସେ ପତ୍ନୀର ଶୁଦ୍ଧ କାର୍ଯ୍ୟ ସମାପ୍ତ କରି ପିଲାମାନଙ୍କୁ ନେଇ ପୁଣି ରହୁଥିବା ପୁରୁଣା ବସ୍ତିକୁ ଫେରି ଆସିଲା। ନୂଆ ଘରଟି ତା ପାଇଁ ଶୁଭଙ୍କର ନଥିଲା। ସେଠିକୁ ଯାଇ ସେ ତା'ର ସୁରମାକୁ ହରାଇଲା। ବିପତ୍ନୀକ ହୋଇଗଲା। ସରୋଜିନୀ ନଗର ପାଖକୁ ଆସି ରହୁଥିଲେ ବି ସେ ଆଉ କାହା ଘରକୁ ଆଗଭଳି କାମକୁ ଯାଉନଥାଏ। ନିଜର ଦୁଃଖକୁ ନିଜ ଭିତରେ ଚାପି ରଖିଥାଏ। ସତ କହିବାକୁ ଗଲେ ସେ କାମକୁ ଯାଉନଥାଏ ନୁହଁ ବରଂ ଯାଇ ପାରୁନଥାଏ। ସରକାରୀ ଡ୍ୟୁଟି କରିବା ବ୍ୟତୀତ ଘର ସମ୍ଭାଳିବାର ଦାୟିତ୍ୱ ବହନ କରିବାକୁ ପଡୁଥାଏ। ସୁରମା ଚାଲିଯିବା ପରେ ନିଜର ଖାଇବା ପିଇବାର ବ୍ୟବସ୍ଥା ବ୍ୟତୀତ ପିଲା ତିନୋଟିଙ୍କ ପାଇଁ ରୋଷେଇବାସ, ଲୁଗା

ସଫା, ଘର ଓଳା, ସଉଦା ପତ୍ର ଆଣିବା ସବୁ କାମ ତାକୁ କରିବାକୁ ପଡୁଥିଲା। ନୂଆ ନୂଆ ସେ ସବୁ କାର୍ଯ୍ୟ ଠିକ୍ ଭାବେ ତାକୁ ଆସୁନଥିଲା। ସମୟ ଲାଗୁଥିଲା। ପିଲାମାନଙ୍କୁ ଭରସି କିଛି କହି ପାରୁନଥିଲା। ମା' ଛେଉଣ୍ଡ ପିଲାମାନେ ମା'କୁ ମନେ ପକାଇ ମନଦୁଃଖ କରିବେ କାନ୍ଦିବେ। ସେଥିପାଇଁ ଯେତେ କଷ୍ଟ ହେଲେ ବି ସେ ସବୁକାମ ନିଜ ହାତରେ କରି ନେଉଥିଲା।

ଦୁଷ୍ମନ୍ତ ଧୈର୍ଯ୍ୟର ସହ ସବୁକଥା ଶୁଣିବା ପରେ କିପରି ଯେ ସମବେଦନା ଜଣାଇବେ ଭାବି ପାରୁନଥାନ୍ତି। ସେଠୁ ଫେରିବା ପୂର୍ବରୁ ରାମେଶ୍ୱରକୁ ତାଙ୍କ ଘରକୁ ଆସିବାକୁ କହିଲେ। ରାମେଶ୍ୱର ସହମତି ଜଣାଇ ପୁଣି ତା କାମକୁ ଫେରିଗଲା। ପରୀକ୍ଷା ପରେ ପୁଅକୁ ନେଇ ଘରେ ପହଞ୍ଚି ଦୁଷ୍ମନ୍ତ ପତ୍ନୀ ସରିତାକୁ ରାମେଶ୍ୱର ସହ ଦେଖାହୋଇଥିବା ସହ ତା ଜୀବନରେ ଘଟିଥିବା ଦୁର୍ଘଟଣା କଥା କହିଲେ। ସବୁଶୁଣି ସରିତା ସମବେଦନା ସୂଚକ ଆହାଃ କହୁଥା'ନ୍ତି।

ତା'ପର ରବିବାର ଦିନ ରାମେଶ୍ୱର ଆସି ଦୁଷ୍ମନ୍ତଙ୍କ ଘରେ ପହଞ୍ଚିଲା। ସରିତାଙ୍କୁ ଦେଖି ଆଖିରୁ ଲୁହ ଗ'ାଇ ତା' ଦୁଃଖ କାହାଣୀକୁ ଦୋହରାଇଲା। ଦୟାପରବଶ ହୋଇ ସ୍ୱାମୀ ସ୍ତ୍ରୀ ଦୁହେଁ ତାକୁ ଆଉଥରେ ତାଙ୍କ ବଗିଚାରେ କାମ କରିବାକୁ କହିଲେ। ସେ ସମ୍ମତି ଜଣାଇ ତା ହାତ ଲଗା ଗଛ ଗୁଡିକୁ ଦେଖୁଥିଲା। କଅଁଳ ପତ୍ରଗୁଡିକୁ ଆଉଁଶି ଦେଉଥାଏ। ନିଜର ପିଲାମାନେ ବଡ଼ ହେବାର ଦେଖି ମା' ବାପା ଉଲ୍ଲସିତ ହେବାଭଳି ଗଛ ଗୁଡ଼ିକୁ ଦେଖି ତୃପ୍ତିର ଉଚ୍ଛ୍ୱାସରେ ଆନନ୍ଦିତ ହେଉଥିଲା।

ପରବର୍ତ୍ତୀ ରବିବାର ଦିନ ରାମେଶ୍ୱର ଆସି ପୂର୍ବଭଳି ଦୁଷ୍ମନ୍ତଙ୍କ ବଗିଚାରେ କାମରେ ଲାଗିଗଲା। ପ୍ରାୟ ଦୁଇଘଣ୍ଟା କାଳ ଗଛମୂଳ ସଫା କରି କୋଡା ଖୋଷା କଲା। ଶୁଖିଲା ପତ୍ର ଗୁଡ଼ିକୁ ଓଳାଇ ବଗିଚାକୁ ଆଗଭଳି ସଫାସୁତୁରା କରି ଦେଲା। କାମ ସରିବାବେଳକୁ ଦିନ ଦ୍ୱିପହର ହୋଇଯାଇଥାଏ। ମଧ୍ୟାହ୍ନ ଭୋଜନର ସମୟ। ସରିତାଙ୍କୁ ପିଇବା ପାଣି ଗ୍ଲାସେ ମାଗି ଖାଇବାକୁ ବସିଗଲା। ସାଙ୍ଗରେ ଆଣିଥିବା ରୁଟି ପୁଡ଼ିଆରୁ ଚାରି ପାଞ୍ଚଟି ରୁଟି ସହ ଖଣ୍ଡେ ଆଚାର ଧରି ଖାଇବାରେ ଲାଗିଥାଏ। ରୋଷେଇ ଘର ଝରକାରୁ ସରିତା ଏ ସବୁ ଦେଖୁଥା'ନ୍ତି। ସେ ଦୟନୀୟ ଦୃଶ୍ୟ ଦେଖି ତାଙ୍କ ଦେହ ସିହିଲା ନାହିଁ। ସେ ତରବର ହୋଇ ଦୁଇଟି ତାଟିଆରେ ଡାଲି ତରକାରି ବାଢ଼ି ନେଇ ତା' ପାଖରେ ଥୋଇଦେଲେ। ରାମେଶ୍ୱର ଲାଜ ଲାଜ ହୋଇ ମନା କରୁଥାଏ। ମାତ୍ର ସରିତା ବାଧ କରିବାରୁ ରୁଟି ସହ ଡାଲି ତରକାରି ଖାଇ କୃତଜ୍ଞତା ପୂର୍ବକ ନମସ୍କାର କରି ଚାଲିଗଲା।

ଧୀରେ ଧୀରେ ଡାଲି ତରକାରି ସାଙ୍ଗକୁ ମୁଠାଏ ଭାତ ଏବଂ ପରେ ପୂରା

ଖାଇବା ସରିତା ଦେବୀ ବାଢ଼ି ଦେଉଥିଲେ। ରାମେଶ୍ୱର ଆଉ ଘରୁ ଶୁଖିଲା ରୁଟି ନେଇକରି ଆସେ ନାହିଁ। ସବୁ ରବିବାର ଦିନ ପ୍ରାୟ ଏଗାରଟା ବାରଟାବେଳକୁ କାମକୁ ଆସିଯାଏ। ଘଣ୍ଟେ ଦୁଇ ଘଣ୍ଟା ବଗିଚା କାମ ସରିବାବେଳକୁ ମଧ୍ୟାହ୍ନ ଭୋଜନ ସମୟ ହୋଇଯାଏ। ସରିତା ନିୟମିତ ଭାବେ ସବୁ ରବିବାର ଦିନ ନିଜ ପରିବାରର ସଦସ୍ୟମାନଙ୍କ ସହ ରାମେଶ୍ୱର ପାଇଁ ଖାଇବାର ବ୍ୟବସ୍ଥା କରିଥାଆନ୍ତି। ନିଜେ ଖାଇବା ଆଗରୁ ସେ ଆଗ ତାକୁ ବାଢ଼ି ଦିଅନ୍ତି। ସନ୍ତୋଷତାର ସହ ସେ ଖାଇଚାଲିଯାଏ। କେବେ କେବେ କହେ -'ମାଡାମ୍ ମୁଁ ଏ ଜନ୍ମରେ ଆପଣଙ୍କର ଧାରୁଆ ହୋଇଯାଉଛି। କେଉଁ ଜନ୍ମରେ ଏ ଋଣ ଶୁଝିବି ଜାଣେନା'। ସେ କିନ୍ତୁ ତା ଋଣ ଠିକ୍ ଭାବେ ଶୁଝି ଦେଉଥାଏ। ସରିତାଙ୍କ ମନ ଲାଖି ଫୁଲ ଚାରା ଆଣି ବଗିଚା ଭରି ଦିଏ। ବିଶେଷ କରି ଶୀତଦିନେ ଏତେ ପ୍ରକାର ଫୁଲ ଗଛ ଲଗାଇ ଦିଏ ଯେ ବଗିଚାରେ ଜାଗା ଅଣ୍ଟେ ନାହିଁ। ଘର ଆଗ ରାସ୍ତା କଡ଼ ଯାଏ ଗଛ ଲଗାଇ ରସି ବାନ୍ଧି ଦିଏ, ଯେମିତି ଗାଈ ଗୋରୁ ନଖାଆନ୍ତି। ଜାନୁୟାରୀ ଫେବୃୟାରୀ ବେଳକୁ ସାରା ବଗିଚା ରଙ୍ଗ ବିରଙ୍ଗ ଫୁଲରେ ଭରିଯାଏ।

ମାର୍ଚ୍ଚ ମାସ ପ୍ରଥମ ରବିବାର ରାମେଶ୍ୱର ଦୁଷ୍ମନ୍ତଙ୍କ ଘରେ ପହଞ୍ଚିବା ପୂର୍ବରୁ ଦେଖିଲା କେଇଜଣ ଅଚିହ୍ନା ଲୋକ ତାଙ୍କ ଘର ବାରଣ୍ଡାରେ ଚଳପ୍ରଚଳ ହେଉଛନ୍ତି। କେଉଁଠି ହେଲେ ବି ଦୁଷ୍ମନ୍ତବାବୁ, ମାଡାମ୍ କି ତାଙ୍କ ପିଲାମାନେ ଦେଖାଯାଉନାହାନ୍ତି। ଆଉ ଟିକେ ପାଖେଇ ଆସୁଥିବାବେଳେ ତାଙ୍କ ପଡୋଶୀ ତାକୁ ଅଟକାଇ ଦେଲେ। କହିଲେ -'ଆଜି ତାଙ୍କ ଘରେ କେହି ନାହାଁନ୍ତି ତୁ ଫେରି ଯା'। ଉତ୍କଣ୍ଠିତ ହୋଇ ରାମେଶ୍ୱର ପଚାରିଲା କ'ଣ ହେଉଛି ସବୁ କୁଆଡେ ଗଲେ'?

- 'ସେମାନେ ସବୁ ଯାଇଛନ୍ତି ଶ୍ମଶାନ ଘାଟ। ମାଡାମ୍‌ଙ୍କର ଶବ ସତ୍କାର କରିବାକୁ। ଗତକାଲି ଏକ ବସ୍ ଦୁର୍ଘଟଣାରେ ତାଙ୍କ ଦେହାନ୍ତ ହୋଇଯାଇଛି'। ପଡ଼ୋଶୀଠାରୁ ଏତକ ଶୁଣି ରାମେଶ୍ୱର ମୁଣ୍ଡରେ ହାତ ଦେଲା। ନିର୍ବାକ୍ ହୋଇ ଘରକୁ ଫେରିଗଲା। ଅତଃପର କିଛି ଦିନ ଯାଏ ରାମେଶ୍ୱର ଆଉ ଆସିନଥିଲା। ସରିତା ଦେବୀଙ୍କର ଶୁଦ୍ଧିକ୍ରିୟା ସମ୍ପନ୍ନ ହେବାର କିଛି ଦିନ ପରେ ରାମେଶ୍ୱର ଆସିଲା। ଦୁଷ୍ମନ୍ତ ବିଷର୍ଣ୍ଣତାରେ ବୁଡ଼ି ରହିଥାଆନ୍ତି। ତାଙ୍କୁ ଦେଖି ରାମେଶ୍ୱର କାନ୍ଦି ପକାଇଲା। କହିଲା ସାହେବ ମୁଁ ତ ଭୁକ୍ତଭୋଗୀ ଆପଣଙ୍କୁ କ'ଣ ବା କହିବି? ଛୋଟ ମୁହଁରେ ବଡ଼ କଥା। ମାଡ଼ାମ୍‌ଙ୍କର ଅକାଳ ବିୟୋଗରେ ମୁଁ ଯେତିକି କାନ୍ଦିଛି ସେତିକି ସୁରମା ଚାଲିଯିବାବେଳେ କାନ୍ଦିନଥିଲି। ସେ ଥିଲେ ଦେବୀ ପ୍ରତିମା। ମୋ ପାଇଁ ଯାହା କରିଛନ୍ତି ମୁଁ ସାତ ଜନ୍ମରେ ଭୁଲିବି ନାହିଁ। ମାସ ମାସ ଧରି ପେଟକୁ ଦାନା ଦେଇଛନ୍ତି। ଗୁମ୍

ହୋଇ ବସି ସବୁ ଶୁଣୁଥିଲେ ଦୁଷ୍ମନ୍ତ। ସେଦିନ ସେ ଅନୁଭବ କରିପାରୁଥିଲେ ବିପତ୍ନୀକ ରାମେଶ୍ୱରର ଅନ୍ତର୍ବେଦନା। ଗାମୁଛାରେ ଆଖି ଲୁହ ପୋଛି ବଗିଚା ଆଡ଼େ ଚାଲିଗଲା ରାମେଶ୍ୱର। ଗଛ ଗୁଡ଼ିକ ଅଯତ୍ନରେ ଶୁଖି ଆସୁଥିଲେ। ସତେ ଅବା ସେମାନେ ବି ସରିତା ଦେବୀଙ୍କ ବିୟୋଗରେ ଝାଉଁଳି ପଡିଥିଲେ। ରାମେଶ୍ୱର ପାଣି ଦେଲା। ତା' ଯିବା ଆଗରୁ ଦୁଷ୍ମନ୍ତ ରାମେଶ୍ୱରକୁ କିଛି ଖାଇଦେଇ ଯିବାକୁ କହିଲେ। ପୁଣି ସେ ଅଶ୍ରୁଳ ନୟନରେ ଦୁଷ୍ମନ୍ତକୁ ଚାହିଁ ମନା କଲା। କେବଳ ଗୋଟିଏ ଗ୍ଲାସ ପାଣି ପିଇ ଚାଲିଗଲା। ତା'ପରେ ସବୁ ରବିବାର ଆସେ ତା' କାମ କରେ। କିନ୍ତୁ ଖାଇବାର ଆଶା ରଖିନଥାଏ କି ଯାଚିଲେ ଖାଏ ନାହିଁ। କେବେ କେବେ ବିସ୍କୁଟ୍ ଦୁଇଖଣ୍ଡ ଖାଇ ଗ୍ଲାସେ ପାଣି ପିଇ ଚାଲିଯାଏ।

ଦୁଷ୍ମନ୍ତଙ୍କୁ ସରୋଜିନୀନଗରର ସେ ଘରଟା ଖାଁ ଖାଁ ଲାଗୁଥାଏ। ଯେଉଁଆଡେ ଚାହିଁଲେ ସରିତାଙ୍କର ବସିବା ଉଠିବା ଚାଲିବାର ସ୍ମୃତି ଆଖି ଆଗରେ ନାଚି ଉଠୁଥାଏ। ପିଲାମାନଙ୍କୁ ବି ସେ ଘରେ ତାଙ୍କର ମା'ର ଅନୁପସ୍ଥିତି ବହୁତ ବାଧୁଥିଲା। ଏମିତି କି ବଗିଚାର ଗଛ ଗୁଡିକୁ ଦେଖିଲେ ମନେ ପଡ଼ିଯାଏ ସେମାନଙ୍କୁ ସଯତ୍ନରେ ବଢ଼ାଇଥିବା ସରିତାଙ୍କ କଥା। ତେଣୁ ସବୁ ଚାହୁଁଥିଲେ ସେ ଘରଟି ଯଥାଶୀଘ୍ର ବଦଳାଇ ଦେବାକୁ। ଯୋଗକୁ ଦୁଷ୍ମନ୍ତଙ୍କୁ ବଡ଼ ସରକାରୀ ବାସଗୃହଟିଏ ମିଳିଗଲା। ସେ ଥିଲା ଆଣ୍ଡ୍ର୍ୟୁଜଗଞ୍ଜରେ। ପୁଣି ପ୍ରଥମ ମହଲାରେ। ଚାରି କୋଠରି ବିଶିଷ୍ଟ ଘରଟିରେ ଗୋଟିଏ ଛୋଟ ବାଲକୋନୀ ଥାଏ। ଘର ବଦଳାଇବା ସମୟରେ ସବୁଯାକ ଫୁଲ କୁଣ୍ଡ ନେଇ ରଖିବାକୁ ନୂଆଘର ବାଲକୋନୀରେ ଜାଗାନଥାଏ। ତେଣୁ ବାଛି ବାଛି ତୁଳସୀ, ଭୃଙ୍ଗସଙ୍ଗ, ଗୋଲାପ, ଟଗର ଆଦି କେତୋଟି ଗମଲା ବ୍ୟତୀତ ଆଉ ସବୁ ପଡୋଶୀମାନଙ୍କୁ ବଣ୍ଟା ହୋଇଗଲା। ଏସବୁ ଦେଖି ରାମେଶ୍ୱରର ଦେହ ସହୁନଥାଏ।

ଦୁଷ୍ମନ୍ତ ରାମେଶ୍ୱରକୁ କହିଲେ –'ଆମେ ଯାଉଥିବା ନୂଆଘରେ ଆଉ ଗଛବୃଛ ଲଗାଇବାର ସୁବିଧା ନାହିଁ। ତେଣୁ ତୁମର ଆବଶ୍ୟକତା ପଡିନପାରେ'। ଶୁଣୁଶୁଣୁ ରାମେଶ୍ୱର କାନ୍ଦୁଣ ମାନ୍ଦୁଣ ହୋଇଗଲା। କାନ୍ଦୁ କାନ୍ଦୁ କହିଲା –'ସାହେବ ମୋତେ ପଛେ ଆପଣ କିଛି ପାଉଣା ନ ଦିଅନ୍ତୁ। ମୁଁ କିନ୍ତୁ ଆପଣଙ୍କ ଘରକୁ ଆସୁଥିବି ଏ ଗଛମାନଙ୍କୁ ଦେଖି ଯାଉଥିବି। ମୋତେ ସେଥିରୁ ବଞ୍ଚିତ କରନ୍ତୁ ନାହିଁ'। ତା'ର ଶ୍ରଦ୍ଧାପ୍ଳୁତ ଜିଦ୍ ଆଗରେ ଦୁଷ୍ମନ୍ତ ଚୁପ୍ ରହିଲେ ବରଂ କହିଲେ ତା'ହେଲେ ମୁଁ ତୁମର ପାରିଶ୍ରମିକ ଶହେଟଙ୍କା ଲେଖାଏ ମାସିକ ଦେବି'। ସେଥିରେ ରାମେଶ୍ୱରର ଆପତ୍ତି ନଥିଲା।

ଦୁଷ୍ମନ୍ତଙ୍କ ପରିବାର ନୂଆ ଘରକୁ ଆସିବାପରେ ରାମେଶ୍ୱର ପ୍ରଥମେ ପ୍ରଥମେ ସବୁ ସପ୍ତାହ ଏବଂ ପରେ ଆବଶ୍ୟକ ଅନୁଯାୟୀ ମାସରେ ଥରେ ଦୁଇଥର ଆସୁଥିଲା।

ଉପଲବ୍ଧ ଛୋଟ ବାଲକୋନୀଟିରେ ଯଥା ସମ୍ଭବ ଫୁଲ ଗଛ ଲଗାଏ। ଗଛ ଗୁଡ଼ିକର ଯତ୍ନ ନିଏ। ପ୍ରାୟ ଡ୍ୟୁଟି ସାରି ସଂଧ୍ୟାବେଳକୁ ଆସୁଥିବାରୁ କେବଳ ଚା' ବିସ୍କୁଟରେ ଆପ୍ୟାୟିତ ହୋଇ ଚାଲିଯାଏ।

କିଛି ଦିନ ପରେ ଦୁଷ୍ମନ୍ତଙ୍କ ଜୀବନରେ ଦ୍ୱିତୀୟ ପକ୍ଷ ହୋଇ ସ୍ମିତାଦେବୀ ଆସିଲେ। ତାଙ୍କୁ ଦେଖି ରାମେଶ୍ୱର ଯେତିକି ଆଶ୍ଚର୍ଯ୍ୟ ହେଲା ତତୋଧିକ ଉଲ୍ଲସିତ ହେଲା। ସେ ସ୍ମିତାଦେବୀଙ୍କର ହାବଭାବ ବ୍ୟବହାର ଓ ପିଲାମାନଙ୍କ ସହ ସମ୍ପର୍କକୁ କିଛି ଦିନ ଅନୁଧ୍ୟାନ କରି ଦିନେ ଦୁଷ୍ମନ୍ତକୁ କହିଲା -'ସାହେବ ଆପଣ ଭାଗ୍ୟବାନ। ସୁଖ ଦୁଃଖ ତ ସବୁରି ଜୀବନରେ ଆସେ। ସେଥିରେ କାହାର ଆୟତ୍ତ ଅଛି। ମାତ୍ର ଆପଣ ଆଉଥରେ ବାହାହୋଇ ଭଲ କଲେ। ଉଜୁଡି ଯାଇଥିବା ଘର ସଜାଡି ହୋଇଗଲା। ପିଲାମାନେ ସମ୍ଭଳି ଗଲେ। ଆପଣ ସିନା ବଡ ଲୋକ ତେଣୁ ଆପଣଙ୍କୁ ନୂଆ ମାଡାମ୍ ମିଳିଗଲେ। ଆମ ଭଳି ଗରିବଙ୍କ ପକ୍ଷେ ସେ ସବୁ କ'ଣ ସମ୍ଭବ'? ଦୁଷ୍ମନ୍ତ ଠିକ୍ ବୁଝିପାରୁଥିଲେ ରାମେଶ୍ୱରର ଅନ୍ତରର ବ୍ୟଥା।

କେବେକେବେ କାମ ସାରି ରାମେଶ୍ୱର ବସି ଚା' ପିଉଥିବାବେଳେ ସ୍ମିତାଦେବୀଙ୍କୁ ସରିତା ମାଡ଼ାମ୍ ଙ୍କ କଥା କହେ। ସେ ଘର ସହ ତା'ର ଦୀର୍ଘ ଦିନର ସମ୍ପର୍କ କଥା ବଖାଣି ବସେ। ଦୁଷ୍ମନ୍ତ ବାବୁ ତାକୁ କହିଥିବା ଶହେ ଟଙ୍କା କ୍ରମେ ବଢ଼ି ବଢ଼ି ତିନିଶହ ଯାଏ ପହଞ୍ଚି ଯାଇଥାଏ। ପିଲାମାନଙ୍କର ଜନ୍ମଦିନ, ବାହାଘର ଆଦିରେ ତାକୁ ନିମନ୍ତ୍ରଣ କରାଯାଏ। ତା'ପାଇଁ ଧୋତି କୁର୍ତ୍ତା କିଣା ହୁଏ। ଏମିତି ରାମେଶ୍ୱର ସହ ଦୀର୍ଘ ପଚିଶ ବର୍ଷର ସମ୍ପର୍କ ଡୋରି ଲମ୍ବିଥିଲା।

ଏତେ ଦିନର ସମ୍ପର୍କ ହଠାତ୍ ଛିନ୍ନ ହେବାକୁ ଯାଉଛି ଦୁଷ୍ମନ୍ତଙ୍କ ଚାକିରିରୁ ଅବସର ପରେ। ଦିଲ୍ଲୀ ଛାଡି ଭୁବନେଶ୍ୱର ଚାଲିଯିବାକୁ ନିଷ୍ପତ୍ତି ନେବାପରେ ସବୁ ଆସବାବ ପତ୍ର ସଜଡ଼ା ସରିଥାଏ ଟ୍ରକରେ ବୁହାହୋଇ ଯିବାପାଇଁ। ରାମେଶ୍ୱର ଆସିଥିଲା ଶେଷ ଦେଖା କରିବାକୁ। ସେଦିନ ଶେଷ ଚା'କପଟି ପିଇ ସାରିବାବେଳକୁ ତା'ର କୋହ ଉଠୁଥାଏ। ପ୍ଲେଟ୍‌ରେ ଦେଇଥିବା ବିସ୍କୁଟ୍ ମିକ୍ସଚରକୁ ଗୋଟିଏ କାଗଜ ପୁଡ଼ିଆ କରି ବ୍ୟାଗରେ ରଖିଲା। ଅନ୍ୟ ଦିନ ଭଳି ତା' ପାଟି ଖୋଲୁନଥାଏ ସେସବୁ ଖାଇବାକୁ। ମନର ସରସତା ମରି ଯାଇଥାଏ। ସେପଟେ ଜିନିଷ ପତ୍ର ବୋଝେଇ ଚାଲିଥାଏ।

ଟ୍ରକ୍ ଚାଲିଯିବାପରେ ଦୁଷ୍ମନ୍ତ ଶେଷଥର ପାଇଁ ସେ ଘରଆଡେ ଓ ବାଲକୋନୀରୁ ଦିଶୁଥିବା ଗଛ ଗୁଡ଼ିକ ଆଡ଼କୁ ଚାହିଁଲେ। ଉଦାସ ମନରେ ଯାଇ ନିଜ ଗାଡ଼ିରେ ବସିଲେ। ରାମେଶ୍ୱର କାଠ ପଥର ମୂର୍ତ୍ତି ଭଳି ଛିଡ଼ାହୋଇ ରହିଥାଏ। ଦୁଷ୍ମନ୍ତଙ୍କ ଗାଡ଼ି ଚାଲିଯିବାପରେ କାନ୍ଧରେ ପକାଇଥିବା ଗାମୁଛାରେ ଆଖି ଲୁହ ପୋଛି ନିଜ ଘରକୁ ଫେରୁଥିଲା। ତା ଜୀବନରେ ଦୁଷ୍ମନ୍ତଙ୍କ ଭଳି ଜଣେ ସହୃଦୟ ବ୍ୟକ୍ତିଙ୍କ ପରିବାର ସହ ସମ୍ପର୍କ ସବୁଦିନ ପାଇଁ ଛିନ୍ନ ହୋଇଗଲା।

ଉତ୍ପୀଡ଼ନ

ପୌଷ ମାସ। ଶୀତୁଆ ସଂଧ୍ୟା। ଖୋଲା ଅଗଣାରେ ଶୋଇ ଆକାଶକୁ ଚାହିଁ ରହିଥାଏ ଲତିକା। ନିର୍ମଳ ଆକାଶରେ ଶୁକ୍ଳ ପକ୍ଷ ଅଷ୍ଟମୀ ତିଥିର ଅଧା ଜହ୍ନଟା ତା' ଆଡ଼କୁ ଚାହିଁ ହସୁଥାଏ। ସେ କିନ୍ତୁ ହସି ପାରୁନଥାଏ। ତା ଆନ୍ଦୋଳିତ ମନର ଉଷ୍ମତା ସଂଚରି ଯାଉଥାଏ ସାରା ଶରୀର। ଶୀତଳତାର ସ୍ପର୍ଶ ସେ ଅନୁଭବ କରି ପାରୁନଥାଏ। ତା' ଅନ୍ତରାତ୍ମା କୁହୁଳୁଥାଏ ଅନୁତାପ ଓ ଅପମାନର ଜ୍ୱାଳାରେ। ସେ ରହି ରହି ଚମକି ପଡୁଥାଏ କେଇ ଘଣ୍ଟା ଆଗୁର ଘଟିଯାଇଥିବା ଘଟଣାକୁ ମନେ ପକାଇ। ଅହେତୁକ ଭୟରେ ସେ ଘର୍ମାକ୍ତ ହୋଇଯାଉଥିଲା।

ସେଦିନ ଶିକ୍ଷାମନ୍ତ୍ରୀ ଲଳିତ ମଙ୍ଗରାଜ ତାଙ୍କ ଅଞ୍ଚଳ ଗ୍ରସ୍ତରେ ଆସିଥିଲେ। ନିଜେ ମନ୍ତ୍ରୀ ମଧ୍ୟ ସେ ଅଞ୍ଚଳର ନିର୍ବାଚିତ ଜନପ୍ରତିନିଧି। ଗତ ନିର୍ବାଚନର ଅବ୍ୟବହିତ ପୂର୍ବରୁ ଦଳବଳ ସହ ପ୍ରଚାର ନିମିତ୍ତ ତାଙ୍କ ଗାଁ'କୁ ଆସିଥିଲେ। ଲତିକାର ବାପା ଲକ୍ଷ୍ମୀଧର ମହାପାତ୍ର ଗାଁ'ର ସରପଞ୍ଚ ହୋଇଥିବାରୁ ତାଙ୍କ ସହାୟତା ଲୋଡ଼ିଥିଲେ। ତାଙ୍କ ପାର୍ଟି ତଥା ତାଙ୍କୁ ନିର୍ବାଚନରେ ସମର୍ଥନ କରିବାକୁ ଅନୁରୋଧ କଲେ। ସହଯୋଗ ପ୍ରତିବଦଳରେ କୌଣସି ସାହାଯ୍ୟ ସହାନୁଭୂତି ଆବଶ୍ୟକ ପଡ଼ିଲେ ନିସଂକୋଚରେ ତାଙ୍କ ସହ ଯୋଗାଯୋଗ କରିବାର ଆଶ୍ୱାସନା ଦେଲେ। ସମସ୍ତ ସମସ୍ୟାର ସମାଧାନ କରିବାର ପ୍ରତିଶ୍ରୁତି ଦେଇ ଭୋଟ ଭିକ୍ଷା କରିଥିଲେ। ଲତିକା ସେତେବେଳକୁ କଲେଜରେ ପଢୁଥାଏ ବି.ଏ ଶେଷ ବର୍ଷ। ତାକୁ ଦେଖି ଶ୍ରଦ୍ଧାପୂର୍ବକ ତା'ମୁଣ୍ଡରେ ହାତରଖି ଆଶୀର୍ବାଦ କଲେ। ପରୀକ୍ଷାରେ ଉତ୍ତୀର୍ଣ୍ଣ ହୋଇ ଭଲ ଚାକିରି କର ବୋଲି ପରାମର୍ଶ ଦେଲେ। ଝିଅ ସମ୍ବୋଧନ କରି କୃତ୍ରିମ ଶ୍ରଦ୍ଧା ପ୍ରକାଶ କଲେ। ଭୋଟ ହାତେଇବାର ସମସ୍ତ ଚଞ୍ଚଳତା ପ୍ରଦର୍ଶନ କରିଥିଲେ।

ଲଳିତ ମଙ୍ଗରାଜ ନିର୍ବାଚନ ଜିତିଗଲେ। ତାଙ୍କ ଦଳ ସରକାର ଗଢ଼ିଲା। ତାଙ୍କୁ

ମନ୍ତ୍ରୀ ପଦ ବି ମିଳିଲା। ଶିକ୍ଷା ବିଭାଗର ଦାୟିତ୍ୱ ତାଙ୍କୁ ମିଳିଥାଏ। ମନ୍ତ୍ରୀ ହେବାର ଦୁଇ ତିନି ବର୍ଷ ବିତିଗଲାଣି। ସେ ଏବେ ଦଳର ପୁରୁଖା ନେତା ଓ ତାଙ୍କ ଅଞ୍ଚଳର ଖ୍ୟାତନାମା ବ୍ୟକ୍ତି। ଲତିକା ବି.ଏ ପାସ୍ କରି ବି.ଏଡ଼ କଲା। ନିଜ ପ୍ରଚେଷ୍ଟାରେ ଶିକ୍ଷୟିତ୍ରୀ ଚାକିରି ପାଇଲା। ତା'ର ପ୍ରଥମ ନିଯୁକ୍ତି ହୋଇଥାଏ ଶଙ୍ଖଚିଲା ବିଦ୍ୟାଳୟରେ। ନିଜ ଘରଠୁ ଚାରିକୋଶ ରାସ୍ତା। ନଈ ପାରି ହୋଇଯିବାକୁ ପଡ଼େ। କେବେ ଚାଲି କରି ତ ପୁଣି କେବେ କାହା ସାଇକେଲରେ ବସି ସେ ସ୍କୁଲ୍ ଯାଏ। ସାନ ଭାଇକୁ କେବେ କେବେ କହେ ସାଇକେଲରେ ନେଇ ଡଙ୍ଗା ଘାଟ ଯାଏ ଛାଡ଼ି ଆସିବାକୁ। ବର୍ଷା ଦିନେ, ବିଶେଷତଃ ନଦୀ ବଢ଼ି ସମୟରେ ବିପଦ ସଂକୁଳ ଡଙ୍ଗା ପାରି ହୋଇ ଯିବାକୁ ପଡୁଥାଏ। ଅତ୍ୟଧିକ ବର୍ଷା କିମ୍ବା ବଢ଼ି ଯୋଗୁ ସ୍କୁଲ୍‌ରେ ଅନୁପସ୍ଥିତ ରହିଲେ ପ୍ରଧାନ ଶିକ୍ଷକଙ୍କ ଶରବ୍ୟର ଶିକାର ହେବାକୁ ପଡ଼େ।

ଲତିକାର ସ୍କୁଲ ଯିବାପାଇଁ ଗମନା ଗମନର ଅସୁବିଧା ଉପଲବ୍ଧି କରି ବାପା ଲକ୍ଷ୍ମୀଧର କେତେ ଥର ଉପଦେଶ ଦେଲେଣି ଯେ ସେ ଶିକ୍ଷା ମନ୍ତ୍ରୀ ଲଳିତ ମଙ୍ଗରାଜଙ୍କୁ ସାକ୍ଷାତ କରୁ। ଅବେଦନ କରି ତା'ର ବଦଳି ଗାଁ ପାଖ ସ୍କୁଲ୍‌କୁ କରାଇଦେବାକୁ ଅନୁରୋଧ କରୁ। ତାଙ୍କ ନିର୍ବାଚନ ସମୟର ପ୍ରତିଶ୍ରୁତି ରକ୍ଷା କରି ସେ ଅବଶ୍ୟ ସେତକ କରିବେ। ଲତିକା କିନ୍ତୁ ସେ କଥାକୁ ବିଶେଷ ଗୁରୁତ୍ୱ ଦେଉନଥାଏ। ନେତା ମନ୍ତ୍ରୀଙ୍କ ପାଲରେ ପଡ଼ିବାକୁ ଚାହୁଁନଥାଏ।

ସେ ବର୍ଷ ମୌସୁମୀ ଆସିବା ପରେ ଲାଗି ଲାଗି ଦୁଇ ତିନିଥର ଲଘୁଚାପ ସୃଷ୍ଟି ହେଲା। ଲଗାଣ ବର୍ଷା ଲାଗି ରହିଲା। ନଈ ନାଳ ଭରି ପାଣି ଉଛୁଳିଲା। ଲତିକାର ସ୍କୁଲ୍ ଯିବା ଆସିବାରେ ଅନେକ ଅସୁବିଧା ହେଲା। ତା'ର ବର୍ଷ ଯାକର ଛୁଟି ସେଇ କେଇ ଦିନ ବର୍ଷାରେ ସରିବାକୁ ଯାଉଥାଏ। ତା'ବ୍ୟତୀତ ପ୍ରଧାନ ଶିକ୍ଷକଙ୍କର ବାରମ୍ବାର ତାଗିଦ୍ ଏମିତି ପୂର୍ବ ଅନୁମୋଦନ ବିନା ଛୁଟିରେ ରହିଲେ କାର୍ଯ୍ୟାନୁଷ୍ଠାନ ପାଇଁ ଉପରକୁ ଲେଖିବେ।

ସ୍କୁଲ୍‌ର ପ୍ରଧାନ ଶିକ୍ଷକ ନବକିଶୋର ବାବୁଙ୍କ ଘର ବୈତରଣୀ ରୋଡ୍। ସେ ସ୍କୁଲ୍‌ର ଅଫିସ୍‌କୁ ଲାଗିଥିବା ଗୋଟିଏ ଛୋଟ କୋଠରିରେ ରହନ୍ତି। ନିଜ ହାତରେ ରୋଷେଇ କରି ଖାଆନ୍ତି। ତାଙ୍କର ସୋମବାର ଠୁ ଶନିବାର ଯାଏ ସ୍କୁଲ୍‌ରେ ରହଣି। ଶନିବାର ସ୍କୁଲ୍ ଛୁଟିପରେ ଘରକୁ ଯାଇ ପୁଣି ଫେରନ୍ତି ସୋମବାର ସକାଳୁ।

ଦିନେ ଲତିକା ସ୍କୁଲ୍‌ରୁ ଫେରିବାବେଳେ ଝିପି ଝିପି ବର୍ଷା ହେଉଥାଏ। କଳା ମେଘ ଆକାଶରେ ସୂର୍ଯ୍ୟଙ୍କୁ ଘୋଡ଼ାଇ ରଖିଥାଏ। ସଂଧ୍ୟା ହୋଇନଥିଲେ ବି ଚାରିଆଡ଼ ଅନ୍ଧାର ଦିଶୁଥାଏ। ଲତିକା ନଈ ଘାଟରେ ପହଞ୍ଚି ଦେଖିଲା ନାଉରୀ କୂଳରେ ନାଆ

ବାନ୍ଧିଦେଇ ଘରକୁ ଚାଲିଯାଇଛି। ଅଜଣା ଭୟରେ ଲତିକାର ଛାତି ଥରି ଉଠିଲା। କ'ଣ ଯେ କରିବ କିଛିକ୍ଷଣ ଭାବିପାରୁନଥାଏ। ଅଗତ୍ୟା ଅନ୍ୟ କିଛି ଉପାୟ ନପାଇ ସେ ସ୍କୁଲ୍‌କୁ ଫେରିଗଲା। ପ୍ରଧାନ ଶିକ୍ଷକଙ୍କୁ ତା'ର ଡଙ୍ଗା ନ ମିଳିବା କଥା ଜଣାଇଲା। ପ୍ରଧାନ ଶିକ୍ଷକ ତାକୁ ସ୍କୁଲରେ ରହିବାକୁ ପରାମର୍ଶ ଦେଲେ। ଅଫିସ୍ ଘରଟି ତା ପାଇଁ ଖୋଲି ଦେଲେ।

ଥରେ ନୁହଁ କେତେ ଥର ଏମିତି ଅଭାବନୀୟ ପରିସ୍ଥିତିରେ ଲତିକାକୁ ସ୍କୁଲରେ ରହିବାକୁ ପଡୁଥିଲା। ଯେବେ ସେ ସ୍କୁଲରେ ରହେ ପ୍ରଧାନ ଶିକ୍ଷକଙ୍କୁ ରୋଷେଇ କରିବାରେ ସାହାଯ୍ୟ କରେ ଦୁହେଁ ରାତ୍ରି ଭୋଜନ କରିସାରିବାପରେ ଲତିକା ଅଫିସ୍ ରୁମ୍‌କୁ ଆସି ଭିତରପଟୁ କବାଟ ବନ୍ଦ କରି ଶୋଇଯାଏ। ପ୍ରଥମେ ପ୍ରଥମେ ତାକୁ ଡର ଲାଗୁଥିଲା। ଲାଗେ ଯେମିତି କିଏ ଅଧ ରାତିରେ କବାଟ ଖଟ୍ ଖଟ୍ କରୁଛି। ସେ କିନ୍ତୁ ଶୁଣି ନଶୁଣିବା ପରି ଆଖିକୁ ବନ୍ଦ କରି ଶୋଇଯାଏ। କେବେ ଦୁଃସାହସ କରି କବାଟ ଖୋଲେ ନାହିଁ। ସକାଳୁ କେହି ଉଠିବା ଆଗରୁ ଯାଇ ନଈରେ ଧୁଆଧୋଇ ହୋଇ ଆସିଯାଏ। ଅଧା ଭିଜା ଶାଢ଼ିକୁ ଅଫିସ୍ ଝରକାରେ ଟଙ୍ଗାଇ ଶୁଖାଇ ପିନ୍ଧିଦିଏ। ସ୍କୁଲକୁ ଅନ୍ୟ ଶିକ୍ଷକ ଓ ପିଲାମାନେ ଆସିବାବେଳକୁ ସେ ପ୍ରସ୍ତୁତ ହୋଇସାରିଥାଏ। କେତେ ଥର ଏମିତି ରହିଯିବା ପରେ ଲତିକାର ଡର ଛାଡ଼ିଯାଇଥାଏ।

ପ୍ରଧାନ ଶିକ୍ଷକ ନବ କିଶୋର ବାବୁ ଆଉ ଲତିକା ଉପରେ ବିରକ୍ତ ହୁଅନ୍ତି ନାହିଁ। ବରଂ ପାଗ ଖରାପ ହେବାର ଆଶଙ୍କା ଥିଲେ ତାକୁ ସ୍କୁଲରେ ରହିଯିବାକୁ ପରାମର୍ଶ ଦିଅନ୍ତି। ଲତିକା ତାଙ୍କ ସ୍କୁଲରେ ଏକ ମାତ୍ର ଶିକ୍ଷୟିତ୍ରୀ। ତା ସହ ଆଉ ଦୁଇଜଣ ପୁରୁଷ ଶିକ୍ଷକ ବି ସେ ସ୍କୁଲରେ ଥାଆନ୍ତି। ସେମାନେ ପାଖ ଗାଁ'ରୁ ସାଇକେଲରେ ସବୁଦିନ ଯିବା ଆସିବା କରନ୍ତି।

ଦଶହରା ଛୁଟି ହେବାକୁ ଆଉ ଦୁଇଦିନ ଥାଏ। ରେଡିଓ ଟେଲିଭିଜନରେ ଏକ ବଡ଼ ଧରଣର ଲଘୁଚାପର ଆଶଙ୍କା ନେଇ ବାରମ୍ବାର ସତର୍କ କରାଯାଉଥାଏ। ଲମ୍ବା ଛୁଟି ଆରମ୍ଭ ହେବାପୂର୍ବରୁ ସବୁ ଶିକ୍ଷକଙ୍କର ସ୍କୁଲରେ ଉପସ୍ଥିତି ଜରୁରୀ ବୋଲି ପ୍ରଧାନ ଶିକ୍ଷକ କହୁଥା'ନ୍ତି। ବର୍ଷାର ପ୍ରକୋପ ବଢ଼ିବାକୁ ଲାଗିଥାଏ। ସେଦିନ ସ୍କୁଲରେ ରହିଯିବାକୁ ନବ କିଶୋର ବାବୁ ଲତିକାକୁ କହିଲେ। ପ୍ରତିକୂଳ ପାଣିପାଗ ଦେଖି ଲତିକା ବି ସ୍କୁଲରେ ରହିଯିବାକୁ ସ୍ଥିର କଲା।

ଆଗକୁ ଛୁଟି ଆସୁଥିବାର ଖୁସୀ ତଥା ଅବିଶ୍ରାନ୍ତ ଝଡ଼ ବର୍ଷାର ଆନନ୍ଦ ନେବାକୁ ନବ କିଶୋର ବାବୁ ଛତାଟି ଧରି ସ୍କୁଲ ଛୁଟି ପରେ ନଈ ଘାଟ ଆଡ଼କୁ ଗଲେ। ସେଠି ମାଛ ଧରୁଥିବା କେଉଟ ପାଖରୁ ବଡ଼ ମାଛଟିଏ ଆଣି ଲତିକାକୁ ରୋଷେଇ ପାଇଁ

କହିଲେ। ନିଜେ ବସି ମସଲା ବାଟି ପକାଇଲେ। ମାଛ ଭଜା ହୋଇ ତରକାରି ହେଲା। ଦୁହେଁ ସନ୍ତୋଷତାର ସହ ରାତ୍ରି ଭୋଜନ ସାରି କିଛି ସମୟ କଥୋପକଥନରେ ସମୟ ଅତିବାହିତ କଲେ। ବର୍ଷାର ମାତ୍ରା ବଢ଼ିବାରୁ ଲତିକା ପୂର୍ବପରି ଅଫସି ପ୍ରକୋଷ୍ଠକୁ ଶୋଇବାକୁ ଚାଲିଗଲା। କିଛି ସମୟ ପରେ ବିଦ୍ୟୁତ୍ ସରବରାହ ବନ୍ଦ କରି ଦିଆଯାଇଥିଲା। ବର୍ଷା ପବନର ପ୍ରକୋପ ବଢ଼ିଲେ ଏ ଏକ ପ୍ରାଥମିକ ସତର୍କତା।

ଚାରିଆଡ଼ ନୀରନ୍ଧ୍ର ଅନ୍ଧକାର। ସୁ ସୁ ମେଘ ଗର୍ଜନ କରୁଥାଏ। ରହି ରହି ଘଡଘଡି ସହ ବିଜୁଳି ଆଲୋକରେ ଚତୁର୍ଦ୍ଦିଗ କ୍ଷଣିକ ଲାଗି ଉଦ୍ଭାସିତ ହୋଇ ଉଠୁଥାଏ। କବାଟରେ କେହି କରାଘାତ କରିବାର ଶବ୍ଦ ଶୁଣାଗଲା। ସେ ଭାବୁଥିଲା ପ୍ରଖର ପବନ ଯୋଗୁ ଏମିତି ହୋଇଥାଇପାରେ। ଧୀରେ ଧୀରେ ସେ ଶବ୍ଦ ବଢ଼ିବାରୁ ତାକୁ ଭୟ ଲାଗିଲା। ସେ ସାହସ ସଂଚାର କରି ପଚାରିଲା -କିଏ ?

- 'ମୁଁ ନବକିଶୋର'। ଲତିକା କବାଟ ଖୋଲିଲା। ନିଜର ଶାଲଟିକୁ ଧରି ଭିତରକୁ ପଶି ଆସି ପ୍ରଧାନ ଶିକ୍ଷକ କହିଲେ -'ମୁଁ ଭାବିଲି ତୁମକୁ ଥଣ୍ଡା ଲାଗୁଥିବ ଏ ଶାଲଟିକୁ ନିଅ। ବର୍ଷା ପବନ ବହୁତ ବଢ଼ିଗଲାଣି'। ବାସ୍ତବରେ କୋହଲା ପବନରେ ତା ଦେହ ଥରିଯାଉଥିଲା। ତାକୁ ନିଦ ଆସୁନଥିଲା। ଶାଲଟି ଆଣିବାକୁ ସେ ନବ ସାରଙ୍କ ଆଡ଼କୁ ହାତ ବଢ଼ାଇଦେଲା। ଅନ୍ଧାରରେ କିଛି ଦିଶୁନଥିଲେ ବି ତାଙ୍କର ଉପସ୍ଥିତି ଅନୁଭୂତ ହେଉଥିଲା। ଶାଲଟିକୁ ବଢ଼ାଇ ଦେଉ ଦେଉ ନବସାର୍ ତା ହାତଟିକୁ ନିଜ ଆଡ଼କୁ ଭିଡ଼ିନେଲେ। ଏକ ଅପ୍ରତ୍ୟାଶିତ ଆଘାତରେ ସେ ତାଙ୍କ ଉପରକୁ ଝୁଙ୍କି ପଡିଲା। କିଛି ପ୍ରତିକ୍ରିୟା ପ୍ରକାଶ କରିବା ଆଗରୁ ନବସାର୍ ତାକୁ ତାଙ୍କ ଛାତି ଉପରେ ଚାପି ଧରିଥିଲେ। ତାକୁ ସେହି ଆଲିଙ୍ଗନ ମୁଦ୍ରାରେ ଶେଯ ଉପରକୁ ନେଇଗଲେ। ସେ ପ୍ରତିବାଦ କରିବାକୁ ଚାହିଁ ମଧ୍ୟ ପ୍ରତିବାଦ କରି ପାରୁନଥାଏ। ପାଟିରୁ ଶବ୍ଦଟିଏ ବି ପଇଟୁ ନଥାଏ। ଚିତ୍କାର କଲେ ବି ଅରଣ୍ୟ ରୋଦନ ଶୁଣିବାକୁ କିଏ ଥିଲା ଯେ।

ରାତ୍ରିର ନିର୍ଜନତା, ବର୍ଷାର ଉନ୍ମାଦତା ଓ ପବନର ତାଣ୍ଡବରେ ସେ ଅସହାୟ ହୋଇ ପଡ଼ିଥାଏ। ସ୍ୱାଭିମାନରେ ସାଇତା କୁମାରୀତ୍ୱ ଲୁଣ୍ଠିତ ହେବାପରେ ଏକ ଆକସ୍ମିକ ବଜ୍ରପାତରେ ସ୍କୁଲ ପାଖକୁ ଲାଗି ରହିଥିବା ତାଳ ଗଛଟି ହୁତୁ ହୁତୁ ହୋଇ ଜଳି ଉଠିଲା। ସେ ଭୟରେ ଚମକି ପଡ଼ି ନବସାରଙ୍କୁ ଜୋର୍ କରି ତା' ଉପରୁ ଠେଲିଦେଲା। ବୁଝିଗଲା ତାକୁ ଶାଲ ଦେବାପାଇଁ ଆସିବା ନବସାରଙ୍କର ବାହାନା ଥିଲା।

ଦଶହରା ଛୁଟି ସମୟରେ ସେ ବାପାଙ୍କୁ ନିଜର ବଦଳି ପାଇଁ ଚେଷ୍ଟା କରିବା କଥା ଜଣାଇଲା। ବାପା ତାକୁ ଶିକ୍ଷାମନ୍ତ୍ରୀଙ୍କୁ ଦେଖା କରି ଦରଖାସ୍ତ ଦେବାକୁ ପରାମର୍ଶ ଦେଲେ। ପାଖ ଗାଁ'ର ଲିଟୁ ମର୍ଦ୍ଦରାଜ ଜିଲ୍ଲା ପରିଷଦ ସଭ୍ୟ। ମନ୍ତ୍ରୀଙ୍କ ସହ ତା'ର ବସା

ଉଠା । ତା'ଠୁ ମନ୍ତ୍ରୀଙ୍କର ତାଙ୍କ ଅଞ୍ଚଳ ଗ୍ରସ୍ତର ତାରିଖ ବୁଝି ତା ସହ ଲତିକାକୁ ପଠାଇଲେ । ମନ୍ତ୍ରୀଙ୍କର ଗ୍ରସ୍ତ ଦିନ ଦରଖାସ୍ତଟିଏ ନେଇ ଲତିକା ଲିଟୁ ଭାଇ ମଟରସାଇକେଲ ପଛରେ ବସି ଯାଜପୁର ଗଲା ।

ଲିଟୁ ଭାଇର ମନ୍ତ୍ରୀଙ୍କ ସହ ଯୋଗାଯୋଗ ଥାଏ । ତା'ଛଡ଼ା ଶିକ୍ଷାମନ୍ତ୍ରୀ ନିଜେ ତାଙ୍କ ଅଞ୍ଚଳର ଜନପ୍ରତିନିଧି । ତେଣୁ ତାଙ୍କୁ ଦେଖାକରି ସ୍କୁଲକୁ ଯିବା ଆସିବାର ଅସୁବିଧା ଜଣାଇଲେ ଘର ପାଖକୁ ବଦଳି ହୋଇଯିବ । ଏମିତି ଆଶା ଦେଖାଇ ଭରସା ଦେଉଥାଏ ଲିଟୁ ଭାଇ । ଡାକବଙ୍ଗଳାରେ ମନ୍ତ୍ରୀଙ୍କର ଅନୁଗାମୀ ମାନଙ୍କ ସହ ବିଚାର ବିମର୍ଶ ଚାଲିଥାଏ । ଲିଟୁ ମର୍ଦ୍ଦରାଜ ଯାଇ ସେଥିରେ ସାମିଲ ହୋଇଗଲା । ମନ୍ତ୍ରୀ ତାକୁ ଦେଖି ପଞ୍ଚାୟତର ଖବର ସହ ଆଗାମୀ ନିର୍ବାଚନର ପ୍ରସ୍ତୁତି କଥା ପଚାରିଲେ । ଲତିକା ଡାକବଙ୍ଗଳା ବାହାରେ ପଡ଼ିଥିବା ବେଞ୍ଚରେ ବସିଥାଏ ।

ମଧ୍ୟାହ୍ନ ଭୋଜନ ସମୟ ହେଲା । ମନ୍ତ୍ରୀଙ୍କ ପାଇଁ ସୁସ୍ୱାଦୁ ନିରାମିଷ ଭୋଜନର ଆୟୋଜନ ଚାଲିଥାଏ । ଭୋଜନ ଉପାରନ୍ତେ ସ୍ୱଳ୍ପ ବିଶ୍ରାମ ପରେ ମନ୍ତ୍ରୀଙ୍କର ଭୁବନେଶ୍ୱର ଫେରିଯିବାର ଥାଏ । ମନ୍ତ୍ରୀଙ୍କ ସହ ଆଲୋଚନା କାର୍ଯ୍ୟକ୍ରମ ସାରି ସ୍ଥାନୀୟ ରାଜନୈତିକ ନେତା ଓ କର୍ମୀମାନେ ଫେରିଗଲେ । ଏକା ରହିଗଲା ଲିଟୁ ଭାଇ । ସେ ବୋଧେ ଏକାନ୍ତରେ ତା'ର ମନ୍ତ୍ରୀଙ୍କୁ ସାକ୍ଷାତ କରିବାର ଅଭିପ୍ରାୟ ଜଣାଇବାକୁ ରହି ଯାଇଛି । ଏମିତି ଭାବୁଥିଲା ଲତିକା ।

କିଛି ସମୟ ଉପାରନ୍ତ ମନ୍ତ୍ରୀ ମହାଶୟ ଭୋଜନ ନିମିତ୍ତ ଅତିଥିଶାଳାର ଭୋଜନ ଗୃହକୁ ପ୍ରବେଶ କଲେ । ଲିଟୁ ମର୍ଦ୍ଦରାଜ ବି କିଛି କାମ ଥିବାର କହି କେଉଁଆଡ଼େ ଚାଲିଗଲା । ଗଲାବେଳେ କହିଗଲା ମନ୍ତ୍ରୀ ସମୟ ଦେଖି ଡାକିବେ । ତା କାମ ସରିଲେ ସେ ଫେରି ଆସି ତାକୁ ସାଙ୍ଗରେ ନେଇ ଗାଁକୁ ଚାଲିଯିବ ।

ପ୍ରାୟ ଘଣ୍ଟାଏ କାଳ ଅପେକ୍ଷା କରିବାପରେ ମନ୍ତ୍ରୀଙ୍କ ଡାକରା ଆସିଲା । ଲତିକା ମନ୍ତ୍ରୀଙ୍କ କୋଠରିରେ ସନ୍ତର୍ପଣରେ ପ୍ରବେଶ କଲା । ଲଳିତ ମଙ୍ଗରାଜ ତାକୁ ଦେଖି ବିଛଣା ଉପରେ ସିଧା ହୋଇ ବସି ପଡ଼ିଲେ । ଆଗରୁ ସୂଚନା ପାଇଥିଲେ ସୁଦ୍ଧା ତା'ର ପରିଚୟ ଏବଂ ସାକ୍ଷାତ କରିବାର ଅଭିପ୍ରାୟ ପଚାରିଲେ ।

–'ମଧୁପୁର ପଞ୍ଚାୟତର ସରପଞ୍ଚ ଲକ୍ଷ୍ମୀଧର ବିଶ୍ୱାଳଙ୍କ ଝିଅ ଲତିକା ବିଶ୍ୱାଳ' ଭାବେ ସେ ତା'ର ପରିଚୟ ଦେଲା । ସେ ଜଣେ ଶିକ୍ଷୟିତ୍ରୀ ଏବଂ ଘରଠୁ ଦୂରରେ ତା'ର ନିଯୁକ୍ତି ହୋଇଥିବାରୁ ବାପାଙ୍କ ପରାମର୍ଶକ୍ରମେ ତା'ର ପାଖକୁ ବଦଳି ପାଇଁ ଅନୁରୋଧ କରିବାକୁ ଆସିଥିବାର ଅଭିପ୍ରାୟ ଜଣାଇଲା । ନଦୀ ପାର ହୋଇ ସବୁଦିନ ସ୍କୁଲ୍ ଯିବା ଆସିବାରେ ଉପୁଜୁଥିବା ଅସୁବିଧା ଦର୍ଶାଇ ଲେଖି ଆଣିଥିବା ଦରଖାସ୍ତଟି ମନ୍ତ୍ରୀଙ୍କ ହାତକୁ ବଢ଼ାଇ ଦେଲା ।

ମନ୍ତ୍ରୀ ମହୋଦୟ ଦରଖାସ୍ତଟି ଉପରେ ଆଖି ପହଁରାଇ ଯଥୋଚିତ ପଦକ୍ଷେପ ନେବାର ଆଶ୍ୱାସନା ଦେଲେ। ଲତିକା ଆଶ୍ୱସ୍ତ ହେଲା। କୃତଜ୍ଞତା ସୂଚକ ସବିନୟ ନମସ୍କାର କରି ଫେରି ଆସୁଥିଲା। ତାକୁ ଅନୁଭୂତ ହେଲା ଯେମିତି କେଉଁଠି ତା ଶାଢ଼ି କାନିଟି ଅଟକି ଯାଇଛି। ଫେରି ଚାହିଁବା ପୂର୍ବରୁ ମନ୍ତ୍ରୀ ମହାଶୟ ତାକୁ ପାଖକୁ ଭିଡି ନେଇ ବିଛଣା ଉପରେ ବସାଇ ଦେଲେ। ସେ ଅବାକ୍ ହୋଇଗଲା। ହତଭମ୍ବ ହୋଇ ପ୍ରତିବାଦ କରିବା ଆଗରୁ ସେ ତା' ଦେହରୁ ଶାଢ଼ି ଖସାଇ ତାଙ୍କ ଆଡ଼କୁ ଆଉଜେଇ ନେଇଥିଲେ। ମନ୍ତ୍ରୀଙ୍କ ବିଶାଳ ବପୁ ଉପରେ ଚାପି ହୋଇ ତାଙ୍କ ବଳିଷ୍ଠ ବାହୁବଳୟ ମଧ୍ୟରେ ଅସହାୟ ପକ୍ଷୀଟିଏ ଭଳି ଲତିକା ଫଡ଼୍‌ଫଡ଼୍ ହେଉଥିଲା। ନିଜର ସମସ୍ତ ବଳ ପ୍ରୟୋଗ କରି ସେ ପାଶବିକ ଶୃଙ୍ଖଳରୁ ମୁକ୍ତହୋଇ ପାରୁନଥାଏ। ଅଧିକ କିଛି ଅଘଟଣ ଘଟିବା ଆଗରୁ ମନ୍ତ୍ରୀଙ୍କର ଫୋନ୍ ଆସିଗଲା। ସମ୍ଭବତଃ ଫୋନ୍‌ଟି ମୁଖ୍ୟମନ୍ତ୍ରୀଙ୍କ କାର୍ଯ୍ୟାଳୟରୁ ଥିଲା। ମନ୍ତ୍ରୀ ସଂଯତ ହୋଇ ଫୋନ୍‌ରେ ବ୍ୟସ୍ତଥିବାର ସୁଯୋଗ ନେଇ ଲତିକା ନିଜ ଶାଢ଼ିକୁ ସଜାଡ଼ି ନେଇ ଦ୍ରୁତ ପଦ ପାତରେ ଡାକବଙ୍ଗଳାରୁ ନିଷ୍କ୍ରାନ୍ତ ହୋଇଗଲା।

ବାହାରେ ମନ୍ତ୍ରୀଙ୍କ ସୁରକ୍ଷା ପାଇଁ ନିୟୋଜିତ ସୁରକ୍ଷାକର୍ମୀଙ୍କ ତା'ପ୍ରତି ତାଚ୍ଛଲ୍ୟ ଦୃଷ୍ଟି ତା'ର ଅସହାୟତାକୁ ଆହୁରି ବଢ଼ାଇ ଦେଉଥାଏ। ସେ ଲିଟୁ ଭାଇ ପାଇଁ ଆଉ ଅପେକ୍ଷା ନକରି ରିକ୍‌ସା କରି ଘରକୁ ଫେରି ଆସିଥିଲା। ତା'ର ହୃଦବୋଧ ହେଉଥିଲା ତାକୁ ଏପରି ଲାଞ୍ଛିତ କରିବାରେ ମନ୍ତ୍ରୀଙ୍କ ସହ ଲିଟୁ ମର୍ଦ୍ଦରାଜ ବି ସାମିଲ ହୋଇଥାଇପାରେ। ନହେଲେ ତାକୁ ଏମିତି ଏକୁଟିଆ ଲୁଣ୍ଠିତ ହେବାକୁ ଛାଡି ଚାଲି ଯାଇନଥାନ୍ତା। ରାଜନୈତିକ ସ୍ୱାର୍ଥ ହାସଲ ନିମିତ୍ତ ସେପରି କରିବା ଅସମ୍ଭବ ନୁହଁ। ଯେଉଁମାନେ ଦିନ ରାତି ଲକ୍ଷ ଲକ୍ଷ କୋଟି କୋଟି ସାଧାରଣ ଜନତାଙ୍କ ବିଶ୍ୱାସ ସହ ଖେଳୁଛନ୍ତି ତା'ପରି ଜଣେ ଯୁବତୀର ଭରସା ହାରିବା କିଛି ବଡ଼ କଥା ନୁହଁ।

ପ୍ରଧାନ ଶିକ୍ଷକ ନବକିଶୋରଙ୍କ ଉତ୍ପୀଡନରୁ ରକ୍ଷା ପାଇବାକୁ ସେ ଯାଇଥିଲା ମନ୍ତ୍ରୀଙ୍କର ସହାୟତା ପାଇଁ। ମାତ୍ର ସେଠି ବି ସମପ୍ରକାର ଉତ୍ପୀଡ଼ନର ଶିକାର ହେବାପରେ ତା'ର ସାମ୍ପ୍ରତିକ ବ୍ୟବସ୍ଥା ଉପରୁ ଭରସା ଉଠିଯାଇଥିଲା। ତାକୁ ଲାଗୁଥିଲା ସମାଜରେ ତା' ଭଳି ଝିଅଟିଏ ପାଇଁ କେଉଁଠି ବି ନ୍ୟାୟର ଦ୍ୱାର ଖୋଲା ନାହିଁ। ସବୁଠି କାମାସକ୍ତ ନରରାକ୍ଷସମାନେ ବୁଭୁକ୍ଷୁ ହୋଇ ଚାହିଁ ବସିଛନ୍ତି ନାରୀ ଦେହର ଭକ୍ଷଣ ନିମନ୍ତେ।

ପାଟି ଖୋଲିଲେ ନ୍ୟାୟ ଅପେକ୍ଷା ଅପବାଦ ବେଶି। ପୋଲିସ୍, କୋର୍ଟ, କଚେରିର ଦ୍ୱାରସ୍ଥ ହେଲେ ଲଜ୍ଜିତ ଅପମାନିତ ହେବା ସାର ହେବ। ଏ ପର୍ଯ୍ୟନ୍ତ ଏକଥା ତ ଘରେ ମା' ବାପା କାହାରିକୁ ଜଣାନାହିଁ। ଶୁଣିଲେ ମା' ମୁଣ୍ଡ ପିଟି

କାନ୍ଦିବ। ବାପା ଦାଣ୍ଡରେ ମୁଣ୍ଡଟେକି ଚାଲି ନପାରିବା ଭୟରେ ମ୍ରିୟମାଣ ହେବେ। ସାହି-ପଡ଼ିଶା, ବଂଧୁ-ବାନ୍ଧବ ସାନ୍ତ୍ୱନା ଦେବା ପରିବର୍ତ୍ତେ କୁତ୍ସା ରଟନା କରିବେ। ଘର ପରିବାର ତା'ର ଭବିଷ୍ୟତ, ବାହାଘର ଆଦିକୁ ନେଇ ଦୁଶ୍ଚିନ୍ତାରେ ଘାରି ହେବେ।

ଏତେବେଳେ ବେଶି ମନେ ପଡୁଥାଏ ଲୋକେଶ କଥା। ତାକୁ ଭଲ ପାଉଥିବା ମଣିଷଟି କେଡ଼େ ନିଶ୍ଚିନ୍ତରେ ତା' ବ୍ୟାଙ୍କ ଚାକିରିରେ ବ୍ୟସ୍ତ ଥିବ। ତାକୁ କ'ଣ ଜଣାଥିବ ତା' ପ୍ରେମିକା ସହ କ'ଣ ସବୁ ଘଟିଯାଉଛି। ତାକୁ ସତ କଥା କହିଦେଲେ ସେ କ'ଣ ବିଶ୍ୱାସ କରିବ। ତାକୁ ନିରୀହ ନିର୍ଦ୍ଦୋଷ ମଣି ଆଗ ଭଳି ଭଲ ପାଇପାରିବ। ହୋଇପାରେ ତାକୁ କଳଙ୍କିନୀ ଆଖ୍ୟା ଦେଇ ଦୁନିଆର ଆଉ ସବୁ ପିଲାଙ୍କ ପରି ତାକୁ ପ୍ରତ୍ୟାଖ୍ୟାନ କରିବ। ତା'ଠୁ ଦୂରେଇ ଯିବ। ପୁରୁଷ ମନ ତ; ସେଥିରେ ଥରେ ସନ୍ଦେହର ଛିଦ୍ର ହେଲେ ବେଳୁବେଳ କେତେ କପୋଳକଳ୍ପିତ ଭାବାନ୍ତର ନେଇ ବିଷମ ଘାଇ ସୃଷ୍ଟି ହେବ। ଯାହା ଆଗରେ ତା'ର ସମସ୍ତ କୈଫିୟତ, କାକୁତି ବାଲି ବନ୍ଧ ଭଳି ବହିଯିବ। ସେ କେମିତି ବା ନିଜକୁ ନିର୍ଦ୍ଦୋଷ ସାବ୍ୟସ୍ତ କରିପାରିବ। ତେଣୁ ଚୁପ୍ ରହିବା ଶ୍ରେୟସ୍କର।

ପର ମୁହୂର୍ତ୍ତରେ ମନକୁ ଆସୁଥାଏ। ଏମିତି ଚୁପ୍ ରହିଲେ ଉତ୍ପୀଡ଼ନକାରୀଙ୍କ ଦୌରାତ୍ମ୍ୟ ବଢ଼ି ବଢ଼ି ଯିବ। ପ୍ରଧାନ ଶିକ୍ଷକ ନବକିଶୋର ଭାବି ପାରନ୍ତି ତା'ର ଚୁପ୍ ରହିବା ଅର୍ଥ ତାଙ୍କ ପ୍ରତି ତା'ମନର ଦୁର୍ବଳତା। ତାଙ୍କର କାମ ଲାଳସା ପ୍ରତି ତା'ର ନିରବ ସମର୍ପଣ। ହୋଇପାରେ ମନ୍ତ୍ରୀ ଲଳିତ ମଙ୍ଗରାଜ ତା'ର ବଦଳି ଆଦେଶ କରାଇ ତା' ପ୍ରତିବଦଳରେ ତା'ର ସମ୍ଭୋଗ କାମନା କରିବେ। ପୁଣି ଥରେ ଗ୍ରସ୍ତରେ ଆସିବାବେଳେ ଲିଟୁ ମର୍ଦ୍ଦରାଜ ଦ୍ୱାରା ତାକୁ ସାକ୍ଷାତ କରିବାକୁ ଡକାଇବେ। ନହେଲେ ବଦନାମ କରିବା ଅଥବା ଜୀବନରେ ମାରିଦେବାର ଧମକ ବି ଦେଇପାରନ୍ତି।

ଏସବୁ ହେବା ଆଗରୁ ତାକୁ କିଛି ଗୋଟେ କରିବାକୁ ପଡ଼ିବ। ଫଳାଫଳ ଯାହା ବି ହେଉ ପ୍ରଧାନ ଶିକ୍ଷକଙ୍କ ବିରୁଦ୍ଧରେ ଉପରିସ୍ଥ ଶିକ୍ଷା ଅଧିକାରୀଙ୍କୁ ଜଣାଇବ। ବାପାଙ୍କୁ କହି ପୋଲିସରେ ରିପୋର୍ଟ ଲେଖାଇବ।

ପୁଣି ତା ମନରୁ କିଏ ଯେମିତି କହୁଥିଲା ତା କଥାକୁ ଉପରିସ୍ଥ ଅଧିକାରୀ କ'ଣ ଗୁରୁତ୍ୱ ଦେବେ। ତା କଥା କ'ଣ ବିଶ୍ୱାସ କରିବେ? ଯାହା ଯିବା କଥା ତ ଯାଇ ସାରିଛି, ପ୍ରଧାନ ଶିକ୍ଷକଙ୍କୁ ଦଣ୍ଡ ବିଧାନ ହେଲେ ସେ କ'ଣ ଫେରି ଆସିବ। ତୁଛାକୁ ବଦନାମ ହେବାକୁ ପଡ଼ିବ। ବାକି ରହିଲା ମନ୍ତ୍ରୀ ଲଳିତ ମଙ୍ଗରାଜଙ୍କ ଆଚରଣ। ତା ପ୍ରତି ଅସଭ୍ୟ ବ୍ୟବହାର। କ'ଣ ତା'ର ପ୍ରମାଣ? କିଏ ତା'ର ସାକ୍ଷୀ? ନେତାଙ୍କ

ଉପରକୁ ଅଙ୍ଗୁଳି ଉଠାଇବା ଅର୍ଥ ବିଷଧର ସର୍ପ ଲାଞ୍ଜରେ ଜାଣିଶୁଣି ହାତ ଦେବା, କେତେ ବାର ଦଂଶିବ କିଏ ଜାଣେ !

ନିଜ ଘରେ କଥାଟା କହୁ କି ନକହୁ ଭାବିଲା ଲୋକେଶକୁ ଜଣାଇବ। ତା'ର ପରାମର୍ଶ ନେବ। ତା'ର ଏପରି ଅଭାବନୀୟ ପରିସ୍ଥିତିରେ କ'ଣ କରିବା ଉଚିତ୍ ପଚାରିବ। ଲୋକେଶ ସହ ସାରା ଜୀବନ ବିତାଇବାର ସ୍ୱପ୍ନ ଦେଖୁଥିବାବେଳେ ତା'ଠୁ କେତେ ଦିନ ଏପରି ଏକ ଗୁରୁତ୍ୱ ବିଷୟ ଲୁଚାଇ ରଖିପାରିବ। ଯଦି ଅନ୍ୟ କାହାଠୁ ସେ ଶୁଣେ ତେବେ ତା ପ୍ରତି କେଉଁ ବିଶ୍ୱାସ ରହିବ ଯେ।

ଅଡୁଆ ସୂତା ଭଳି ତା' ଉଦ୍‌ବେଳିତ ମନର ଅବ୍ୟକ୍ତ ଆବେଗ ତା'ର ଶ୍ୱାସ ରୁଦ୍ଧ କରୁଥିଲା। ଅସହାୟତାର ଉଷ୍ଣ ଅଶ୍ରୁ ଦୁଇ ଆଖିରୁ ଝରି ପଡୁଥିଲା। ନିଜକୁ ନା ସମାଜକୁ କାହାକୁ ଦୋଷ ଦେବ ସେ ଦ୍ୱନ୍ଦ୍ୱରେ ପଡ଼ିଯାଇଥିଲା।

■

ସମୟର ନୀରବତା

ସୁରଭି କଲେଜ ଯିବାବେଳେ କହିଯାଇଛି, -'ବୋଉ ଯଦି ପାରୁ ଆଜି, ମୋ ବହି ଥାକଟା ସଜାଡି ଦେଇଥିବୁ'। ବହି ଖାତା ସବୁ ଏମିତି ବିଛାଡ଼ି ହୋଇ ପଡ଼ିଛି ଯେ ଖୋଜିଲେ ସହଜରେ କିଛି ମିଳୁ ନାହିଁ'। ଝିଅଟାର ଏଯାଏ ବାଲୁରୀପଣ ଗଲା ନାହିଁ। ଅଧ୍ୟାପିକା ହୋଇ କଲେଜରେ କେତେ ବଡ଼ ବଡ଼ ପିଲାଙ୍କୁ ପାଠ ପଢ଼ାଉଛି। ହେଲେ ନିଜର ବହିପତ୍ର, ଲୁଗାପଟା, ଶାଢ଼ି, ବ୍ଲାଉଜ୍ ସବୁକୁ କେମିତି ପୁଳାପୁଳା ଏଠି ସେଠି ଫିଙ୍ଗିଛି, ଛୋଟବେଳର ସେ ଅସଜଡ଼ା ପ୍ରକୃତି ଏଯାଏ ଯାଇନାହିଁ। କେଜାଣି କାହା ଘରକୁ ଯିବ, କେମିତି ଚଳିବ, ଶାଶୂ ଘର ଲୋକେ ଅସଣ୍ଟଣୀ କହି ଉଲୁଗୁଣା ଦେବେ। କହିବେ "ପାଠ ଦି'ଅକ୍ଷର ପଢ଼ାଇ ଦେଲେ କ'ଣ ହେଇଗଲା। ବାପା ମା' ଝିଅକୁ ସଣ୍ଟଣା ଶିଖାଇ ନାହାନ୍ତି"। ସେ କଥା ସେ ନିଜେ କେତେ ଥର କହିଲେ ବି ଶୁଣୁଛି କିଏ ? ପିଲାଟି ଦିନରୁ ଭଲ ପଢ଼େ ବୋଲି ବାପା ତ ତାକୁ ମୁଣ୍ଡରେ ବସାଇଛନ୍ତି। ଓଲଟା କହନ୍ତି -"ବାସନ୍ତୀ ତୁମେ ସେ ପୁରୁଣା କାଳିଆ ମାଇପିଙ୍କ ପରି ଝିଅଟା ପଛରେ କାହିଁକି ପଡ଼ିଛ ? ତା' ମୁଣ୍ଡ ଉପରେ ପରୀକ୍ଷା ସେ ପଢୁ। ତା ଜିନିଷପତ୍ର ଆମେ ସବୁ ସଜାଡ଼ି ରଖିଦେବା ନାହିଁ। ଗୋଟିଏ ବୋଲି ତ ପିଲା ସେ କ'ଣ ଆମ ଉପରେ ବୋଝ ହୋଇଛି" ?

ନିଜର ତ ପୋଲିସ୍ ଚାକିରି। ଦିନରାତି ଥାନା, କୋର୍ଟ, କଚେରିରୁ ଫୁରସତ୍ ମିଳେ ନାହିଁ। ଘର କାମ ସାଙ୍ଗକୁ ଏ ବାପ ଝିଅଙ୍କର ଅସଜଡ଼ା ପଣକୁ ସଜାଡୁ ସଜାଡୁ ଅଧା ବୟସ ବିତିଗଲାଣି। ତଥାପି ଯେଉଁ ଅସଜଡାକୁ ସେଇ ଅସଜଡ଼ା। କେହି ବି ସୁଧୁରି ନାହାଁନ୍ତି। ସ୍ୱଗତୋକ୍ତି କରିବା ସହ ବାସନ୍ତୀ ଝିଅ ସୁରଭିର ପଢ଼ା ଟେବୁଲ, ବହି ଆଲମାରିକୁ ଝାଡ଼ି ପୋଛି ସଜାଡ଼ିବାରେ ଲାଗିଥାଏ। ଏରିଆଡ଼ ବିଛାଇହୋଇ ପଡିଥିବା ବହି ଗୁଡ଼ିକ କେବଳ ଅର୍ଥନୀତି ସମ୍ବନ୍ଧୀୟ। ଅର୍ଥନୀତିରେ ଏମ.ଏ ପାସ୍ କରି ସୁରଭି ଅଧ୍ୟାପିକା ପଦରେ ନିଯୁକ୍ତି ପାଇଛି। ତା' ବହି ଥାକରେ ଅର୍ଥନୀତିର ବହି ବ୍ୟତୀତ ଅନ୍ୟ ବହି ଆସିବ କେଉଁଠୁ ?

ବହି ଥାକ ସବୁ ସଜାଡ଼ି ରଖିବା ସମୟରେ ଅପ୍ରତ୍ୟାଶିତ ଭାବେ ବାସନ୍ତୀକୁ ମିଳିଗଲା ସେହି ମାସର ସାହିତ୍ୟ ପତ୍ରିକାଟିଏ। ସେ ଆଗ୍ରହ ସହକାରେ ବହିଟିର ମୂଳରୁ ଶେଷ ଯାଏ ଆଖି ପହଁରାଇ ନେଲା। ପତ୍ରିକାଟିରେ ସନ୍ନିହିତ କାହାଣୀ କବିତା ଗୁଡିକୁ ଦେଖି ଲୋଭ ସମ୍ବରଣ କରିପାରିଲା ନାହିଁ। ଝାଡ଼ି ପୋଛି ଟେବୁଲ ଉପରେ ରଖିଲା। ଘର କାମ ସରିଲେ ପଢ଼ି ବସିବାକୁ ମନସ୍ଥ କଲା। ଘର ଜଞ୍ଜାଳରେ ବ୍ୟସ୍ତ ରହି ସମୟ ସୁବିଧା ଅଭାବରୁ ତା'ର ଗପ କବିତା ପଢ଼ିବାର ଆଗ୍ରହଟା କେଉଁ କାଳରୁ ସୁଷୁପ୍ତ ହୋଇ ଯାଇଥିଲା। ଯାହା କାହିଁକି କେଜାଣି ଏ ପତ୍ରିକାଟି ପାଇବା ପରେ ହଠାତ୍ ଉଜ୍ଜୀବିତ ହୋଇଗଲା।

ମାଟ୍ରିକ୍ ପାସ୍ କରୁ କରୁ ବାସନ୍ତୀର ବାହାଘର ହୋଇ ଯାଇଥିଲା। ପୋଲିସ୍ ବରକୁ ବହୁ କୁଟୁମ୍ବୀ ଶାଶୂ ଘର। ଶ୍ୱଶୁର, ଶାଶୂ, ଦିଅର, ନଣନ୍ଦଙ୍କୁ ନେଇ ଜଞ୍ଜାଳରେ ବୁଡି ରହୁଥିବାବେଳେ ତା କୋଳକୁ ଆସିଲା ସୁରଭି। ସ୍ୱାମୀ ସୁକାନ୍ତଙ୍କର ବ୍ୟସ୍ତବହୁଳ ପୋଲିସ ଚାକିରିରେ ଘର କଥା ବୁଝିବାକୁ ସମୟ ନଥାଏ। ଦେଖୁ ଦେଖୁ ସୁରଭିର ବଡ଼ ହେବା ସହ ନଣନ୍ଦ ଦିଅରଙ୍କ ବାହାଘର, ଶାଶୂ ଶ୍ୱଶୁରଙ୍କ ଦେହାନ୍ତ, ଚାକିରିରେ ସ୍ୱାମୀଙ୍କର ପଦୋନ୍ନତି ସହ ଗୋଟିଏ ସହରରୁ ଆଉ ଗୋଟିଏ ସହରକୁ ବଦଳି ଭିତରେ ହଜି ଯାଇଥାଏ ବାସନ୍ତୀର ବହି ପଢ଼ା ସଉକ।

ସୁରଭିର ପଢ଼ାଘର ଟେବୁଲରେ ସାହିତ୍ୟ ପତ୍ରିକାଟିକୁ ଦେଖି ବାସନ୍ତୀର ମନ ଛକପକ ହେଉଥିଲା। ସେ ଶୀଘ୍ର ଶୀଘ୍ର ଘର କାମ ସାରିଦେଲା। ସୁକାନ୍ତ ଡ୍ୟୁଟିରେ ବାହାରକୁ ଯାଇଥାଆନ୍ତି। ଘରେ ନିରୋଳା ସମୟ ଦେଖି ବାସନ୍ତୀ ସେ ପତ୍ରିକାଟିକୁ ପଢ଼ିବାକୁ ଲାଗିଲା। ପଢୁ ପଢୁ କେତେବେଳେ ଯେ ନିଦ ଆସିଯାଇଥାଏ ତାକୁ ଜଣାନଥାଏ। ଗପପଢ଼ାର ମୋହ ଏମିତି ଘାରିଥିଲା ଯେ ଦାଣ୍ଡ କବାଟ ବନ୍ଦ କରିବାକୁ ସେ ଭୁଲି ଯାଇଥାଏ। ପୋଲିସ୍ ଘର ତ; ଚୋରିର ଡର ନଥାଏ।

ସୁରଭି କଲେଜରୁ ଫେରି ଦେଖିଲା ଦାଣ୍ଡ ଦରଜା ମୁକୁଳା। ଘରଟା ଶୂନ୍‌ଶାନ୍ ଲାଗୁଥାଏ। ବୋଉ କେଉଁଠି ଘର ପାଇଟି କରୁଥିବାର କି ଚଳପ୍ରଚଳ ହେଉଥିବାର ସେ ଲକ୍ଷ କରି ପାରୁନଥିଲା। ଧୀରେ କବାଟ ମେଲାଇ ତା ଶୋଇବା ଘରେ ପଶିଲା। ଦେଖି ଆଶ୍ଚର୍ଯ୍ୟ ହୋଇଗଲା। ତା' ପ୍ରକୋଷ୍ଠରେ ଇତସ୍ତତଃ ହୋଇ ପଡ଼ିଥିବା ଆସବାବ ପତ୍ର ସବୁ ସୁସଜ୍ଜିତହୋଇ ରଖା ହୋଇଛି। ତା' ଖଟ ଉପରେ ତା' ବୋଉ ଶୋଇ ଥାଏ ନିଶ୍ଚଳ ମୁଦ୍ରାରେ। ଛାତି ଉପରେ ଓଲଟା ହୋଇ ପଡ଼ିଥାଏ ପତ୍ରିକାଟି। ସେ ଏଯାଏ ତା' ବୋଉକୁ ଏମିତି ଅସମୟରେ ଶୋଇବାର ଆଗରୁ କେବେ ଦେଖିନଥିଲା। ଆହୁରି ଆଶ୍ଚର୍ଯ୍ୟ ଲାଗିଲା ଦେଖି ଯେ ତା' ବୋଉ ବୋଧେ ଗପ କି କବିତା ପଢୁ ପଢୁ

ଶୋଇଯାଇଛି । ପୂର୍ବରୁ ତା' ବୋଉ କେବେ କିଛି ପଢ଼ା ପଢ଼ି କରିବାର ସେ ଲକ୍ଷକରି ନଥିଲା । ତାକୁ ଲାଗୁଥିଲା ତା' ବୋଉ ବୋଧେ ବିଶେଷ ପାଠ ପଢ଼ି ନାହିଁ କି ପଢ଼ା ପଢ଼ିରେ ତା'ର ଆଦୌ ଆଗ୍ରହ ନାହିଁ । ସେ ଛୋଟଥିବାବେଳେ ବୋଉ ତାକୁ ପଢ଼ିବାକୁ ତାଗିଦ୍ କରେ ମାତ୍ର କେବେ ତା' ପାଖରେ ବସି ପଢ଼ାଇ ଲେଖାଇ ଦେବାକୁ ତା'ର ସମୟ ନଥାଏ । ସ୍କୁଲରୁ ମିଳିଥିବା ହୋମ୍‌ୱାର୍କ ସେ ନିଜେ ନିଜେ କରିନିଏ ନ ହେଲେ ଖୁଡ଼ୁତା ପିଉସୀଙ୍କଠୁ ବୁଝିନିଏ ।

ସୁରଭି ଧୀରେ କରି ବୋଉର ଛାତି ଉପରୁ ବହିଟି ଉଠାଇ ନେବାବେଳେ ଛଟ୍ କରି ବାସନ୍ତୀର ନିଦ ଖୋଲିଗଲା । ସେ ଧଡ଼୍‌ପଡ଼୍ ହୋଇ ବିଛଣାରୁ ଉଠି ପଚାରିଲା । - "ମା' ତୁ କେତେବେଲୁ ଆସିଲୁଣିରେ ବ'ସେ ମୁଁ ଚା'କରି ଆଣୁଛି । ମୁଢ଼ି ମିକ୍ସଚର ଖାଇବୁ ନା କିଛି ଛଣାଛଣି କରିଦେବି" ? -"ନା ମୋତେ ଭୋକ ନାହିଁ ଖାଲି ଚା' ବିସ୍କୁଟ୍ ଖାଇଦେଲେ ଚଳିବ । ଆଚ୍ଛା ବୋଉ ତୁ ଏ ବହିଟା ପାଇଲୁ କେଉଁଠୁ । ଆଉ ତାକୁ ପଢୁ ପଢୁ ଶୋଇ ଯାଇଛୁ । ଆଗରୁ ତ କେବେ ତୋତେ ବହି ପଢ଼ିବାର ମୁଁ ଦେଖିନି" ।

-"ତୋ ବହିଥାକ ସଜାଡ଼ୁ ସଜାଡ଼ୁ ଏଇଟା ମିଳିଗଲା । ଆଉ ବହି ସବୁ ତ ତୋ'ର ଅର୍ଥନୀତି, ପରିସଂଖ୍ୟାନ, ମୁଦ୍ରାନୀତି ଇତ୍ୟାଦି । ସେ ସବୁ ମୋର ବୁଝିବାର ବାହାରେ । କେବଳ ଏଇ ଗୀତ ଗପର ଓଡ଼ିଆ ବହିଟିକୁ ଦେଖି ପଢ଼ିବାକୁ ଇଚ୍ଛା ହେଲା । କେବେଠୁ ଅଭ୍ୟାସ ଛାଡ଼ିଗଲାଣି ତ ପୃଷ୍ଠା ଓଲଟାଉ ଓଲଟାଉ କେତେବେଳେ ଯେ ନିଦ ଆସିଯାଇଛି ଜଣା ନାହିଁ" । -'ବୋଉ ତତେସବୁ କ'ଣ ପଢ଼ିବାକୁ ଭଲ ଲାଗେ କହ ମୁଁ ଆମ କଲେଜ ଲାଇବ୍ରେରୀରୁ ଆଣିଦେବି । ତୁ ପଢ଼ିବୁ । ଏତେ ବଡ ପିଲା ହୋଇ ସୁଦ୍ଧା ତୋ ବହି ପଢ଼ାର ସଉକଟା ମୁଁ ଏଯାଏ ଜାଣିପାରିନଥିଲି' । ଉତ୍କଣ୍ଠାର ସହ କହିଲା ସୁରଭି ।

-'ହଁ ରେ ମା' ଏ ସଉକଟା ମୋର ପିଲାଦିନରୁ ଥିଲା । ଆମେ ସ୍କୁଲରେ ପଢ଼ିବାବେଳେ ତୋ ଶାନ୍ତି ମାଉସୀ ଏବଂ ମୁଁ ଲୁଚି ଲୁଚି ବହୁତ ଗପ କବିତା ବହି ପଢ଼ିଛୁ । ଆମେ ଦୁଇଜଣ ବଡ ବାପା, ଦାଦା ଝିଅ ଦୁଇ ଭଉଣୀ ଅଳ୍ପ ସାନ ବଡ଼ ଗୋଟିଏ ଶ୍ରେଣୀରେ ପଢୁଥାଉ । ପଢ଼ା ବହି ବ୍ୟତୀତ ଉପନ୍ୟାସ ଗପ କବିତା ବହି ପାଇଲେ ଲୁଚାଇ ପଢୁ । କିଏ ଆଗ ପଢ଼ିବ କିଏ ପଛରେ ପଢ଼ିବ ନେଇ କଳି କରୁ । ଲମ୍ବା ଗ୍ରୀଷ୍ମ ଛୁଟିର ଖରାବେଳଟା ଆମର ବହିପଢ଼ାରେ ବିତିଯାଏ । ବାହା ହେବା ପରେ ସେ ସଉକ ସବୁ ଚୁଲିକୁ ଗଲା' ।

ବାସନ୍ତୀ ଚାଲିଗଲା, ଝିଅ ପାଇଁ ଚା' କରିବାପାଇଁ । ମନଟା କିନ୍ତୁ ଅତୀତକୁ

ନେଇ ଉଦ୍‌ବେଳିତ ହେଉଥିଲା । କିଛି ସ୍ମୃତି ଉଜାଗର ହୋଇଯାଉଥିଲା । ଘର ଜଞ୍ଜାଳରୁ ସେ କ୍ଷଣକପାଇଁ ମୁକ୍ତ ହୋଇଯାଇଥିଲା । ମନର ରୁଦ୍ଧ ଦ୍ୱାର ଉନ୍ମୁକ୍ତ ହେବାପରି ସେ ଅନୁଭବ କରୁଥିଲା । ପ୍ରଶାନ୍ତିର ଶୀତଳ ପବନ ତା ନିଃଶ୍ୱାସ ପ୍ରଶ୍ୱାସରେ ପ୍ରବାହିତ ହେବାକୁ ଲାଗିଲା । ରୁନ୍ଧି ହୋଇ ବିତିଯାଉଥିବା ଗତାନୁଗତିକ ଜୀବନର ପତ୍ରଝଡ଼ା ପରେ ନବପଲ୍ଲବିତ ହେବାର ସଙ୍କେତ ମିଳୁଥିଲା । ସେ ଗଳ୍ପ ମନସ୍କ ହୋଇ ପରୀ ରାଇଜର କାହାଣୀରେ ହଜିଯିବାକୁ ଚାହୁଁଥିଲା । ଅଚାନକ ପୌଢ଼ାରୁ କିଶୋରୀ ପାଲଟି ଯାଇଥିଲା ।

ବୋଉର ଗପ ପଢ଼ିବାର ସଉକ ଦେଖି ସୁରଭି ପ୍ରତି ସପ୍ତାହ କଲେଜରୁ ନୂଆ ନୂଆ ପତ୍ରିକା ଆଣିଦିଏ । ବାସନ୍ତୀ ସେ ସବୁକୁ ବଡ଼ ଆଗ୍ରହର ସହ ପଢ଼ି ଶେଷ କରିଦିଏ । ଦିନେ ଗୋଟିଏ ପତ୍ରିକା ପଢୁ ପଢୁ ତାକୁ ଲାଗିଲା କେହି ଯେମିତି ତାଙ୍କ ଗାଁ, ନଈଘାଟ, ଆମ୍ବତୋଟା, ତା'ର ପିଲାଦିନ, କିଶୋରୀ ବୟସର ଗଜା ମରୁଡ଼ି ହୋଇଯାଇଥିବା ପ୍ରେମକୁ ନେଇ କାହାଣୀଟିଏ ଲେଖିଦେଇଛି । ଅବିରାମ ଗତିରେ ଗପଟି ପଢ଼ିସାରି ଦେଖିଲା ଗପଟିର ଗାଳ୍ପିକ ମଳୟ ମହାନ୍ତି । କିଏ ସେ ମଳୟ ମହାନ୍ତି । କାହିଁ ତାଙ୍କ ଗାଁ'ର ସେଇ ଗୋରା-ପତଳା ଲାଜକୁଳା ପିଲାଟି ନୁହଁ ତ ? ଯିଏ କେବଳ ତାକୁ ଚାହିଁ ରହୁଥିଲା । କିଛି କହିବ କହିବ ହୋଇ କହିପାରୁନଥିଲା । କିଛି ବାଟ ପଛେ ପଛେ ଆସି ପୁଣି ବାଟ ଭାଙ୍ଗି ଚାଲି ଯାଉଥିଲା ।

ବାସନ୍ତୀର ଅନୁସନ୍ଧିତ୍ସୁ ମନ କଥାକାର ମଳୟ ମହାନ୍ତିଙ୍କର ଚୁମ୍ବକୀୟ ବଳୟ ମଧ୍ୟରୁ ବାହାରି ପାରୁନଥିଲା । ତାଙ୍କ ବିଷୟରେ ଅଧିକ ଜାଣିବାକୁ ପତ୍ରିକାରେ ଦିଆଯାଇଥିବା ତାଙ୍କ ଠିକଣାକୁ ଦେଖିଲା । ଠିକଣାରେ ଲେଖାଥିଲା ଭୁବନେଶ୍ୱରର କେଉଁ ଏକ ଆପାର୍ଟମେଣ୍ଟ । ଉଦ୍‌ବେଗ ଉପଶମ ହେବା ପରିବର୍ତ୍ତେ ଘନୀଭୂତ ହେଉଥିଲା । ଆଜିକାଲି ସବୁ ଚାକିରି ବାକିରି କରିବା ଲୋକେ ଅନ୍ତତଃ ଅବସରବେଳକୁ ଭୁବନେଶ୍ୱରକୁ ନିଜର ଅବଶିଷ୍ଟ ଜୀବନ ପାଇଁ ସ୍ଥାୟୀ ବାସସ୍ଥାନ କରି ନେଉଛନ୍ତି । ସେ କେମିତି ଜାଣିବ ଯେ ଭୁବନେଶ୍ୱରର କେଉଁ ଆପାର୍ଟମେଣ୍ଟରେ ରହୁଥିବା ମଳୟ ମହାନ୍ତି ନାମକ ବ୍ୟକ୍ତିଟି ତାଙ୍କ ଗାଁର ସେହି ହାପ୍‌ପ୍ୟାଣ୍ଟ ପିନ୍ଧୁଥିବା ନିରୀହ ପିଲାଟି । ତା'ର କିଶୋରୀ ମନର ପ୍ରଥମ ଆକର୍ଷଣ ।

ତା'ପରେ ସୁରଭି ବୋଉ ପାଇଁ ଯେତେ ଗପ ବହି ଆଣି ଦିଏ ସେସବୁକୁ ବାସନ୍ତି ଆଗ ଆମୂଳଚୂଳ ଲେଉଟାଇ ଖୋଜେ ମଳୟ ମହାନ୍ତିଙ୍କ ଲେଖା ଗପ କି କବିତା । କେବେ ନିରାଶ ହୁଏ ତ କେବେ କେବେ ତାକୁ ମିଳିଯାଏ । ଖୋଜୁ ଖୋଜୁ ବାସନ୍ତୀ ଯେ କେତେ ଗପ କବିତା ପଢ଼ି ସାରିଲାଣି ତାକୁ ଜଣା ନଥାଏ । ଅନ୍ୟମାନଙ୍କ

ଲେଖା ଅପେକ୍ଷା ତାକୁ ମଳୟଙ୍କ ଲେଖା ବେଶି ଭଲ ଲାଗେ। ସେ ସବୁ ଲେଖା ଗୁଡ଼ିକରେ ବାସନ୍ତୀ ନିଜକୁ ଖୋଜେ, କେବେ ପାଏ ତ କେବେ ପାଏ ନାହିଁ। ସଠିକ୍ ଜାଣି ନଥିଲେ ବି ତା'ର ହୃଦବୋଧ ହୋଇଯାଇଥିଲା ଯେ ସେ ମଳୟ ନିଶ୍ଚିତ ରୂପେ ତାଙ୍କ ଗାଁର ଆଉ ତା'ର କୈଶୋରର ଅନୁରାଗ। ମଳୟ ସିନା ଡରକୁଳା ପିଲାଟେ ତାକୁ ଭଲପାଏ ବୋଲି ମୁହଁ ଖୋଲି କହି ପାରିଲାନି। ସେ ବା କେଉଁ କହିଦେଲା ଯେ। ଲାଜ, ସରମ, ସଂଭ୍ରମତାର ଚଉହଦି ପାରିହେବାର ସାହାସ ତା'ର ବି ନଥିଲା। ନିଜ ଘର ଦୁଆର ବନ୍ଧରେ ଆଉଜେଇ ହୋଇ ନିରୀହ କପୋତୀ ପରି ରାସ୍ତା ଉପରକୁ ଚାହିଁ ରହୁଥିଲା। ମଳୟର ଦୃଷ୍ଟି ପଡ଼ିଲେ ତା'ର ଅନ୍ତସ୍ଥଳ ରୋମାଞ୍ଚରେ ଶିହରି ଉଠେ। ଅହେତୁକ ଭୟରେ ସାରା ଶରୀର ପ୍ରକମ୍ପିତ ହୁଏ। ବିନା ଭାଷାରେ, ବିନା କଥୋପକଥନରେ ଯେଉଁ ଭାବ ବିନିମୟ ହୁଏ ସେଥିରେ ଏକ ଅନିର୍ବଚନୀୟ ପୁଲକ ସନ୍ନିହିତ ଥାଏ। ପର ମୁହୂର୍ତ୍ତରେ ଲାଗେ ସେ ଯେମିତି କିଛି ଅନର୍ଥ କରି ପକାଇଛି। ସେ ଅପରାଧୀ ଭଳି ଦଣ୍ଡାୟମାନ ହୋଇ ରହିଥାଏ ଯେଯାଏଁ ମଳୟ ତା ଦୃଷ୍ଟିର ଅନ୍ତରାଳକୁ ଚାଲି ନଯାଇଛି।

ଅନ୍ୟ କିଛି ଜାଣିନପାରିଥିଲେ ବି ସୁରଭି ଭଲ ଭାବରେ ଜାଣିଥାଏ ଯେ ତା' ବୋଉକୁ ମଳୟ ମହାନ୍ତିଙ୍କ ଲେଖା ସବୁ ପଢ଼ିବାକୁ ଭଲ ଲାଗୁଛି। ସେ କେତେ ଥର ଲକ୍ଷ କରିଛି ବାସନ୍ତୀ ମଳୟଙ୍କ ଲେଖା ଗୁଡ଼ିକୁ ବାରମ୍ବାର ପଢ଼ିବାର। ମନକୁ ପାଉଥିବା ଧାଡ଼ି ସବୁଙ୍କୁ ନାଲି ସ୍ୟାହିରେ ଗାର ଟାଣି ରଖିବାର। ସେ ବର୍ଷ କେତୋଟି ପ୍ରତିକାର ଶାରଦୀୟ ବିଶେଷାଙ୍କ ସୁରଭି ଘରକୁ ଆଣିଥିଲା ବୋଉ ପାଇଁ। ସେଥିରୁ ଗୋଟିକରେ ମଳୟ ମହାନ୍ତିଙ୍କର ଗପ ସହ ଫଟୋଟି ବି ବାହାରି ଥାଏ। ବାସନ୍ତି ଦୋ ଦୋ ଚିହ୍ନା କରୁଥାଏ। ଯାହାକୁ ଚାଳିଶ ବର୍ଷରୁ ଉର୍ଦ୍ଧ୍ୱ ସମୟ ବ୍ୟବଧାନରେ ମାତ୍ର ଫଟୋରେ ଦେଖୁଛି ତାକୁ କେମିତି ଏତେ ସହଜରେ ଚିହ୍ନିପାରିବ। ଭାବୁଥିଲା କେବେ ସାମ୍ନା ସାମ୍ନି ହୁଅନ୍ତା କି!

ସୁରଭିର ବାହା ବୟସ ହୋଇ ଯାଇଥାଏ। ଆଜିକାଲିର ଶିକ୍ଷିତା ସ୍ୱୟଂସିଦ୍ଧା ଝିଅମାନଙ୍କ ପାଇଁ ବରପାତ୍ର ଖୋଜିବା ବାପା ମା'ମାନଙ୍କ ପକ୍ଷରେ ଏକ ଦୁରୂହ ବ୍ୟାପାର। ସୁକାନ୍ତଙ୍କୁ ତ ଘର କଥା ବୁଝିବାକୁ ସମୟ ନଥାଏ। ଝିଅ ବାହାଘର ଚିନ୍ତା ମୁଣ୍ଡରେ ଥିଲେ ବି ସେଥିପାଇଁ କିଛି ବ୍ୟବସ୍ଥା କରିବାକୁ ଫୁରୁସତ୍ ନଥାଏ। ଝିଅର ମତାମତ ଜାଣିବାର ଦାୟିତ୍ୱ ସେ ଛାଡି ଦେଇଥାଆନ୍ତି ବାସନ୍ତୀ ଉପରେ। କେବେ ବାହାଘର ପ୍ରସଙ୍ଗ ଉଠାଇଲେ ସୁରଭି କହେ, -'ବୋଉ ଏତେ ତରବର କାହିଁକି ହେଉଛୁ। ମୋର କ'ଣ ବୟସ ଗଡ଼ିଗଲାଣି ନା ମୁଁ ବୁଢ଼ି ହୋଇଗଲିଣି। ସମୟ ଆସିଲେ ମୁଁ

ଆପେ ଆପେ କହିଦେବି'। ବାସନ୍ତୀ ଚୁପ୍ ରହେ। ଝିଅକୁ ଆଉ ବାଧ୍ୟ କରିପାରେନି।

ପୂର୍ବବତଃ ସୁକାନ୍ତ ସରକାରୀ ଦାୟିତ୍ୱରେ ଆକଣ୍ଠ ଆପ୍ଳୁତ। ବାସନ୍ତୀ ପ୍ରୌଢ଼ାବସ୍ଥାରେ କିଶୋରୀ ବୟସର ପ୍ରେମାନୁରାଗରେ ତଲ୍ଲୀନ। ସୁରଭିର ଦିନ ଗୁଡ଼ିକ କଲେଜ ଏବଂ ଘରକୁ ସମନ୍ୱିତ କରି ବିତିଯାଉଥାଏ। ସେ କଲେଜରେ ପିଲାମାନଙ୍କୁ ଅର୍ଥନୀତି ଯେତିକି ଆନ୍ତରିକତାର ସହ ପଢ଼ାଏ, ଘରକୁ ଫେରି ସେତିକି ଉଦ୍‌ବେଗର ସହ ବୋଉ ସଙ୍ଗେ ଗପ କବିତାର ଆସର ଜମାଇ ଦିଏ। ମା' ଝିଅ ବସି ସାହିତ୍ୟ ଆଲୋଚନା କଲାବେଳେ ବାସନ୍ତୀକୁ ଲାଗେ ସେ ଯେମିତି ଗୋଟିଏ ଅନୁସନ୍ଧିତ୍ସୁ ବାଧ୍ୟ ଛାତ୍ରୀଟିଏ ଆଉ ତା'ର ଝିଅ ତା'ର ମାଷ୍ଟ୍ରାଣୀ।

ଦିନେ କଲେଜରୁ ଫେରୁ ଫେରୁ ଉତ୍‌ଫୁଲ୍ଲିତ ହୋଇ ସୁରଭି ବୋଉକୁ କୁଣ୍ଢେଇ ପକାଇଲା। ଛୋଟ ପିଲାଭଳି ତାକୁ ଭିଡ଼ି ଧରି ଦୁଇ ଘେରା ବୁଲାଇ ଦେଲା। ବାସନ୍ତୀ ଟଳମଳ ହୋଇ ନିଜକୁ ସମ୍ଭାଳି ନେଇ ପଚାରିଲା। - "ମା'ରେ ଆଜି କ'ଣ ହୋଇଛି ଏତେ ଖୁସୀରେ କରୁଳି ଉଠୁଛୁ ଯେ। କ'ଣ ପ୍ରମୋଶନ ହେଲା କି" ? -"ନା ବୋଉ ଆଜି ମନ୍ମଥ ମୋତେ ପ୍ରପୋଜ କରିଛନ୍ତି"। -'କିଏ ସେ ମନ୍ମଥ। କ'ଣ ପ୍ରପୋଜ କରିଛି ବା'! 'ଓ ହୋଃ! ବୋଉ ତୁ ଯେଉଁ ମଫସଲୀ କୁ ସେଇ ମଫସଲୀ ହୋଇ ରହିଗଲୁ। ଏବେ ଏତେ ଗପ କବିତା ପଢୁଛୁ ପରା, ବୁଝି ପାରୁନୁ ପ୍ରପୋଜମାନେ କ'ଣ' ? -"ଆଲୋ ଖୋଲି କରି କହୁନୁ ସିଏ କିଏ, ତୋତେ ପୁଣି କ'ଣ କହିଲା" ?

-"ମନ୍ମଥ ମହାନ୍ତି ମୋର ଜଣେ ସହକର୍ମୀ ଅଧ୍ୟାପକ। ସେ ମୋତେ ବାହା ହେବାକୁ ଇଛା ପ୍ରକାଶ କରିଛନ୍ତି। ତୁ ଓ ବାପା ସମ୍ମତି ପ୍ରକାଶ କଲେ ସେ ତାଙ୍କ ଘର ଲୋକଙ୍କୁ ନେଇ ଆମ ଘରକୁ ଆସିବେ ବାହାଘର ପ୍ରସ୍ତାବ ନେଇ"।

ବାସନ୍ତୀ ଆଶ୍ଚର୍ଯ୍ୟ ଚକିତ ହୋଇ ପଚାରିଲା, -"ଆଲୋ ହେ ଝିଅ ସେ ପିଲାର ଜାତି-ଗୋତ୍ର, ରାଶି-ନକ୍ଷତ୍ର ସବୁ ମେଳ ଖାଇବତ" ? 'ଓ ହୋଃ! ବୋଉ ତୁ ପୁଣି ସେହି ଗାଉଁଲୀ କଥା ଆରମ୍ଭ କରିଦେଲୁ। ମନ୍ମଥ ଜଣେ ସୌମ୍ୟ ସୁଠାମ ପୁରୁଷ, ଅଭିଜାତ ସମ୍ପନ୍ନ, ଉପାର୍ଜନକ୍ଷମ ବାସ୍ ସେତକ ଯଥେଷ୍ଟ। ତା' ବ୍ୟତୀତ ସେ ମୋଠୁ ଦୁଇବ୍ୟାଚ୍ ସିନିୟର୍। ବୟସରେ ବି ଦୁଇବର୍ଷ ବୋଧେ ବଡ଼ ହେବେ। ବଡ଼ ନ ହୋଇଥିଲେ ବି ଚଳିଥା'ନ୍ତା। ଆମ କଲେଜରେ ଇଂରାଜୀ ଅଧ୍ୟାପକ। ଏହାଠୁ ଅଧିକ ପରିଚୟ କ'ଣ ଲୋଡ଼ା। ତାଙ୍କ ଚରିତ୍ର ସ୍ୱାଭାବରୁ ଯାହା ଜଣାପଡ଼େ ଶ୍ରଦ୍ଧାଶୀଳ ହୋଇଥିବେ। ତୁ ବାପାଙ୍କୁ ପଚାରେ ସେ କେବେ ଛୁଟି ନେଇ ଘରେ ରହିବେ। ସେ ଅନୁଯାୟୀ ମନ୍ମଥ ତାଙ୍କ ବାପା ମା'ଙ୍କୁ ନେଇ କଥା ହବାକୁ ଆମ ଘରକୁ ଆସିବେ"।

ଝିଅର ଏମିତି ଖୋଲାଖୋଲି ଭାବେ ନିଜ ବାହାଘର ଏବଂ ଭାବି ସ୍ୱାମୀ

ବିଷୟରେ ଗପି ଯିବାର ଶୁଣି ବାସନ୍ତି ଲାଜେଇ ଯାଇଥିଲା । ଝିଅକୁ ନିର୍ଲଜୀ କହିବାର ସାହସ ହେଉନଥିଲା । ତା' ଆଗରେ ଯୁଗ ବଦଳି ଯାଇଛି । ସମୟକୁ ଦୋଷ ନ ଦେଇ ନିଜ ପେଟରୁ ଜନ୍ମ ସୁରଭିକୁ ଦୋଷ ଦେବେ କାହିଁକି ?

ମନ୍ମଥଙ୍କ ସହ ସୁରଭିର ବିବାହ ପ୍ରସ୍ତାବ ଶୁଣି ସୁକାନ୍ତ ଆଶ୍ୱସ୍ତ ହେଲେ । ଝିଅ ଉପରେ ତାଙ୍କର ପୂର୍ଣ୍ଣ ବିଶ୍ୱାସ ଥିଲା । ସେ ତା'ର ପସନ୍ଦ ମୁତାବକ ସୁପାତ୍ରଟିଏ ଚୟନ କରିଥିବ ଭାବି ସେ ନିଶ୍ଚିନ୍ତ ହେଲେ । ଯଥା ଶୀଘ୍ର ବାହାଘର ପାଇଁ ତତ୍ପରତା ପ୍ରକାଶ କରିବାକୁ ଯାଇ ଶୀଘ୍ର ମନ୍ମଥ ତା' ବାପା ମା'ଙ୍କୁ ନେଇ ଘରକୁ ଆସୁ ବୋଲି ସୁରଭିକୁ କହିଲେ ।

ଦୁଇ ପକ୍ଷର ସମ୍ମତିକ୍ରମେ ଏକ ନିର୍ଦ୍ଦିଷ୍ଟ ଦିନ ଏବଂ ନିର୍ଦ୍ଧାରିତ ସମୟରେ ଦୁଇ ପରିବାରଙ୍କ ମଧ୍ୟରେ ପ୍ରଥମ ସାକ୍ଷାତ ହେବାର ସ୍ଥିର ହେଲା । ବାସନ୍ତୀ ନବାଗତ ଅତିଥି ସତ୍କାର ନିମନ୍ତେ ସମସ୍ତ ବ୍ୟବସ୍ଥା କରିଥାଏ । ଘରେ ଚା' ଜଳଖିଆ ପ୍ରସ୍ତୁତ କରିବା ସହ ବଜାରରୁ ଭଲ ମିଠା ଅଣାଇଯାଇଥାଏ । ପ୍ରବେଶଦ୍ୱାର ଠାରୁ ଦାଣ୍ଡଘରଯାଏ ସୁସଜ୍ଜିତ ହୋଇଥାଏ ଆଗନ୍ତୁକ ମାନଙ୍କ ସ୍ୱାଗତ ନିମିତ୍ତ ।

ଯଥା ସମୟରେ ମନ୍ମଥ ତା ବାପାଙ୍କୁ ସାଙ୍ଗରେ ନେଇ ପହଞ୍ଚିଲା । ତା ମା'ଙ୍କର ଆକସ୍ମିକ ଅସୁସ୍ଥତା ଯୋଗୁଁ ଆସିନପାରିବାରୁ କ୍ଷୋଭ ପ୍ରକାଶ କରି ଜଣାଇଲା । ସୁକାନ୍ତ ଓ ବାସନ୍ତୀ ସେମାନଙ୍କୁ ଆଦର ସତ୍କାର ସହ ବସାଇଲେ । ବାସନ୍ତୀ ମନ୍ମଥର ବାପାଙ୍କୁ ଦେଖି ହତଚକିତ ହୋଇ ଯାଇଥିଲା । ତାଙ୍କ ଚେହେରା ସେ କେଉଁଠି ଦେଖିବା ପରି ମନେ ହେଉଥିଲା । ପରିଚୟ ଦେବାକୁ ଯାଇ ସେ କହିଲେ -"ମୁଁ ମଳୟ ମହାନ୍ତି । ଅବସର ପ୍ରାପ୍ତ ସରକାରୀ ଅଧିକାରୀ" । ମନ୍ମଥ ବାପାଙ୍କର ପରିଚୟକୁ ଆହୁରି ସ୍ପଷ୍ଟ କରିବାକୁ ଯାଇ କହିଲା, ବାପା ଜଣେ ସାହିତ୍ୟିକ । ଗପ କବିତା ଲେଖନ୍ତି । ବାସନ୍ତିର ସଂଶୟ ଦୂର ହେବା ସଙ୍ଗେ ଈପ୍‌ସିତ ବ୍ୟକ୍ତିଟିକୁ ଏତେ ପାଖରେ ଦେଖି ସେ ସ୍ତମ୍ଭିତ ହୋଇଯାଇଥିଲା ।

ଚା' ଜଳପାନର ଔପଚାରିକତା ଶେଷ ହେବାପରେ ସୁରଭି ମନ୍ମଥକୁ ସାଥିରେ ନେଇଗଲା ଘର ଦେଖାଇବାକୁ । ସୁକାନ୍ତଙ୍କର ଥାନାରୁ ଜରୁରୀ ଫୋନ୍ ଆସିବାରୁ ସେ ଉଠି ଚାଲିଗଲେ କଥା ହେବାକୁ । ଡ୍ରଇଁ ରୁମରେ ବସି ରହିଥିଲେ ମଳୟ ଓ ବାସନ୍ତୀ । ମଳୟ ବାସନ୍ତୀକୁ ଦେଖି ଚିହ୍ନି ପାରିଥିଲେ କି ନା ଜଣା ନାହିଁ । ବାସନ୍ତୀ କିନ୍ତୁ ଅପ୍ରତିଭ ଅନୁଭବ କରୁଥିଲା । ଦୁହିଁଙ୍କ ମଧ୍ୟରେ ଥିଲା ପୁଣି ସେହି ବିଗତ ଦିନର ଅଖଣ୍ଡ ନୀରବତା ।

■

ଆତ୍ମ ହତ୍ୟା

ସକାଳୁ ସକାଳୁ ଦୁଇଟି ନିରୀହଶିଶୁଙ୍କ କାନ୍ଦଣାରେ ଫାଟିପଡୁଥାଏ ରାଜକୋଟର ସହରତଳି ବସ୍ତି। ଦୁଇ ବର୍ଷର ସାନ ଭାଇକୁ କୋଳରେ ଧରି ଆଠ ବର୍ଷର ବଡ଼ ଭଉଣୀ ଯେତେ ବୁଝାଇଲେବି ସେ ବୁଝୁନଥାଏ। ମା'କୁ ଖୋଜି କାନ୍ଦିବାରେ ଲାଗିଥାଏ। ଭଉଣୀ ନିଜ ଆଖି ଲୁହ ପୋଛି ସାନଭାଇଟିର ମୁହଁରେ ଦୁଧ ବୋତଲ ଦେଇ ବୋଧ କରିବାକୁ ଚେଷ୍ଟା କରୁଥାଏ। ପୁଅଟି ଆଖିବୁଜି ଦୁଇ ଚାରି ଢ଼ୋକ କ୍ଷୀର ପିଇଦେଇ ପୁଣି ଆଖିଖୋଲି ମା'କୁ ନଦେଖି ଚିରାଡୁ ଥାଏ।

ଘର ବାହାରେ ଗୁମ୍ ହୋଇ ବସିଥାଏ ହସମୁଖ। ଘର, ଅଗଣା, ଛାତ, ସାଇ ପଡିଶା ସବୁ ଖୋଜି ସାରିଲାଣି। ସ୍ତ୍ରୀ ମଞ୍ଜୁବେନ୍‌ର ଦେଖା ନାହିଁ। ଦୁଇଟି ଘର ଛାଡ଼ି ରହୁଥିବା ବଡ଼ ଭାଇ ମନସୁର ଘରକୁ ଯାଇ ଖୋଜିବାରେ ଜଣାଗଲା ଗତ ରାତିରୁ ପୁତୁରା ଅମିତର ବି କିଛି ଖବର ନାହିଁ। ହସମୁଖର ଆଉ ବୁଝିବାକୁ ବାକିନଥିଲା ମଞ୍ଜୁବେନ୍‌ର ନିରୁଦ୍ଦେଶ ହେବାର କାରଣ।

ଛୋଟ ପୁଅଟିର ଅବିରତ କାନ୍ଦ ଶୁଣି ପାଖ ପଡ଼ିଶା ରୁଣ୍ଡ ହୋଇଗଲେ। ଘଟଣାଟା ଜାଣିଲେ ବି କେହି କିଛି କହି ହସମୁଖର ଅସହାୟତାକୁ ଆଉ ବଢ଼ାଇବାକୁ ଚାହୁଁନଥାନ୍ତି। ଦେଖୁ ଦେଖୁ ବାଇଶ ବର୍ଷର ପୁତୁରା ଅମିତ ସହ ବତିଶ ବର୍ଷର ଖୁଡୀ ମଞ୍ଜୁବେନ୍‌ର ଗତ ରାତିଠୁ ନିଖୋଜ ହୋଇଯିବାର ଖବରଟା ବସ୍ତିରେ ଖେଳିଗଲା।

ହସମୁଖର ରାଜକୋଟରେ ଚ଼' ଦୋକାନ। ସକାଳୁ ଉଠି ସେ ଦୋକନକୁ ବାହାରି ଯାଏ। ଫେରୁ ଫେରୁ କେବେ ସଞ୍ଜ ତ କେବେ ରାତି ଘଡ଼ିଏ ଦି'ଘଡ଼ି। ଦୋକାନ ରୋଜଗାରରେ ଜାଗା, ବାରି, ଘର ସବୁ କରିଥାଏ। ଦଶବର୍ଷ ହେବ ବାହାହୋଇ ସ୍ତ୍ରୀ ମଞ୍ଜୁ ସହ ସୁଖ ସଂସାର ବସାଇ ଥାଏ। ଆଠ ବର୍ଷର ଝିଅ ରୁନି ଓ ଦୁଇ ବର୍ଷର ପୁଅ ରାମୁ ତାଙ୍କ ସଂସାରକୁ ପୁଷ୍ପିତ ପଲ୍ଲବିତ କରିଥାଆନ୍ତି।

ଦୋକାନଟିରେ ଦିନସାରା ଚ଼’ ବିକି ଚାରି ପ୍ରାଣୀ ଚଳିବା ଭଳି ଅର୍ଥ ଉପାର୍ଜନ କରୁଥାଏ ହସମୁଖ।

ସେହି ଗୋଟିଏ ବସ୍ତିରେ ହସମୁଖର ବଡ଼ ଭାଇ ମନସୁର ରହୁଥାଏ। ମନସୁରର ପୁଅ ଅମିତ ମାଟ୍ରିକ୍ ପରେ ପାଠ ଛାଡିବାର ପାଞ୍ଚବର୍ଷ ହେଲାଣି। ଛୋଟ ଛୋଟ ଠିକାଦାରୀ କରେ। କାମର କିଛି ନିର୍ଦ୍ଦିଷ୍ଟ ସମୟ ନଥାଏ। ବେଳ ଅବେଳରେ ଆସି ଚାଚା ହସମୁଖ ଘରେ ବସେ। ଭଉଣୀ ସହ ଖେଳେ, ସାନଭାଇକୁ କାନ୍ଧରେ ବସାଇ ବୁଲାଏ। ଖୁଡ଼ୀ ପାଖରେ ନେସି ହୁଏ। ଏସବୁ ହସମୁଖର ନଜରକୁ ଆସେ। ହେଲେ ଖୁଡ଼ୀ ପୁତୁରାଙ୍କ ସମ୍ପର୍କରେ ଆବିଳତା ନଥାଇ ପାରେ ଭାବି ନିଶ୍ଚିନ୍ତ ରହେ। ପାଖ ପଡ଼ିଶାଙ୍କର କିନ୍ତୁ ଏଗୁଡ଼ାକ ଦେହକୁ ଯାଏନି। ସେମାନଙ୍କ ଅନିସନ୍ଧିତ୍ସୁ ଆଖି ଆଉ କିଛି ଦେଖୁଥାଏ।

କିଛି ଦିନ ପୂର୍ବେ ଘର ପଛପଟେ ଲଗାଯାଇଥିବା ଫୁଲ ଗଛ ଗୁଡିକରେ ପାଣି ଦେଉ ଦେଉ ବ୍ୟବହୃତ ହୋଇଥିବା ଗର୍ଭନିରୋଧକ ପ୍ୟାକେଟଟିଏ ଦେଖି ଆଶ୍ଚର୍ଯ୍ୟ ହୋଇଯାଇଥିଲା ହସମୁଖ। କେହି ଦେଖିବା ଆଗରୁ ତାକୁ ଉଠାଇ ବାହାରକୁ ଫିଙ୍ଗିଦେବା ବେଳେ ଭାବୁଥାଏ ସେଟା ସେଠିକୁ ଆସିଲା କିପରି ? ସନ୍ଦେହୀ ମନକୁ ତା’ର ପାପ ଛୁଇଁଲା। କାହିଁ ତା’ ଅନୁପସ୍ଥିତିରେ ସ୍ତ୍ରୀ ମଞ୍ଜୁର କାହା ସହ ଅନୈତିକ ସମ୍ପର୍କ ନାହିଁ ତ ? ତା’ ଜାଣିବାରେ ଘରକୁ ତ ଅମିତ ବ୍ୟତୀତ ଆଉ କେହି ଆସନ୍ତି ନାହିଁ। ଅମିତ ମଞ୍ଜୁଠୁ ବୟସରେ ଦଶ ବର୍ଷ ଛୋଟ ପୁଣି ସମ୍ପର୍କରେ ପୁତୁରା ତେଣୁ ତାକୁ ନେଇ କିଛି ସନ୍ଦେହ କରିବା ନିରର୍ଥକ।

ଆଜି କିନ୍ତୁ ଦୁଇଜଣଙ୍କର ଏକା ସଙ୍ଗେ ନିଖୋଜ ହୋଇଯିବା ଜାଣିବାପରେ ବିକ୍ଷିପ୍ତ ହୋଇପଡ଼ିଥିବା ଶଂସୟର ମାଳି ଏକ ସୂତ୍ରରେ ବାନ୍ଧି ହୋଇଯାଇଥିଲେ। ଛୋଟ ଭାଇକୁ କାନ୍ଧରେ ବସାଇବା ଖୁଡ଼ୀ ସହ ହସଖୁସିରେ ନେସି ହେବାର ଅର୍ଥ ଯେ ଭିନ୍ନ ଥିଲା ସେକଥା ହସମୁଖର ମନକୁ ଆନ୍ଦୋଳିତ କରୁଥିଲା। ମଞ୍ଜୁର ଚରିତ୍ର ଉପରୁ ତା’ର ଭରସା ତୁଟି ଯାଇଥିଲା।

ଦୂରରୁ ପୋଲିସ ଗାଡ଼ି ଆସିବାର ଶବ୍ଦ ଶୁଣି ବସ୍ତିଲୋକେ ଧାଁ ଧପଡ଼ ହେଲେ। ଗାଡି ଆସି ଅଟକି ଗଲା ହସମୁଖ ଘର ଆଗରେ। ଜଣେ କନେଷ୍ଟବଳ ଗାଡ଼ିରୁ ଓହ୍ଲାଇ ହସମୁଖର ପରିଚୟ ପଚାରି ତାକୁ ଥାନାକୁ ଯିବାକୁ କହୁଥାଆନ୍ତି। କାରଣ ପଚାରିବାରୁ କହିଲେ ଟ୍ରେନ୍ ଲାଇନ ପାଖରୁ ଦୁଇଟି ଶବ ମିଳିଛି। ଚିହ୍ନଟ କରିବାକୁ ତାକୁ ଥାନାକୁ ଯିବାକୁ ହେବ। ଘଟଣା ଚକ୍ର କ୍ରମଶଃ ରହସ୍ୟାବୃତ୍ତ ହେଉଥାଏ। ପ୍ରଥମେ ମଞ୍ଜୁ ଓ ଅମିତଙ୍କର ନିଖୋଜ ପୁଣି ଟ୍ରେନ୍ ଲାଇନ୍‌କଡ଼ରୁ ଦୁଇଟି ଶବ, ଏସବୁ ହସମୁଖକୁ ବ୍ୟତିବ୍ୟସ୍ତ କରି ପକାଉଥାଏ।

ପୁଅଟି କାନ୍ଦି କାନ୍ଦି ହାଲିଆ ହୋଇ ଶୋଇପଡିଥାଏ। ଭଉଣୀ ରୁନି ବି ମା'ର ବାଟ ଚାହିଁ ଚାହିଁ ଢ଼ୋଳେଇ ପଡିଥାଏ। ହସମୁଖ ପଡ଼ିଶା ଘର ସ୍ତ୍ରୀ ଲୋକଟିକୁ ଛୁଆ ଦୁଇଟିଙ୍କୁ ଧ୍ୟାନ ଦେବାକୁ କହି ପୋଲିସ୍ ଗାଡ଼ିରେ ବସିଲା।

ପୋଲିସ୍ ଗାଡ଼ି ଥାନା ଭିତରେ ପହଞ୍ଚିବାବେଳକୁ କିଛି ଲୋକ ଛିଡ଼ା ହୋଇଥାଆନ୍ତି ଧଳା ଚଦର ଘୋଡ଼ା ଯାଇଥିବା ଦୁଇଟି ଶବ ପାଖରେ। ଏକାଠି ହୋଇଥିବା ଲୋକମାନଙ୍କ ଭିତରେ ତା'ର ବଡ଼ ଭାଇ ମନସୁରର ଝାଉଁଳି ପଡ଼ିଥିବା ମୁହଁରେ ଲୁହ ଛଳଛଳ ଆଖି ଦୁଇଟିକୁ ଦେଖି ତା'ର କିଛି ବୁଝିବାକୁ ବାକିନଥିଲା। ପରବର୍ତ୍ତୀ ମୁହୂର୍ତ୍ତର ଘଟଣାବଳୀ ଥିଲା ଆଇନ ସମ୍ବଳିତ ଔପଚାରିକତା।

ଅମିତ ଓ ମଞ୍ଜୁର ନିଖୋଜ ହେବା ଜାଣିବା ପରେ ମନସୁର ଆଗ ପୁଅର ନିରୁଦ୍ଦେଶ ହେବାର ରିପୋର୍ଟ ଲେଖାଇବାକୁ ଥାନାକୁ ଯାଇଥିଲା। ଥାନାରେ ପହଞ୍ଚି ରିପୋର୍ଟ ଲେଖାଇବା ଆଗରୁ ଜାଣିଥିଲା ଯେ ଅମିତ ଓ ମଞ୍ଜୁ ଗତ ରାତିରେ ଟ୍ରେନ୍ ତଳେ ଆସି ଆତ୍ମ ହତ୍ୟା କରିଛନ୍ତି। ସେ ପୋଲିସ୍ ଆଗରେ ଅମିତର ଶବକୁ ଚିହ୍ନଟ କରିବାପରେ ଅନ୍ୟ ଶବଟି ଭାଇବୋହୂ ମଞ୍ଜୁର ବୋଲି କହିଥିଲା। ମନସୁର କହିବା ଅନୁଯାୟୀ ପୋଲିସ୍ ଯାଇ ହସମୁଖକୁ ନେଇ ଆସିଥିଲା ମଞ୍ଜୁର ଶବ ଚିହ୍ନଟର ଔପଚାରିକତା ପୂର୍ଣ୍ଣ କରିବାକୁ।

ଥାନା ବାବୁ ହସମୁଖକୁ ଧଳା ଚାଦର ଘୋଡ଼ା ଯାଇଥିବା ଗୋଟିଏ ଶବ ପାଖକୁ ନେଇ ଶବର ମୁହଁରୁ ଚଦର ହଟାଇ ପଚାରିଲେ ଇଏ କ'ଣ ତୁମ ପତ୍ନୀ ମଞ୍ଜୁବେନ୍? ସମ୍ମତିରେ ମୁଣ୍ଡ ହଲାଇଲା ହସମୁଖ। ଥାନା ଭିତରକୁ ଡାକି ନେଇ ଥାନାବାବୁ କହୁଥାଆନ୍ତି; ତୁମକୁ ଜମାନବନ୍ଦି ଦେବାକୁ ହେବ। ମଞ୍ଜୁବେନ୍‌ର ଆତ୍ମ ହତ୍ୟା ବିଷୟରେ ତୁମେ କଣ ଜାଣ।

– 'ନା କିଛି ଜାଣେ ନାହିଁ' କହିଲା ହସମୁଖ।

– 'କାଲି ରାତିରେ ତୁମେ କେଉଁଠି ଥିଲ'?

– 'ଘରେ ଛାତ ଉପରେ ଶୋଇଥିଲି'।

– 'ଶେଷ ଥର ପାଇଁ ତୁମ ସ୍ତ୍ରୀକୁ କେତେବେଳେ ଦେଖିଥିଲ'?

– 'ରାତିରେ ରୋଷେଇ କରି ମୋତେ ଖାଇବାକୁ ଦେଲା। ମାଆ ଝିଅ ବି ମୋ ପାଖରେ ବସି ଖାଇଲେ। ମୁଁ ଖାଇସାରି ଛାତ ଉପରକୁ ଚାଲିଗଲି ଶୋଇବାକୁ'।

–'ତୁମ ସ୍ତ୍ରୀ ଘର ଛାଡି ପଳାଇ ଅସିବାବେଳେ ତୁମେ ଜାଣି ପାରିଲନି କେମିତି? ତୁମ ପୁତୁରା ସହ ତାଙ୍କର ପ୍ରେମ ସମ୍ପର୍କ କେତେ ଦିନରୁ? ତୁମେ ଜାଣିବା ପରେ, ସ୍ତ୍ରୀକୁ ଗାଳିମନ୍ଦ ଦେଇଥିବ। ମାରପିଟ୍ କରିଥିବ। ତାକୁ ଆତ୍ମହତ୍ୟା କରିବାକୁ ପରୋକ୍ଷରେ

ତୁମେ ବାଧ୍ୟ କରିଥିବ। ତୁମ ସ୍ତ୍ରୀର ଆତ୍ମ ହତ୍ୟା ପାଇଁ ତୁମେ ମଧ୍ୟ ଦାୟୀ। ଅଦାଲତରେ ତୁମ ନାଁରେ କେସ୍ ଚାଲିପାରେ'।

ଏସବୁ ଶୁଣିବା ପରେ ଏତେ ଗୁଡ଼ାଏ ପ୍ରଶ୍ନର କି ଉତ୍ତର ଦେବ ଭାବି ପାରୁନଥାଏ ହସମୁଖ। ଏସବୁ ପାଇଁ ମଞ୍ଜୁବେନ୍ ନା ତା'ର ଦୁର୍ଭାଗ୍ୟ କିଏ ଦାୟୀ, ବସି ଚିନ୍ତା କରୁଥାଏ। ତା' ପାଖରେ କିଛି ଉତ୍ତର ନଥାଏ।

କିଛି ସମୟ ଗୁମ୍ ମାରି ବସିବାପରେ ହସମୁଖ କହିଲା -'ହଜୁର ମା'କୁ ଖୋଜି ଖୋଜି ଛୁଆ ଦୁଇଟା ହନ୍ତସନ୍ତ ହେଉଥିବେ। ପାଟିରେ ତାଙ୍କର ପାଣି ଟୋପାଏ ଦେବାକୁ କେହି ନାହିଁ। ଦିନ ଦ୍ୱିପହର ହେଲାଣି। ଏଥର ଶବଟା ନେଇ ମୋତେ ଯିବାକୁ ଦିଅନ୍ତୁ। ଯାହା ତ ହେବାର ହେଲାଣି। ଆଗକୁ ଈଶ୍ୱରଙ୍କ ଇଚ୍ଛା'।

ଥାନାବାବୁ ନିରୀହ ଛୁଆ ଦୁଇଟିଙ୍କ କଥାଶୁଣି ଟିକେ ନରମି ଗଲେ। କହିଲେ -"ନା... ନା... ଆଜି ଶବ ମିଳିବ ନାହିଁ। ଡାକ୍ତରୀ ମାଇନା ପରେ କାଲି ମିଳିବ। ତୁମେ ଘରକୁ ଫେରିଯାଅ"। ହସମୁଖ ଥାନାବାବୁଙ୍କୁ ନମସ୍କାର କରି ବାହାରକୁ ଆସିବାବେଳେ ଥାନା ବାରଣ୍ଡାରେ ଭାଇ ମନସୁରକୁ ଦେଖି ମୁହଁ ବୁଲାଇ ଚାଲିଗଲା। ମନସୁର ବି ତାକୁ ଦେଖି ନଦେଖିବା ପରି ମୁହଁ ମୋଡି ଦେଲା। ହସମୁଖ ଭାବୁଥିଲା ମଞ୍ଜୁବେନ୍‌ର ଆତ୍ମହତ୍ୟା ପାଇଁ ଲଫଙ୍ଗା ଅମିତ୍ ହିଁ ଦାୟୀ। ସେମିତି ମନସୁର ଭାବୁଥିଲା ଭାଇ ବୋହୂ ଦୁଶ୍ଚରିତା ମଞ୍ଜୁ ତା'ର ପୁଅ ଅମିତକୁ ସତ୍ୟାନାଶ କଲା। ନିଜର ପ୍ରେମ ଜାଲରେ ଫସାଇ ତା' ଜୀବନ ନେଲା। ତା'ର ଆତ୍ମହତ୍ୟା ପାଇଁ ସେ ହିଁ ଦାୟୀ।

ହସମୁଖ ଆସି ଘରେ ପହଞ୍ଚିବାବେଳକୁ ତା ଛୋଟ ପୁଅ ସେମିତି ରାହାଧରି କାନ୍ଦୁଥାଏ। ତାକୁ ବୁଝାଇବାକୁ ଯାଇ ନିଜେ ବି କାନ୍ଦୁଥାଏ ଝିଅ ରୁନି। ବାଟ ସାରା ମଞ୍ଜୁର ବିଶ୍ୱାସଘାତକତା ପାଇଁ ମନରେ ଜମି ଆସୁଥିବା ଆକ୍ରୋଶ ପିଲା ଦୁଇଟିକୁ ଦେଖି ତରଳି ଗଲା। ମା'ଛେଉଣ୍ଡ ପିଲା ଦୁଇଟିଙ୍କୁ ନିଜ କୋଳକୁ ନେଇ ନିଜ ଆଖି ଲୁହ ପୋଛୁଥିଲା ସିଏ। କ୍ଷୀର ବୋତଲ ଆଣି ପୁଅକୁ ପିଆଇ ଦେଲା। ଘରେ ପଡ଼ିଥିବା ଫାପଡ଼ା ଦୁଇଟା ଝିଅକୁ ଖାଇବାକୁ କହି ନିଜେ ମାଠିଆରୁ ପାଣି ଗ୍ଲାସେ ନେଇ ପିଇଲା।

ଯେନତେନ ବୋଧ କରି ପିଲା ଦୁଇଟିକୁ ଶୁଆଇ ଦେଲା ହସମୁଖ। ଦିନ ସାରା ପାଟିକୁ ଦାନାଟିଏ ଯାଇନଥିଲେ ବି ପେଟରେ ଭୋକ ନଥିଲା। ସେଇଠି ପିଲାଙ୍କ ପାଖରେ ମଞ୍ଜୁ ଶୋଇବା ଜାଗାରେ ସେ ଶୋଇଗଲା। ଆଖିକୁ ନିଦ ଆସୁନଥାଏ। ସେ ଖାଲି ଛାତଟାକୁ ଜଳଜଳ କରି ଚାହିଁ ରହିଥାଏ। ଘରର ପ୍ରତି କୋଣ ଅନୁକୋଣରେ

ଦେଖାଯାଉଥାଏ ଯେମିତି ମଞ୍ଜୁବେନ କେଉଁଠି ଶୋଇଛି, କେଉଁଠି ବସିଛି ତ ପୁଣି କେଉଁଠି ଠିଆ ହୋଇଛି ଅମିତ ଦେହରେ ନେସି ହୋଇ। ତା' ଆଡକୁ ଦେଖି ହସୁଛି ଏକ ତାଚ୍ଛଲ୍ୟର ହସ।

ହସମୁଖ ଭାବୁଥିଲା ମଞ୍ଜୁବେନ୍ କେମିତିକା ନାରୀଟିଏ, ଯାହାକୁ ସିଏ ଦଶବର୍ଷ ହେବ ବାହା ହୋଇ ଘର ସଂସାର କରିମଧ୍ୟ ବୁଝି ପାରିନଥିଲା। ଦୁନିଆର ପ୍ରେମ ଶବ୍ଦଟା ପ୍ରତି ତା'ର ଆଜି ଘୃଣା ଆସୁଥିଲା। ପ୍ରେମର ଅସୀମ ଅମାପ ଆକର୍ଷଣୀୟ ଶକ୍ତିକୁ ଆକଳନ କରିପାରିବା ତା ପାଇଁ ଦୁରୂହ ଥିଲା। ମଞ୍ଜୁର ନିଜଠୁ ଦଶବର୍ଷ ସାନ ପୁତୁରା ସହ ପରକୀୟା ପ୍ରୀତିରେ ନିମଜ୍ଜିତ ହେବାରେ ସଂକୋଚ କି ସଂଭ୍ରମ ନଥିଲା। ସମାଜର ରୀତିନୀତି ପ୍ରତିବନ୍ଧ ତା ପାଇଁ ଶୃଙ୍ଖଳ ସୃଷ୍ଟି କରି ପାରିନଥିଲା। ସର୍ବୋପରି ଜନ୍ମକଲା ଦୁଇଟି ସନ୍ତାନର ମୋହ ତାକୁ ସାଂସାରିକ ବନ୍ଧନରେ ବାନ୍ଧି ରଖି ପାରିନଥିଲା। ରାତ୍ରିର ଅନ୍ଧକାରରେ ଲାଜ, ସରମ, ସ୍ନେହ, ମମତା ବିଶ୍ୱାସ ଓ ଭରସାର ବନ୍ଧନକୁ ପୁଟୁଳା କରି ରେଳଧାରଣାକଡ଼େ ଫିଙ୍ଗିଦେଇ ମଞ୍ଜୁ ଚାଲି ଯାଇଥିଲା ଅମିତ ସହ ପ୍ରେମର ଅମ୍ଳାନ ବସ୍ତ୍ର ପିନ୍ଧି। ଦୁଇଟି ପ୍ରେମପକ୍ଷୀଙ୍କର ଉଡ଼ାଣ ନଥିଲା କେଉଁ ଅଜଣା ଗାଁ' ବା ସହରକୁ ଅବା ଦୁନିଆର କେଉଁ ନିବୃତ୍ତ କୋଣକୁ। ସେମାନଙ୍କର ମହାଯାତ୍ରା ଥିଲା ଏକାବେଳେକେ ଏ ଦୁନିଆ ବାହାରେ କେଉଁ ଅନ୍ୟ ଏକ ଗ୍ରହକୁ, ମହାଶୂନ୍ୟର ଅନନ୍ତ ଆକାଶକୁ। ମର୍ତ୍ତ୍ୟରୁ ଅନ୍ତରୀକ୍ଷକୁ ସେମାନେ ଚାଲିଯାଇଥିଲେ ମେଘ ଭଳି ଆଉଥରେ ରୂପ ବଦଳାଇ ଜନ୍ମନେବାପାଇଁ। ପୁନଃ ଜନ୍ମରେ ଅମିତ ସହ ମଞ୍ଜୁର ଏକାନ୍ତ, ନିର୍ବିରୋଧ, ସ୍ୱଚ୍ଛନ୍ଦ ମିଳନ ପାଇଁ।

ରାତି ପାହି ଆସୁଥାଏ। ପୁଣି ଯିବାକୁ ହେବ। ଡାକ୍ତର ମାଇନା ପରେ ମଞ୍ଜୁର ଶବକୁ ଆଣି ଯଥା ବିଧି ସତ୍କାର କରିବାକୁ ପଡ଼ିବ। ପୋଲିସର ସଂଦେହକୁ ବି ଦୂର କରିବାକୁ ପଡ଼ିବ। କେମିତି ବା ସେ ବୁଝାଇ ପାରିବ ଯେ ତା'ର ଅନୁପସ୍ଥିତିରେ ତା' ସ୍ତ୍ରୀର ବିଶ୍ୱାସଘାତକତା ବିଷୟରେ ସେ ସମ୍ପୂର୍ଣ୍ଣ ଅଜ୍ଞ ଥିଲା। ତା ସ୍ତ୍ରୀର ପରକୀୟା ପ୍ରୀତିର ଆଭାସ ସେ ପାଇନଥିଲା। ଜାଣିଥିଲେ ବି ସେ କ'ଣ ବା କରିପାରିଥା'ନ୍ତା। ଅନ୍ତରୀକ୍ଷରେ ଉଡ଼ିବାର କଳ୍ପନା କରୁଥିବା ପକ୍ଷୀକୁ ସେ କେମିତି ବା ପିଞ୍ଜରାରେ ଆବଦ୍ଧ କରି ରଖିପାରିଥାଆନ୍ତା। ଏପରି ଚିନ୍ତାକରି ହସପିଟାଲରେ ପହଞ୍ଚିବାବେଳକୁ ପୋଲିସ୍ ଆସିଯାଇଥାଆନ୍ତି। ଡାକ୍ତରୀ ମାଇନା ସରିବା ପରେ ଅମିତ ଏବଂ ମଞ୍ଜୁଙ୍କର ଦୁଇଟି ଶବ ବାହାରକୁ ଆସିଲା। ଟ୍ରେନ୍ ଆଗକୁ ଆସି ଦୁଇଜଣ ଯାକ ଆତ୍ମହତ୍ୟା କରିଥିବାର ଜଣାଗଲା। ପୋଲିସ ବି ଏକ ପ୍ରେମଜନିତ ଅପମୃତ୍ୟୁର ପଞ୍ଚନାମା ଲେଖି ସେଥିରେ ହସମୁଖର ଦସ୍ତଖତ ନେଇ ମଞ୍ଜୁବେନର ଶବ ହସ୍ତାନ୍ତର କଲେ। ଖବର ପାଇ ମଞ୍ଜୁର

ବାପା ଭାଇ ଓ ଆଉ ଜଣେ ସମ୍ପର୍କୀୟ ପହଞ୍ଚି ଯାଇଥାଆନ୍ତି। ସବୁ ମିଶି ମଞ୍ଜୁବେନର ଶବକୁ କାନ୍ଧରେ ନେଇ ଚାଲିଗଲେ ଶ୍ମଶାନ ଅଭିମୁଖେ।

ମଞ୍ଜୁବେନ ବଞ୍ଚିଥିବାବେଳେ ତା'ର ଭରଣ ପୋଷଣ କରିବାର ବୋଝ ଅପେକ୍ଷା ତା ମର ଶରୀରର ବୋଝଟା ବେଶି ଓଜନିଆ ଲାଗୁଥିଲା ହସମୁଖର କାନ୍ଧକୁ। ତା'ଉପରରେ ତା'ର ବିଶ୍ୱାସଘାତକତାର ଭୂତଟା ମାଡ଼ିବସି ତା' ମନକୁ ଆହୁରି ଦୁର୍ବଳ କରିଦେଉଥିଲା।

ଶ୍ମଶାନରେ ପାଖାପାଖି ଦୁଇଟି ଜୁଇ ଜଳୁଥିଲା। ଗୋଟିଏ ମଞ୍ଜୁବେନର ଓ ଅନ୍ୟଟି ଅମିତ୍‌ର। ଚାରିକଡେ ଘେରି ଛିଡା ହୋଇଥାଆନ୍ତି ଆତ୍ମୀୟ ସ୍ୱଜନ। ହୁତୁହୁତୁ ଜଳୁଥିବା ଜୁଇର ନିଆଁରେ ଦଶବର୍ଷର ବୈବାହିକ ସମ୍ପର୍କକୁ ଆହୁତି ଦେଇ ଘରକୁ ଫେରିଲା ହସମୁଖ।

ଘରେ ପହଞ୍ଚିବାବେଳକୁ ମଞ୍ଜୁର ମା' ପିଲାଦୁଇଟିଙ୍କୁ ନିଜ ଘରକୁ ନେଇ ଯାଇଥିଲେ। ଖାଲି ଘରଟା ଖାଁ ଖାଁ ଲାଗୁଥିଲା। ଶୂନ୍‌ଶାନ୍ ଘରଟା ଭିତରେ ବି ମନସୁଖକୁ ଦିଶୁଥିଲା ସେ ଚିତାଗ୍ନିର ଲେଲିହାନ, ଯେଉଁଥିରେ ଜଳି ପୋଡ଼ି ପାଉଁଶ ହୋଇଯାଇଥିଲା ତା'ର ସୁଖର ସଂସାର। ରହି ରହି ନାକରେ ବାଜୁଥାଏ ମଞ୍ଜୁ ଦେହର କଞ୍ଚା ମାଂସ ପୋଡ଼ିବାର ଦୂର୍ଗନ୍ଧ। ଅସହ୍ୟ ଦୂର୍ଗନ୍ଧ। ଯାହାକୁ ପାଥେୟ କରି ତାକୁ ବଞ୍ଚିବାକୁ ପଡ଼ିବ ସାରା ଜୀବନ।

■

www.ingramcontent.com/pod-product-compliance
Lightning Source LLC
Chambersburg PA
CBHW050151110726
47898CB00008B/2750
* 9 7 8 1 6 4 5 6 0 1 3 9 5 *